나는 내 식대로 살았다

공병우

공병우 자서전 − 나는 내 식대로 살았다

개정판 제1쇄 발행 2016. 1. 27.
개정판 제5쇄 발행 2022. 11. 25.

지은이 공 병 우
펴낸이 김 경 희
펴낸곳 (주)지식산업사
　　　　본사 • 10881, 경기도 파주시 광인사길 53
　　　　전화 (031)955-4226~7　팩스 (031)955-4228
　　　　서울사무소 • 03044, 서울특별시 종로구 자하문로6길 18-7
　　　　전화 (02)734-1978　팩스 (02)720-7900
　　　　한글문패　지식산업사
　　　　영문문패　www.jisik.co.kr
　　　　전자우편　jsp@jisik.co.kr
　　　　등록번호　1-363
　　　　등록날짜　1969. 5. 8.

책값은 뒤표지에 있습니다.

ISBN 978-89-423-7065-8 (03810)

이 책을 읽고 저자에게 문의는
지식산업사로 해 주시길 바랍니다.

나는 내 식대로 살았다

공병우

지식산업사

편집자 주

1) 이 자서전은 공병우 박사가 생전에 직접 매킨토시 컴퓨터로 입력한 원고를 출판한 1991년 12월 30일 초판 7쇄 책 내용을, 공 박사의 뜻에 따라 이 책의 저작권자인 송현(시인, 전 공병우 타자기 주식회사 대표, 현 한글문화원 원장) 선생이 2001년 6월에 1차로 표현과 어법상의 문제를 일부 바로잡아서 다시 펴낸 책입니다.

2) 이 개정판은 2015년 3월 7일 공병우 박사 돌아가신 20주년 기념 공병우 박사 정신 계승 강연회 후, 그동안 발견한 여러 가지 오류와 부족한 부분과 맞춤법상의 문제를 바로잡아서 펴냈습니다.(2016년 1월)

자서전을 쓰는 네 가지 까닭

나는 죽은 뒤에 세상 사람들로부터 어떤 평가를 받게 될 것인지에 대해 그리 신경을 쓰지 않고 이날까지 내 식대로 살아왔다. 살아 있는 동안 내게 주어진 일을 열심히 하면서, 나아가 우리나라와 겨레에게 조금이라도 도움이 되는 일을 하면서 살다가 가면 더는 바랄 것이 없다고 생각한다.

합리적인 서구 사람들처럼 나도 유서를 미리 써 놓았다. 그 내용에 재산 나누기에 관한 것은 거의 없다. 내 명의로 된 부동산 따위는 내가 살아 있는 동안에 유용하게 쓰거나 복지 사업을 위하여 사용하면 되리라고 생각한다. 나는 적어도 재산 분배 문제 따위로 자식들을 번거롭게 하지는 않을 것이다.

그래서 내 유서는 결코 자식들에게 물려줄 재산 분배 명세서는 아니다. 임종이 가까워진 것을 알게 된 여유 있는 상황이라면 곧바로 병원으로 이송하여, 눈이나 몸 속의 쓸만한 장기는 다른 사람 생명을 구하는 데 쓰도록 조치해 달라는 당부가 담겨 있다. 숨이 끊어질 무렵에 차질이 없도록 의사 손에 맡겨 잘 처리해 달라는 내용도 들어 있다. 내 몸이 변질되기 전에 갈기갈기 찢어 필요한 사람에게 나누어 주고, 남은 부분은 화장을 하여 재를 강물에 뿌려 달라는 당부도 빼놓지 않았다.

나에 대한 평가는 죽은 다음에 하느님으로부터 가장 정확하게 받게 될 것이다. 그래서 자기 생애를 미주알고주알 다 드러내 놓고 조명해 가며 자기 미화를 꾀하려는 듯한 어떠한 시도도 나는 하지 않을 생각이다. 그러기에 나는 자서전이나 회고록 따위와는 사실 인연이 멀다. 그럼에도 나이 80이 넘은 지금 내가 살아온 길을 더듬어 보기로 한 데에는 크게 네 가지 뜻이 숨어 있다.

첫째는, 세계에서 가장 과학적인 한글을 500여 년 동안 줄곧 천대만 해온 우리 겨레가 이제부터라도 한글만 쓰면서 한글 기계화의 입력과 출력을 세벌식으로 꾀해야 우리 문화를 빠른 속도로 발전시킬 수 있다는 사실을 우리 겨레 앞에 유언처럼 말하고 싶은 것이요,

둘째는, 나에 관한 기사가 책 또는 잡지나 신문에 가끔 나오는 것을 볼 때마다 사실과 다른 점이 더러 눈에 띄었기에 이를 바로잡기 위해서이다. 사실과 다르게 왜곡되거나 잘못 기록된 자료를 바로잡지 않고 두면, 엉뚱하게 그것이 진실로 둔갑할 우려가 있어, 나 스스로 아는 데까지 진실을 밝혀서 바르게 기록해 놓아야겠다는 생각을 하였기 때문이다. 보기를 들면 "한글 타자기의 시조 공 박사는……" 라는 글을 더러 보았는데, 이는 사실과 다르며 잘못된 표현이다. 이미 나보다 먼저 한글 타자기를 만든 분들이 있었다. 가령, 내가 고성능 한글 타자기를 최초로 발명했다고 하면 말이 되지만, 고성능이라는 수식어를 붙이지 않으면 사실과 다르다. 그래서 부정확하게 알려진 과학적 사

실을 정확히 밝히자는 것이요,

셋째는, 이날까지 살아오면서 싸움을 많이 했는데 왜 싸웠는지 그 이유를 밝히고 싶어서이다. 내가 가장 오랫동안 싸우고 있는 것이 과학기술처에서 정한 비과학적인 표준판을 폐지하라는 한글 기계의 글자판 싸움이다. 이 싸움을 근 20년 가까이 해 오면서 적잖은 사람들로부터 오해를 받았다. "승산도 없는데 왜 싸우느냐?", "그렇게나 오랫동안 싸웠지만 아무 소용이 없지 않느냐?" 등의 이야기를 특히 많이 들었다. 그런데 사실 그 싸움을 하면서 내가 꼭 이기려고 싸운 것은 결코 아니다. 이기고 지고의 문제가 아니다. 정부가 한글 기계화 정책을 잘못해서 나라를 망치는 것을 보고 그냥 둘 수가 없어서 싸운 것이다. 내 딴에는 역사에 한 줄 올바른 기록이라도 남겨야겠다는 생각에서 싸운 것이다. 세계적으로 위대한 한글을 아직도 천대하고 있는 남한 동포들에게 한글 기계화에 관한 올바른 이해를 어찌 기대할 수가 있겠는가. 이러한 내 생각을 조금이라도 밝히려는 것이요,

넷째는, 나는 안과 의사로서, 세벌식 한글 타자기 발명가로서, 한글 쓰기 소프트웨어를 직결 방식으로 개발한 이로서, 그리고 세벌식 자판 통일을 완성한 한글 기계화 연구가로 살아왔다. 그동안, 수많은 사람으로부터 분에 넘치는 협조를 받았고, 6·25 난리 때는 죽을 고비에서도 목숨을 건질 수 있도록 지원과 격려와 도움을 받기도 했다. 그 많은 은인에게 내가 걸어온 발자취에 대해서 진솔하게 알려드리고 아울러 그분들에게 감사의 마음을 전하려는 것이다.

나는 이날까지 살아오면서 흔히 말하는 사교술이나 처세술을 몰라서 이웃이나 가족들로부터 핀잔을 가끔 받았다. 그래도 이에는 조금도 개의치 않고 남에게 해 끼치지 않고 바르게 살아야 한다는 신조로 살아왔다. 그리고 민족 문화의 빠른 발전을 위해 한글 전용과 한글 과학 연구

에 정열과 시간과 돈을 아낌없이 썼다.

한편, 앞 못 보는 시각장애인이나 불우한 사람들을 위한 봉사 활동을 내 형편 닿는 대로 했다. 이것도 모두 하느님의 은총이라고 생각한다. 그런데 내가 이렇게 겨레 문화와 복지사업에 다소나마 일하게 된 직접적인 뿌리는 내 할아버지이다. 할아버지께서 "평소에 남을 위해 좋은 일을 많이 한 사람은 전쟁과 같이 살아남기 힘들 때를 만나도 죽음을 면할 수 있다."는 말씀을 내 귀가 아플 정도로 자주 하셨다. 나는 그 덕분으로 6·25 때, 정판사위폐사건으로 공산 치하의 감옥 속에서도 사형을 면하고 살아남을 수 있었다. 할아버지의 그 교육적인 의도가 담겼던 말씀이, 세상을 약삭빠르고 악하게 살아가려는 얄팍한 사교술 따위보다 훨씬 값진 것이란 사실을 요즘의 젊은이들에게 전해 주고 싶다.

내가 걸어온 길을 차근차근 더듬어, 사실 그대로의 모습을 어떤 가식이나 가감 없이 솔직하게 기록하여 세상에 밝히기로 작정했다. 지난날 체험한 여러 가지 일들에 대한 내 고백이, 독자들에게 조금이라도 도움이 된다면 다행이라 생각한다.

내가 평소 연구에 몰두한 나머지 여러 가지 소중한 자료들을 제대로 챙기고 모아 두지 않은 탓과 내 나이 여든이 넘어 기억력이 쇠퇴한 탓에 본의 아니게 중요한 부분이 빠졌을 수도 있고, 잘못 적은 부분이 있을 수도 있어 염려스럽다. 혹시 뒤늦게라도 그런 부분이 발견되면 고칠 수 있기를 바란다. 만약 내가 죽은 뒤에라도 잘못된 부분이 발견되면 후학들이 바로 고쳐 주었으면 좋겠다.

끝으로, 내가 내 식대로 살아오게끔 은총을 베풀어 주신 하느님께 다시 한 번 감사드리며, 내가 내 식대로 살아오는 동안, 많은 사랑과 도움을 주신 조부모님과 은사님들, 내 아내, 가족과 친척, 친구들에게 진심으로 감사드리고, 특히 이 책의 원고 정리에서 편집에 이르기까지 세심하게 신경을 써 주면서 거들어 주신 '미주 한글 문화 연구원' 원장 신태민 선생과 '한글기계화추진회' 회장인 시인 송현 선생에게 진심으로 감사를 드린다.

1989. 8. 15.
서울 종로구 와룡동 95번지 '한글문화원'에서
공 병 우

차 례

제 1 장

팔삭둥이 쌍둥이

가난 딛고 부농이 된 할아버지

내가 태어난 곳은 그야말로 한국의 북녘 구석진 산골이다. 나는 평안북도 벽동군 성남면 남상동 388번지에 있는 큰 기와집에서 태어났다. 할아버지가 이곳에 최초로 자리를 잡았던 집은 동향의 조그마한 초가집 농가였다.

북쪽으로 16킬로미터를 더 가면 중국과 국경을 이루고 있는 압록강이 흐르고 있다. 내 고향 마을은 겹겹이 산으로 에워싸인 산골이기는 하지만, 자연에 둘러싸인 한 폭의 그림 같은 아름다운 고장이다. 우리 집 오른쪽에는 '덜골'(절골)이란 깊은 산골짜기가 있고, 그 막바지에는 하늘에 맞닿아 있는 듯한 높은 능선이 그림처럼 펼쳐져 있다. 나무가 무성한 그 산등성이는 어린 내게 하늘을 배경으로 여러 종류의 짐승 모양처럼 보여 참

신기했다. 멀리서 보면 마치 소, 말, 사슴, 곰, 토끼, 꿩 같은 여러 동물이 줄지어 서 있는 것처럼 보였다. 나는 멀리 있는 그 신기한 능선을 보면서 내 어린 날의 꿈을 키우며 자랐다. 그래서 요즘도 이따금 강원도에 갈 경우 높은 능선에 나무들이 줄지어 서 있는 모습을 보면 고향이 몹시 그리워지곤 한다.

덜골에서는 사시사철 맑은 개울물이 흘러나왔다. 그 개울물은 우리 집 앞을 가로질러서, 왼쪽에 세로로 흐르는 큰 강으로 들어 갔다. 개울 건너편에는 넓은 벌판이 펼쳐져 있었고 여기저기 농가들이 드문드문 자리를 잡고 있었다. 우리 집 왼편에는 큰 강이 먼 산골에서 흘러내려 와 덜골에서 내려오는 개울과 직각을 이루고 있었다. 이 큰 강은 약 16킬로미터쯤 흘러 압록강으로 들어갔다. 솔이 우거진 야산이 병풍처럼 우리 집 뒷녘을 둘러싸고 있어 겨울이면 찬바람을 막아 주는 구실을 했다. 맑은 강물과 뒷산의 솔밭, 그리고 덜골 막바지에 있는 높은 능선은 아직도 내 머릿속에 아름다운 한 폭의 풍경화처럼 곱게 남아 있다.

마을 사람들은 전망 좋고 양지바른 우리 집을 가리켜 '양짓집'이라고 불렀다. 이렇게 아름다운 자연환경 속에서 이따금 낚시를 하다 보면, 펄펄 뛰는 메기, 농강이, 쏘가리 등이 곧잘 물려 시골집 식탁을 푸짐하게 만들기도 하였다.

내가 태어나 자라난 고향을 죽기 전에 한 번이라도 가 보고 싶은 마음이 간절하지만 휴전선이 가로막혀 아직 뜻을 이루지 못하는 것이 한스럽다. 내가 아름다운 산골에서 자랄 무렵, 일본 제국주의의 말발굽이 깊은 산골 마을까지 마구 짓밟았다. 우리 집에서 북쪽으로 16킬로미터 거리에 있는 벽동읍에 경찰서가 생기고, 일본 수비대가 주둔하였다. 마침내 우리 집 근처에는 주재소까지 들어섰다. 일본 순사가 두 사람, 조선 순사 한 사람 모두 세 사람이 근무하였다. 그 뒤 2학년밖에 없는 보통학교(초등학교)

도 설립되었다. 그때 나는 서당에 다니면서 중국 글(한문)을 배우다가 그만두고 보통학교에 다녔다.

내가 열세 살 때이다. 일제의 경비가 삼엄한 벽동군에서 '대한민국 만세'를 부르는 사건이 발생하였다. 그 일로 일본 수비대가 조선 사람들을 향해 발포하는 바람에 많은 사람이 죽었다. 공영팔이라는 우리 친척은 그 만세 사건의 주모자로 몰려 이곳저곳으로 피신하다가 끝내 체포되어 벽동읍으로 압송되었다. 그이는 압송 도중에 강가에서 뒤를 보겠다는 꾀를 부려, 수갑을 풀어 주는 순간 강가에 있는 돌로 압송하던 일본 순사의 머리를 때려 실신시키고 달아났다. 그러나 그는 곧바로 붙잡혀 벽동 읍내 경찰서로 끌려갔다. 거기에서 일본 순사들에게 몰매를 맞고, 그날 밤에 죽고 말았다. 가족들이 경찰서로 달려가서 세상에 생사람을 몰매를 때려서 죽일 수가 있느냐고 항의한 뒤에 신의주지방법원에 고문치사 사건으로 경찰서원들을 고발하였다.

그때 나 같은 어린아이의 귀에도 동네 사람들이 독립군에게 보낼 돈을 모으고 있다는 소리가 들렸다. 어린 마음에도 독립군 이야기를 들을 때는 가슴이 두근거렸다. 일본 순사의 끄나풀들이 사방에 깔려 있었고, 또 까딱 잘못했다가는 모진 보복이 올까 두려워, 우리 아버지는 우리 면 주재소를 적당히 도와주지 않을 수가 없었던 모양이다. 그러면서 한편으로는 몰래 독립군을 돕는 것 같았다.

이따금 독립군들이 압록강을 건너와서는 일본 앞잡이 노릇을 하는 악질 조선인을 총살하고 중국 땅으로 되돌아가곤 했다. 벽단에서 만석 부자로 알려진 최봉학은 독립군에게 협력하지 않아 끝내는 살해되기도 했다. 우리 동네는 독립군의 백두산 아지트에서 가까운 마을 가운데 하나여서, 겉으로는 고요한 듯해도 실상은 독립투사들의 애국심이 항상 활활 타오르고 있는 고장이었다.

자작농으로 성공한 할아버지(공희수)는 삼 형제 가운데 둘째여서 선대로부터 물려받은 땅마지기는 하나도 없었지만, 이곳에 와 부지런히 농사일하면서 자수성가로 넉넉한 터전을 만들어 놓았다. 그야말로 농사일밖에 모르는 근면하고 순박한 농사꾼이었다. "일 잘하는 벽동 소"라는 말이 있다. 소문난 벽동 산골의 소처럼 할아버지는 부지런히 일 잘하는 순 벽동 사람이었다. 나중에는 그 일대에서 자수성가한 대지주가 되어 기와집에서 살게 된 이름난 부농이 되었다. 내가 열 살쯤 되었을 때는 두 세대나 우리 집에 들어와 막간살이(더부살이)를 하며 우리 집 부엌일도 돕고 소 여물도 쑤는 잡일을 했다.

　어느 해였던가, 심한 돌림병이 돌아 많은 사람이 죽었다. 우리 집에서 막간살이하는 식구들도 돌림병에 걸려 폐렴으로 둘이나 죽었다. 주인집 사람들은 영양 상태가 좋아 전염병도 잘 안 걸리는 것일까. 어린 마음에도 가난한 사람만이 비참한 지경에 빠진 것을 보고, '나는 커서 의사가 되어 저런 가엾은 사람의 생명을 구해야겠다'는 막연한 꿈을 꾸기도 하였다.

　어쨌든 간에 우리 아버지(공정규)는 할아버지 덕분에 소출 받은 것을 밑천으로 장사를 하여 농촌에서는 보기 드문 상인으로 성공하였다. 한때 미국인이 채광하던 대유동 금광 바닥에서 잡화상을 벌여 짭짤하게 돈을 벌기도 했다. 그 뒤 이 고을 저 고을을 다니며 곡식을 사 모아 신의주에 가서 파는 이른바 곡물 상인으로 발전하였다. 상인의 욕심이란 한이 없어 그런지 아버지가 금 밀수 사건에 연루되어 신의주 형무소에 1년 동안 갇혀 있기도 했다.

　아버지가 신의주에서 동익상회를 경영할 때, 우리나라 마라톤왕 손기정 씨가 그 상점에서 근무하다가, 내 동생 공병도와 함께 서울 양정고보에 입학했다. 나중에 손 씨가 세계적으로 명성을 떨치게 되니 이 같은 소년 시절의 인연도 우리 고을의 화젯거리가 되기도 했다.

외양간 앞에서 태어났다

우리 아버지는 열한 살 때 우리 어머니(김택규)와 결혼하셨다. 시집온 우리 어머니는 집안 살림뿐 아니라 농사일까지 거들어야 했다. 쌍둥이를 밴 우리 어머니는 아무리 임신 중이라고 해도 팔자 좋게 요양을 취하면서 살 형편은 못 되었다. 임신 8개월의 무거운 몸이었지만 음력 섣달 그믐날이라 다음 날 맞을 설날 준비로 보통 때보다도 더 바쁘고 고된 하루를 보내고 있었다. 온종일 일을 해도 끝이 없었다. 외양간에 있는 소한테도 여물 끓여 먹일 일이 아직 남아 있었다. 진종일 계속되는 일에 피곤했던 산모는 살을 에는 듯한 강추위를 느끼면서도 김이 무럭무럭 나는 소여물을 퍼서 외양간으로 갔다. 외양간 앞에 소여물을 내려놓는 순간 갑자기 산모는 외마디 소리를 지르며 바닥에 픽 쓰러지고 말았다. 외양간 앞에서 갑자기 진통이 시작되어 그만 애를 낳게 된 것이다. 방 안에 계신 시어머니는 귀가 어두워 산고의 비명을 듣지 못했다. 때마침 집에 들어오시던 할아버지가 발견하여 애와 산모는 간신히 방으로 들어가게 되었다.

방으로 들어간 산모는 얼마 뒤에 애 하나를 더 낳았다. 쌍둥이였다. 섣달 그믐날 외양간 앞에서 태어나 자칫하면 숨질 뻔했던 팔삭둥이 아기가 바로 나고, 방 안에서 태어난 아기는 내 동생이다. 1906년 음력 12월 30일(양력으로 1907년 1월 24일. 편집자 주: 음력 1906년 12월 30일은 양력으로 1907년 2월 12일인데 공 박사님께서 당신의 생일에 대한 음력－양력 변환을 잘못하신 것 같다)의 일이다. 그런데 외양간 앞에서 태어난 나는 살고, 방 안에서 태어난 내 동생은 얼마 안 가서 죽었다고 한다. 외양간 앞에서 태어난 나는 보육기(인큐베이터)도 없는 시대에 달도 차지 못한 미숙아 상태에서 용케도 생명을 부지할 수 있었다.

"그때 넌 죽는 건데, 그래도 귀하다는 산삼을 달여 먹여 겨우 생명을 건질 수 있었던 거야. 그때부터 핏기가 돌게 되었으니 말이야."

내 할아버지 말씀이었다. 할아버지는 팔삭둥이가 기적적으로 살아남게 된 까닭을 신령한 산삼 덕분이라고 믿었다. 그러나 나는 산삼보다 우리 가족들의 지극한 정성과 사랑 때문이지 싶다.

붉은 댕기머리 장손

나는 8남매 가운데 장손으로 태어났다. 내 위로 누님 한 분이 있고 내 밑으로 남동생 다섯과 누이동생 하나, 이렇게 8남매이다. 나는 태어날 때부터 열 달을 못 채운 탓인지 몰라도 몸이 매우 약해 걸핏하면 골골하면서 자랐다. 동생이 나보다도 힘이 셌다. 나는 여러 형제들 틈에서 제 몫도 잘 찾아 먹지 못하는 약골이라 할머니께서 맛있는 것을 곧잘 감추어 두었다가 몰래 나에게 주곤 했다. 나는 당시 풍습대로 여자애들처럼 머리를 길게 땋고 붉은 댕기를 늘어뜨리고, 흰 바지저고리를 입고 자랐다. 나는 할아버지와 할머니의 사랑과 귀여움을 남달리 많이 받으며 자랐다. 할아버지는 유별나게 나를 사랑한 나머지 내게 특이한 교육을 하기도 했다. 특히 사람들이 많이 모이는 제삿집이나 생일, 혼인 잔치 같은 곳에는 절대로 가지 말라고 하셨다.

그 무렵에 전염병이 많이 돌았다. 그리고 잔칫집 음식을 잘못 먹고 식중독에 잘 걸렸다. 전염병이나 식중독 같은 병을 옮아올지 모른다는 생각에서 그 예방책으로 사람들이 많이 모이는 남의 관혼상제 모임에 절대로 못 가게 한 것이지 싶다. 할아버지의 속뜻을 정확히 알 길은 없지만, 묘하게도 나는 한평생을 남의 관혼상제에 참석 안 하는 사람이 되고 말았다. 그래도 할아버지는 집안 문중이 모여 조상 묘 앞에서 제사를 올릴 때만은 높은 산 위에서 지내는 야외 행사에도 예외로 내 손을 잡고 가셨다. 할아버지의 이 같은 교육 때문에 나는 이 나이가 될 때까지 사회 생활하는 데 무척 서툰 사람이 되었는지도 모른다.

아버지는 여러 지방을 다니면서 장사하였기 때문에 집을 떠나 있는 날이 많았다. 그래서 나는 주로 할아버지와 지내게 되었다. 그런데 할아버지는 자상하고 인정 많은 분이긴 했지만, 말년에 가서는 내 어머니와 사이가 좋지 않아 심기가 몹시 불편한 상태로 지내시기도 하였다. 어머니가 개화 물결과 함께 서북 지방에 상륙한 기독교의 독실한 신자가 되자, 할아버지는 그게 못마땅했던 것이다. 양순하기만 했던 어머니도 신앙에 관한 한 당당하게 자기주장을 폈고, 그 바람에 가끔 소리를 높여 언쟁하기도 했다. 할아버지는 "조상에게 제사도 지내지 않는 서양 오랑캐교를 믿어 집안을 망하게 하는 며느리란 말이야" 하고 어머니를 꾸짖곤 했다. 그러나 어머니의 기독교에 대한 열성도 만만치 않아 결코 신앙을 버릴 수 없다고 할아버지에게 맞섰다. 유교적인 생각과 가치관으로 꽉 차 있는 할아버지와 기독교적인 것으로 꽉 차 있는 어머니는 매사에 부딪쳤다. 이런 점에서는 두 분이 똑같이 매우 극단적이었다. 그래서 집안에서 벌어지는 종교 논쟁 때문에 어린 우리는 어리둥절할 때가 많았다.

이처럼 우리 어머니는 독실한 기독교 신자가 되어 하느님에게 모든 것을 의지하며 여생을 보냈다. 본시 어머니는 기독교 집안에서 자랐으나 시집온 뒤로는 예배당에 나가지 못했다. 우리 어머니가 예배당에 다시 나가게 된 동기는 아버지에게 정나미가 뚝 떨어질 기막힌 사연이 생겼기 때문이었다. 아버지는 사업이 어느 정도 궤도에 오르자 신의주에 첩을 두고 이중생활을 하신 모양이다. 이 사실을 안 어머니는 그동안 잊고 있었던 예배당에 다시 나가 하느님을 믿고 의지하면서 마음을 달래고 근심 걱정을 삭일 수 있었는지 모른다.

내가 황해도 해주도립병원에서 근무하던 때, 도쿄에서 대학을 다니던 내 첫째 동생 공병도는 길을 건너다가 자동차에 치여 그 자리에서 죽고 말았다. 그 일 때문에 나는 한동안 길을 건널 때마다 동생의 그 끔찍한 일이 생각나 교통사고의 공포에 시달리곤 하였다.

둘째 동생은 북한에서 살다가 이미 오래전에 죽었다는 사실을 이산가족 찾기회를 통해 알았다. 그 자손들은 모두 잘 지내고 있다는 소식을 조카 공영인의 편지로 알게 되었다. 셋째 동생 공병선과 막냇동생 공병효는 해방 후 월남하여 모두 잘 지내고 있다. 넷째 동생 공병무는 6·25전쟁 후 한강에서 낚시질하다가 그만 발을 헛디뎌 깊은 물에 빠져 생명을 잃고 말았다. 아버지와 어머니는 해방 후 공산당에게 쫓겨나게 되었다. 막대한 재산을 다 버리고 서울로 월남하여 사시던 아버님은 위암으로, 어머님은 좌골 신경통으로 오랫동안 병석에서 앓다가 돌아가셨다.

열네 살에 든 장가

보통학교 2학년을 수료할 무렵, 나는 어른들이 정해준 대로 얼굴 한 번 본 적도 없는 불임의 아가씨와 혼인을 하게 되었다. 할아버지는 추수철이 되기만 하면 흰 두루마기에 갓을 쓰고 50리 떨어진 벽단이란 마을에 타작한 곡식을 받아 오곤 했다. 이때 할아버지는 그 동네에서 참한 규수 하나를 눈여겨보아 두었던 모양이다. 나보다 세 살 연상의 벽단에서 사는 색시였다. 내 나이 만 열네 살 때였는데 결혼이 뭔지 여자가 뭔지 전혀 몰랐다. 그저 틈만 있으면 여름에는 물놀이와 고기잡이, 겨울에는 세모꼴 나무토막에 굵은 철사로 날을 세워 만든 썰매를 타며 즐겼고, 새잡이 덫을 놓아 멧새 잡기에 열중하였고, 올가미를 놓아 토끼도 곧잘 잡곤 했다. 이렇게 노는 데 시간 가는 줄 모르던 어린 내가 장가를 든 것이다.

솔직히 말해 나는 그때 색시보다는 멧새 잡는 쪽에 훨씬 관심이 많았고, 더 재미있었다. 색시가 나보다 나이가 많았다는 것만 알 뿐 정확하게 몇 살 위였는지조차도 몰랐다. 장가가던 날, 말 안장의 알록달록한 무늬는 생각이 나는데, 내가 그 말을 타고 그 먼 곳을 어떻게 갔는지, 대례를 어떻게 치렀는지 전혀 기억나지 않는다.

지금 생각해 보면 참 어처구니없는 일이지만, 그 시대는 부모가 자식의 결혼 상대를 결정짓고 "이 사람하고 살아라" 하면 그냥 순종해서 살아야만 했다. 결혼하고도 색시는 2년 동안 시집에 오지 않고 내가 처가에 가서 살게 되었다. 우리 동네에는 보통학교 2학년 과정의 학교밖에 없었으므로 3학년 전학을 하기 위해 색시네 집이 있는 벽단으로 가서 하숙집 삼아, 신혼 처가살이를 하게 되었다. 처가가 있는 곳도 4학년 제도의 보통학교밖에 없는 곳이라 2년 동안 색시와 함께 살았다. 말이 신혼 생활이지 차라리 보통학교 3학년 어린이를 시중들어 주는 여인과 함께 유숙하는 생활이었다는 게 더욱 정확한 표현이 될지 모르겠다. 4학년 수료 후 나는 벽동골로 또 전학하게 되었다. 나이가 든 뒤로는 공부를 위해 계속해서 객지 생활을 하게 되었다. 그 때문에 줄곧 아내와 떨어져 살게도 되었지만, 차츰 부모의 결정으로 조혼하게 된 점을 비관하게 되었다. 어찌 보면 그런 이유로 나는 결혼 생활에는 관심이 덜했고, 공부에만 열중하는 사람이 된 게 아닌가 싶다.

지긋지긋했던 서당 공부

열세 살 때까지 나는 머리를 길게 치렁치렁 땋고 서당에 다녔다. 날마다 한문을 달달 외는 것이 일과였는데, 무슨 뜻인지도 모르고 달달 외는 것이 여간 지겨운 일이 아니었다. 어린 나이에 갑자기 외국글을 배운다는 것이 얼마나 힘겨운 일인지 지금 생각해도 정말 지긋지긋한 생각이 든다.

내가 일생동안 한글 전용을 강하게 부르짖게 된 것도 서당에서 어려운 한문 공부를 해 본 데 뿌리가 있다.

일본 사람들은 중국 글을 일본 말로 번역한 책으로 배웠기 때문에 중국 글을 쉽게 배울 수 있었고, 자연히 일본 말 어휘도 많이 늘어났다. 이에 견주어 우리나라는 중국 글을 그대로 배워 사용하였기 때문에, 우리 고유의 말은 줄어들고, 중국 말인 한자말이 늘어났다. 요즘도 한문자와 한자 단어를 사용하기 좋아하는 사람들은 아직도 사대사상에서 벗어나지 못했기 때문에 그러지 싶다.

천자문은 할아버지한테서 직접 배웠다. '동몽선습' 이후의 한문 과정은 서당에 다니며 배웠다. 날마다 외워야만 하는 공부에 싫증이 나 죽을 지경이었다. 그래서 하루는 내가 서당에 가기 싫어 배 아프다고 꾀병을 부렸다. 그러자 나를 극진히 사랑하던 할아버지는 그동안 병을 앓아 본 일이 없는 귀한 손자가 갑자기 배가 아프다고 하니 놀라, 금세 한의사를 불렀다. 한의사가 우리 집으로 달려왔다. 한의사는 괴춤에서 동침을 꺼내, 침을 놔야 낫겠다면서 머리에 쓱쓱 문지르는 것이었다. 일이 이렇게 되자는 나는 참 난감해졌다. 꾀병이니 침을 안 맞아도 된다고 사실대로 말할 수도 없고, 이미 아프다고 엄살을 부려서 한의사까지 오게 했으니, 울며 겨자 먹기로 침을 맞지 않을 수가 없었다. 한의사는 내 배에다 침을 여러 방 놓았다. 그때 나는 본의 아니게 침을 맞으면서 어린 마음에 '이 한의사는 내 병이 꾀병이라는 사실을 못 알아보는 돌팔이로구나' 하고 생각했다. 그 순간 나는 내가 나중에 '커서 꾀병 정도는 금세 분간할 줄 아는 진짜 의사가 되어야겠다'고 다짐을 했다. 이것이 내가 꼭 의사가 되어야지 하고 다짐한 중요한 계기가 되었다. 그때부터 나는 의사의 꿈을 품었다.

이제 와서 그때 일을 생각해 보니 그 한의사는 내가 꾀병을 앓는 것을 다 알고서도 일부러 침을 마구 놔 준 진짜 명의가 아니었나 하는 생각도 든다. 어쨌든 나는 이 꾀병 덕분에 의사가 되고 싶다는 꿈을 꾸고 깊이 간직하게 되었다. 평소에는 공의가 16킬로미터 길을 말을 타고 왕진을 와서 뭇사람들의 존경을 받는 것이 몹시 부러웠다. 이렇게 서당 다니는 것이 싫어 나는 꾀병을 부리다가 얼토당토않게 의사가 될 생각을 한 것이다.

그 무렵에 성남면 동네에 주재소가 들어서면서 일본인이 들어왔다. 그리고 학교도 들어섰다. 나는 아버지의 개화된 생각에 따라 서당을 그만두고, 치렁치렁 긴 머리를 싹둑 잘라 버리고 학교에 입학하게 되었다. 긴 머리를 자른 모습을 본 할아버지와 할머니는 무척 서운해 하시면서 눈물까지 흘리셨다. 지금 사람들은 상상할 수도 없는 일이지만, 총각들이 여자처럼 머리를 길게 땋고 다니던 그 시절에 유교적인 생각으로는 머리를 자른다는 것은 부모에게 불효를 저지르는 행위로 여겼기 때문이다. 단발령이 내렸을 때 자살하는 사람이 생길 정도로 심각한 사회 문제가 되기도 하였다. 그러니 할아버지 할머니께서 눈물을 흘리신 것도 충분히 이해할 만한 일이 아닐 수 없다.

보통학교 시절

신식 서당인 학교엘 갔더니 별별 것을 다 가르치는 것이었다. 조선어, 일본어, 산술 등등 실로 흥미로운 것들이 많았다. 서당에서 한문만 외워대는 단조롭던 암기식 교육과는 판이했다. 모든 것이 다 새롭기만 했다. 책 읽기뿐 아니라 셈하는 방법에다 자연, 과학까지도 가르치는 것이었다.

가끔 넓은 운동장에 나가 뛰어놀게도 해 주었고 체조도 가르쳐 주었다. 사람이 죽은 뒤 아무 데나 자기네들 좋은 자리에 묏자리를 마구 써서는 안 된다는 점도 가르치는 것이었다. 반드시 공동묘지에만 묘를 써야 한다는 것인데 어린 내가 보기에도 이치에 닿는 것을 가르치는 것 같았다.

이렇게 해서 신식 공부를 시작하였다. 그러나 새로 설립한 이 보통학교는 2년제여서 2년을 마친 뒤에는 처가가 있는 벽단으로 가서 4년 수료를 하고 5학년은 또 벽동 읍내로 전학 가서 1년 동안 공부를 했다. 이때 내 6촌 동생인 병순이와 같이 학교에 다녔다. 그의 아버지는 내 5촌뻘 되는 아저씨로 우리 성남면의 면장을 지내는 유력자였다. 그런 배경으로 일본인 경찰관의 아이들이 읽고 난 잡지를 병순이는 곧잘 얻어 보곤 했는데, 나는 그가 보고 난 뒤에야 겨우 읽을 수 있었다. 나는 그 잡지들로 학교에서 가르치는 것 말고도 각종 지식을 얻을 수 있게 되었고, 책을 즐기면서 한 줄도 빼지 않고 한 장도 예사로 넘기지 않고 샅샅이 읽었다. 이때 나는 독서의 참맛을 알았다. 독서 덕분에 다양한 지식과 일반 상식을 익힐 수 있었다. 이때가 내가 평생 독서를 즐기며 살 수 있는 사람으로 굳혀진 때가 아닌가 싶다.

보통학교 2학년 때, 큰 도시에서 장사하시는 아버지가 집에 오실 때는 조선말 동화책을 구해 주시곤 했는데, 그것으로 한글 서적에도 재미를 붙이게 되었다. 지금은 작가가 누구인지 생각조차 안 나지만 특히 《거북이와 토끼》, 《꿩》이란 제목의 책을 재미있게 읽었던 기억이 난다.

제 2 장

내 인생의 길을 바꾼 한 편의 작문

농업학교 입학

나는 보통학교 5학년을 수료한 뒤, 6학년 진학을 포기하고 의사가 되겠다는 일념으로 곧바로 신의주 고등 보통학교에 입학시험을 쳤다. 그러나 실력 부족으로 낙방하고 말았다. 하는 수 없이 의주에 있는, 누구나 시험 없이 들어갈 수 있는 3년제 농업학교에 들어갔다. 이 학교에는 한국인 교사는 한 사람뿐이었고, 교장 선생 이하 모두가 일본인이었다.

나는 농업학교에 입학은 하였지만, 여태까지의 생활과는 너무나 다른 환경의 변화 때문에 갖가지 어려움을 겪게 되었다. 기숙사 생활을 난생처음으로 하게 된 데다 매일 부딪치는 식사 문제가 큰일이었다. 조부모님 슬하에서 호의호식하고 자랐는데 기숙사에서 나오는 것은 한결같이 좁쌀밥에 짜디짠 새우젓 따위가 고작이었다. 이런 식단이 내 마음에 들 리가 없었다. 가끔은 구린 냄새가 나는 된장이 나오기도 하고, 왕소금이 씹히는 조개젓이 나오기도 했다. 처음 며칠 동안 좁쌀밥이 목에 잘 넘어가지 않아 숟갈을 던졌다. 며칠 동안 거의 굶다시피 하면서 "교도소 죄수들의 식사도 이보다는 나을 것"이라면서 밥투정을 하였다. 참 기가 막힌 것은 밥투정하던 내가 한 주일쯤 지나니 배가 고파서 모래알 같았던 그 좁쌀밥도 모자랄 지경이 되었다.

그 당시의 농업학교는 실습한답시고 밭에 나가 농사일을 많이 하였다. 날마다 농장에 나가 땅을 파고 김을 매고, 오줌과 똥을 변소에서 밭으로 퍼 나르는 등의 중노동으로 웬만큼 먹어도 마냥 허기가 질 뿐이었다. 목이 깔깔해서 못 먹겠던 좁쌀밥도 없어서 못 먹는 지경이 되고 보니, 이 팝(쌀밥) 조밥 가리면서 밥투정한다는 게 얼마나 사치스러운 짓이었는지를 곧 깨닫게 되었다. 역시 사람이란 배고픈 경험을 해 봐야, 좁쌀 한 톨이라도 귀한 줄 알게 되는 모양이다.

엄격한 기숙사 생활

기숙사 생활은 모든 것이 규칙적이고 또 엄격했다. 그래서 공동생활 훈련장으로 장점도 많았다. 아침에 일어나는 시간에서 잠자리에 눕는 취침 시간에 이르기까지, 규칙에 따라 생활을 해야 했다. 취침 시간 이후에는 전등을 꺼야 해서 책을 읽을 수도 없었다. 그리고 외부에서 음식을 사다가 먹어도 안 된다는 규칙도 있었지만, 잘 지켜지지 않는 듯했다. 밤이면 기숙생들은 숙직 선생 몰래, 값이 싼 호떡을 사다가 군것질을 하곤 했다. 이런 심부름은 두말할 나위 없이 하급생들이 도맡아 했다.

한창 자랄 나이에 심한 노동을 해서 그런지는 몰라도 모두 자나 깨나 그저 먹는 타령뿐이었다. 무엇을 하려고 해도 허기가 져서 오래 견딜 수가 없었다. 어느 날 밤에는 농장에 나가 친구가 망을 보고, 나는 엎드려

일년감(토마토) 밭으로 살살 기어들어 가 몇 개 따 가지고 나와 둘이서 맛있게 나누어 먹은 적이 있었다. 또 한 번은 가축 당번 때 몰래 먹으려고 달걀을 감추어 두었다가 먹어 보지도 못하고 발각되어, 교장 선생한테 불려 가 여러 선생들이 있는 교무실에서 호되게 꾸지람을 들은 적도 있었다. 그때 나는 "열흘을 굶으면 도둑질 안 하는 사람이 없다"는 속담을 실감 나게 체험했다. 한창 먹어야 할 시기에 제대로 먹지 못하여 항상 배고픔에 허덕였으니, 평생을 통해 그토록 배고파 보기는 그 무렵이 처음이고 마지막이 아니었나 싶다. 내가 이런 배고픈 경험을 했기 때문에, 그 뒤 교장 선생을 공격하는 작문도 쓰게 되었는지도 모른다.

스트라이크의 주모자

우리들의 중노동은 여전하였고, 먹성 좋은 우리들의 허기증은 더욱 심해졌다. 입학한 지 얼마 안 된 신입생들에게 산을 깎아 내고 운동장 만드는 일을 시키기도 했다. 이는 국민학교(초등학교)를 갓 나온 신입생들에게는 대단히 힘겨운 중노동이었다.

"신입생들에게 중노동을 시키는 것은 부당하다"며 마침내 우리는 정중하게 교장 선생에게 항의하면서 스트라이크를 일으켰다. 그러나 결국 주모자들만 희생되고 말았다. 주모자 가운데 한 사람이었던 나는 나이가 가장 어린 꼬마라 해서 겨우 퇴학만은 면하게 되었다. 나만 용서해 준 특혜 속에는 연소자란 이유 말고, 어쩌면 평안북도 평의원이고 면장이었던 5촌 아저씨의 입김이 작용했는지도 모를 일이다.

내가 어린 나이로 정의감에 불타 이런 일에 앞장설 수 있었던 것은, 속박이 없는 가정 교육을 받은 덕분에 생긴 자유분방한 기질 탓이었지 싶다. 그러고 보면 경우에 맞지 않는 일이거나, 정의에 벗어나는 일에 대해서는 그냥 덮어두거나 눈감아 주지 못하는 내 깐깐한 성질은 중학 시절부터 싹텄던 것 같다.

상급생에게 칼 품고 달려든 하급생

1학년 때의 일이다. 어느 날 밤, 나는 영문도 모르고 2학년 상급생에게 불려 갔다. 여러 학생이 보는 앞에서 따귀를 맞았다. 내가 매를 맞을 만한 특별한 잘못이 있을 리 없다. 그는 하급생인 내가 너무 건방지다면서 덮어놓고 때린 것이다. 그야말로 생트집을 잡아 마구 때렸다. 집에서 귀여움만 받아 가며 귀하게 자란 나로서는 난생처음 겪은 억울한 봉변이었다. 치가 떨리고 분하기만 했다. 분해서 견딜 수가 없었다. 할 수 없이 나는 곧바로 내 방으로 돌아가 이불을 뒤집어쓰고 한참 동안 울다가 문득 떠오르는 것이 있었다. 나를 때린 상급생은 내가 매달 서점에서 사 보고 있던 잡지를 번번이 빌려 달라고 했다. 처음 얼마 동안 순순히 빌려주곤 했다. 그런데 한번은 그가 몹시 고압적인 자세로 상급생티를 내 가며 "야, 책 좀 보자!" 하기에 못마땅해 책을 안 빌려준 적이 있었다. 그 바람에 그는 앙심을 품고 있다가 '하급생이 건방지다'는 이유를 내걸고 나를 불러서 상급생들 여럿이 보는 앞에서 때린 것 같았다.

그러나 아무리 생각해 보아도 억울하게 맞은 것이 분명했다. 생각할수록 너무 억울하고 분해 도저히 참을 수가 없었다. 그래서 결국 퇴학을 각오하고 연필 깎는 주머니칼을 들고 그 상급생 방으로 달려갔다. 내가 주머니칼을 든 것은 나이가 많은 상급생을 힘으로는 도저히 이길 수가 없다고 생각했기 때문이다. 나는 그에게 칼을 들이대며 외쳤다.

"야! 왜 나를 때렸는지 이유를 솔직히 말해 봐!"

나는 사생결단을 내릴 듯이 두 눈을 부릅뜨고 극도로 분노한 얼굴로 말했다. 내가 들고 있는 칼이 번득였다. 그 방의 기숙생들은 이런 내 태도를 보고 겁에 질려, 나를 강제로 밀어내려고 했다. 내가 크게 악쓰는 소리 때문에 조용했던 기숙사는 갑자기 웅성거리기 시작했고, 삽시간에 그 방 앞으로 다른 방에 있던 기숙생들이 와르르 모여들었다. 나는 상급생에게 칼을 들이댄 채로 서 있었다. 상·하급생이 다 주시하는 가운데 나는 상급생의 횡포를 큰 소리로 규탄하였다.

"왜, 아무 이유도 없이 하급생을 때리는 거야! 상급생이면 상급생으로서 모범을 보여야지, 더는 이런 모욕은 참을 수가 없어. 어디 다시 한 번 때려 봐!"

사실 하급생이 상급생에게 말로 대드는 일도 없었는데, 칼을 들이대고 대드는 일은 그 학교 생긴 이래 처음 있는 충격적인 일이었다. 그 무렵에는 상급생에게 조금이라도 반항하는 말만 해도 몰매 맞기를 자청하는 꼴이 될 정도로 상급생은 무서운 존재였다. 그러니 하급생은 누구나 상급생에게 맹종할 뿐이지, 상급생의 월권이나 부당한 행위에 대항한다는 것은 상상도 못 할 일이었다.

나는 칼을 드는 순간 이미 퇴학을 각오했고, 또 경찰에 끌려갈 각오도 했다. 만약, 퇴학을 맞고 집으로 돌아갔을 때 부모님께 크게 꾸중을 듣고 혼이 날 것도 각오한 것이다. 내가 상급생을 찌를 듯이 사납게 대들 때 한덕희라는 내 친구가 말렸다. 그 바람에 결국 내 방으로 다시 돌아오긴 했지만, 분한 감정은 좀처럼 풀리지 않았다. 그날 밤 이 사건에 대해서 사감 선생이나 상급생들은 아무런 반응을 보이지 않았다. 좁쌀영감처럼 사소한 일에까지 참견하며 야단을 잘 치던 교장 선생도 아무 말이 없었고 당연히 오리라 생각했던 경찰도 오지 않았다.

나는 내 방에서 이불을 뒤집어쓴 채 밖에 나가지 않고 3일 동안을 지냈다. 나흘째 되는 날 한덕희, 방세정 두 친구의 간곡한 권고에 못 이겨 교실에 들어가 수업을 받았다. 내가 칼을 들고 상급생에게 대든 사건을 일절 불문에 부치자는 묵계라도 한 듯이 상급생도 선생들도 아무 반응을 보이지 않았다. 상급생이 한 짓이 부당한 횡포로 인정되었기 때문이었을까? 그 뒤부터는 하급생에 대한 상급생들의 횡포가 훨씬 줄었다. 이 경험은 내가 살아오면서 옳은 일을 위해 싸우는 데, 첫출발이 된 셈이다.

교장을 비판한 작문

2학년 2학기가 되었다. 늦가을을 맞아 와타나베 작문 선생은 우리에게 자유 제목으로 작문을 지어 내라고 했다. 이 선생은 도쿄 대학 출신의 웅변가로서 이 학교의 부 교장직도 맡고 있었다.

나는 "나의 희망과 농업학교"라는 제목으로 공책 여섯 페이지쯤 되는 제법 긴 글을 썼다. 작문 내용은 주로 고마쓰 교장 선생이 학교 운영을 잘못하는 것 같다는 비판이었다. 교장의 잘못을 지적하고 교육 방침을 비판하는, 당시의 학생 신분으로서는 도저히 쓸 수 없는 그런 글이었다. 기숙생들의 식생활은 감옥의 죄수들 것과 다름이 없고, 상급생은 하급생을 노예 다루듯 하고, 심부름은 말할 것도 없고 양말 빨래까지 시키는 풍조도 교장이 학교 운영을 잘못하기 때문이라고 신랄하게 공격했다. 거기다가 한술 더 떠 감언이설로 학생들을 동원하여, 산을 깎아 운동장을 만드는 중노동까지 시켰다고 쏘아붙였다. 심지어는 교장 선생이 관존민비(官尊民卑)의 사상을 학생들에게 강조하고 있으니 매우 유감스럽다는 내용까지 덧붙였다. '교장 선생은 걸핏하면 학생들에게 졸업하고 고향으로 돌아가면 군청 서기나 면사무소 서기가 되라고 하면서, 왜 농업학교에서 훌륭한 농업 기술을 배워 고향에 가 최고의 독농가가 되라는 말은 안 하는가?' 하고 비판하였다. 고마쓰 교장은 환갑 노인으로 카이젤 수염을 기른 풍채가 좋은 사람인데, 키도 크고 눈도 커서 퍽 인상적인 인물이었다.

나는 이 글을 써 놓고도 작문 공책을 낼까 말까 몹시 망설이다가 '바른 내 양심의 소린데 뭐' 하는 생각이 불끈 오기처럼 솟아나 그대로 제출하고 말았다. 정의를 위해서 용기 있게 행동해야 한다는 지난번 상급생과의 싸움에서 얻은 배움을 통해서 더욱 확신을 얻은 듯했다. 한 주가 지난 뒤 작문 시간이 다시 돌아왔다. 와타나베 선생은 작문 공책을 한아름 안고 교실로 들어와 학생들에게 호명하며 되돌려 주었다. 그런데 어찌된 영문인지 내 작문 공책은 돌려주지를 않는 것이었다

'아이구, 내 작문이 드디어 걸렸구나.'

어린 마음에 가슴이 철렁 내려앉는 듯했다. 그런데 와타나베 선생은 위엄 있는 목소리로 말했다.

"제군들, 조용히 한다. 내가 작문 하나를 읽어 줄 테니, 잘 들어 보도록!"

나는 누구의 작문을 읽으려는지 궁금하여 귀를 쫑긋하고 들었다. 선생님은 웅변하는 투로 작문을 읽기 시작했다. 그 순간 나는 내 귀를 의심하지 않을 수 없었다. 선생님이 읽기 시작한 작문은 고마쓰 교장 선생의 비리를 지적하여 쓴 내 글이었다. 아니, 세상에 이런 일도 다 있단 말인가! 다른 학생들은 숨을 죽인 채로 듣고 있었다. 어떤 학생은 힐끔힐끔 나를 쳐다보곤 했다. 아이들과 눈이 마주칠 때마다 어색하여 몸 둘 바를 몰랐다. 마침내 내 작문을 끝까지 다 읽은 와타나베 선생은 큰 소리로 말했다.

"여러분 똑똑히 들어요. 다른 학생들의 작문은 대체로 천고마비의 가을 하늘이 맑고 푸르고 어쩌고 하는 글이거나, 아니면 자기의 삶과 동떨어진 아름다운 문장을 흉내 낸 글이거나, 남의 글 흉내를 낸 글들이 많았어. 그러나 이런 글들은 다 죽은 글이야! 그런데 공병우 군의 글은 완전히 달라. 살아 있는 진짜 글이란 말이다. 앞으로 제군들이 작문할 때는 공병우 군처럼 살아 있는 글을 쓰기 바란다. 오늘 작문 시간에도 자유 제목을 또 줄

테니 살아 있는 글을 한번 써 보도록. 그리고 공 군의 작문은 《압록강일보》에 보내어 그 신문에 실리도록 할 테니 신문에 나거든 다시 잘 읽어보도록 해요."

나는 와타나베 선생의 이런 칭찬에 기뻐할 수만은 없었다. 내심으로는 고마쓰 교장 선생이 이 사실을 알게 될까 봐 걱정이 되어 마음이 조마조마했다. 와타나베 선생은 이야기를 끝내자마자 교실을 훌쩍 나갔다. 나는 작문 공책도 없이, 만약 교장 선생이 이 일을 알면 어쩌나 하고, 한 시간을 초조하게 보냈다.

수업이 끝난 뒤 알고 보니, 와타나베 선생은 1학년 교실부터 3학년 교실까지 가서, 수업 중이던 선생과 귓속말을 나눈 다음, 교단에 올라가 내 작문을 학생들에게 읽어 주었다는 것이다. 그뿐 아니었다. 심지어 와타나베 선생은 교무실에 가서 여러 선생님에게도 읽어 주었다는 것이었다. 그것도 고마쓰 교장이 의자에 앉아 있는데 교장을 비난하는 내 글을 낭독했다는 것이다. 이 사실을 알게 된 나는 이젠 갈 데까지 다 갔구나 하는 생각이 들어 앞이 캄캄했다.

나는 곧바로 기숙사로 가서 이불을 뒤집어쓰고 눕고 말았다. 이번에야말로 퇴학을 면할 길이 없을 것이라고 생각했다. 퇴학을 당한 후 어떻게 할 것인가를 생각하니 앞이 캄캄할 뿐이었다. 이 같은 작문 파동이 있은 지 사흘째 되는 날, 예측했던 대로 사환이 내게 왔다. "오늘 저녁 식사 뒤 교장 사택으로 오라"는 교장의 지시를 전하는 것이었다. 나는 속으로 '이제야 올 것이 왔구나' 하면서 한숨을 쉬었다. 이번에는 퇴학이 틀림없다고 생각했다. 당시의 관례로는 교장이 학생을 교무실로 불러, 여러 선생 앞에서 큰 소리로 꾸중하면 용서를 받을 학생이고, 퇴학을 시키기로 한 학생은 따로 사택으로 불러 조용히 타일러서 누구도 모르게 집으로 돌려보내는 것이 예사였기 때문이다. 내가 쓴 글 한 편이 내 운명을 송두리째 바꾸게 될 줄은 꿈에도 생각하지 못하고, 큰 화를 입을 것이라고 걱정이 태산 같았다. 사실은 와타나베 선생의 솔직하고도 긍정적인 비평으로 내 작문은 학생들에게는 말할 것도 없고 선생님들에게까지도 인정을 받은 것이다. 내 작문을 학교 전체에 공개한 와타나베 선생도 교장 선생이 어떻게 반응을 보일까를 주의 깊게 관찰하였지 싶다.

뒤에 다시 말하지만, 고마쓰 교장 선생은 내 비판을 선의로 해석했고, 그 바람에 내 앞길을 개척해 주는 데 앞장을 섰던 것이다. 내가 어린 나이에 쓴 글이니 뭐 그리 대단한 글이었을까마는, 적어도 내가 품고 있던 생각을 소박하게나마 정확하게 표시한 듯하다. 그 무렵 농업학교 기숙사에는 150명가량의 학생이 유숙하고 있었는데, 신문, 잡지를 읽는 학생은 나이외에 별로 없는 듯했다. 나는 어린 소년 시절에도 서울에서 발간되는 《경성일보》와 여러 잡지를 즐겨 읽었다. 그 독서 덕분에 다소나마 그런 글을 쓸 수 있었다고 생각한다. "독서는 성공의 어머니"란 말은 과연 옳은 말이다. 독서는 내 인격 형성에 큰 영향을 주었고, 내가 살아가는 데 필요한 지혜를 준 인생의 뿌리 구실을 해 주었다.

의사가 될 길이 열렸다

퇴학 처벌을 받을 것을 나는 이미 각오했지만, 집에 돌아가면 받게 될 아버지의 벌이 더욱 걱정이었다. 엄한 아버지께 뭐라고 변명해야 할 것인가? 그리고 퇴학당한 뒤의 내 앞날을 어떻게 설계해야 할까? 이불 속에서 3일 동안을 고민하다가 일어나 교장 사택을 찾아갔다.

드디어 나는 교장 선생 앞에 무릎을 꿇었다. 고양이 앞의 쥐가 된 기분이었다. '퇴학'을 어떤 방식으로 나한테 말씀하실 것인가 그것만이 남은 문제였다. 이윽고 교장의 말씀이 떨어졌다.

"공병우 군! 자네는 앞으로도 1년을 더 다녀야 이 학교를 졸업하겠지만, 이미 자네는 졸업생과 동등한 실력이 있다고 본다. 이 학교를 더 다닐 필요가 없어. 난 자네가 의사가 되고 싶다는 희망을 자네의 보통학교 교장의 추천서를 통해 진작 알고 있었다."

너무나 뜻밖의 말이었다. 교장 선생이 말했다.

"아직도 그 생각은 변함이 없는가?"

"예, 교장 선생님!"

뜻밖에 내 목소리는 당당했다.

"헌데 말이다, 의사가 된다는 것은 그리 쉬운 일이 아니야, 알겠나? 그래서 자네한테 묻고 싶은 게 있어. 치과 의사, 어때 해볼 생각은 없나? 그 길은 조금 수월한 길이 있거든. 경성(서울)에 사립 치과 전문학교가 있는데, 그 학교 교장과 나는 아주 막역한 사이지. 자네가 내 추천장만 가지고 가면, 형식적인 입학 시험만 보고 합격시켜 줄 거야. 치과 의사도 훌륭한 직업이야. 어때, 공 군의 생각은?"

고마쓰 교장 선생의 말은 너무나 뜻밖이었다. 나는 교장 선생의 말을 액면 그대로 믿을 수가 없었다. 교장의 꿍꿍이속이 무엇인가를 알게 된 것 같았다. 역시 예측한 대로구나, 결국 나를 내쫓겠다는 말이구나. 나는 속으론 이렇게 생각하면서도 입 밖으로는 아무 말도 못하였다. 교장 선생은 나에게 손수 차까지 권하면서, 계속해서 부드러운 말씨로 치과 전문학교를 적극 추천하는 것이었다. 심지어는 치과 의사는 돈도 잘 벌 수 있다면서 나를 설득시키려고 애를 썼다. 이런 식으로 나를 달래서 학교에서 내쫓으려 하는구나 싶어서, 나는 제발 퇴학을 시키지 말고 한 번만 용서해 달라고 싹싹 빌었다.

"교장 선생님, 저를 한 번만 더 용서해 주세요."

교장 선생은 계속해서 나에게 치과 의사의 길을 권했다. 시간이 많이 흘렀다. 이렇게 오랜 시간을 끌었으면, 교장 선생도 이젠 본심을 드러낼 때가 되었을 것이라 생각했다.

'넌 퇴학 처분이니 아무도 모르게 집으로 가는 게 좋겠다' 하는 말이 곧 떨어질 것만 같았다.

기숙사의 소등 시간인 10시가 다 되었다. 무릎을 꿇고 마음 속으로 계속 퇴학만은 시키지 말아 달라고 빌고 있는 나에게, 교장 선생은 치과 의사에 관심을 가져 보라는 권고만 계속했다. 교장 선생의, 끈질긴 권고는 두 시간 이상이나 계속되었다. 지루한 권고에 도리어 내가 질릴 지경이었다. 나는 교장 선생의 진심을 떠볼 양으로 여쭈어 보았다.

"교장 선생님, 만일 제가 경성에 가서 치과 전문학교에 합격이 안 되면 다시 돌아와서 공부할 수 있게 해 주시겠습니까?"

교장 선생은 지체 없이 대답했다.

"아, 그야 물론이지, 되돌아와 공부를 할 수 있다마다."

아니, 세상에 이런 일이 다 있단 말인가! 이 말을 액면 그대로 과연 믿어야 한단 말인가! 그러면서도 나는 그 말을 액면 그대로 믿고 싶었다. 이왕 내친 김에 나는 용기를 내어 또 한 가지 질문을 덧붙였다.

"치과 학교가 있는 서울로 가는 길에 평양의학강습소에 들러 시험을 한 번 쳐 봐도 좋습니까?"

그 무렵에 평안남도 도청에서 '평양의학강습소'를 설립하여, 내년 4월부터 도비로 운영한다는 소리가 있었다. 이 강습소만 나오면 서울의 총독부 의사 검정 시험을 칠 수 있는 자격을 주게 된다는 것이었다. 교장 선생이 빙그레 웃으면서 대답했다.

"그야, 네가 원한다면 얼마든지 좋다."

"거기서 떨어져도 돌아와 공부할 수 있게 해 주시겠습니까?"

나는 내 잘못은 까마득히 잊고, 염치 좋게 말했다.

"그래, 그래, 그렇게 해! 그러나 그 강습소는 장차 의학 전문학교로 승격시킬 것을 전제로 정부에서 세운 강습소거든, 그래서 정규 고등학교 졸업생들도 입학 시험에 합격하기가 무척 힘들 거야, 더군다나 자네는 물리학, 수학, 화학 등을 도무지 배운 적이 없는 농업학교의 2학년 재학생이니, 시험 칠 자격조차 미달인 셈이야. 자네가 합격할 가능성은 거의 없어. 수학, 물리, 화학을 배운 고등학교 정규 졸업생들도 합격하기가 어려운 의학 강습소에 수험 과목들을 전혀 배우지 않은 자네가 어떻게 합격을 바랄 수가 있겠나? 하지만 굳이 하고 싶으면 해 봐."

그리고 고마쓰 교장 선생은 나에게 분수에 맞지 않는 욕심은 부리지도 말라는 교훈까지 곁들이면서 내 앞날까지 걱정해 주었다. 어쨌든 나는 입시에 실패를 하더라도 학교에 되돌아와 공부할 수 있다는 언약을 받아 놓은 셈이다. 그래서 일단은 안심이 되었다.

다른 학교로 옮겨가겠다는 학생이 있으면, 왕방울 같은 눈을 부라리며 호통을 치던 바로 그 고마쓰 교장 선생이 이렇게 인자하게도 나에게는 두 군데씩이나 갈 수 있도록 허락을 해 주었으니 도무지 믿어지지가 않았다. 고마운 생각보다 의아하다는 생각이 앞섰다. 그것도 바로 자신을 비판한 학생에게 온정이 넘치는 특혜까지 주겠다니, 어안이 벙벙해질 수밖에 없는 일이었다. 내가 정말로 불합격하고 돌아와도 받아줄 것인가? 나를 퇴학시키기 위한 교묘한 술책이 아닐까? 나는 반신반의하면서도 우선 당장에 퇴학은 안 당하게 된 것은 틀림없는 것 같아, 고마쓰 교장 선생님께 '고맙습니다'라는 인사를 거듭하고 기숙사로 돌아왔다.

그 뒤 처음으로 일요일을 맞았다. 나는 새벽에 학교에서 2킬로미터 거리에 있는 압록강으로 나가서 한국인의 뱃삯보다 값이 싼 중국인의 돛단배를 타고 신의주로 내려갔다. 자동차로 가면 한 시간에 갈 수 있지만, 배로는 여러 시간 걸렸다. 마침 나간 김에 책도 사려고 신의주에 있는 서점에

가 보니, 책값이 너무 비싸 도저히 살 수가 없었다. 압록강 철교를 걸어서 건너 중국 안동현 도둑거리까지 찾아갔다. 주로 아편쟁이들의 소행이겠지만, 신의주에서 도둑맞은 학생들의 책들이 이곳 도둑 시장에서 헐값에 팔리고 있었다. 나는 정규 인문계 학교인 신의주고등학교의 학생들이 교재로 사용하는 물리학, 수학, 화학 등 세 가지 책을 싼값으로 사 가지고 다시 중국인 돛단배를 타고 밤 늦게 희망에 부풀어 기숙사로 돌아왔다.

합승 자동차를 이용하면 두 시간에 왕복할 수 있는 거리를, 새 책도 아닌 헌책 세 권을 사는 데 돈을 아끼느라고 왕복 열두 시간 넘게 걸리는 쇼핑을 한 것이다. 지금 생각하니 그 당시는 시간보다도 돈을 더 귀중하게 여긴 시절이었다. 그래도 세 권의 책을 사 든 내 입에서는 휘파람이 절로 나왔다. 희망에 넘치는 기쁜 마음으로 국경을 넘어 압록강을 거슬러 돌아온 그때의 기억은 지금도 생생하다.

한 학기의 시험을 앞두고 나는 밤낮으로 공부에 몰두했다. 그야말로 학교에서도 가르치지 않는 수학, 물리학, 화학을 독학으로 자습하는 힘겨운 공부를 시작한 것이다. 기숙사는 밤 10시가 되면 취침 시간이어서 누구나 불을 끄고 자야만 했다. 나는 이불 속에다 전등을 감추고 공부를 계속했다. 사감 선생한테 들키면 벌을 받게 되어 있으니까. 나중에는 새벽 4시가 되어도 잠이 오지 않았다. 공부 독이 올라 잠이 달아났다기보다는, 새 학문의 공부가 재미있어 시간 가는 줄도 몰랐기 때문이다. 수험생들이 겪기 쉬운 신경쇠약에 걸리지 않도록 예방해 가며, 나는 석 달 동안 무섭게 공부에 열중하였다. 그야말로 뼈를 깎는 시험공부였지만, 앞날의 희망으로 즐겁기만 했다. 그러나 독학으로 생소한 학문을 교과서만 갖고 씨름해 가며 펼쳐 나가는 공부였으니 결코 쉬운 일이 아니었다. 나는 끝없는 지적 호기심에 불이 붙어 지칠 줄 모르고 열심히 공부를 했다. 한정된 시간 안에 세 과목을 골고루 공부하자니 초조하긴 했지만 계획표대로 순조롭게 잘 진행되었다.

평양의학강습소의 시험 과목은 물리, 수학, 화학, 작문 등 모두 네 과목이었다. 그런데 시험을 몇 주 앞둔 어느 날 뜻밖의 사태가 벌어졌다. 하루는 같은 방의 실장인 상급생이 나에게 밑도 끝도 없이 말했다.

"너 평양의학강습소에 시험 보러 간다며?"

"……."

나는 그가 무슨 소리를 하려는 것인지 몰라 쳐다만 보고 있었다.

"너, 그거 단념하는 게 좋겠다고 교장 선생님이 말씀하시더라."

청천벽력 같은 소리였다. 나는 그 이유를 캐묻지 않을 수 없었다.

"교장 선생님이 나더러 네게 가서 이 말을 자세히 전하고 오라셨어."

실장은 교장에게 불려 가서 교장에게 들은 이야기를 나에게 전해 주는 것이었다.

"사실은, 교장 선생이 공병우 네게 잘 설명해서 평양의학강습소 입학시험 보는 것을 단념하도록 권고해 보라는 거야……."

나는 또 한 번 놀라지 않을 수 없었다.

"아니, 교장 선생님께서 이미 허락을 해 주시고서는 이제 와서 이럴 수가……."

나는 온몸이 떨렸다.

"글쎄, 교장 선생님의 처지가 참 딱하게 됐어. 알다시피 말이다."

실장이 전하는 말을 나는 눈을 감은 채 듣고만 있었다.

"왜 있잖아, 신학기가 되면 으레 다른 학교에 입학원서를 내는 학생이 생기게 마련인데, 글쎄 이번엔 학교를 떠나려는 학생들이 부쩍 늘어나 문제가 됐다는 거야. 그래서 교직원 회의가 정식으로 소집되고, 그런 학생에 대한 징계 문제까지 논의하게 됐다는 거야……."

어떤 선생은 교장에게 대놓고 "공병우에게는 공공연하게 다른 학교로 가라고 교장이 직접 말해 준 일까지 있다니, 이게 어디 말이 됩니까? 그러면서도 다른 학생들은 다른 학교로 못 가게 처벌할 수가 있어요?" 하고 따지며 항의를 했다는 것이다. 그래서 교장은 처지가 몹시 난처하게 되어, 마침내는 모든 교직원들 앞에서 사과를 하면서 여러 선생에게 자초지종을 밝힐 터이니 양해해 주기 바란다고 했다는 것이다. 그 내용은 바로 이런 것이었다.

"내가 자진해서 공병우 군에게 권고한 서울 치과 학교 입학 건은 교육자인 내 소신도 있고 위신에도 관계되는 신의 문제가 있기 때문에 취소하기가 힘듭니다. 그렇지만 공병우 군이 제안한 평양의학강습소의 입시 문제만은 취소시키도록 하겠으니 양해해 주기 바랍니다."

나는 실장의 말을 듣고 교장이 나 때문에 난처한 지경에 빠진 것을 분명히 알았다. 당시 농업학교의 신입생은 100명 가까이 되었지만 졸업할 무렵에는 도중에 이리저리 다 빠져나가 30여 명밖에는 남지 않았다. 학교 당국으로서는 다른 학교에 몰래 입학시험 보는 것을 막기 위해서, 해마다 신학기가 가까워 오기만 하면, 신경을 곤두세우고 이 문제를 심각하게 다루곤 했던 것이다. 이런 학교 사정을 알고 있던 나는 선뜻 실장에게 잘라 말했다.

"평양에 가는 걸 포기한다는 말을 교장 선생님께 전해 주세요."

이것이 나 때문에 곤경에 빠진 고마쓰 교장 선생을 도와드리는 길이라고 생각했다. 그 뒤 나는 치과 학교라도 꼭 입학해야겠다는 한 가지 목표를 세우고 시험 공부를 더 열심히 했다.

의사가 되고 싶은 집념

마침내 시험 날이 다가왔다. 나는 가슴 설레며 서울 치과 학교를 향해 떠났다.

'만일에 합격이 안 된다면 어떻게 하지? 까짓것 그러면 할 수 없지. 고마쓰 교장 선생이 나에게는 되돌아와 공부 할 수 있도록 허락해 주셨는데 뭐. 그러니, 떨어지면 학교로 돌아와 다시 농업학교 학생이 되어 얌전히 3학년을 공부하고 졸업하면 그만 아닌가.'

서울로 향하는 기차 속에서 이런 생각 저런 궁리를 하였다. 그러는 중에 내가 한번 마음먹은 의사가 되겠다는 꿈, 그 꿈을 반드시 이루고야 말겠다는 집념이 또다시 꿈틀대기 시작했다. 그렇다, 그 꿈을 포기할 수는 없다. 나는 반드시 그 꿈을 이루고야 말 것이다. 평양의학강습소로 가자. 그러나 그것은 교장과의 약속을 어기는 일이었다. 나는 서울로 가다가 도중에 평양역에서 내리고 말았다. 만약 합격을 못하면 서울로 가서 치과전문학교 시험을 보기로 하고, 평양의학강습소의 시험을 보았다는 사실은 숨기려고 했다. 쥐도 새도 모르게 갑자기 한 일이니 우선 시험부터 슬그머니 치르고 볼 일이라고 생각했다. 시험장으로 갔다. 그런데 뜻밖에도 시험장에서 그만 그해에 졸업한 선배 한 사람을 만나게 되었다. 우리는 눈이 마주치는 순간 서로 깜짝 놀랐다. 그 선배는 졸업을 하고 정식으로 시험을 보러 온 학생이었다. 바로 그 선배의 눈에 띄었으니 머지않아 학교에 소문이 쫙 퍼질 것은 뻔한 일이었다. 새로운 걱정을 하나 더 만든 셈이다. 그래도 나는 이미 엎지른 물이라 생각하고, 이왕 치는 시험이니, 최선을 다해야겠다고 다짐하고 시험장으로 들어갔다.

나중에 합격자 발표를 보니, 그 선배에게는 안 된 일이지만 다행히도 나는 합격이 되었고, 그 선배는 낙방이었다. 그날 작문 시험 문제는 "왜 너는 의사가 되려고 하는가?"였다. 어떻게 썼는지 지금 자세히 생각은 안 나지만, 내가 의사가 된다면 의사가 없는 무의촌에 가서 고통을 받는 환자들을 돕겠다는 생각을 썼던 것 같다. 그리고 어렸을 때부터 품고 있었던 의사가 되고 싶은 간절한 꿈과 반드시 의사가 되겠다는 끈질긴 집념도 설득력 있게 적었던 것 같다. 이때 항간에서는 "평북 산골의 농업학교 2학년짜리 아이가 정규 학교인 평양 고보의 우등 졸업생하고 함께 입학이 되었다더라"는 소문이 떠들썩하게 돌았다.

그때 내가 만약 평양에서 하차하지 않고 서울로 직행했더라면 나는 어떻게 되었을까? 아마도 내 인생은 치과 의사 공병우로 바뀌었을지도 모른다. 고마쓰 교장 선생에게 약속을 어긴 일을 사과도 할 겸, 합격 소식을 전하러 학교에 갔더니 교장 선생은 꾸중은커녕 이렇게 말했다.

"것 봐, 내가 뭐랬어. 자넨 우리 학교에 더 다닐 필요가 없다고 했잖아? 졸업생 최 군은 낙방이 되고 자네는 합격이 되었으니 내 말이 맞았다."

고마쓰 교장 선생은 마치 자기 친자식의 합격 소식이나 접한 듯이 좋아 어쩔 줄을 모르고 기뻐했다. 이렇게 극진히 나를 아끼고 사랑했던 고마쓰 교장 선생을 어린 나는 그때까지만 해도 '나를 다른 데로 쫓아 보내려 했던 분이지만, 내가 뜻하지 않게 의학 강습소에 합격이 됐다니까 어쩔 수 없이 이제 적당히 좋게 얼버무려 하는 말일 게다' 하고 오해를 하였다. 실로 어리석은 오해였다. 그때는 사실 내가 너무 어려 철이 없었기 때문이었다.

지금 내 나이 여든이 넘어서 고마쓰 교장 선생을 생각하니 그분의 은덕이 눈물겹도록 고맙다. 물론 고마쓰 교장 선생 외에도 나를 키워 준 은인은 한두 분이 아니다. 그런 은인들에게 조금도 보답하지 못하고 오늘에 이른 것은 오직 내 교만함 때문이다. 그 은인들은 이미 세상을 떠났으니 결국 나는 보답할 시기를 놓치고 배은망덕한 인간이 되고 말았다. 내가 이 은인들에게 보답하지 못한 것은 딴 사람한테라도 갚아야만 눈을 감을 수 있을 것 같다.

의사가 되고 싶다는 강렬한 집념대로 처음 관문은 무사히 통과한 셈이다. 이 강습소는 이른바 서울 총독부에서 해마다 봄, 가을로 두 차례 실시하는 의사 검정 시험을 보기 위한 시험 준비와 자격을 얻기 위한 곳이었다. 그러니 또 본격적인 의사 시험의 관문이 내 앞에 놓여 있는 것이었다. 나는 자취를 하면서 열심히 의학 공부를 했다. 내 손으로 옷도 빨아 입어야 했고 양말도 기워 신어야 했다. 객지에서 열심히 공부만 하고 있던 나는, 연상의 아내가 우리 집에서 시집살이를 하고 있다는 사실조차 까마득히 잊을 정도로 공부에 전념했다.

나는 검소한 자취 생활을 하면서도 신문, 잡지나 필요한 책을 사는 데는 돈을 아끼지 않았다. 옷맵시 따위는 예나 지금이나 관심 밖의 일이었다. 강습소에서 공부하는 2년 반 동안에 의학의 기초가 되는 조직학도 열심히 공부했다. 조직학은 의사 검정 시험의 수학 과목은 아니다. 그래서 조직학을 공부하는 학생이 별로 없었다. 그러나 나는 조직학이 의학의 뿌리 구실을 한다는 사실을 알고 조직학부터 철저하게 공부했다. 이런 내 판단은 옳았다. 결국 그때 철저히 공부했던 조직학의 기초가 뒷날 내 의사 생활에 크나큰 도움이 되었음은 두말할 나위도 없다. 물론 의사 검정 시험 공부도 여러 과목을 골고루 하였다. 이 강습소에 입학한 학생의 대부분은 일본인이었고, 한국 학생은 전체 학생의 1할 정도밖에 되지 않았다.

평생에 졸업장을 받아 본 적이 없다

나는 평생 졸업장을 받아 본 적이 없다. 학교를 못 다녀서 졸업장이 없는 것이 아니라, 졸업장 받을 학년을 항상 월반으로 생략하고 말았기 때문이다. 지금까지 나는 사회생활 하는 데 졸업장 없는 학력을 부끄럽게 생각해 본 적이 없다. 태어날 때부터 8개월 만에 태어나서인지 교육 과정은 초등학교에서 나중에 의사가 될 때까지의 과정 모두 한결같이 속성으로 진행되었다. 남들은 몇 년 걸릴 일을 나는 검정 시험이나 자격시험을 거쳐 속성으로 통과한 것이다. 나로선 꿈에도 생각하지 못한 의학 박사의 학위도 정규 대학 졸업생이 보통 4년 걸려 따내는 것을 2년 만에 땄다. 내가 공부하던 그때는 일제 때였지만 졸업장보다도 실력을 소중하게 여기던 때였다.

나는 졸업장에 연연하지 않는 사람이다. 도대체 졸업이란 무엇인가? 공부를 끝냈다는 뜻이 아닌가. 죽는 날까지 학업은 계속될 일이지, 어떤 교육 과정을 졸업했다는 것은 내게 별로 의미가 없다. 나는 죽는 날까지 졸업하지 않고 계속 공부하고 싶다. 그래서 나는 지금도 날마다 공부한다. 교육계에서는 평생교육이란 말이 있는 모양인데, 나는 바로 그 평생교육을 목표로 살고 있다. 평생교육에 어찌 졸업이란 게 있을 수 있겠는가. 나는 졸업장 없이 공부를 계속해 온 것을 오히려 자랑으로 생각한다. 졸업장 따기 위해 대학을 다닌다는 사회 풍조도 있고, 대학 간판이 있어야 결혼할 수 있다는 경박하고 좋지 않은 풍조가 있는 모양인데, 이 같은 간판주의를 나는 몹시 경멸한다. 졸업장을 코에 내걸고 취직이나, 출세나, 시집갈 때의 간판 미끼로 삼으려는 우리나라의 사회 분위기는 정말 잘못된 것이다. 실력 있는 사람이 정당한 대접을 받고 사는 사회가 참다운 민주 사회라고 생각한다.

제3장

스무 살에 합격한 의사 검정 시험

첫사랑과 의사 검정 시험

평양의학강습소에서 공부한 지 1년 뒤에 나는 서울에 올라가 조선총독부에서 실시하는 의사 검정 시험 제1부에 응시하였다. 응시자는 대부분이 일본인이었다. 그때 평양 의학 강습생 50명 가운데 약 40명가량이 제1부에 응시하였으나, 1부 합격자는 다만 세 사람뿐이었다. 그 합격자 세 사람도 모두 한국인이었다. 평양고보 출신 우등생 두 사람과 나였다. 낙방한 일본인 가운데는 평양 도립병원에서 10년 동안 근무했던 두 사람이 있었다. 총독부 의사 검정 시험은 한 해에 봄과 가을 두 번 있었다. 10년 동안 스무 번이나 시험을 보았지만 1부 합격을 못한 이도 있었다. 일본인 합격자는 극히 적었다. 사람의 생명을 다루는 의사 검정 시험이라 동정하거나 사정을 참작하는 일은 조금도 없는 듯했다. 나는 이때의 의사 검정 시험이 얼마나 엄격하고 공정한가를 알았다. 일제 치하이긴 했지만 일본인이라도 실력 없는 사람은 정실로 합격시키지 않는 것을 보고, 당연한 일이기는 하지만 참으로 큰 감동을 받았다. 무슨 일이건 공정하게 처리하는 것이 매우 중요하다는 것을 나는 이때 배웠다.

제1부 시험의 관문은 돌파했지만 제3부까지 계속해서 합격하기란 그리 수월한 것이 아니었다. 정규 학교에서 제대로 공부한 사람한테 뒤지지 않으려고 안간힘을 다해서 공부를 열심히 했다. 그렇게 한 보람이 있어 그 이듬해에 나는 무난히 제2부에도 합격할 수 있었다. 그리고 또 그 반년 뒤에 제3부 시험까지 무난히 통과할 수 있었다. 그러니까 나는 평양의학강습소 2년 반 동안에 의사 검정 시험의 모든 과목을 세 번 응시하여 한 번도 낙방하지 않고 거든히 통과한 셈이다. 더욱이 제3부 시험은 일반 학과 시험과 다른 내과와 외과의 임상 시험이어서 강습소의 공부도 도립병원에 나가, 임상 실습을 하는 일과로 꽉 짜여 있었다. 그래서 제3부 시험이 가장 어려운 관문으로 알려졌던 것이다.

임상 실습을 할 때의 일이다. 한 간호사가 유난히 나에게 관심을 쏟고 있는 것을 뒤늦게 알게 되었다. 나는 16살 때 결혼은 했지만, 그때까지 여성을 전혀 모르는 순진한 청년이었다. 이 간호사가 아름답게 보이기 시작했고, 처음으로 여자를 생각하게 되었다. 흔히들 말하는 첫사랑이었던 것 같다. 그러다 보니 나는 사랑에 빠져 열병을 앓게 되었다. 내가 화끈 달게 되니 그렇게도 적극적이던 그녀가 이번에는 반대로 나를 멀리하는 것이 아닌가. 끝내 그녀는 나를 배반하고 내 곁을 떠나고 말았다. 아마도 내가 결혼한 사람이란 것을 후에 알게 된 때문이었을까? 이때 겪은 실연의 상처는 나에게는 대단한 것이었다. 그 바람에 나는 비통한 나날을 보내고 있었다. 이런 사랑의 쓴잔을 마셔 본 사람만이 인생의 가치도, 참사랑의 맛도 알 것이라고 생각한다. 나는 지금도 첫사랑에 성공한 사람은 인생의 참맛을 모르는 불쌍한 사람이 아닌가 생각한다.

그 뒤 나는 앞으로 어떻게 살 수 있단 말인가 하고 스스로를 매우 비관하였다. 그런 비관에 빠지자 인생 전체가 절망의 늪으로 가라앉는 듯한 느낌이었다. 그러나 나는 이 같은 좌절을 딛고 의사가 되는 목표를 향해 돌진해야겠다는 결의를 새롭게 하였다. 여성에 대해 눈을 뜬 나는 방학이 되자, 처가로 가서 처남댁에게 앞으로 의사가 되면, 내 처와 함께 살림을 하겠다는 말을 했다.

이 무렵에 처음으로 아내와 잠자리를 같이 해봤으나 웬일인지 성사가 되지 않았다. 나는 아내가 불임이라는 것을 그 당시는 알지 못하고 지나쳤다. 방학이 이렇게 끝나고 겨우 마음의 안정을 얻을 수 있었다. 강습소로 돌아와서 나는 다시 공부에 열중하려고 무척 애를 썼다. 하루하루를 바쁜 일과 속에서 보내는 동안에 내 마음의 상처도 차츰 아물어 가는 듯했다. 이제 제3부 시험 준비를 철저히 해야겠다는 것이 내게 당면한 목표였다.

어느 날 난데없이 고향에서 아내가 찾아왔다. 아내는 부인과 계통의 신체적 결함을 제거하는 수술을 받기 위해 평양 도립병원엘 찾아왔다는 것이다. 가장 어려운 시험을 눈앞에 두고 간신히 마음을 잡고 새로운 각오로 임하려던 나에게는 또 한 번의 충격이 아닐 수 없었다. 강습생들에게 환자를 직접 진찰하게 하고 치료 처방을 내리게 하는, 까다로운 임상 시험인 3부 시험을 위해 긴장된 실습을 계속하고 있던 중이었다. 나를 찾아온 것이 아니라 도립병원을 찾아왔다는 것이지만, 나를 믿고 찾아온 그녀를 남처럼 대할 수는 없는 일이었다.

아내는 수술할 모든 수속을 마치고 아무 말 없이 수술실로 들어갔다. 그런데 이게 웬일인가? 수술이 끝날 예정 시간이 지났는데도 나오지 않는 것이었다. 나는 놀라서 들어가 알아보니 마취에서 깨어나지 못하고 있었다. 결국 아내는 수술을 받은 날 밤, 이 세상을 떠나고 말았다. 아내는 참으로 불쌍하고 기구한 여인이었다. 남편과 따뜻한 정 한 번 나누며 살아

보지도 못한 채 죽은 아내가 너무나 불쌍했다. 한동안 나는 아내가 죽은 슬픔에 젖어 우울한 나날을 보냈다.

여러 해 동안 시험 준비에만 골몰하며 공부 말고는 아무것도 모르고 살아왔던 나에게 간호사와의 첫사랑의 실패, 그리고 아내의 갑작스러운 죽음 등은 인생을 비관하여 자살을 꿈꿀 만한 큰일이 아닐 수 없었다. 그러면서도 한편으로는 오로지 제3부 시험 합격에만 희망을 걸어 왔는데, 아무래도 합격할 만한 성적이 못 된다고 생각되었다. 세상이 온통 또다시 비관 속에 허물어져 가는 듯했다. 나는 여인숙 방에서 뒹굴다가 그래도 합격자 발표만은 보고 나서 어떤 결단을 내려야겠다고 생각했다. '어쨌든 간에 난 낙방이야, 낙방하면 차라리 죽고 말 거야' 하는 극단적인 생각을 품고 있었다.

이것은 실로 경솔한 생각이었다. 이번에 제3부 시험에 떨어지면 다음번에 또 보면 되는 것이다. 그런데 나는 그때 합격 발표가 있기 전인데도 한강에 나가 자살할 궁리를 하고 있었다. 이렇게 극단적인 생각을 하고 있었으니 정말 어떤 사고라도 낼 것 같고 무슨 일을 저지를 것 같았다. 그런데 뜻밖에도 제3부 합격자 발표를 보고 온 친구가 내 합격 사실을 알려 주었다. 나는 내가 합격한 것이 믿어지지가 않았다. 합격이란 말을 듣는 순간 내 귀를 의심하지 않을 수 없었다. 만일 이때 낙방했더라면 어떤 일이 벌어졌을까? 지금 생각해도 참으로 무섭고 끔찍한 일을 저질렀을 것만 같아 아찔하다. 하느님은 스무 살밖에 안 되는 어린 나에게 의사 자격을 부여하는 조선총독부 의사 검정 시험 합격을 허락하여 주셨고, 또 신경쇠약으로 자살할 뻔한 젊은 생명까지 건져 주셨다. 그렇게 나는 이중의 기쁨을 누리게 된 것이다.

이로써 의사가 되고 싶다던 소원이 이루어졌다. 보통학교(초등학교)도 5학년에서 건너뛰어 농업학교로 들어갔고, 그 농업학교에서도 요즘으로 말하면 중학 2학년 때 대학 과정 같은 강습소로 시험을 쳐, 뛰어올라 갔고 대학교 의과 대학 과정도 2년 반 동안에 해낼 수 있었다. 내 인생 전부가 온통 검정 시험, 전학 시험 등으로 소정의 졸업 햇수를 채우지 못하고 미리 앞을 달렸으니 그야말로 철저한 팔삭둥이 인생이 된 듯하다.

나는 지금 이런 생각을 한다. 내가 고마쓰 교장 선생을 비판한 작문을 낼까 말까 하고 몹시 망설이다가, 용기가 없어 내지 않았더라면 내 운명은 어떻게 되었을까? 그 학교를 졸업하고 시골로 가서 면서기나 군청 공무원이 되었을 것이라고 생각한다. 다행히도 그때 용기 있게 작문을 낸 덕분에 나는 의사의 길로 나가게 된 것이다. 항상 부정과 불의에 대해 투쟁할 수 있는 용기가 그 사람의 운명을 좌우하는 것이 아닌가 생각한다. 그리고 나는 "붓은 칼보다 강하다"는 말을 잘 인용한다. 부정과 비리를 비판하는 글은 원자탄보다도 강한 힘을 나타낼 수 있다고 믿는다. 예를 들면 송현 씨가 《샘이 깊은 물》 1989년 5월호에 발표한 〈조선글 타자기를 공개한다〉라는 글은 국가의 흥망을 좌우할 수 있을 만큼 힘있는 글이라고 생각한다.

의사가 되어 신의주로 가다

나는 의사 검정 시험에 합격이 되었다고는 하지만 아직 햇병아리 같은 심정으로 의사 실무 수업을 시작해야만 했다. 겨우 의사 자격만 따낸 것이니 이제부터 본격적인 의사 수업을 해야 될 판이다. 그러자 오늘이 있기까지의 내 자신을 되돌아볼 여유도 생겼다. 그야말로 의사가 되어야겠다는 집념 하나로 숨가쁘게 달려온 세월이었다. 너무 조급하게 살아왔구나 하는 반성도 하였다.

첫 부임지인 신의주로 떠났다. 경의선의 지루한 기차간에서 나는 또다시 새로운 꿈에 잠기고 있었다.

"나도 '노구치 히데요(野口英世)'와 같이 훌륭하고 세계적인 학자가 되어야지."

이것이 내 다음 목표였다.

'노구치 히데요'는 1897년에 페스트균을 발견한 일본의 세계적인 세균학자이다. 그는 이어 1900년에 미국에 있는 록펠러 의학 연구소에 있으면서 황달, 트라코마를 연구하였고, 이어 매독 병원체인 스피로헤타를 순수 배양하는 데 성공한 학자이다. 이밖에도 공수병, 소아마비 등의 연구에도 공헌이 컸다. 그런 분이 1928년 아프리카에서 황열병을 연구하다가 그만 감염이 되어 아깝게도 세상을 떠나고 말았다. 나는 인류를 위해 자기의 인생 전부를 송두리째 바친 그의 삶을 그대로 본받고 싶었다. 나는 그의 전기를 너무나 감명 깊게 읽었다.

신의주 도립병원에 취직되어 간다는 소식이 가족에게 알려지자 평소에 말수가 적은 어머니까지도 기쁨을 감추지 못하는 눈치였고, 아버지는 말할 것도 없고 할아버지 또 5촌 아저씨께서도 집안에 큰 경사가 난 것처럼 기뻐하셨다.

이때 농업학교의 고마쓰 교장 선생은 은퇴를 하고 서울에 와 있었다. 나는 의사가 되고 난 뒤에야 고마쓰 교장 선생의 고마운 참뜻을 깨닫게 되어 큰 바구니에 과일을 들고 자택으로 찾아뵙고 정중하게 고맙다는 인사를 올렸다. 일본인이긴 했지만 제자를 아끼고 사랑한 교육자의 참모습을 볼 수 있었다. 고마쓰 교장 선생도 의사 검정 시험에 내가 합격했다는 말을 듣고 내 손을 꼭 잡아 주면서 무척 기뻐하였고 "앞으로 더욱 열심히 하게" 하고 격려해 주는 것이었다.

내가 신의주에 수월하게 취직된 것은 아마도 평안북도 평의원이면서 면장이었던 5촌 아저씨의 영향력이 작용된 것이 아닌가 생각한다.

마침내 나는 신의주 도립병원에 의사로 취직하였다. 나는 내과 의사인 '다무라' 원장의 조수 겸 병리 실험실 담당이 되었다. 주로 환자의 피나 대소변, 고름 같은 것들을 검사하고 세균 배양도 하였다. 내 결벽성 때문이었는지, 실험실이 항상 깨끗하고 정돈이 잘 되어 있다고 모든 사람으로부터 칭찬 받던 것이 지금도 생각난다.

시간이 어떻게 가는지 모를 정도로 바쁘면서도 즐거운 나날을 보냈다. 금의환향해 의사로 근무한다는 긍지 때문이었는지도 모른다. 그런 생활 속에서 또다시 '노구치 히데요 같은 훌륭한 세계적인 세균학자가 되어야지' 하는 욕망의 싹은 무럭무럭 자라나고 있었다. 나는 그의 전기를 되풀이해서 읽으면서 독일어 공부를 시작했다. 학자가 되려면 우선 어학부터 본격적으로 해야겠다는 생각으로 독일어 가르치는 독일 부인이 국경 넘어 중국 안동 현에 있다는 소리를 듣고, 개인 교습을 받기 위해 압록강 다리를 걸어다니면서 공부했다. 그러나 워낙 독일어 기초가 약해 그런지 오래 계속하지 못했다. 내 딴에 용기를 갖고 시작한 어학 공부였지만 힘에 부쳐 얼마 안 가 포기하고 말았다.

외나무다리에서 만난 원수

병원에 취직한 지 반년쯤 지난 어느 날, 나는 도청 경무과에 가서 순사(순경) 지망생들의 신체검사를 맡게 되었다. 순사 지망생들은 모두 발가벗고 줄을 섰다. 조수에게 몸무게를 달고, 또 키를 잰 다음 순사 지망생이 내 앞으로 와 앉으면 나는 그들의 얼굴색과 눈과 콧속, 입 안을 검진하고, 가슴을 진찰한 다음, 성기에서 고름이 나오는가를 손으로 훑어보는 검사까지 했다. 그때에는 성병에 걸린 젊은이들이 많았다.

이렇게 순서대로 검진을 하고 있을 때다. 그때 스무 살밖에 안 되는 애

송이 의사인 내 앞에 나이가 많이 들어 보이는 몸집이 큰 청년이 고개를 푹 숙이며 앉았다. 나는 별 생각 없이 먼저 얼굴과 눈부터 검진하기 위해서 그의 머리를 잡아 젖혔다. 고개를 젖히고 보니 낯익은 얼굴이었다. 3년 전에 의주 농업학교에서, 자기에게 잡지를 안 빌려준다고 나를 때린 바로 그였다. 뜻하지 않은 사람과 뜻하지 않은 자리의 해후에 무슨 말을 꺼내야 할지 몰라 잠시 당황하였지만, 나는 즉시 의사라는 신분으로 돌아와 검진하면서 어색한 분위기에서 벗어났다. 그는 순사로서 알맞은 건강한 몸이었다. 그 뒤 그가 과연 순사가 되었는지는 알 수 없었다. 원수는 외나무다리에서 만난다는 속담이 이런 경우를 두고 하는 말인가 보다. 하필이면 3년 전에 내 뺨을 후려쳤던 상급생이 내 앞에 고개를 숙인 채로 진찰을 받게 될 줄이야 꿈에도 상상 못할 일이었다. 젊은 시절을 회상할 때마다 떠오르는 그 상급생의 얼굴, 그 기연의 사나이는 해방 후 어떻게 달라지고 지금은 어디서 어떻게 무엇을 하며 지내고 있을까? 여든이 넘은 지금도 이따금 아이처럼 그 원수(?)가 그리워진다. 의사 첫해에 겪는 것은 모두가 새롭고 신기하고 흥미 있는 일들뿐이었다.

한번은 이미 몇 해가 지난 살인 사건의 시체 검진을 하게 되었다. 해부도 해 보지 않은 나였기에 매우 당황하였다. 신의주 지방 법원 관리들과 같이 태천이란 시골에 출장을 가서 파낸 시신은 앙상한 뼈만 남아 있었다. 내 전공도 아니었지만, 뼈 상해 검시 보고서를 난생처음 쓴 일도 무척 인상에 남는다. 지방에서 의사 노릇을 하다 보면, 자기 전공 이외의 분야도 임기응변으로 돌봐 줘야 할 때가 종종 있다.

이 무렵, 나는 처음으로 평양 공창에서 만든 국산 단발 치기 사냥총을 35원 주고 사서 도요새, 물새 사냥을 다니기도 하였다. 그때 바다의 물때를 몰라 익사할 뻔한 기억은 지금도 생생하다. 바닷가에 가서 오리를 잡으려다가 밀물이 들이닥쳐 물에 빠져 죽을 뻔하였다. 유치한 단계의 사냥이었지만 의사 생활 시작과 함께 사냥 경력도 시작된 셈이다. 사냥에 미칠 정도로 재미를 붙이지는 못했어도 '물오리 잡으려다가 물에 빠져 죽는다'라든지 '사슴 잡으려는 욕심만으로 사슴을 뒤쫓다간 길을 잃고 산에서 죽는다'는 사냥꾼 세계에서만 통하는 경계의 말들을 익히기 시작한 시절이다. 그때 나는 의사 신분이어서 수렵 허가를 내기도 수월했다.

신의주 병원 안에는 한국 의사라고는 조진석 선생과 나밖에 없어, 우리는 친형제처럼 사이좋게 지냈다. 경성의학전문학교를 졸업한 조 선생과 나는 같은 시기에 부임했지만, 나는 그를 친형님처럼 모셨고 그도 나를 친동생처럼 사랑해 주었다.

나는 신의주에서 첫 의사 생활을 통해 너무 모르는 것이 많은 나 자신을 깨닫게 되어 공부를 더욱 충실히 해야겠다는 다짐을 했다. 나는 실험실 담당도 하게 된 김에 유행성 전염병의 세균학을 1년 내내 철저하게 공부해야겠다고 생각했다. 그 당시는 세균성 전염병의 종류도 많았고 또 전염병이 많이 유행했다.

그제야 나는 아내의 죽음이나 간호사와의 실연 등 마음의 상처는 과거지사로 말끔히 씻어낼 수 있었다. 잠시 한국 간호사의 유혹도 받은 적이 있었지만 내 마음이 흔들리지는 않았다. 그런데 조진석 선생이 공부를 더 해야겠다고 경성의학전문학교(경의전)의 백인제 외과 교수에게로 올라갔다. 그는 경의전 출신으로 나중에는 소원대로 박사 학위까지 땄다. 공부하기 위해 먼저 서울로 올라간 조진석 선생으로부터 "공부를 하려면 역시 서울로 올라와야 한다"는 전갈이 왔다. 서울로 올라가서도 잊지 않고 친동생처럼 여기고 내 앞날을 걱정해 주는 것이 고마웠다. 조 선생은 계속해서 나를 위해 서울 진출의 길을 모색해 주었다. 얼마 후 서울로 올라오라는 연락이 왔다. 나는 신의주 생활 1년 만에 서울로 향했다.

경성의전 미생물 교실 견학생

경성의학전문학교에 저명한 한국 의사 두 분이 있었다. 그때 한국인 교수는 그 두 분뿐이고, 모두 일본인 교수들이었다. 한 분은 외과로 명성을 떨치고 있던 백인제 교수님이고, 또 한 분은 독일에서 세균학을 전공한 유일준 교수님이다. 신의주에서 먼저 올라온 조진석 선생은 그 유명한 백인제 교수의 조수가 되어 있었다. 나는 조 선생 덕분으로 백인제 교수를 알게 되어 세균학을 공부하고 싶다는 뜻을 밝혔더니, 백 교수는 곧바로 유일준 교수에게 나를 소개했다. 유 교수는 나를 견학생으로 받아 주겠다고 즉석에서 승낙해 주었다. 유 교수는 독일, 일본 학계에서도 널리 알려진 유명한 세균학 박사였다. 유 박사는 독일과 일본 게이오대학에서 박사 학위를 딴 분인데, 한국 사람이 잘 걸리는 장티푸스나 이질균, 폐결핵균, 폐렴균 등을 집중적으로 연구하는 등 실로 민족의 보건을 항상 염두에 둔 연구 생활을 해 온 훌륭한 학자였다. 그는 1926년 귀국 후 줄곧 경성의학전문학교에서 미생물학 교실을 맡아 연구와 후진 양성에 정열을 쏟고 있었다. 일본인 교수들 틈에서도 두 교수는 같은 한국 민족이란 피의 흐름 때문인지는 몰라도 나에게 매우 친절하고 사랑스럽게 대해 주었다.

나는 유일준 교수의 연구실에서 열심히 일했다. 그때 나는 경제적으로 궁핍한 때라 동대문 옆에 있는 마부들 상대의 싸구려 여인숙에 하숙을 정하고 그곳에서 견지동까지 걸어서 출근하였다. 지금은 자동차로 물건들을 나르지만, 그 당시는 우마차로 날랐다. 월급도 안 받는 견학생 신분이었으니 경제적으로 쪼들릴 수밖에 없었다. 말과 소와 함께 유숙할 수 있는 값싼 마방간 생활이라도 감수할 수밖에 없었다. 그렇다고 명색이 의사 신분인데 시골에 계신 아버님께 돈을 부쳐 달라고 할 염치도 없는 노릇이었다. 사무원을 모집한다는 신문 광고를 보고 주말만이라도 부업을 가져

볼까 하고 찾아가 고지식하게 내 형편을 말하고 취직하고 싶다고 말을 했더니 "우리는 의사 선생을 사무원으로 쓸 수가 없습니다"하고 거절하는 것이었다.

한번은 내가 지독한 감기에 걸려 거동하기 힘들 정도로 고열이 나 결근을 한 적이 있다. 결근 사흘 만에 유일준 교수는 누추한 내 숙소인 동대문 옆 마방간까지 찾아와 주었다. 교수라면 그야말로 지체 높으신 분으로 대접을 받던 시대였는데도 일개 견학생이 아파 누워 있다고 해서, 누추한 숙소까지 찾아 준 것은 나로서는 너무나 뜻밖이었고 황송하기 짝이 없는 일이었다. 또 한 가지 잊히지 않는 일은 유 교수가 나를 조선호텔 식당으로 데리고 가 저녁을 사 준 일이다. 내가 서양 고급 요리를 고급 식당에서 정식으로 먹어 보기는 이때가 처음이었다.

어느 날 유 교수는 푸념처럼 이런 말을 하는 것이었다.

"공병우 군이 의학 전문학교만 나왔어도 놓치고 싶지 않은데."

나를 연구생도 만들 수 있고 박사 학위를 따도록 돕고 싶은데, 학력이 부족해 그렇게 할 수 없어 아쉽다는 뜻이었다. 내가 정규 학교 출신이 아닌 검정 자격밖에 없었기 때문에 한국인 교수 자격으로는 내 앞길을 열어 줄 수 없어 안타까워서 한 말씀이었다.

나도 '노구치 히데요' 같은 학자가 되겠다고 마음먹은 적이 있었던 만큼 이 같은 훌륭한 교수 밑에서 세균학자가 되었으면 하는 꿈도 없지 않았다. 그러나 나는 학문의 기초도 약했지만, 너무 가난에 시달리고 있던 때라 세균학 연구를 평생 업으로 삼을 생각은 단념하기로 했다. 세균학은 모든 의학의 기초 학문이니, 이 기회를 철저하게 잘 활용해서 여기 있는 동안만이라도 공부나 열심히 해 둬야겠다고 마음먹었다. 그 당시 유 교수의 연구실에서 익힌 내 세균학적 지식 또한 내 평생을 통해 소중한 자산이 되었다.

미생물학 교실에서 안과 교실로 옮겨간 그해 여름, 1932년 8월 12일에 연구조사 출장을 하루 앞두고 유 교수는 가족과 함께 한강 인도교 근처의 모래사장 앞에서 수영을 하다가 아깝게도 그만 심장마비로 돌아가시고 말았다.

교통사고로 입원한 여학생

내가 유 교수 밑에서 견학생 노릇을 하고 있을 때의 일이다. 어느 날 경의전 외과에 백인제 교수의 조수로 일하고 있던 조진석 선생이 동대문 바로 옆에 있는 내 하숙집으로 찾아왔다. 이런저런 이야기를 나누다가 그당시 수많은 학부모를 놀라게 한 진명여고 전차 전복 사고로 화제가 이어졌다. 진명여고 학생들이 수학여행을 가기 위해 학교 앞 효자동에서 단체로 전차를 타고 떠났는데, 불행하게도 총독부(현재 국립중앙박물관) 정문쪽으로 도는 커브에서 전차가 탈선하여 많은 학생이 중경상을 입는 대형 사고가 난 것이다. 갑자기 소격동에 있는 경의전 부속병원은 다친 학생들로 붐볐고 많은 학생이 입원하여 계속 치료를 받고 있었다. 그러자 조 선생은 경의전 병원에 입원하게 된 진명여고 학생들의 상태를 이야기하다가 아주 상냥한 아가씨 하나가 눈에 띄었다면서 단도직입적으로 나를 다그치는 것이었다.

"그래, 병우 네 생각은 어때? 내가 중매를 들고 싶은데, 장가들 생각 없어? 아주 상냥하고 예쁘고 똑똑한 아가씨야. 거기다가 고향이 평북 삭주라는군, 고향도 비슷하잖아."

차 사고로 뼈가 부러졌느니 마느니 하는 상황에서 내 색싯감을 눈여겨봤다니 고맙기도 하고 놀랄 일이 아닐 수 없었다.

"사실은 참한 여학생이 눈에 띄었기에 중매를 하고 싶어 온 걸세."

교통사고로 가슴뼈가 부러져 입원한 환자 아가씨를 놓고 조 선생이 나에게 중매를 드는 것이니 슬며시 호기심이 발동되었다.

　나는 그 여학생의 고향이 삭주란 말을 듣자, 몇 달 전에 아버님으로부터 받은 편지 내용이 불현듯 떠올랐다. 그래서 조 선생에게 털어놓았다.

　"사실은 몇 달 전에 아버님으로부터 혼담 이야기가 편지로 왔어요. 난 누군지도 모르지만, 벽동읍 소학교에 여선생으로 있는 분이 자기 여동생을 소개했나 봐요. 이 여학생은 내 고향에서 200리 떨어진 삭주 땅 색시이고 서울에 와 공부하고 있다는데, 나하고 짝을 지어 줬으면 좋겠다는 거예요. 하지만 난 관심이 별로 없어서 이렇다 할 반응도 안 보이고 지내 왔는데, 이제 딴 여자를 보려고 하니 먼저 아버님이 권하는 아가씨에 대해 싫다 좋다 말씀은 올려야 할 것 같은데요."

　나는 그때까지만 해도 다시 결혼할 생각은 없었고 큰 학자가 될 꿈만 꾸고 있었다. 그러나 1931년에는 만주사변이 일어났고 중일전쟁(1937)이 발발하기 직전이어서 시국이 어수선하여 사회 분위기도 흉흉하고 외국 갈 꿈도 시들해져 가던 중이었다. 나는 친형처럼 믿고 있던 조 선생이 보았다는 진명여고 학생의 이야기에 끌려 난데없이 결혼에 대한 호기심이 생겼다.

　"병우야, 아주 상냥하고 예쁜 학생이라니까, 결혼할 생각이 있으면 한 번 자연스럽게 입원실로 함께 가 보자꾸나."

　나는 호기심이 생기긴 했지만 결혼할 수 있는 경제적 기반이 전혀 없는 상태여서 주저하지 않을 수 없었다. 그리고 아버님이 권하는 아가씨에 대해서 아무런 회답도 드리지 못했는데, 이런 시점에서 불쑥 이 여학생부터 만나러 가자고 하니 선뜻 마음이 내키지 않아 어물어물하였다.

　"그래서 망설인다 그 말인가?"

　조 선생은 걱정하지 말고 우선 이 여학생부터 보고 나중에 부모님과 상의하면 될 게 아니냐고 하는 것이었다. 우선 자기가 소개하는 눈앞의 여학생부터 보자는 것이다. 나는 못 이긴 척하고 가슴뼈가 부러져 조 선생의 치료를 받고 입원 중인 그 여학생을 보기로 약속을 하였다. 이것은 조 선생과의 약속일 뿐이지, 선을 볼 당사자인 입원 환자와의 약속은 아니었다. 그러니까 나와 조 선생하고만 그런 뜻을 품고 슬그머니 선을 보는 일방적 약속이었다.

며칠 후 나는 그를 따라 병원으로 갔다. 조 선생의 주선과 안내로 입원실에 가서 침상에 누워 있는 그 여학생에게 나는 초면 인사를 건네었다.

"조 선생님을 통해 한 고향 학생이란 말을 들었습니다. 서울에서 삭주 학생을 만나게 되어 반갑습니다."

첫눈에 마음이 끌렸다. 과연 조 선생이 말한 대로 명랑하고 똑똑한 여자로 보였다. 한참 이야기를 나누다 보니 고향 아버지가 권하는 여학생이 바로 이 여학생인 것을 알게 되었다. 이제 아버님이 권하는 규수감에 대해 어떻게 처리하나 하고 걱정할 필요도 없게 되었다. 전차 탈선 사고로 입원하여 병상에 누워 있는 이용희란 학생과, 고향의 소학교 선생이 추천하여 아버지를 통해 청혼해 온 아가씨와는 같은 아가씨여서 양쪽에서 들어온 청혼을 한꺼번에 동시에 처리하게 되었다. 정말 우연의 일치였다. 남녀의 인연이란 참 묘한 것이구나 하는 생각이 들었다. 나는 아무 부담감도 느끼지 않고 우리 시골에 와서 아이들을 가르치고 있는 이 여학생의 언니 이야기를 꺼내기도 하였다.

그리고 아버지께 편지를 올렸다.

"아버님이 권하는 여학생을 만나 봤는데 마음에 듭니다."

부모님께서는 무척 기뻐하시면서 약혼반지를 사라고 많은 돈을 보내주셨다. 그런데 문제가 생겼다. 나는 좋다고 일반적으로 결혼 상대로 정해 놓았지만 정작 당사자인 이용희 여학생은 반대한다는 것이었다. 까닭을 물으니 내가 새신랑이 아니고 상처를 한 헌 남자라는 것이다. 아무리

전처에게 자식이 없다 하더라도 처녀가 후처 자리로 시집을 간다는 것은 말도 안 된다는 이야기였다. 이유야 간단하지만, 처녀로서는 신경이 쓰일 중대한 문제였음이 틀림없었다. 여학생 집에서는 궁합까지 보고 나서 궁합 내용이 후처로 들어가야만 좋아질 팔자라는 둥, 별의별 소리를 다 늘어놓으면서 나와의 혼인을 성사시키려고 애를 쓰는 듯했다. 그 여학생의 맏언니는 시집을 가서 젊은 나이에 일찍 죽었다. 그 당시는 사주팔자를 보고 믿는 것이 보통이었다.

마침내 이용희라는 아가씨는 내게 관심을 갖게 되었고, 나하고 혼인 약속까지 하게 되었다. 우리 부모님들도 이 아가씨를 흡족한 며느리로 맞아들이기로 하였다. 약혼은 내가 진명여자고등보통학교 응접실에 가서 다이아몬드 반지를 주고 온 것으로 간단히 이루어졌다. 당시 우리나라 풍습에는 약혼식이란 것이 없었고, 다만 구식 절차로 사주단자와 무슨 선물들이 오고 가는 것이 있었지만, 그 같은 번거로운 절차를 생략하고 나는 혼약의 징표만 전달하는 것으로 끝낸 것이다. 해방 뒤부터 약혼식이란 사치스러운 관습이 유행하는 모양인데, 이는 부잣집 사람들이 허영심을 부채질하는 짓이라고 생각한다.

그 무렵은 여고 학생들이 시집가는 일이 허다한 때라, 학교에서 장소 제공의 편의를 봐주는 것이 예사였다. 여학생의 친구들은 우리의 약혼 광경을 유리창 밖에서 들여다보느라고 법석을 떨기도 했다. 당시로써는 반지를 여자에게 끼워준다는 것도 매우 보기 드문 구경거리였다.

그 뒤, 약혼녀는 누추한 동대문 옆, 마방간 하숙집에 와 보기도 하였다. 약혼한 뒤에는 아버님이 화동에 새로 지은 기와집을 결혼 뒤의 살림집으로 사 주셨다. 안방, 사랑방, 행랑방 등 방 셋에다가 마루방이 있는 기와집이었다. 약혼녀는 그해 진명여고를 졸업하고 평안도 삭주 고향으로 간다는 인사를 하기 위해 화동 집에 나를 찾아오기도 했다.

거들떠보지도 않는 안과 선택

경의전 출신도 아닌 나를 경의전 안과 교실에서 일할 수 있도록 추천해 준 분은 백인제 교수이다. 나는 앞으로 결혼 생활에 대비하고자 안과 교실 조수로 취직했다. 30원이란 월급도 탈 수 있는 생활을 시작한 것이다. 그 당시 30원은 지금의 약 80만 원에 해당하는 월급이다. 이렇게 해서 안과 주임 교수인 사다케 교수와도 인연을 맺게 되었다. 안과 조수로 3년 동안 근무하기로 약속하고 출근하기 시작했다. 3년 동안 열심히 근무하면서 안과학과 임상 실습을 연수했다.

실상 나와 안과의 인연은 훨씬 앞서 평양에서 의학 강습소에 다닐 때 이미 싹트기 시작한 것 같다. 그 당시 의학 강습소 시대에는 어떤 전문과를 미리 선택하는 법은 없었다.

그러나 하루는 안과학 강사인 우에노 선생이 나를 호출했다기에 병원 안과로 우에노 선생을 찾아갔다.

"우에노 선생님! 저를 부르셨습니까?"

우에노 선생은 나를 힐끔 쳐다보더니 말했다.

"아, 자넨가. 안과학 점수가 최고로 좋길래 누군가 하고 한번 얼굴을 보고 싶어 오라고 한 것뿐이야."

내 안과 시험 답안이 안과학 선생에게 감동을 줄 것이라고는 생각을 못했다가, 그 선생의 말을 듣고 나서 곰곰이 생각해 보았다. 내가 본시 물리학에 각별한 취미와 소질이 있었기 때문에, 사진기와도 같은 눈알에 대한 지식을 정확하게 표현하게 된 것이었다. 이때부터 나는 안과에 대한 애정이 나도 모르게 싹트기 시작했던 것 같다. 그러니 내가 사다케 교수가 주임으로 있는 안과 교실에서 일하게 된 것이 결코 우연한 일은 아닌 듯했다.

꿩 먹고 알 먹는 숙직

퇴근 시간만 되면 모두 집에 갈 궁리들만 하고 있을 때, 나는 밤늦게까지 일을 하거나 공부를 하는 조수 노릇에 충실했다. 약혼은 했지만, 자취를 계속하던 생활이었으니 집에 가 봤자 누가 기다리는 사람이 있는 것도 아니었다. 사실상 실험실에 들어박혀 공부하는 것이 훨씬 좋았다. 뜻밖의 일이 벌어졌다. 그 병원 조수들이 자기의 숙직 당번을 대신해 달라고 부탁하는 것이었다. 나는 그들이 하기 싫어하는 숙직을 즐거운 마음으로 맡아 해 줄 수 있었다. 대신 숙직을 해 주면 나는 침식만 해결되는 것이 아니라, 숙직비 60전도 받을 수 있어 좋았다. 어차피 공부를 위해 밤늦도록 있을 바에야 그야말로 꿩 먹고 알 먹는 기분으로 남의 숙직을 도맡아 해 가며 뼈를 깎는 듯한 힘겹고 어려운 고비를 넘기며 공부를 열심히 했다.

바로 이런 때 나를 극진히 사랑해 주셨던 할아버지가 위독하시다는 전갈이 왔다. 그런데 나는 맡은 일을 책임 있게 수행하는 데만 열중한 나머지 할아버지의 문병조차 못하는 배은망덕한 손자가 되고 말았다. 교통이 불편하여 한 번 고향에 내려가려면, 가는 데만도 이틀이 걸리는 벽촌이긴 하지만, 애당초 할아버지가 위독하다고 하는 것을 알고도 병문안 가야겠다는 생각조차 못했다. 그때의 불효가 지금까지도 두고두고 후회로 남아 있다.

나는 그 뒤 경의전 안과 교실에서 1년 반 동안 조수 생활을 하다가 1930년 11월 10일 이용희를 아내로 맞아, 평북 삭주의 처가에서 구식으로 간소하게 혼례를 치렀다. 혼례를 치르고 난 다음 아내는 가마를 타고, 나는 한복 차림으로 말을 타고 우리 고향으로 갔다. 그런데 뜻하지 않게 고향에 가는 도중에 죽은 아내의 집을 지나가게 되었는데 죽은 딸의 몫까지 복을 곱으로 누리라고 고맙게도 큰 잔칫상까지 준비했다며 내 결혼을 축하해 주는 것이었다. 시간 관계로 큰 상을 받지는 못했지만 뜻하지 않은 따뜻한 축하에 감격하였다. 나중에 아내도 그것이 무척 인상적이었다면서 고마워했고 "내가 그 집의 죽은 따님 구실까지도 해야겠죠" 하는 것이었다. 아닌 게 아니라, 아내는 오늘날까지도 그 집의 죽은 딸 노릇까지 하느라고 신경을 무척 써 온 것을 나는 알고 늘 고맙게 생각하고 있다.

우리는 1주일 정도 부모님이 계신 집에 머물러 있다가 서울로 돌아왔다. 혼인 잔치를 이렇게 끝내고, 나는 또다시 안과 교실로 들어갔다. 가난하고 바쁜 조수 생활이었지만 그런대로 우리의 신혼 생활은 희망에 부풀었고 즐거운 나날을 보낼 수 있었다. 그런데 결혼한 지 얼마 안 되어 난데없이 나는 폐결핵에 걸렸다. 지금처럼 파스니 스트렙토마이신이니 하는 따위의 치료제가 개발되지도 않을 때라 이 병에 걸리기만 하면 대개 죽을 병에 걸린 것으로 생각했던 시절이었다. 특별한 치료제가 없어 의사들은 그저 절대안정만 하라고 할 뿐이었다. 할 수만 있다면 대자연의 맑은 공기 속에서 요양할 것을 권하는 것이 고작이었다.

내과 의사의 권고대로 나는 절대안정을 취할 방법을 생각하면서 요양 생활의 계획을 짤 수밖에 없었다. 병을 고치기 위해서는 온갖 세속적인 미련과 애착을 버려야만 했다. 안과 근무도 다 잊어야 했고, 아내와 단란한 신혼 생활의 꿈에서도 잠시 벗어나야만 했다.

살기 위해서는 철저한 자기 절제가 필요한 법이다. 나는 무엇이든지 한다고 결심하면 철저히 한다. 그래서 요양 생활도 자포자기의 마음이 깔린 심정으로 적당히 해서는 안 된다고 다짐하고 나섰다. 될 대로 되라는 식의 요양은 아무런 효과가 없을 것이라 생각했다. 이왕 하려면 철저히 요양하자, 건강은 나 자신이 회복시킬 수 있다는 신념으로 희망 속에 요양 계획을 짰다.

그래서 나는 산수 좋기로 유명한 평북 옥호동 약수터에 단신으로 들어갔다. 혼자서 약수로 밥을 해 먹으며 자연 속의 맑은 공기와 맑은 냇물에 병든 몸을 내맡기고 유유자적하는 요양 생활을 시작하였다. 다행히도 나는 약 두 달 만에 이 난치병을 극복하고 안과 교실로 되돌아와 다시 일을 하게 되었다.

내가 안과 교실에서 처음 받은 월급은 30원이었지만, 결혼하고 난 뒤인 1년 후에는 50원으로 올랐다. 그러나 이때는 내가 결혼을 한 때라, 세간과 재봉틀 등 살림 도구를 갖추느라고 빚도 불어나 있었다. 거기다가 첫아이로 딸이 생기니 아무리 월급이 올랐다 해도 조수 생활 월급으로는 여전히 빠듯했다. 그러던 가운데 연말에 보너스가 나왔다. 그런데 놀랍게도 월급의 200퍼센트가 되는 백 원이 나왔다. 이 경의전에는 약 60명의 조수가 있었는데 모두 경의전 출신이었다. 그들은 모두 100퍼센트인 50원을 받았다는 것이다. 안과에서 같이 공부하던 그 학교 출신의 두 조수도 50원씩을 받았다. 그래서 조수들이 다 모여 회의를 한 끝에 대표를 뽑아 교장에게 항의하는 사태에까지 이르렀다.

"아니, 우리 경의전 출신도 아닌데 공병우만 특별 우대하는 까닭이 뭣입니까?"

조수들이 항의를 했다. 그러자 교장이 대답했다.

"보너스 액수에 대해서는 교수 회의에서 결정한 것이니, 자네들 주임 교수에게 직접 물어들 보게."

아마도 경의전 출신에 뒤떨어지지 않으려고 '남보다 몇 배는 더 열심히 일해야 한다'는 비장한 각오와 생활이 인정을 받았던 모양이다. 지금 생각해 봐도 그때 정말 열심히 일한 것 같다. 그때는 세균성 눈병이 많았는데 세균학의 기초 지식을 배웠던 것이 크게 도움이 되어, 진단도 잘 내리고 치료도 잘하는 조수라고 주임 교수에게 인정을 받아 보너스의 특혜를 받게 된 모양이다. 그뿐만 아니라 나는 정맥주사도 단번에 정확하게 잘 놓는 조수로 인정을 받았다.

트라코마라고 하는 눈의 전염병이 많이 유행하던 때였다. 한국에선 최초로 이 병균을 염색하여 교수에게 보여 주었다. 나는 밤늦게까지 연구한 것 등이 인정되어 논문 발표할 기회도 1년에 한두 번씩 갖게 되었다. 이런 나를 보고 사다케 교수는 자기 일처럼 기뻐했다.

나는 남의 관혼상제 등에 일절 발길을 끊은 채, 사회생활을 중지하고 또 불효까지 저지르면서도 안과 공부에만 충실했다. 그 바람에 주위 사람들에게 인정머리 없는 사람이라고 욕도 많이 먹었다. 3년 동안의 안과 교실에서의 연구 생활은 나에게는 보람된 시간이었다. 첫딸 영일과 맏아들 영길이를 얻게 된 것도 이 무렵이었다. 그러나 경제적으로 쪼들리는 생활은 여전하였다. 애가 둘이 되고 보니 경제적인 면을 더 생각하지 않을 수 없었다. 그때는 요즘처럼 나일론 실이 없었던 때라 양말이 얼마나 잘 해지는지 부인들은 양말 구멍 난 것을 깁는 작업이 큰 가사 가운데 하나였던 시절이었다. 양말을 자주 사다가 갈아 신을 형편이 못 되는 사람이면 숫제 구멍 난 양말을 그냥 신고 다니거나, 기운 것을 신고 다닐 수밖에 없었다. 그런데 솔직히 말해서 그때나 지금이나 옷맵시나 양말에 구멍 난 것 따위에는 전혀 관심이 없다. 3년째 되던 어느 날, 나는 외래 환자와 입원 환자 진료를 마치고 나서 사다케 교수의 방으로 찾아갔다.

"선생님! 오늘로 약속한 대로 3년 근무를 다 채웠습니다. 이제 시골에 가서 개업하여 가족들을 먹여 살려야겠습니다."

나는 근무를 그만하겠다는 뜻을 밝혔다.

고향에 가서 안과 병원을 차려 보겠다는 퇴직의 뜻을 들은 사다케 교수는 대뜸 말했다.

"무슨 소리야, 서울에서 공부 더 해서 박사 학위라도 따야지."

박사 학위라니 나로서는 정말 꿈에도 상상 못 할 소리였다. 소학교도 제대로 나오지 못한 내가 박사 학위를 따다니, 이게 말이 될 법한 소리인가! 대학을 졸업하고, 4년 동안 연구해야 겨우 얻을 수 있는 박사 학위를 학교도 제대로 못 나오고 더군다나 독일어도 전혀 알지 못하는 나더러, 박사의 꿈을 가지라니 말도 안 되는 소리였다.

"그것만은 전혀 자신이 없습니다. 저는 학벌도 없고, 독일어도 전혀 모릅니다. 그리고 경제적으로 연구할 형편도 못 됩니다."

박사 학위를 따는 것이 내가 할 수 있는 일인가의 여부는 그 누구보다도 나 자신이 가장 정확하게 알 수 있다는 생각에서 한 말이었다.

사다케 교수가 정색을 하면서 말했다.

"자네 지금 뭐라고 했나! 학벌과 독일어 따위가 무슨 문제가 될 수 있나?"

"……."

그 당시 일본 의학 수준은 독일과 거의 같았고, 미국보다도 앞서 있었다. 그래서 사실 일본어만 잘 알면 의학 연구에는 문제가 없었다. 아무 말도 못하고 있는 나에게 사다케 교수가 말했다.

"실력이 제일이지, 학벌이 무슨 문젯거리가 되겠느냐! 경성제대의 유명한 도쿠미쓰 교수나, 일본 나고야 대학의 오구치 교수도 학벌 없이 실력으로 대학 교수가 된 사람이야. 그러니 너도 열심히 공부하면 얼마든지 박사가 될 수 있어!"

사다케 교수는 어안이 벙벙해 있는 나를 부추겨 주는 것이었다.

"쓸데없는 걱정하지 말고, 오늘 집에 돌아가 잘 생각해 보고 내일 다시 만나자."

나는 다음 날 저녁에 사다케 교수를 다시 찾아갔다.

사다케 교수가 말했다.

"오늘 내가 경성제대의 병리학 교수인 도쿠미쓰 교수를 만나 공병우 군을 사실 그대로 소개했더니, 도쿠미쓰 교수는 자기 개인 연구생으로 지도

해 보겠다고 자기한테 보내라는 승낙을 했네."

"예?"

나는 사다케 교수의 말이 선뜻 믿기지 않았다. 그는 뜻밖의 말을 했다.

"자네가 도쿠미쓰 교수 밑에 가서 병리학 연구를 하면 박사 학위논문을 제출할 수 있을 걸세."

"선생님의 호의는 감사하지만 네 식구의 생활도 생각해야 할 처지여서 사양하겠습니다. 저는 생활비를 벌어야 합니다."

"월급은 종전대로 경의전 안과 교실에서처럼 50원씩 줄 터이니 그곳에 가서 연구만 열심히 해요."

정말 과분한 호의였다. 그러나 그 당시는 내가 생각이 모자란 탓이었겠지만, 그저 내 개업을 가로막는 듯한 착각에 빠져 못마땅하기만 했다. 박사 학위를 따는 것은 내 학력으로 보나 경제적으로 보나 도저히 자신이 없는 일이어서 마음에 내키지는 않았지만, 거절하기도 난처해서 다음 날로 확답을 미루고 그 자리에서 물러났다. 나는 집에 와서 곰곰이 생각해 보았다. 월급까지도 자기 재량으로 주면서 연구를 시키려는 분에 대해 덮어놓고 거절만 한다는 것도 도리가 아닌 것 같았다. 그래서 나는 우선 월급을 종전처럼 주겠다니까 한 석 달 정도라도 대학 연구실에 가서 도대체 대학에서는 연구를 어떤 방법으로 하는 것인가를 배우면서, 교수의 호의적인 권고도 받아들이는 것이 옳겠다는 생각이 들었다.

결국 박사 학위를 따기 위한 연구생이 되기 위해서라기보다는 대학에서 연구한다는 게 어떤 방법으로 하는 것인가를 배운다는 호기심이 섞인 속셈으로 대답했다.

"예, 내일부터 해보겠습니다."

나는 쪼들리는 생활이라고는 하지만 월급을 종전처럼 받는다면, 3개월 정도는 살림을 꾸려 나갈 수 있겠다고 생각했다.

경성제대 도쿠미쓰 교수의 문하생으로

나는 도쿠미쓰 교수에게 가서 첫인사를 올렸다. 드디어 나는 한국에서 최고 학부인 경성제대의 유명한 교수 문하생이 된 것이다. 나는 도쿠미쓰 교수가 주는 연구 테마를 꾸준히 연구하였다. 그런데 하루는 도쿠미쓰 교수가 우리 연구실에 들어와 돌아보다가 경성의학전문학교를 졸업하고 정식 연구생으로 들어온 조병학이라는 연구생 쪽으로 가더니, 앙칼진 어조로 나무라고 있었다. 그러더니만 불쑥 "저 공 군이 하는 걸 가서 좀 봐요" 하는 것이 아닌가. 오히려 내가 민망할 정도로 나무라는 것이다. 내가 하고 있던 연구 방식이 도쿠미쓰 교수의 마음에 쏙 들었던 모양이다.

그 당시 도쿠미쓰 교수가 나에게 준 연구 주제는 살균제로 흔히 사용하던 '트리바플라빈'을 토끼의 귀 정맥에 주사하고 햇빛을 쏘인 뒤, 혈액 변화를 조사하는 실험이었다. 햇볕을 쪼이면 토끼의 귀가 붓는데, 귀가 부은 토끼의 혈액을 검사하여 데이터를 내는 것이었다. 약 3개월 동안 나는 부지런히 그 실험을 했다.

어느 날 나는 도쿠미쓰 교수가 시키지도 않은 실험을 해 보았다. 귀 정맥에 트리바후라빈을 주사한 토끼의 눈에 햇볕을 쪼여 보았다. 뜻밖에 망막 박리가 일어났다. 그런데 이 같은 실험은 나고야 대학 안과 교실에서 이미 한 뒤였고, 이에 대한 연구 논문도 나와 있었다. 다만 내 실험 결과와는 정반대로 아무런 변화도 없었다고 보고되어 있었다. 그런데도 그 실험 보고자는 그 논문으로 이미 의학박사 학위를 획득한 것이었다. 나는 눈에 관련된 것이라 경의전 안과 사다케 교수에게 이 실험 결과를 털어놓았다. 그러나 사다케 교수는 이렇다 할 반응을 보이지 않았다. 나는 용기를 내어 도쿠미쓰 교수에게 내 나름대로 실험해 본 것을 보고하고 그의 반응을 보겠다고 결심했다. 용기가 필요했던 까닭은 교수의 지시가 아닌 실험을 내가 마음대로 했기 때문이다. 지도 교수가 지시한 바 없는 실험을 연구생이 마음대로 한다는 것은 용인될 수 없는 것이 당시의 관습이었다. '바카야로(馬鹿野郎, 일본인들이 흔히 하는 욕설로서 바보 같은 녀석이란 뜻)'란 욕을 먹으면서 내쫓기게 되는 것이 예삿일일 때였다. 하지만 나는 만일 교수가 못마땅하게 받아들이면 시골에 가서 개업하면 그만이란 배짱으로 이런 용기를 낼 수가 있었다. 만일 그때 내가 박사 학위에 욕심을 가지고 있었다면, 이런 용기는 내지 못하고, 교수가 시키는 연구만 충실히 하였을 것이다. 나는 박사 학위에는 전혀 자신이 없었고, 단지 사다케 교수의 호의를 받아들일 겸, 연구 방식이나 배우기 위해서 잠시 동안 가 있다가 시골로 갈 생각이었으므로 용기를 낼 수가 있었다.

도쿠미쓰 교수는 머리를 수그린 채 눈을 감고 내 보고를 잠자코 듣고 있었다. 보고가 끝나자, 교수는 고개를 들고 나를 쳐다보면서 말했다.

"그래? 그것 정말 재미있는 일인데, 내일부터 내 주제는 그만두고 그것만 계속 연구해 봐."

나는 십중팔구는 '바카야로!'라는 말을 들을 각오를 하고 보고하였는데, 병리학 대가는 역시 새로운 발견을 즉석에서 분명히 깨닫고, 내가 그 방면으로 본격적인 연구를 하게끔 지도해 주는 것이었다.

나는 도쿠미쓰 교수의 지도와 헌신적인 사랑과 포용력 덕분으로 박사 학위를 받게 된 것이나 다름이 없다고 생각한다. 그때 만일 쫓겨났다면 시골 안과 의사로 일생을 보낼 수밖에 없었을 것이다. 이 소문은 삽시간에 모든 교실 연구원에게 쫙 번져 나갔다. 모두가 축하한다면서 격려해 주었다. 내가 도쿠미쓰 교수의 개인 연구생으로 획기적인 발견을 하였다는 것이었다. 나는 영문을 알 수가 없었다. 어쨌든 지도 교수가 관심을 가져 준 것만으로도 다행이라고 생각하였다.

하루는 조교수가 자기 방으로 오라고 하기에 갔더니, 축하한다고 말하면서 연구실에 영문 타자기 한 대를 기증해 달라는 부탁을 하였다. 나는 말문이 막혔다. 당시 영문 타자기의 값은 150원 정도 했을 때이니, 내 월급의 세 배나 되는 고가였다. 내 능력으로는 감당할 수 없는 어려운 제안이었다. 하기야 그 당시 내 처지는 등록금도 안 내고 교수의 개인 문하생이 되었던 것이라 결코 엉뚱한 제안이라고는 할 수 없었다. 별 무리 없는 제안이란 생각도 들었다. 그러나 내 형편으로는 그렇게 할 능력이 없었다. 내가 박사 학위를 꼭 얻어야겠다는 야심이 있었다면, 아마 빚을 얻어서라도 영문 타자기 한 대를 기증하고 그곳에서 연구를 계속하였을지도 모른다. 그러나 솔직히 말해서 나는 박사 학위에 욕심이 없었기 때문에 이제 그만 여기서 물러날 때가 온 것이라 판단하고, 곧바로 짐을 싸 가지고 경의전의 사다케 교수에게 가 자초지종을 보고드렸다.

"저는 경제적으로 힘도 들고 해서 시골로 내려가 개업을 하겠어요."

내 숙원인 병원 개업에 대한 속셈을 털어놓았다.

"그곳 분위기가 견디기 힘들다면 뭘 그렇게 걱정을 해. 지체 말고 나 있는 데로 돌아와 병원 실험실에서 연구를 계속하면 되지 않나."

사다케 교수는 마치 부모처럼 나에게 힘을 북돋아 주는 것이었다. 그리고 도쿠미쓰 교수에게 가서는, 사다케 선생 밑에 가서 실험도 하고 연구를 계속하면서 도쿠미쓰 교수의 지도를 받겠다는 승낙을 얻어 보라는 것이었다.

나는 그의 말대로 했다. 도쿠미쓰 교수도 쾌히 응낙해 주었다. 오히려 경성제대 때의 연구실보다 경의전 실험실에서 연구하는 생활이 더 마음 편했고, 연구도 나만이 독점할 수 있어 좋았다. 박사 학위를 따겠다는 생각보다는 연구 방식만 익히겠다고 시작한 생활이, 나도 모르게 연구 생활로 깊숙이 빠져들어 가는 것이었다. 이제 와 생각해 봐도 그 당시 대학에서 수개월 동안 연구한 것은 참으로 많은 공부가 되었다.

이 무렵, 나를 그렇게 귀여워하며 키워 주신 할아버지께서 내 가족들을 보기 위해서 그 먼 시골에서 서울까지 몇 차례 찾아오시곤 했다. 의젓하게 성장한 내가 대견하기만 하셨을 것이다. 그럴 때마다 나는 연구하느라 바쁜 생활을 하고 있다는 것을 핑계 삼아 잘 대접해 드리지 못하였다. 그때 아무리 공부에 미친 때라고는 하지만 지금까지도 두고두고 후회된다.

그같이 연구실 이외에는 아무것도 모르는 생활이 계속되는 가운데, 내 학위논문은 착착 진행되고 있었다.

박사 학위논문

1936년 초 일본 도쿄에서 안과 학회 학술대회가 열렸는데, 그때 나는 중심성 맥락망막염의 원인 규명에 관한 연구 논문을 발표할 절호의 기회를 얻었다. 나는 그동안 연구했던 주제를 자신 있게 발표하였다. 마침내 내 발표를 듣고 교수들은 갑론을박의 토론을 벌였다. 이미 오래전부터 나고야 의과 대학의 오구치 교수와, 지바 대학의 이토 교수는 광선이 원인이라고 주장해 왔다. 그러다 내가 광선 학설을 입증할 수 있는 동물 실험에 성공하자 광선 학설을 주장하던 교수들은 몹시 기뻐하였다. 내 실험 결과는 세계적으로 유명한 《영국 안과 전서》에도 실렸다. 아마 《영국 안과 전서》에 조선 사람으로서는 내 연구 결과가 처음 실렸지 싶다.

연구 발표회에 같이 참석했던 사다케 교수는 나고야 대학의 오구치 교수와 지바 대학의 이토 교수로부터 자기네 대학에 논문을 제출해 달라는 부탁을 받았다. 나는 해주도립병원에 부임하기 전에 내 논문과 연관 있는 나고야 의과 대학에 연구 논문을 제출하였다. 1937년 4월 23일의 일이다. 나고야 의과 대학장 다무라 하루요시 앞으로 주제 논문 한 편과 부논문 두 편을 첨부하여 의학박사 학위 신청서를 심사료 100원과 함께 우편으로 보냈다. 신청서에 적힌 내 주소는 조선 황해도 해주읍 중정(나카마치) 292번지이며, 주제 논문의 제목은 〈소위 중심성 맥락망막염(마스다씨)의 본태에 관한 실험적 연구〉이다. 4편으로 나누어 중심성 맥락망막염의 본태에 관하여 실험적 연구 결과를 보고한 것인데, 특히 제2편에서는 유색 토끼와 개의 광력학적 중심성 맥락망막염의 연구를 다루었고, 제3편에서는 광력학적 중심성 맥락망막염과 간장 기능과의 관계를 기술하였다. 제4편에는 울체성 황달에 관한 광력학적 내인의 성립과 특히 '포르피린'과의 관계에 대하여 논술하였다. 부록으로, '본 논문은 경성의학전문학교 안과학 교실 및 경성제국대학 의학부 병리학 교실에서 1930년 7월부터 1936년 4월까지 동안에 연구한 것'임을 명기하였고, 지도교수로 경성제대 도쿠미쓰 교수와 경성 의전의 사다케 교수의 이름도 밝혔다.

이 논문을 제출한 지 4개월 10일 만인 9월 2일에 나는 나고야 의과 대학으로부터 '박사 학위논문이 심사에서 통과되었다'는 통지를 해주도립병원에서 받았다.

내가 박사 학위를 취득하기까지 나는 그야말로 신명을 다한 듯이 열심히 공부하고 치열하게 연구했다. 그때 나는 남다른 의욕과 정열과 향학열에 불타 있었다. 오직 용맹전진했을 뿐이었다. 남들처럼 놀러도 다니고, 재미도 봐 가면서 남의 잔칫집, 생일 집 다 찾아다니고 생활했다면 학력도 변변치 못한 나에게는 박사 학위란 그림의 떡이었을 것이다.

더욱이 잊을 수 없는 사람은 후진 양성을 위해 당당하게 공식적으로 공금을 할애해 가며 격려해 주고, 길을 터 준 사다케 안과 교수이다. 그리고 학문의 수준이 매우 높으신 경성제대의 도쿠미쓰 교수가 나에게 베푼 남다른 호의는 영원히 잊을 수 없다.

해방 뒤에 이 같은 은사들의 뜻이 너무나 훌륭하게 느껴져 나도 후진 양성을 위해 공금이 아니라 내 개인 재산을 털어서라도 공부를 시킬 작정으로 그 계획을 말했더니 어리석은 짓이라고 동료 의사들마저 반대하는 것이었다. 특출한 뜻을 가진 젊은이나, 비상한 머리를 가진 후학들에게는 항상 힘이 되어 주어야겠고, 길을 터 주어야겠다는 생각은 지금까지도 변함없이 내 인생철학의 한 부분으로 지니고 있다.

해주도립병원 안과 과장

해주도립병원에 부임하고 나서는 서울에서의 연구 생활이 주마등처럼 뇌리에 떠올랐다. 말이 좋아 연구 생활이지, 퀴리 부인의 말처럼 끊임없이 나 자신과 싸움을 펼치는 생활이었다. 박사 학위논문을 위한 연구에 전념하기 위해서는 좌절이나 절망 따위를 물리쳐야 했다. 내 일편단심의 '학문을 향한 마음'을 채찍질해야 하는 긴장의 나날이기도 하였다. 한편으로는 경제적인 어려움과도 싸우지 않으면 안 될 그런 절박한 시절이기도 했다.

두 아이까지 태어난 네 식구의 가장이 연구한답시고 연구실에 틀어박혀 학문과도 싸워야 했고, 눈앞의 가난과 얄팍한 월급봉투에 신경이 곤두서는 불안과도 맞서야 했다. 그러나 이 같은 어려운 환경 속에서 좌절하거나 절망하지 않고 무난히 이겨낼 수 있었다. 이제 나는 내 처지에 상상하기조차 힘들었던 의학 박사 학위까지 따게 되었다. 그야말로 천만 근의 무거운 짐을 일시에 벗어 놓은 듯한 홀가분한 기분이 들기도 하였다. 해주도립병원에 부임하고 나서 경제 사정도 다소 나아졌다. 이런 의미에서 해주도립병원 안과 과장 생활은 이중 삼중의 기쁨을 안겨 주었고, 새로운 꿈을 꿀 수 있는 무대를 내 앞에 펼쳐 주었다.

신의주 도립병원에 있을 때 원장 겸 내과 과장으로 있던 다무라 박사를 해주도립병원에 원장으로 모시게 되어 일하기도 좋았다. 나는 그분과 지난날의 인연으로 안과 과장이 되었다.

안과 의사로서의 임상 생활이 시작되었다. 이제 마음의 여유도 생겼다. 서울에서의 연구 생활과는 판이한 생활 환경이 되었다. 나는 이때 처음으로 꿩 사냥의 재미를 맛 들이는 등 마음의 여유도 생기게 되었다. 또한 이때 사냥개가 사람으로서는 상상할 수 없을 정도로 예민한 코를 가지고 꿩을 잡으려는 강한 본능을 가지고 있다는 사실을 처음 알았다. 앞으로 남북통일이 되면 황해도 땅은 세계적인 꿩 사냥 관광지로 지정하여 외화 획득도 할 수 있는 명승지로 삼았으면 좋겠다. 나는 꿩 사냥을 즐길 수 있었고, 그만큼 인상에 남는 해주 생활을 보냈다.

그동안 쌓였던 심신의 피로는 이 같은 생활 변화로 풀 수 있었고 건강도 아주 좋아졌다. 이렇게 느긋한 생활이 펼쳐질 무렵 나고야 의과 대학으로부터 박사 학위논문(학위 번호 제298호)이 통과되었다는 통지를 받게 된 것이다. 그러니까 해주에서 내 여유 있는 생활은 그동안 내가 어렵게 뿌려 놓은 노력이란 씨에서 거둔 열매였다. 그러나 나는 여기에서도 눈에 관한 공부를 계속하였다. 특히 누도(눈물길)에 관한 연구를 하였다. 내 연구 논문이 일본 안과 학계에 발표되자 큰 화젯거리가 되었다.

서울의 첫 안과 병원

해주도립병원에서 2년째 되던 1938년에 나는 개인 병원을 차릴 계획을 세웠다. 그러나 당시에 개인 병원을 갖는다는 것은 하나의 큰 모험이었다. 내과나 외과는 그래도 인기 종목이어서 개인 병원을 운영하는 이들이 있었지만, 안과나 이비인후과 따위는 독립된 병원으로 숫제 인정도 안 해주던 시대여서, 이 방면의 개인 병원은 우리나라에 한 군데도 없었다.

나는 이왕 새로 개척할 바에는 차라리 개척의 땅인 만주로 가서 병원을 차릴까 하는 생각도 했다. 만주로 갈까 서울로 갈까 한동안 망설이다가 그래도 내가 공부한 정든 서울로 올라가 자리를 잡기로 결심하였다. 서울로 올라가 여러 사람들과 상의를 하였다. 백 사람 가운데 아흔 명 가량은 어떻게 안과로 밥을 먹고 살 수 있겠느냐고 걱정하며 반대하였다. 그러나 유독 백인제 선생만은 한번 시도해 보라고 격려해 주었다.

"공 군 같으면 성공할 수 있으니 해 봐요."

나는 용기를 내 안국동에 있는 벽돌집 2층에 안과 병원을 꾸몄다. 이렇게 해서 한국 최초의 안과 개인 병원 '공안과'의 문을 열게 되었다. 그러나 병원 운영은 예상한 대로 쉽지가 않았다. 그야말로 파리가 날릴 정도로 한산하였다. 처음에는 집세조차 내기 힘들 정도였다. 환자를 기다려야 하는 따분한 시간이 많았다. 그러나 나는 좌절하지 않고 드문드문 오는 환자를 성심성의껏 치료하였다. 그러는 것이 무척 지루하고 한심스러운 시간처럼 느껴진 적도 있었으나 그럴 때마다 마음을 고쳐먹고, 정성을 다하면 언젠가는 반드시 성공할 것이라는 확신을 잃지 않았다.

공안과를 개업해서 얼마 안 되었을 때 일이다. 어떤 점잖은 환자 한 분이 치료를 다 받고 난 뒤, 나에게 한글에 관한 이야기를 한참 동안 해 주었다. 그이가 한 말을 한 마디로 간추리면 "한글 사랑이 나라 사랑이요 겨레 사랑"이라는 것이다. 이는 난생처음 듣는 희한한 말이었다. 그때만 해도 내게는 한글이란 말조차 생소하게 들렸다. 나중에 안 일이지만 이분이 바로 독일에서 공부하고 돌아온 한글학자 이극로 박사였다. 이에 대해서는 나중에 또 이야기하겠지만 개업 초기에 있었던 일로 정말 처음 듣는 인상적인 이야기였다. 지금껏 그분의 말씀이 뇌리에 또렷이 맴돌고 있다. 물론 그때 손님이 없으니, 병원이 한산하여 환자와 느긋하게 환담할 수 있었다. 그분의 말씀은 조선의 민족문화를 말살하려고 온갖 압박을 가해 오던 일제 식민지하에서는 상상하기 힘든 민족적 주체 의식이 강한 감동적인 내용이었다. 이 무렵에 나는 비로소 제 나라 글에 대해 처음으로 막연하게나마 관심을 가지게 되었다. 앞 못 보는 환자를 치료한다는 안과 의사인 내 자신이 사실은 한글에 대해서는 눈 뜬 장님이나 다름없었다. 어렴풋이나마 조선 민족의 고유문화가 보이기 시작했다고나 할까. 이극로 박사 덕분에 나는 안과 병원 개업 초기에 정신적인 개안을 하게 된 셈이다.

그러는 동안 성실하게 노력한 보람이 있어, 1년이 지나고 나니 눈병 잘 고치는 공안과라는 소문이 나기 시작했다. 그 바람에 환자들이 제법 모이기 시작했다. 환자들이 점점 늘어나니 병원 확장을 서둘러야 할 정도로 상황이 급변했다. 그래서 마침 그 무렵 서린동에 '동명관'이라는 큰 요릿집이 있었는데, 그 집을 백기호 박사와 같이 사서 병원으로 꾸며 이전을 하였다. 그렇게 해서 마침내 서린동에 '공안과'와 '백내과' 두 개의 간판이 붙은 합동 병원이 서게 되었다.

1939년에 안과를 개업한 지 1년 만에 드디어 안국동 구석에서 중심가인 서린동으로 옮겼다. 그 당시 안국동은 지금과 달리 변두리에 속했다. 서린동에서 몇 해를 지내는 동안 환자는 점점 늘어났다.

제2차 세계대전이 한창이던 때 일이다. 그해 여름에 새로운 안질(급성 결막염)이 심하게 유행하였다. 골똘히 연구한 끝에 나는 그것이 아주 독특한 안질임을 알았다. 종전의 유행성 안질 치료법으로는 낫지 않고 도리어 더 심하게 악화된다는 사실도 알았다. 새로운 안질에 알맞은 치료법을 개발하였다. 그러자 수많은 유행성 안질 환자들이 구름처럼 몰려오기 시작하였다.

환자들은 대부분 대학 병원, 적십자 병원, 철도 병원, 경의전 병원, 세브란스 병원 등의 큰 병원에서 눈병을 더 악화시켜서 공안과가 유명하다는 말을 듣고 찾아오는 경우가 많았다. 그때 그 유행성 안질은 이상하게도 치료하려고 손을 대면 댈수록 점점 악화하여 눈에 핏줄이 더 서고 부종이 심했다. 다른 병원에서는 종전 치료법대로 눈두덩이를 까뒤집고 안약을 넣어 주는 듯했다. 그렇게 치료를 하면 영락없이 눈병은 더욱 악화될 수밖에 없다. 그러니 병원에 간 뒤로 눈병이 더 악화되는 사례가 속출했다. 그런데 공안과에 가면 대번에 낫는다는 소문이 장안에 쫙 퍼졌다. 사실 내게 무슨 뾰족한 치료법이 따로 있는 것이 아니었다. 다만 임상 실험을 통해 의사가 손을 환자의 눈에 대는 것이 도리어 눈병을 악화시킨다는 사실을 알고 그대로 응용한 것뿐이다. 그래서 나는 절대로 환자의 눈에는 손대지 않고 환자가 직접 집에서 생리식염수만을 점안하도록 권고했다. 그리고 어떤 안약도 눈에 넣지 못하게 타일렀다. 그 병에는 안약이 도리어 눈을 자극하여 안질을 악화시킨다는 사실을 알았기 때문이다. 좀 가렵더라도 눈을 절대로 비비지 말고, 가만히 내버려두라고 단단히 일러 주었다. 그렇게 하면 나을테니, 병원에 더 올 필요가 없다고 말해 주었다. 내 말을 믿은 환자들은 내가 시키는 대로 했던 모양이다. 그 바람에 공안과에 가면 대번에 낫는다는 소문이 안 나려야 안 날 수가 없었던 것이다. 사실 이 안질은 전염성이 극심한 안질이었다. 이런 병질에 별 것도 아닌 식염수만 주고 치료를 안 하는 것이 치료라는, 얼핏 보기에는 우스꽝스러운 치료법을 써 나는 명의가 되고 말았다.

사람들은 이와 같이 새로운 치료법을 연구 개발하고, 부단히 노력하는 나를 신뢰하는 듯하였다. 이처럼 환자의 병에 대해 성의껏 연구해 가며 치료를 하였으니, 그 같은 정성은 일부러 설명하지 않고 굳이 광고하지 않아도 환자 입을 통해 널리 알려지기 마련인가 보다. 또 그때 이미 나는 다른 병원보다 합리적으로 운영하려고 여러 가지 시도를 했다. 그 가운데 하나가 바로 진찰권 문제이다. 다른 병원에서는 새로 오는 환자에게 진찰권부터 먼저 사게 했다. 그러나 나는 그 반대로 했다. 공안과는 우선 진찰과 치료를 한 뒤 나중에 눈약과 진찰권을 무료로 주었다. 당시 나를 찾아온 환자에게 대뜸 진찰권부터 사라고 하는 것이 아무리 병원 경영을 위한다고 해도 장삿속 같은 인상이 들어 그 방식을 채용하지 않았던 것이다.

전쟁 막판에 들어서면서 물가 폭등을 막고자 조선총독부에서는 물가 안정 시책을 각 분야에 펼치고 있었다. 전찻삯이나 담뱃값 등은 물론 목욕값까지도 인상을 못 하도록 강력한 행정 조치를 취하고 있었다. 백외과 병원의 백인제 박사와 나는 은밀히 반일 운동하는 셈치고 합리적인 진료비를 받기로 작정하고 진료비를 인상해 버렸다. 그래도 공안과에 가면 어떤 눈병이라도 다 낫는다는 소문이 전국에 퍼져 환자들이 계속 몰려왔다. 이 무렵에 "공 박사가 돈을 가마니로 벌어들인다"는 소문이 떠돈다고 누가 귀띔해 준 적이 있다.

환자가 서울뿐 아니라 전국에서 공안과로 모여들기 시작했는데 웬일인지 함경도 환자들이 많이 왔다. 그 가운데는 사정이 딱한 환자도 많았다. 어떤 때는 애를 데리고 오는 노인들이 돈이 떨어져서 돌아가야겠다고 했을 때, 모처럼 먼 길을 왔으니 병을 고쳐서 가라고 무료로 치료해 준 일도 적지 않았다. 돈이 없는 사람에게는 무료 시술도 많이 하였다. 돈을 갖고 있으면서도 노비가 떨어졌노라고 거짓말하는 파렴치한 사람도 간혹 눈에 띄었다. 그래도 나는 모르는 체하고 적선하는 셈 치고 그가 완치되도록 무료로 치료해 주었다.

이런 일로 말미암아, 뒷날 6·25사변 때 인민군에게 잡혀 죽음을 당하기 직전에, 함경도에서 온 인민군 군의감(총책임자)이 좋은 증언을 해 주어서 죽음을 면할 수도 있었다. '적선을 많이 하면 난리가 나도 생명을 구할 수 있다'고 어렸을 때부터 들려 주신 할아버지의 말씀은 그래서 더욱 잊을 수가 없다.

창씨개명과 '공병우 사망' 전보

이렇게 병원이 번성하고 있을 무렵, 난데없이 창씨개명 하라는 명령이 총독부에서 내렸다. 우리의 이름을 일본식으로 바꾸라는 것이다. 백인제 박사와 나는 이 점에서도 뜻이 맞아 창씨개명을 거부하기로 약속하였다.

내가 이런 결심을 하게 된 까닭은, 아마도 이극로 박사에게 영향을 받은 것이라고 생각한다. 그런데 어이없게도 고향에서 창씨개명을 해 버렸다는 소식이 날아왔다. 어처구니없는 일이었다. 그래서 나는 부모에게 불효를 범하는 짓인 줄 뻔히 알면서도 곧바로 우체국으로 가 '공병우 사망'이란 전보를 고향에 띄웠다. 일본식 이름으로 된 호적에서 합법적으로 내 이름을 빼기 위해서였다. 이렇게 해서 나는 서린동 병원에 공안과란 이름을 그대로 유지하면서 해방의 날을 맞을 수 있었다.

제4장

되찾은 나라에서 시작한 일들

아리랑을 목 놓아 불렀다

1945년 8월 15일, 정오에 중대 방송을 한다는 벽보가 서울 시내 곳곳에 나붙었다. 미리 일본 천황이 중대 방송을 할 것이라고 예고했기 때문에 나는 일본의 항복에 관한 것이라고 어림짐작만 했을 뿐 자세한 내용은 알 수가 없었다. 서로들 전화로 확인을 하고서야 일본의 항복이 틀림없다고 추측했다. 예측했던 대로 일본 천황 히로히토[裕仁]는 잡음이 유난히 많이 섞인 녹음 방송에서 떨리는 목소리로 연합군 앞에 항복한다고 선언했다. 그러나 그때까지도 시내는 일본 헌병이 칼을 차고 다녔으니 조선 사람들이 일본의 패망을 공공연히 기뻐할 수는 없는 형편이었다.

앞으로 우리나라가 독립국으로 대접을 받을 것이니 유엔군 사령관의 지시에 따라 질서를 유지해 달라는 맥아더 장군의 전단이 비행기에서 뿌려졌다. 그 뒤부터 사람들은 일제히 거리로 뛰쳐나가 소리 높여 대한 독립 만세를 불렀다. 그제야 기세등등하던 일본인들은 풀이 죽어 앞으로의 변화에 대해 불안해 하며 갈팡질팡하기 시작했다. 불행하게도 우리는 그런 감격스러운 순간에 국민이 다 함께 부를 애국가 하나 배운 적이 없어 할 수 없이 아리랑을 목 놓아 불렀다.

36년 동안 일본의 압박 아래서 설움을 당해 오던 우리는 그야말로 너무나 뜻밖인 해방을 맞게 된 것이다. 사실 이런 와중에서도 풀이 죽어 숨도 제대로 쉬지 못하고 있던 한국 사람들이 있었다. 일본놈 밑에 붙어 끄나풀 노릇을 하며 동족을 괴롭힌 형사들이거나, 일제하에서 득세했던 이른바 친일파들이었다. 민중은 정신없이 한동안 만세를 외쳐댔고, 사회에는 대혼란을 빚는 과도적 현상이 여기저기서 나타나기 시작하였다. 마침내 미 군정이 시작되었다. 조선총독부 자리에 미군이 들어앉은 꼴이 되었다. 그런데 이것을 전승국인 미국이 우리에게 독립을 안겨 주고자 임시로 머무는 정도로 생각하며 반기는 이들도 있었다.

해방이 된 지 2개월째 되던 10월 16일에는 미국에서 이승만 박사가 일흔한 살의 나이로 40년 만에 환국하였다. 그 당시, 해방이라는 급격한 변혁을 맞게 된 우리 사회는 각 분야에 걸쳐 들떠 있었고, 정치성을 띤 사회·정치단체는 비 내린 뒤의 대밭 순 돋듯 이루 헤아릴 수 없을 정도로 여기저기서 생겨나고 있었다. 어중이떠중이들이 정치한답시고 너도나도 목청을 높이고, 핏대를 올리고 있었다.

정치를 잘 모르던 내게는 '좌익', '우익' 하는 낱말조차 생소하게 들리던 시절이었으니, 진정 어떤 단체가 앞으로 우리나라를 바람직하게 이끌어 갈 것인지 갈피를 잡을 수가 없었다. 들어 보지도 못하던 사회단체와 정당들의 이름이 하나둘 사회에 얼굴을 내밀기 시작하였다. 50여 개의 정당이 앞다투어 성명서를 발표하고, 제각기 압박과 설움에서 벗어난 조국을 이렇게 만들어야 한다고 떠들어대는 것이었다. 길거리에는 건국준비위원회의 포스터가 눈에 띄기 시작하더니, 곧이어 붉은 글자의 인민공화국 포스터가 나붙기도 했다. 이 좌익 계통의 단체도 나중에는 조선인민당(여운형)과 조선공산당(박헌영)으로 갈라지고 있었다. 여러 단체가 핵분열처럼 자꾸 늘어나는 것이었다. 우익 진영도 한국민주당(김성수, 송진우 중심)과 국민당(안재홍 중심)이 있어 좌익 계열의 정당과 맞서고 있었다. 자고 나면 군소 정당이 매일 늘어나, 서로 치고받는 아수라장 같은 혼란의 극을 이루고 있었다. 길거리의 벽이란 벽은 온통 벽보와 선전 포스터로 얼룩져 있었으며, 그것은 곧 우리나라 해방 직후의 정치 사회의 혼란상을 단적으로 말해 주는 것이었다. 그것도 거리에 나붙은 포스터나 벽보가 무슨 심미적인 감각에서 만들어진 미술적인 인쇄물이라면 또 모른다. 그야말로 페인트 붓 같은 것으로 몹시 선동적인 구호를 휘갈겨 쓰고 자극적인 빛깔로 칠해 만든 것이 대부분이었다. 일반 대중들은 정말이지 해방의 기쁨도 잊은 채 어리둥절할 수밖에 없었다. 의사였던 나는 그 당시만 해도 몇 안 되는 지식층에 속했지만 어떻게 처신하는 것이 좋을지 갈피를 잡을 수가 없었다.

처음 배운 한글맞춤법

나는 서울에서 해방을 맞았다. 미리 백인제 박사의 귀띔으로 일본의 패망을 예측하고 있었지만, 예상보다 빨리 해방 소식을 들은 것이다. 정말 필설로는 표현하기 힘든 감격이었다. 그때와 같은 감격은 내 일생에 아마도 처음이요, 마지막일 것이라는 생각마저 든다. 80년이 넘도록 살아오면서 기쁜 일이 수없이 있었지만, 해방의 기쁨만큼 생생하게 기억에 남아 있는 것은 없다. 앞으로 남북 동포들이 자유로이 넘나들도록 휴전선이 무너지는 날이 온다면 그때와 같은 감격을 또 한 번 느낄 것만 같다.

"만세! 만세!"

만세 소리가 삼천리 강토를 뒤흔들었다. 지식인들은 너 나 할 것 없이 이 같은 혼란 속에서도 이리 뛰고 저리 뛰면서 건국을 위해서 정열과 의욕을 불태우고 있었다. 50여 개나 되는 정당, 거기다가 수백을 헤아리는 사회단체들이 난립하여 걷잡을 수 없는 대혼란을 이루었다.

많은 사람이 온통 영어 공부에 열중하고 있었다. 그런데 나는 영어를 배울 것이 아니라 한글을 배워야겠다고 생각했다. 해방된 국민이라면 먼저 제 나라 글을 옳게 알아야 하는 것이 도리이고 순서라고 생각했기 때문이다. 한국 사람이 한글을 배우는 것이야말로 해방된 민족으로서 해야할 급선무라고 생각했다.

그래서 나는 그 당시 조선어학회의 권승욱 선생을 집으로 모시고 한글개인 교습을 받기 시작했다. 일제하에서 일본어 교육만 받았으니 우리나라 글을 제대로 배울 기회조차 없었다. 물론 그때는 한글맞춤법을 공식적으로 배울 수 있는 학교도 없었고, 그 같은 단체나 강습소도 내 눈에 보이지 않았다. 우리나라가 광복된 이 마당에 먼저 한글맞춤법부터 배우는 것이 순서라고 생각한 것이다. 한글을 먼저 제대로 공부해야겠다는 생각이 든 것은 안과 개업 첫해에 내 병원의 환자로 만나게 된 한글학자 이극로 박사의 '한글 사랑은 애국·애족의 첫걸음'이라는 말씀이 떠올랐기 때문인지도 모른다.

이는 곧 새 세상에서 봉사하며 살기 위해 반드시 갖추어야 할 여건으로 여겨졌다. 그래서 전혀 배워 본 일이 없는 한글맞춤법을 첫걸음부터 철저하게 익혀야겠다는 생각을 한 것이다. 마침내 나는 내 나라 글의 맞춤법을 겨우 알게 되어 한글이 과학적인 글임을 깨닫게 되었다. 지금 돌아보면 안과 의사인 내가 한글 타자기를 개발하는 데 가장 중요한 기초 작업을 이때 해 놓은 셈이다.

이승만 박사의 안경과 나

1945년 10월 16일 해방을 맞은 지 두 달이 지난 때 이승만 박사가 홀연히 나타났다. 이때 이 박사의 그 유명한 "뭉치면 살고 흩어지면 죽습니다"란 환국 제일성을 듣게 되었다. 좌익 계통에서는 새로운 적수를 만났다는 듯이 이 박사에게 '부인은 조선 사람이 아닌 서양 여자'라는 등의 인신공격을 하였다. 그런 사람이 어찌 한민족의 지도자가 될 수 있단 말이냐는 투의 전단이 나돌기 시작했다. 사회 분위기는 자못 흉흉해져 가고 있었다. 결국 이 박사는 자기 소신대로 정치 술수를 동원하였다. 그는 군정 장관 하지의 초청을 받고 고문으로 온 서재필 박사마저 미국으로 되돌아가도록 손을 쓰고, 뒤늦게 중국에서 온 임시정부 요인인 김구 선생이나, 김규식 박사 같은 애국지사들도 희생양으로 사라지게 한 뒤, 1948년 5월 31일 남한만의 단독 국회를 만들어 헌법을 기초하게 했다. 이어 남한 단독 정부를 세우는 데 주도 역할을 한 것이다. 그리고 그는 초대 대통령이 되었다. 국부라고 추앙하는 이가 있는가 하면, 한편에서는 독재자로 낙인을 찍어 고집불통 영감으로 푸대접하기도 하였다. 이승만은 갖가지 일화를 많이 남긴 인물이 되기도 하였다. 끝내 3·15 부정선거로 말미암아 국민의 지탄을 받고 내쫓겨 하와이로 망명하는 기구한 신세가 되었다.

이 박사의 화려한 권세 아래서 김구, 여운형, 장덕수 등의 정계 요인들은 비명에 죽었고, 언더우드 박사 부인이 암살되는 등 사회는 살벌했고, 경제도 파국 직전의 심한 혼란을 보였다.

이 같은 허망한 세상살이를 볼 때, 나는 세상을 살아가기 위해서는 권좌에 있든, 산간벽지에서 농사를 짓든, 정치를 하든, 의사 노릇을 하든 간에 남을 해쳐서는 안 되고, 남을 도우면서, 사람답게, 정직하게, 성실하게, 좋은 일을 베풀면서 살아야겠다는 다짐을 거듭하게 되었다. 그러면서 내 나름대로 민족을 위해 무엇인가 보람 있는 일을 하면서 살아야 한다는 평소의 신조를 더욱 마음속 깊이 다지게 되었다.

나와 이 박사가 직접 연관되는 이야깃거리가 하나 있다. 언젠가 이기붕 씨로부터 전화가 왔다.

"공 박사! 진찰 의료 기구를 갖고 대통령 관저인 경무대로 곧 들어와 주시오!"

참으로 뜻밖의 전화였다. 그때 마침 공안과에 환자가 줄을 서 있었다. 그래서 나는 이렇게 말했다.

"대단히 미안합니다만, 지금 치료해야 할 환자가 많이 기다리고 있으니, 이 많은 환자를 제쳐놓고 곧바로 경무대로 갈 수는 없습니다."

몇 시간씩 진찰을 받기 위해 기다리고 있었던 환자들 가운데는 시골에서 논밭도 팔고 올라온 사람도 있을 것이다. 나는 경무대 비서관에게 나와 시간 예약을 하는 것이 좋겠다고 했다. 그랬더니 내 말대로 시간 예약을 하자는 것이었다. 이 박사는 안면 경련증이 있어 눈두덩 살갗이 가끔 떨리고 있다는 정도의 이야기만 풍문에 듣고 있었을 뿐, 그가 가진 안과적 병력에 대한 예비지식은 전혀 없었다. 서울대학교병원에도 안과 의사들이 많은데, 일면식도 없는 나를 불러 준 것이 놀랍기도 하고 한편 반갑기도 하였다. 경무대 측과 약속한 날 나는 의료 진찰기를 챙겨서 들고, 경무대로 갔다. 그리고 드디어 이승만 박사를 만났다. 이 박사의 눈을 진찰해 보았더니 특별한 눈병은 없었다. 다만 다시 검안하여 안경을 새로 맞추어야 한다는 안경 처방을 했다.

"특별한 이상은 없습니다. 다만 안경을 새로 맞추셔야겠습니다."

"음, 그래? 그런데 우리 국산으로 된 안경 있나?"

"아직은 국산이 없습니다."

"하루바삐 국산 안경을 만들도록 전문가들이 노력해야지."

하여튼 그 당시 이 대통령의 외화를 아껴 쓰는 정신은 대단해서, 우리나라 외교관들은 외국 공관에 근무 발령이 나도 부인을 데리고 가지 못하게 했다. 외화 절약 때문에 취해진 조처였다. 달러를 아껴 써야 한다는 이같은 엄명 때문에 한국 외교관들은 한결같이 홀아비 외교관 생활을 할 수밖에 없었다는 소문이 파다하게 돌았다. 그러한 소문을 들은 터라 역시 국산 안경 생산을 장려하는 말을 나한테도 하는 그의 심정을 이해할 수 있었다.

이 박사의 한글 사랑 정신만은 서재필 박사에게서 배운 후배답게 철저하였다. 대통령 성명서나 정부 발표문은 반드시 한글로만 작성하였다. 누가 뭐래도 이 박사가 한글을 사랑했다는 점에서는 높이 평가하지 않을 수가 없다. 그는 비문 이야기만 나오면, '한자로 새겨 넣으면 후대에 갈수록 많은 사람이 읽을 수 없으니 한 사람이라도 더 읽을 수 있는 우리 한글을 비석에다 새기도록 해야' 한다고 측근에게 말했다고 한다. 그는 가끔 한글 전용과 한글 기계화를 강조하는 담화를 발표하였다. '우리나라가 한글 전용으로 한글 타자기, 한글 텔레타이프(전신타자기), 한글 식자기 등을 사용하게 되어야만 문명국가로 발전할 수 있다'는 내용의 담화를 발표하곤 했다. 그리고 그는 헌법을 한글로 적게 하였고, 한글 전용 법률을 제정하고, 또 한글날을 만드는 데 중요한 몫을 하였다.

이 박사가 1960년 5월 29일 하와이로 망명하였을 때 그의 휴대품은 아주 단출했다. 당시 망명 현장을 목격한 《경향신문》 기자의 보도에 따르면 조그마한 손가방 네 개와 두 개의 우산, 그리고 단장 한 개, 거기다가 10여 년 동안 애지중지 직접 사용했던 타자기 한 대뿐이었다고 한다. 이

것이 망명 대통령의 전 재산이었다. 같은 독재자라지만 필리핀의 마르코스나 전두환 같은 이와는 차원이 다르게 보인다.

'지금 갖고 있는 전 재산을 네 개의 보따리로 간추려서 살아야 할' 위급한 지경에 빠졌을 때, 나는 현재 갖고 있는 재산 가운데 무엇을 싸 들고 나갈 것인가를 생각하게끔 하는 장면이었다. 이화장에는 금붙이와, 값진 골동품도 여기저기 뒹굴고 있었지만 그래도 그는 우산과 헌 타자기를 소중한 망명 휴대품으로 선택했다. 그는 타자기가 일상생활에 없어서는 안 되는 귀중품이란 점을 너무나 잘 아는 분임이 틀림없었다.

나는 이 박사가 '발명의 날'에 다음과 같은 내용의 담화를 발표한 것을 기억하고 있다.

"발명가들이 돈을 벌게 해 주어야 나라가 발전합니다. 그들이 돈을 벌 수 있도록 상공부 장관은 적극적으로 지원하시오."

이 박사는 남한에 단독 정부를 세워 민족 분단을 더욱 굳히게 하는 데 앞장선 독재자로 내 머리에 남아 있다. 우리나라 역사와 민족 앞에 크게 잘못을 저지른 독재자이긴 하지만, 한글 사랑과 한글 기계화의 중요성, 그리고 타자기를 생활필수품으로 삼은 점은 높이 평가하지 않을 수 없다.

제 나라말로 시작한 강의

나는 정치 분야에는 관심이 없었지만, 일본인 교수들이 싹 빠져나간 경성의학전문학교를 한국 의사들이 맡아서 어떻게 운영할 것인가 하는 데는 참여하지 않을 수가 없었다. 어떻게 해서라도 우리의 힘으로 경성의학전문학교를 살려야만 했다. 그래서 몇 안 되는 한국인 의사들이 대단한 열의를 갖고 열심히 재건 작업을 시작했다.

일본 식민지화 정책 말년에 일본은 힘겹게 전쟁을 강행하면서 이미 물자난을 겪고 있었다. 그 영향이 커 우리 일반 시민들은 식량난으로 고통을 겪고 있었고, 생필품도 모자라 이중 삼중의 고난을 겪고 있는 때였다. 병원 안팎의 시설도 제대로 갖추지 못한 상태였다. 수술할 때 써야 할 가제도 부족하여 아껴 써야 할 판이었다. 물자가 하도 귀한 세상이 되고 보니 병원 안의 비품 도난 사건도 잦았다. 해방된 뒤에도 한동안 그런 풍조가 계속되어 무엇 하나 시설 비품을 장만해 놓을 수가 없었다. 그래서 눈 수술을 하는데도 고무장갑도 없이 하기가 예사였다.

어쨌든 해방 직후에는 사회적인 혼란, 그리고 시설과 의약품의 부족 등으로 경성의학전문학교와 부속병원은 운영에 몹시 힘든 시대를 맞게 되었다. 그러나 한국 의학계의 중진들은 백인제 박사를 중심으로 힘을 모아 열성적으로 회의를 거듭하는 가운데, 여러 사람의 생각과 의지를 모아 우리 민족의 학교, 우리나라의 병원으로 키워갈 수 있었다. 지금 생각해 봐도 열심히 봉사한 시절이었다. 한 사람 한 사람의 뜻있는 의욕과 행동이 합쳐져 우리 민족의 의학자를 양성하고, 우리 겨레를 위한 병원이 탄생한다는 긍지와 기쁨이 수반되는 재건 작업이었다.

경의전 교장은 심호섭 박사, 부속병원장은 백인제 박사가 맡았다. 과별로 교수가 선임되었다. 내과는 임명재, 소아과는 이선근, 산부인과는 윤치왕, 피부과는 오천석, 이비인후과는 강일영 그리고 안과는 내가 맡았다.

나는 강의도 맡았는데, 당시는 한국말로 의학 용어가 번역되어 있지 않은 때라 강의하다가 일본 용어가 예사로 튀어나오기 일쑤였다. 한국 사람이 제 나라말로 강의를 하는 데 몹시 서툴러 진땀을 빼지 않을 수 없었다. 한국말을 되찾은 해방이 되었지만, 나는 한국말로 강의하기가 힘들어 난처하기만 했던 한국인 교수였고, 지식인이었고, 의사였다. 이것이 당시의 우리나라 지식인의 일반적인 모습이었는지도 모른다. 그런 상황에서 나는 우선 일본어로 통용되던 안과의 의학 용어부터 한국말로 번역해야겠다는 생각이 들었다. 그래서 나는 안과학의 강의를 위해서라도 해방 전에 내가 일본 말로 썼던 《소안과학》 책을 끄집어내 한글로 번역하는 작업을 시작했다.

이를 깨끗이 원고지에 정리하는 일을 두 사람의 조수가 맡았다. 그런데 정서하는 것이 너무 진도가 늦어 답답하기만 했다. 이 과정에서 나는 '우리도 영어 타자기처럼 한글을 찍는 기계가 있으면 얼마나 좋을까?' 하는 생각이 문득 들었다. 안과학 교재를 한글로 만들어야겠다는 애당초의 꿈은 엉뚱하게도 한글 타자기 발명의 꿈으로 바뀌어 가고 있었다. 주객이 전도된 꼴이 되었다. 나는 곧바로 시중에 나가서 한글 타자기를 두 대 사 들고 들어와 분해하기 시작했다.

이렇게 나는 조국의 광복을 맞아 사회가 한창 소란할 때 학교에서 가르치랴, 경의전 부속병원 안과를 재건하랴, 거기다가 한글 타자기를 만들 꿈까지 키우면서 온갖 정열을 쏟고 있었다.

내가 걸린 매독

하루는 내 오른손 가운뎃손가락 끝이 땅콩 알만 한 크기로 부어오른 것을 발견했다. 아프지도 않고 가렵지도 않았다. 몇 주일이 지나니 온몸에 발진이 나타나면서 열이 나기 시작했다. 날이 갈수록 증상은 심해지기만 하여 학교에 출근도 못 할 지경이 되었다. 경의전 부속병원장 백인제 박사가 병문안을 왔는데, 그는 수척해진 내 몰골을 보고 나더니만 곧바로 병원으로 돌아가 피부과의 오천석 교수를 데리고 왔다. 무엇인가 그분 나름대로 짚이는 데가 있었던 모양이다. 오 교수는 내 피부의 증상을 보고 나더니 너무나 뜻밖의 진단을 내리는 것이었다.

"매독 2기 증상인데요."

너무나 어처구니없는 진단 결과였다. 어안이 벙벙할 뿐이었다.

매독 환자의 눈을 수술할 때 장갑을 끼지 않고 수술한 것이 원인이라 했다. 그제야 나 자신도 수긍되는 점이 머리에 떠올랐다.

"역시 그 환자가 문제의 환자였구나."

나는 혼자 중얼거렸다.

오른쪽 가운뎃손가락에 전염되어 온몸에 번진 것이다. 그 당시 의사들은 환자들의 각종 전염병에 전염되는 데 거의 무방비 상태였다. 매독은 3기가 되면 고치지도 못하고 평생 고생하다 죽을 무서운 병인데 요행히도 2기에서 발견하게 된 것이다. 백 박사 덕분에 일찍 병을 발견하여 1년여 동안을 병상에 누워 페니실린 606호와 페니실린의 위력으로 박멸할 수 있었으니 천만다행이 아닐 수 없었다. 일제 말엽에 페니실린 606호라는 치료제가 있었지만, 유엔군과 함께 한국땅에 밀려 들어와 만병통치약으로 널리 마구 쓰였던 페니실린의 효험을 톡톡히 보고, 그 덕분으로 나는 살아나게 되었다. 이 병균은 어중간하게 치료를 해서는 안 된다. 또다시 살아날 가능성이 많은 아주 집요한 병균이다. 그래서 뿌리를 없애는 치료를 완벽하고 아주 철저하게 하여 치료를 마치도록 했던 것이다.

나는 세상에 드러내기 어려운 이 같은 병을 얻는 바람에 한창 일을 해야 할 금쪽같은 시간을 아깝게 보냈다. 어처구니없는 시련이었다. 그러나 하느님은 이런 방법으로 나에게 휴식을 취할 기회를 준 것임이 틀림없는 일이었다. 앞만 보고 성급하게 달리기만 하는 나에게 이런 방법이 아니고는 제동을 걸 사람은 아무도 없었을 터이니 말이다.

이 같은 북새통에 경의전은 서울대학교에 병합하기로 결정이 났다. 나도 학교의 책임 있는 자리에서 홀가분하게 벗어났고 악명 높은 병마에서 벗어나 건강을 회복하게 되었다.

백인제 박사와 함께 차린 출판사

그런데 하루는 백인제 박사가 난데없이 불쑥 '무엇인가 보람 있는 문화 사업'을 하나 하자면서 출판사를 만들어 보자는 뜻밖의 제안을 하는 것이었다. 세상 사람들이 온통 민주주의 나라를 수립하는 투사가 되겠다고 아우성을 치고 있을 무렵, 민주주의를 계몽시키고 지식을 공급해 주는 출판사를 만들어 보자는 백 박사의 뜻이 바람직하다는 생각이 들었다. 사실 그 당시는 민주주의를 부르짖는 단체나 개인들이 온통 서로 자기만 옳다고 싸움질만 하고 있을 때였다. 내 주장을 반대하면 모두 적으로 취급하고, 모두 죽일 놈으로 닦달하는 것이었다. 남의 의견이나 주장을 존중해 줄 줄 알아야 민주주의가 될 터인데, 너무나 한심스럽기만 한 작태가 여기저기에서 벌어지고 있었다. 그러므로 이 같은 출판 사업은 일종의 민주화 운동이고 건전한 사회운동의 하나로 생각되었다.

백 박사의 제의에 전적으로 동의하고 출판사를 차리기로 하였다. 이 혼란기에 내가 사회를 향하여 할 수 있는 것은 바로 이런 사업이라고 생각한 것이다. 민중들에게 먼저 해야 할 일은 민주주의가 무엇이고 자주독립이 무엇이란 것을 계몽하고 깨우쳐 주는 일이라고 말한 백 박사를 믿고 자본금의 절반을 대기로 했다. 지금은 빌딩이 들어선 금싸라기 시가지가 되었지만 그 당시로도 서울 시민들의 일등 유락지로 지목되던 자하문 밖 자두 과수원을 선뜻 제공한 것이다. 돈 벌겠다고 시작한 출판사가 아니었으니 그냥 기부하는 마음이 아니고는 시작할 수 없는 출판 사업이었다. 생각 끝에 이 같은 좋은 일을 위해서라면 우리 집의 큰 재산에 속하던 과수원 땅문서를 선뜻 내놓기로 하였다. 나로서는 막대한 재산을 아낌없이 내놓은 것이다. 물론 상의를 하지 않은 내 독선 때문에 아내로부터 항의를 받기도 했다. 애들에게도 하필이면 왜 그 아까운 과수원을 내놓았느냐고 한동안 항의도 다소 받았지만, 나중에는 아내도 가족들도 내 순수한 마음에 응해 주었다.

내가 재산을 이런 식으로 유용하게 썼기 때문에, 죽을 뻔했던 전쟁 가운데서도 하느님이 내 생명을 건져 주신 것이라고 확신하고 있다. 이 같은 내 신념에 대해 결국 우리 가족들도 동의해 줄 것으로 믿고 있다.

출판사 이름은 '수선사'라고 했다. 서울 명동 2가 45번지에 사무실을 차리고 1947년 10월 1일에 등록번호 제494호로 공보처에 등록하였다. 제일 먼저 출판하게 된 것은 자주독립과 민주주의 사상을 계몽시키는 데 일생을 바친 《서재필 박사 자서전》이었다. 사학가인 김도태 선생이 직접 면담기를 곁들여 집필하여 1948년 7월에 출판하였다. 이와 같은 교양서적을 계속 백 박사의 주관으로 편찬하여 출간하였다. 독자의 반응이 아주 좋아 양서의 출판사로 주목을 받기도 하였다. 이 사업도 6·25사변이 터지면서 전화 속에 날아가고 말았다. 백 박사가 이북에 납치된 뒤로는 이 출판사도 없어지게 된 것이다. 귀한 사람이 없어진 판인데 출판사 없어진 것이 무슨 그리 대수인가?

제5장

한글 타자기를 만들기까지

공안과를 찾아온 한글학자 이극로 선생

한글 이야기를 하자면 다시 일제 때로 돌아가야 한다.

내가 1938년에 서울 종로구 안국동에 개원한 공안과는 안과로서는 우리나라 최초의 개인 병원이었다. 앞에서 조금 밝힌 바 있지만, 어느 날 허름한 양복을 입은 중년 신사 한 분이 들어왔다. 안질 때문에 왔다고 했다. 치료를 받고 나서 그분은 이런저런 이야기를 하다가 불쑥 우리글에 대한 말을 꺼내는 것이었다.

"우리 조선 민족이 갖고 있는 한글에 대해 관심 가져 본 일이 있습니까?"

"아직 없습니다."

솔직히 말해서 나는 의사 검정 시험에 필요한 일본 글만 공부했지, 이른바 언문에 대해선 관심이 없었다. 그는 천천히 말했다.

"우리가 흔히 말하는 언문이란 글은 세계에서도 보기 드문 훌륭한 글인데, 일본놈들이 이 글을 못 쓰도록 탄압을 하고 있죠. 아니, 일본놈들만 그런 게 아니라, 우리 조선 사람들까지도 제 나라글자에 대해 대체로 무관심한 편이죠. 아니, 한술 더 떠 아예 한글은 글자가 아닌 양 무시하는 식자들도 많습니다."

바로 나를 두고 하는 소리 같기만 했다. 물론 학교에서 배울 수 없었던 조선어였지만, 나는 그때까지 전혀 관심을 가져 본 적이 없었다. 한글에 대해서 은밀히 깨우쳐 주는 사람이나, 교육자나, 친구나, 기관도 내 주변에는 없었다. 그 환자 덕분에 나는 뒤늦게나마 우리 한글을 알게 되었고 한글이 우수한 글이란 점도 깨닫게 되었다.

한글에 대한 그의 애정은 종교적 신앙처럼 뜨거웠다. 그렇게도 철저한 분이었기에 눈을 치료받으러 와서 한글에 대해서 까막눈이던 안과 의사인 내 눈을 뜨게 하고, 내 민족문화를 바로 볼 수 있도록 시력을 바로잡아 준 것이다.

그는 처음 보는 사람에게까지 한글을 전도할 수 있는 신념에 가득 찬 분이었다. 참으로 감탄하지 않을 수 없었다. 그것도 서슬이 시퍼런 일본 제국 치하에서 '우리 조선 사람이 한글을 알아야만 우리 민족이 멸망하지 않는다'라고 태연하게 말할 수 있는 용기 있는 분이었다. 지사다운 인상을 풍기는 훌륭한 사상가 같았다. 그분은 자연스럽게 나에게 민족정신을 불어넣어 준 것이다. 부끄러운 이야기지만, 그때까지만 해도 나는 내 나라의 훌륭한 글을 배워야겠다는 생각조차 못하고, 그저 하루하루를 바쁘게 살고 있었다.

1934년 1월 25일에 한글맞춤법통일안이 발표되었지만, 학자들이 계몽하는 시기였다. 가끔 신문에 문필가들이 이를 사용하겠다는 내용의 성명서를 내었으나 나는 예사로 보았다. 그리고 한글맞춤법의 규칙이 어떻게 되어 있는지 몰랐고, 관심조차 두지 않았다. 그런 내가 그렇게도 유식하고 민족정신이 투철한 한글학자 이극로 박사를 만난 것을 하느님께 감사하고 있다.

내가 그때 그분으로부터 그런 자극을 받지 못했다면 고성능 한글 타자기를 발명하지 못했을지도 모른다. 나는 해방이 되고 나서야 비로소 그분이 조선어학회 중진인 유명한 한글학자이자, 독일에서 공부하고 돌아온 저명한 이극로 박사란 사실을 알고 또 한 번 놀라지 않을 수 없었다.

처음 만든 한글 시력 검사표

그때 트라코마라고 하는 돌림 눈병이 한창 번지고 있었다. 나는 〈트라코마를 예방하려면?〉이라는 계몽용 전단을 한글로 만들어 여기저기에 뿌리기도 하고, 이를 병원 대기실에 쌓아 놓고 누구나 마음대로 집어 가도록 하였다.

그 무렵의 시력 검사표는 모두 일본인이 만든 것으로, 일본 '가나'로 되어 있었다. 그래서 나는 이제라도 시력 검사표를 한글로 만들어야겠다고 생각했다. 그래서 나는 조선인 제약회사로 이름난 유한양행에 제안하여 시력 검사표를 한글로 만들었다. 이렇게 해서 내가 만든 우리나라 최초의 '한글 시력 검사표'가 탄생했다. 그러자 일본어를 모르던 한국 사람들은 여간 좋아하지 않았다.

이 모두가 한글학자가 눈병으로 내 병원엘 찾아와 준 것이 인연이 되어 해낼 수 있었다. 해방이 되어 세상이 온통 영어 바람에 휩쓸렸을 때 웬만한 지식인들은 영어 학습에 열을 내고 있었지만, 앞서 말했듯이 나는 이극로 박사의 영향을 받은 탓으로 초등학교 어린이들이 배우는 한글 첫걸음부터 익히기로 했다. 한글학회에서 근무하던 권승욱 선생을 개인 교사로 모시고 집에서 개인 교습을 받기도 하였다. 그것은 특수한 자격을 따기 위한 검정 시험용 공부가 아니었다. 광복한 나라의 국민 자격을 따기위한 기초 작업으로 삼고 공부를 한 것이다. 훌륭한 한글을 그때야 비로소 정식으로 대면하게 된 것이 자랑스러우면서도 한편으로는 부끄러운생각마저 들었다. 어느 날 이극로 박사가 한글만 쓰는 북한에 갔다 오신다면서 나에게 여비를 꾸어 달라고 하였다. 나는 그때 돈 40만 원을 드렸다. 그 뒤 영영 그를 다시 만나 뵙지 못하고 말았다.

타자기와의 첫 만남

내가 영문 타자기를 처음 구경한 것은 경성제대 의학부(서울대학교 의과 대학의 전신) 연구실에 있을 때였다. 자세히 보니, 정말 글자 찍는 신기한 기계였다. 따닥따닥 계속해서 글자를 쳐 나가는 이 기계를 그때 난생처음 보았다. 나도 일본 말로 된 내 연구 논문을 남들 하듯 영어로 간추려 서두에 실어야만 했다. 영어에 능통한 일본인이 번역해 준 영어 문장을 내가 직접 타자기 앞에 앉아 좌우 두 손가락으로 또닥또닥 쳐 나갔다. 이것이 나와 타자기의 첫 만남이다. 로마자가 자동으로 찍히는 것을 호기심에 차 관찰하면서, 마치 바느질이 자동으로 되는 재봉틀과 비슷한 기계구나 하고 생각했다.

당시에는 내가 직접 타자기 발명을 해 보겠다는 생각은 꿈에도 하지 못했다. 다만 막연하게나마 우리 한글도 이런 타자기로 찍을 수 있으면 참좋겠다는 정도의 생각만 했을 뿐이었다. 그러나 기계에 대한 내 관심은남다른 데가 있었던 것 같다. 내가 어린 시절에 재봉틀이란 것이 우리나라에 처음 수입되었다. 우리 집에 있던 재봉틀이 동네의 큰 구경거리가 된 적이 있었다. 산간벽지인 우리 집에까지 있을 정도로 재봉틀이 보급되었다. 그때 내 호기심은 '사람 대신 바느질을 해 주는 신기한 기계' 정도에 그치지 않고, 이 기계의 머리 부분을 뒤집어 젖혀 놓고 자동으로 바느질이 되어 가는 구조를 유심히 관찰하면서 그 기계 구조가 묘한 것을 알고 깊이 감탄한 적이 있었다. 그때 내 나이는 불과 열 살 안팎이었다. 나에게 타자기에 대한 관심도 바로 그런 종류의 것이어서 신기한 것에 대해 품는 단순한 호기심 이상의 것이었다.

내가 본격적으로 타자기에 대해 관심을 기울이게 된 것은 우리나라가 해방이 되고 난 뒤였다. 해방이 되자 우리나라 의학계의 중견이었던 일본 교수들이 물러나면서, 우리나라 의학도는 한국 의사들이 양성하였다. 나도 후학들을 위해 요긴한 구실을 해야겠다고 마음먹고 가장 먼저 시도한 것이 내가 일제 치하에서 일본어로 만들었던 《소안과학》(서울 중구 충무로 2가 소재 마루젠서점 발행)이란 책자를 한글본으로 번역하여 출판하는 것이었다. 일본 말로 된 것을 한글로 번역하는 작업은 내가 했지만, 정서는 두 사람의 조수가 했다. 내가 혼자 번역한 분량의 원고를 정서하는데 두 사람의 조수가 열심히 해도 능률을 올리지 못했다. 그것도 두 사람의 필체는 제각기 개성이 있어서 한 사람은 갈겨쓰는 데다 흘려 쓰기도 했고, 또 한 사람은 괴상한 버릇이 있어 두세 번 읽어야 판독할 수 있었다. 나는 이때 타자기를 쓸 수만 있다면 매우 빨리 찍을 수 있겠고, 또한 깨끗한 글자로 정서할 수도 있겠다는 데 착안하였다.

나는 무엇이든 결정하기까지 많은 것을 생각하는 편이지만, 일단 결정을 하면 물불 가리지 않고 덤벼드는 버릇이 있다. 한글 타자기를 만들어야겠다는 생각은 확실히 망상에 가까운 것이었지만, 나는 일사불란하게 한글 타자기 연구를 시작하였다.

잊힌 선구자들 – 이원익 씨와 송기주 씨

솔직히 말해서 나는 그때 한글 타자기를 만들어 보겠다는 의욕만 있을 뿐이지, 타자기의 구조나 원리를 배운 적도 없고 기계공학적인 설명서를 본 적도 없었다. 누구한테 교습을 받을 곳도 없었다. 오직 한 가지 배울 수 있는 방법은 실물을 보고 혼자서 연구하는 길뿐이었다. 그래서 이미 상품화된 타자기를 구해 놓고 독학하지 않으면 안 되었다.

문방구를 겸한 사무기 상회에 나가 보았다. 여기서 뜻하지 않게 허름한 한글 타자기 두 개를 발견하였다. 재미 교포 이원익 씨와 송기주 씨가 개발했다는 한글 타자기였다. 나는 두 대의 한글 타자기를 사 들고 왔다.

두 분이 개발한 타자기는 둘 다 당시 미국에서 널리 사용하던 영문 타자기에 한글 자모를 대치하고, 한글 구성 원리에 따라 필요한 만큼 부동 키(사일런트 키)로 한 구조였다. 그 가운데서 이원익 씨가 만든 것은 1910년까지 쓰였던 12글쇠 7열의 84글쇠식 타자기였고, 송기주 씨가 만든 것은 1930년대에 모양이 개량된 42글쇠 2단 시프트식, 곧 현재의 수동 영문 타자기와 비슷한 언더우드(UNDERWOOD) 휴대용 타자기였다. 타자기 글쇠 수의 문제로 이원익 씨 타자기는 타자의 근본 원칙인 촉지법(터치 시스템)이 불가능한 것과 달리, 송기주 씨의 것은 촉지법이 가능하였다. 두 분 것이 다 한글을 가로로 찍어 세로로 읽게 되는 형식이었다. 물론 그것은 당시 모든 인쇄물이 세로로 내려 썼기 때문이다.

이원익 씨가 만든 것은 다섯벌식인데, 자음과 모음은 부동 키로, 받침이 붙지 않는 모음과 받침은 찍고 가도록 만들었다. 그러므로 윗글자쇠를 누르거나 군손질 없이 한글을 찍을 수 있었다. 문장을 자형에 따라 구분 타자하면 정체 없이 전진하며 글자를 찍도록 한 것이었다. 송기주 씨가 만든 것은 자음 세 벌(가, 고, 과 등에 쓰이는 3종)과 모음 한 벌의 네 벌 배치로,

完成된우리글打字機

海外刻苦七年만에
「宋基周氏가成功」

二十四字한글을移動鍵盤에

언더우드社에서製作中

延專出身의
天才發明家

米洲에서學位도얻어

우리조선이낳은 세계적발명가 송기주(宋基周)씨로 하기까지에 이른장은 이번 송씨의 발명한 타자기가 그처음이라한다.

종래의발명된조선문타자기는 八十五건반(鍵盤)으로되어 한자기에매우 불필요한짐이 끼어 종이를 떼기에 매우 불편하였을뿐더러 또한 상품으로 실용치가 어렵던차이 완성된 것은…

◇寫眞說明 커다는 인쇄
됟이는는 발명가 송기주
씨(下)는 타자기에서인한글
끌를 썼고 쌌엇다는
것이다.

〈완성된 우리글 타자기〉, 《동아일보》 1934년 1월 24일자 3면 기사(송기주 씨의 타자기)

朝鮮文橫書

打字機發明

在米宋善柱氏의新發明

[米國特許局에提出]

〈조선문횡서 타자기 발명〉, 《동아일보》 1929년 1월 17일자 2면 기사

조선글·타자기

〈조선글 타자기〉, 《동아일보》 1934년 5월 12일자 5면 소형광고(송기주 씨의 타자기)

제5장 한글 타자기를 만들기까지 99

왼쪽: 이원익의 5벌식 타자기로 작성된 문서(오른쪽 부분은 확대 이미지)
이승화, 《모범한글타자》, 교학도서주식회사, 1973, 15쪽.
오른쪽: 공병우의 3벌식 타자기체
서대원, 한글 글자꼴의 변천에 관한 연구, 석사학위논문, 건국대학교 디자인대학원, 2004, 50쪽.

받침은 가로모음 글자의 자음을 겸용하도록 한 것이었는데, '가'의 자음을 아랫단에 놓고, '고'의 자음을 윗단에 배치하여 '고' 자의 자음이나 받침을 찍을 때는 반드시 시프트 키를 눌러야 했고, 글쇠의 동작은 자음은 부동, 모음은 전진식이어서, 받침을 찍고 난 뒤에는 스페이스 바를 눌러야 하며, 필연적으로 글줄에서 받침이 따르는 글자와 다음 글자 사이에는 불필요한 반글자(1/2 스페이스) 간격이 생기는 결함이 있었다.

송기주 씨의 것이 비록 촉지법으로 타자가 가능하기는 하나, '고' 자형의 자음과 받침을 찍기 위한 약 50퍼센트의 시프트 키 조작 및 받침을 찍은 뒤의 약 25퍼센트의 스페이스 바 조작을 하게 되어 있다. 그리고 자모 배열도 두 분의 제품 모두가 자모의 사용 빈도를 무시하고 ㄱ, ㄴ, ㄷ…… ㅏ, ㅑ, ㅓ, ㅕ를 적당히 순서대로 나열한 것이었다. 글씨 모양은 세로쓰기로 예뻤고, 속도는 손으로 쓰는 것보다는 빠르지만, 영문 타자기의 속도에 견주면 절반 정도였다.

그러나저러나 네모반듯한 한글이 세로로 예쁘게 찍혀 나오고 있으니,

아무리 찍는 방법이 어렵고 시간이 걸린다 해도 한글 타자기임은 틀림없었다. 그런 점으로 미루어 나는 어딜 가나 내 부모는 부모이듯, 우리 한글 타자기의 원조는 어디까지나 이원익 씨로 모셔야 옳다는 생각이 들었다. 그리고 송기주 씨는 고국에 돌아와 한국 지도 등을 팔면서 생계를 유지하다가 6·25사변 당시 납북되었다. 북쪽에 간 뒤 한글 타자기 개발에 관한 연구를 계속했는지는 알 길이 없다. 한글 타자기 연구가로서 그분이 만약 이북에서 활약을 계속할 수 있었다면 상당히 큰 업적을 남겼을 것으로 추측한다. 납치된 후의 그의 소식이 못내 궁금하기만 하다. 사실 그는, 6·25사변 전에는 날마다 나를 찾아와 한글 기계화를 위해 서로 의논하던 동지이기도 했다.

잠깐! 여기에서 한 마디 짚고 넘어가야 할 중요한 일이 있다. 그것은 가끔 나에 관한 글이나 말을 하는 사람 가운데 나를 가리켜 흔히 '한글 타자기를 처음 발명한 사람'이라고 하는 것이다. 많은 사람이 그런 오류를 범하고 있어, 나로서는 민망하기 짝이 없다. 기회 닿는 대로 잘못된 점을 고쳐 주기도 했지만 일일이 찾아다니며 수정해 줄 수도 없고, 그렇다고 잘못된 기록을 그냥 내버려 둘 수도 없어서 내 나름대로 공식적인 기회가 닿으면 꼭 정정해야겠다고 별러 오던 참이었다. 내 공식적인 기록이 될 이 자서전에서나마 그분들의 업적을 뚜렷하게 밝히고 사실대로 기록해 놓고 싶다. 분명히 말해서 한글 타자기의 첫 발명자는 이원익 씨란 점을 거듭 밝혀 둔다.

참고로 라이노타이프(한 줄의 활자를 한 묶음으로 만들어 판짜기를 자동으로 하는 기계)로 한글을 찍을 수 있는 한글 식자기의 발명가는 이대위란 분이다. 그의 식자기로 하와이의 《교포 신문》과 로스앤젤레스의 《신한민보》가 발행되기도 했다. 어쨌든 나는 내 나름대로 먼저 개발한 발명품보다 월등하게 속도가 빠르고 글씨 꼴도 간편한 가로쓰기의 한글 타자기를 세벌식 입력과 세벌식 출력으로 개발하고 싶어서 한글 타자기 연구를 시작했다.

신체를 해부하듯 타자기를 발기발기 뜯어 놓고

타자기 파는 가게에 가서 이번에는 수동식 영어 타자기(당시 전동 타자기는 없었다)를 사왔다. 신체를 해부하듯 타자기를 발기발기 다 뜯어 부품을 잔뜩 늘어놓고 타자기의 기본 구조부터 하나하나 익히기 시작하였다.

그때 일본에서는 유명한 도쿄 대학 공과 대학은 시계, 타자기, 재봉틀 등의 세 가지 연구과를 두어, 정식 학문으로 가르치고 있었다. 그러나 우리나라에서는 타자기 연구를 위한 어떤 교육기관도 없었고, 참고 서적 하나 구해 보기도 힘든 상황이었다. 내가 배울 수 있는 길은 영문 타자기의 기계 구조를 살핌으로써 눈치로 기계공학적인 원리를 알아낼 수밖에 별도리가 없었다. 일본에서 발행한 《타이핑》이라는 책자를 유일한 참고서로 삼고 연구에 박차를 가하였다.

타자기 개발의 동기가 내가 지은 《소안과학》 번역 원고 정리에 있었다고 했다. 일본 말로 저술한 원서가 가로 조판 형식이었고, 한국의 추세가 일부 신문이나 잡지를 제외하고는 교과서나 과학서적 등이 가로 조판 쪽으로 기울었으므로, 나는 이원익 씨나 송기주 씨의 것과는 달리, 세로 글줄 대신 가로로 찍고 가로로 읽는 가로쓰기 한글 타자기의 개발을 1차 목표로 삼았다.

나는 타자기의 기계 구조에 대해서 어느 정도 알게 되자, 이번에는 한글의 구조와 음운 조직을 공부하였다. 한글의 구조와 음운 조직을 공부하면서 한글의 과학적 구조와 기막힌 규칙적이고 합리적인 법칙에 절로 탄성이 나왔다. 그때 나는 한글의 과학성에 대해 새롭게 눈뜬 것이다. 이런 과학적인 한글을 어떻게 기계화를 이룩할 수 있을까? 나는 그 방법을 연구하기에 골몰했다.

한글 타자기를 연구하는 사람이면 으레 가장 먼저 부딪치는 골칫거리가 있다. 받침을 어떤 방식으로 처리하느냐 하는 문제이다. 영어처럼 한자 한 자 글쇠를 누를 때마다 정해진 길이만큼 옆으로 전진만 하면 간편하겠는데, 한글은 받침이 있기 때문에 받침이 있을 때는 옆으로 전진해서는 안 된다. 홀소리(모음)의 오른쪽으로 전진해서 찍히면 안 되고, 홀소리 밑으로 찍혀야 한다.

홀소리만 해도 그렇다. 'ㅏ, ㅑ'나 'ㅓ, ㅕ'처럼 모든 홀소리가 닿소리(자음)의 오른쪽에 언제나 붙게 되어 있다면 오죽 좋을까? 글쇠를 누를 때마다 영어처럼 오른쪽으로 전진만 하면 좋을 테니까 말이다. 그러나 'ㅡ, ㅜ, ㅠ' 등 아래로 붙는 홀소리가 있어 일률적으로 영어 타자기 흉내만 낼 수 없게 되어 근본적으로 영어보다는 까다로운 연구가 되지 않을 수 없었다.

한글은 구조가 무척 복잡한 것 같지만, 일정한 과학적 법칙이 있는 매우 과학적인 글자임을 알았다. 이것이 한글 타자기를 만드는 데 중요한 연구 과제란 것도 알았다. 초보적인 연구 단계에 머물러 있는 사람 가운데는 이 받침 때문에 한글을 숫제 풀어쓰기로 하자면서 세종 임금님을 원망하기까지 하고, 또 두벌식 풀어쓰기를 주장하는 사람들도 있었다.

한글 타자기를 연구하는 사람이면 누구나 한 번쯤은 초기에 두벌식(자음 한 벌, 모음 한 벌로 된 것을 말함)이라고 하는 유혹에 빠지곤 한다. 이는 한글 타자기 연구의 초기 현상이라고도 할 수 있다. 지금 현행 맞춤법에 맞게 기계화할 생각은 안 하고, 오히려 받침 없는 맞춤법으로 바꾸기를 바라고 있으니, 주객전도의 잘못된 발상을 하고 있는 것이다. 심지어 한글 기계화를 위해서 아예 한글을 풀어쓰자고 하는 사람도 있다. 처음에는 나도 한글의 음운 구조가 두벌식으로 풀어쓰게 되어 있었다면, 한글의 기계화는 월등히 쉽겠다는 엉뚱한 환상 속에서 오랜 시간을 방황하였다. 풀어

쓰는 방식은 아니더라도 두벌식으로 현행 맞춤법을 찍을 수 있는 방안도 모색하였다. 쉽사리 만들어질 것으로 기대하고 시작한 일이 뜻밖에도 제대로 풀리지 않아 갖은 고생을 다했다. 차라리 이미 발명되어 있는 한글 타자기를 이용하는 편이 낫겠다는 생각이 들 정도로 암담한 시간을 보내기도 하였다. 그러나 단념하지 않았다. 끈질기게 연구를 계속했다. 하루하루가 새로운 탄생을 위한 진통의 시간이라 생각하고 버티어 나갔다.

병원 일은 뒷전에 미루어 놓고

나는 한글 원리와 일치하는 세벌식(자음 한 벌, 모음 한 벌, 받침 한 벌) 타자기 개발을 목표로 삼고 지금까지 연구하던 두벌식 방식을 미련 없이 포기했다. 그런데 요즘 한국에서는 기현상이 생겼다. 내가 이미 40여 년 전에 만들었다가 기계공학적인 무리가 많은 것을 깨닫고 내버린 바로 그 두벌식 시스템을 요즘에 와서 정부 표준판이라고 정해 놓고 있으니, 정말 한심스러운 일이 아닐 수 없다.

두벌식은 받침이 있을 때마다 시프트 키를 눌러야 하는 아주 비능률적이고 비과학적인 방식이다. 이로 말미암아 우리나라는 이 지구상에서 유일하게 수동식 타자기 자판과 컴퓨터 자판이 다르고 또 각각 다른 방식으로 찍어야만 하는 해괴망측한 나라가 되고 말았다.

나는 두벌식 자판으로 만든 타자기를 포기한 다음에 우리 한글의 구성 원리에 맞는 세벌식 타자기를 개발하였다. 첫소리인 닿소리와 홀소리를 찍고 나서는 백 키를 일일이 눌러 받침을 찍는 방식을 개발하였다. 그러나 이런 방식도 두벌식과 별로 다를 것 없이 비능률적이었다.

나는 앞서 다른 분들이 개발한 한글 타자기보다 아주 획기적인 타자기 개발을 목표로 더욱 정진하였다. 우리 집 사랑방은 해체된 타자기와 쇠붙이 부스러기로 마치 고물상처럼 지저분하기만 하였다. 병원 경영보다 타자기 연구에 몰두하였으니, 채용 의사만으로는 병원 운영이 부실해질 수밖에 없었다. '공 박사한테 직접 진찰을 받겠다'는 환자에게 차츰 실망을 주게 되었으니 병원이 잘될 리가 없었다. 그런데도 병원 일은 뒤로 미룬 채 날마다 타자기 부품과 관련 쇠붙이만 만지작거리고 있는 나에게 가족들도 참다못해, 내놓고 못마땅하다고 불평하기에 이르렀다. 당연한 일이었다. 이 꼴로 나가면 얼마 안 있어 공안과 문을 닫게 되었으니 이러다간 집안까지 망하지 않겠느냐고 항의가 빗발쳤다.

"공 박사가 타자기에 미쳐 공안과가 망하게 되었다"는 소리가 점점 번지게 되자, 친구들마저 스스럼없이 한마디씩 충고를 하며 제발 타자기 연구 그만하고 정신 좀 차리라고 성화였다. 나는 온 신경이 곤두서는 연구자의 심정을 너무 몰라주는 것 같아 섭섭하기도 하고, 원망스럽기도 했다. 그들은 피가 마르는 듯한 순간순간과의 투쟁이 내 한글 타자기 연구란 것을 알 리가 없었다.

"병원이나 잘 경영할 것이지, 안과 의사가 무슨 타자기를 발명한다는 거야?"

"한자도 안 찍히는 타자기를 누가 쓰겠다고 하기에, 한글만 나오는 타자기를 만들고 있는가?"

"신문, 잡지, 공문, 편지 등 모든 글을 세로로 내려쓰고 있는데, 왜 가로쓰기 타자기를 만들고 있는가?"

질문과 충고가 쏟아졌다. 심지어 위로도 격려도 아닌, 조롱에 가까운 말로 연구 중단을 종용하는 이도 있었다. 나는 이 같은 말에는 신경 쓰지 않기로 하였다. 내 원대한 뜻을 알아주는 사람이 없다고 섭섭한 생각을 할 경황도 없었다. 그런 소리에는 일절 흔들리지는 않았지만, 안타깝게도 수많은 시행착오가 계속되는 가운데 6개월이란 기간이 흘렀다. "공 박사가 타자기 연구하다가 아예 돌아 버렸다"는 소리도 들렸다.

그런데 남이야 뭐라고 하든지 당장에 내가 정말 미칠 지경이었다. 나는 한글을 한글의 특성대로 첫소리인 자음을 찍고, 다음에 가운뎃소리인 홀소리를 찍고 나중엔 끝소리인 받침을 찍는 세벌식 원리의 타자 장치를 발명해야 간편해질 것이란 판단 아래 연구를 계속해 나갔다. 간단하게 세벌식 원리로 하면 쉽게 해결할 수 있을 것 같은데, 그것이 그렇게 간단하지 않았다. 번번이 벽에 부딪치는 것이었다. 실의에 빠지기도 했다. 몇 번이고 모든 것을 집어치울까 하는 생각이 들기도 하였다.

우리 집 사랑방은 타자기를 연구한답시고 벌려 놓은 온갖 연장과 수많은 타자기 부속품으로 그야말로 난장판이었다. 도대체 응접실인지 대장간인지 모를 정도로 어수선하고 지저분했다. 나는 병원 경영은 안중에도 없는 사람처럼 보였다. 병원을 문 닫게 됐다는 가족들의 불평에도 무감각해졌다. "환자들이 아까부터 기다리고 있어요" 하던 간호원의 목소리는 점점 풀이 죽어 갔다. 이제 환자들의 불평이 노골적으로 들려오기 시작했다. 그러나 연구에 열중하다 말고 손을 툭툭 털고 일어날 수는 없었다. 공 박사 미쳤다는 소리가 점점 많이, 더욱 크게 내 귀에 들려왔다. 그럴 때마다 나는 큰일을 위해서는 작은 일들은 희생시키지 않으면 안 된다고 가족이나 환자들에게 양해를 구했다. 그렇지만 누구 하나 내 말에 동의해 주는 이는 없었다.

어느 날 불평을 하는 아내에게 말했다.

"지금처럼 어려운 시대에 민족을 위해 무엇인가 가치 있는 일을 하는 사람은 위급할 때 살 수 있지만, 돈이나 명예를 따라가는 사람들은 모두 죽어요."

아내도 이 말을 어떻게 새겨들었는지 한동안 말 없이 가만히 있었다. 그 뒤 6 · 25 사변 때 바로 이 타자기 덕분에 내가 생명을 건졌으니 그때 내 예언은 한참 뒤에 적중한 셈이다.

"맞았어, 바로 이거야, 내가 원했던 것이!"

이렇게 나는 주위 사람으로부터 미쳤다는 소리까지 들으면서도 애간장을 태우는 연구를 계속했다. 그런데도 기발한 실마리를 잡을 수가 없었다. 이번에는 네벌식으로 된 송기주 씨의 세로 찍기 타자기를 세벌식으로 간편하게 만드는 작업에 들어갔다. 그 수많은 활자를 일일이 동강을 내어 땜질하는 작업을 시작했다. 그래야만 세벌식 구조로 개조할 수 있었다. 이렇게 되고 보니 자꾸 잔일만 늘어나게 되어 시간 소모가 더 많아졌다.

그러던 어느 날 나는 학식과 교양을 겸비한 이임풍 씨를 내 전속 연구 기사로 채용하여 한방에서 같이 먹고 자면서 연구를 계속했다. 마침내 세벌식으로 만들어 놓고 보니 예상대로 송씨 것보다 속도는 훨씬 빨라졌는데, 이상적으로 생각하던 가로쓰기가 되지 않았다. 나는 미련 없이 지금까지 만들었던 모든 것을 불문에 부치고, 백지상태에서 새로 시작하였다. 또한 여태까지 저질렀던 갖가지 시행착오나 몇 종류의 제작품을 만든 경험은 큰 도움이 될 것이라 생각했다.

입술이 타들어가는 안타까운 시간이 계속되었지만, 그럴수록 내 집념은 더 뜨거워졌다. 반드시 하고야 말겠다는 일종의 오기가 발동했다. 이 같은 확신 속에 끈질긴 투쟁이 다시 시작된 것이다. 한글 자체가 세벌식으로 되어 있으니 반드시 아주 간단한 타자 방식이 있을 것만 같았다. 이런 식 저런 식 별의별 방법을 다 써 보았지만, 내가 원하는 해답은 나오지 않아 초조해졌다. 과학자는 언제나 냉정해야 한다는데 그것은 사실인 것 같았다. 초조한 마음이 일기 시작하면 차분하게 발명의 실마리를 잡을 수 없다. 나는 마음을 가라앉히려고 가끔 침묵의 시간을 가지면서 불안해져 가는 마음을 달래곤 하였다. 나로서는 심기일전하여 연구할 수 있는 마음을 가다듬는 심각한 시간이었다.

비자동식 세벌식 한글 구성 원리에 따른 몇 가지 방법을 실험했다. 재봉틀의 자동화처럼, 타자기의 세벌식 자동화가 안 될 리 없다는 생각으로 연구를 계속했다. 그러나 이번에는 틀림없겠지 하고 만들어서 실험해 보면 생각과는 달리 번번이 실패였다.

이렇게 암담한 날들이 계속되던 어느 날 밤이었다. 밤이 깊어 가는 줄도 모르고 나는 기계에 매달리고 있었다. 한글 자모를 세벌식 자동으로 타자할 수 있는 구조의 실마리가 도무지 풀리지를 않아 손을 툭툭 털고 지친 몸으로 잠자리에 들었다. 나는 잠자리에서도 이 궁리 저 궁리 하다가 잠을 곧 이루지 못하고 있었다. 바로 그때 불현듯이 내 머리를 스쳐 가는 아이디어가 떠올랐다. 바로 그런 것을 영감이라고 한다던가? 자음과 모음을 찍은 다음, 받침을 따라가서 글자가 찍히도록 하면 자동화가 가능하겠다는 생각과 동시에 글자가 찍히는 가이드를 한 개 더 만들면 되겠다는 생각이 떠올랐다. 그래서 나는 받침이 찍히는 안내 구멍을 한 개 더 만들면 되겠다고 생각했고 이것이 적중했다. 기막힌 착안이었다. 세계 어느 나라 타자기에도 하나밖에 없는 가이드를 버리고 두 개의 가이드로 만들면 되겠다고 착상한 것이다. 나는 나중에 이것을 '쌍초점'이라고 이름을 붙였다.

"맞았어, 바로 이거야, 내가 원했던 것이!"

나는 이불을 걷어차고 일어나 옆에서 곤하게 잠들어 있는 이임풍 씨를 깨웠다. 그에게 내 아이디어를 설명하였다. 선잠을 깬 눈을 비비대는 이 씨와 나는 또다시 공작용 책상 앞에서 머리를 맞대고 쇠를 자르는 줄 칼질을 하기 시작했다. 시계는 새벽 네 시를 가리키고 있었다.

그 아이디어를 생각한 것은 내가 이원익 씨 타자기와 송기주 씨의 타자기를 사다가 공부하기 시작한 지 약 6개월이 지난 어느 날이었고, 본격적으로 세벌식 한글 타자기를 개발하겠다고 다짐하면서 집중적으로 연구한 지 거의 40일쯤 되는 날 밤이었다. 나에게 기적이 일어난 것이다. 골칫거

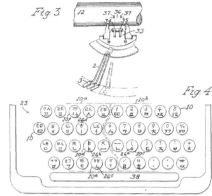

완성된 공병우 타자기   미국 발명 특허 문서에 수록된 공병우 타자기의 자판 배열

—〔48〕—

내가 고안한 쌍촛점(双焦 點) 한글 타자기(打字機)

공 병 우

영문 타자기와 같이 우수한 <u>한글</u> 타자기가 발명된다면, 막대한 시간과 노력의 절약이 되며, 아울러 <u>한글</u> 보급과 한자(漢字)의 폐지가 자연 실현되어, 그것이 우리 국가의 문화 발전에 실로 위대한 이바지가 될 것은 선진 국가들의 이미 입증(立證)하여 놓은 실적을 보더라도 우리는 충분히 인식하는 바이다.

그리고 최근에는 더구나 타자기가 기본이 되어 가지고 여러 가지 혁신적인 인쇄 기계가 발명되어 출판계와 통신계에 일대 혁명을 가져오고 있다. 중국(中國)의 세계적 학자인 <u>임 어당</u>(林語堂) 선생은 한자 타자기를 <u>미국</u>에서 20여 년간 연구한 결과 우수한 발명을 하여 시작품(試作品)과 영화까지 만들었다는 사실이 최근에 주목할 만한 뉴쓰의 하나로 전하여지고 있다. 우리 나라는 세계에서 가장 우수한 글자를 가지고 있으면서 아직 우수한 타자기가 없다는 것은 실로 섭섭한 일이다.

과학의 발전은 모든 부문(部門)의 기계화를 실현하고 있는데, 우리는 과학과 실생활의 근본이 되는 국문조차 아직 그 다룸을 기계화하지 못하고, 산갈이 밀리는 사무 처리도 사람의 손으로 주물거리면서 막대한 시간과 노력을 허비하고 있는 형편이다. 우리는 하룻 동안 할 일을 기계로 한 시간 동안에 하게 되어야 하고, 하룻 동안 걸어 갈 길을 한 시간에 줄이가게 되어야만 살게 되고, 따라서 나라가 일게 될 것은 말할 필요조차 없는 바이다.

다른 모든 기계는 선진 국가의 고심 노력한 실적을 그대로 이용 전환할 수도 있지만 우리 국문의 기계화만은 우리의 손과 우리 나라의 힘으로 시급히 해결하지 아니하면 아니 될 중요한 문제의 하나

— 421 —

공병우, 〈내가 고안한 쌍촛점 한글 타자기〉, 《한글》 14호, 한글학회, 1949, 421쪽.

리라고 생각했던 받침 처리를 끈질긴 생각과 노력 끝에 쌍초점 방식으로 해결할 수 있게 되었으니, 내 기쁨은 필설로 이루 다 표현하기 힘들 정도였다. 이 순간에 얻은 발명 힌트로 마침내 수동식 타자기로 아주 간편하고 자동적으로 빠르게 한글을 찍을 수 있게 된 것이다.

이것이 바로 뒷날 내가 한국과 미국에 발명 특허를 얻게 된 이른바 쌍초점 방식이다. 이것도 이상적인 타자기로 곧바로 순조롭게 발전한 것은 물론 아니다. 이 방식대로 망치로 두들겨 가며 줄 칼질을 하고 펜치, 땜질 도구, 동활자 조각 등을 동원해 마침내 시제품을 한 대 만들었다. 자판은 손으로 한글을 쓰는 순서대로 닿소리는 왼편, 그리고 모음과 받침은 오른편에 배치하여 만드는데 2주일가량 걸렸다.

예상한 대로 자동화는 되었는데 결정적인 문제가 드러났다. 글쇠를 쳐 나가는데 활자대의 충돌이 심했다. 그러니 빠른 속도로 찍을 수가 없었다. 궁리 끝에 나는 자판의 위치를 반대로 바꾸기로 하였다. 자음을 오른쪽에, 모음과 받침을 왼쪽에 놓기로 하고, 또다시 며칠 동안을 줄질, 땜질을 해 가며 겨우 제2의 시제품을 한 대 만들었다. 그제야 타자가 순조롭게 미끄러져 나가듯 아주 간편하게 되는 것이었다. 이것이 바로 기계공학적으로 무리가 거의 없는 이상적인 자판이란 확신이 생겼다. 이렇게 글자판을 필순과 정반대의 위치에 놓는 실험 끝에 이상적인 한글 타자기를 발명할 수 있었다. 손가락 하나하나의 움직임의 능률까지도 효율적으로 감안해야 된다는 드보락 박사의 인체공학적 이론(이 부분은 기회 있을 때 따로 설명하려 한다)과도 맞는 합리적인 글자 배열로 마침내 한글의 구성 원리에 맞는 과학적인 세벌식 자판 시스템을 탄생시킨 것이다.

어떤 발명이든, 발명된 다음에는 예사로운 일로 생각하기 쉽다. 그러나 발명이란 엄청난 정력과 시간, 그리고 끈질긴 의지와 많은 돈이 소비되는 쉽지 않은 것임을 체험으로 알았다. 하지만 무엇보다도 중요한 것은 노력하면 무엇이든 이룰 수 있다고 하는 내 신념을 스스로 입증한 귀한 경험이라 생각한다.

춘원 이광수 선생과 나

이렇게 내 손으로 두들겨 세벌식 타자기 견본 한 대를 만들어냈다. 활자는 별도로 전문 조각가에 맡겨 구리 활자로 만들었다. 손으로 조각한 활자라서 정확하지는 않지만, 찍힌 글자는 알아볼 수 있었다. 이것을 가지고 글자꼴에 대한 여론조사를 해 보았고, 손으로 만든 조잡한 이 기계를 미국 언더우드 회사에 설계서와 같이 보내 제작에 참고품으로 쓰이도록 하였다.

내 연구에 대해 주변에서는 그때까지도 눈여겨보는 사람조차 없었다. 대다수가 "누가 한글만으로 글을 쓰기에 한글만 찍을 수 있는 타자기를 만들고 있는가? 안과 의사가 환자나 돌봐 줘야지"라고 말하였다. 그러나 몇 사람만은 놀랍게도 관심을 표명해 주었다.

하루는 춘원 이광수 선생이 눈병을 치료하려고 공안과에 왔었는데, 내가 집에서 타자기 개발에 열중하고 있다는 말을 듣고, 우리 집 사랑방으로 찾아 내려왔다. 그 당시 병원은 2층에, 살림집은 아래층에 있었다. 춘원은 내가 개발해 놓은 한글 타자기에 대해 설명을 듣고 나서, 대뜸 말했다.

"공 박사! 타자기 완성되거들랑 제1호를 내가 쓰도록 해 줘요."

"예?"

"그것만 있으면 나는 1년 걸려 쓸 글을 4개월 동안에 다 해치우고 나머지 시간은 다른 일을 할 수 있게 되겠는걸."

나중에 알고 보니 춘원은 과연 선각자였다. 이미 1934년 3월 2일자《조선일보》에 송기주 씨가 개발한 한글 타자기에 대해

송씨의 한글 타자기 발명은 위대한 것이다. 우리도 서양 사람들처럼 기계로 글을 쓰게 되었다. 이 타자기 시스템을 라이노타이프에 옮긴다면 우리나라 문화에 일대 혁명이 일어나게 될 것이다.

라는 요지의 놀라운 글을 쓴 일이 있었다. 발명가인 나보다도 훨씬 오래전부터 타자기의 위력을 아는 분이었고, 라이노타이프라는 자동 식자기의 성능까지도 아는 분이었다. 그래서 춘원과의 만남은 확실히 나에게 큰 위로였으며 격려가 되었다. 그분은 그때 이미 내가 개발한 한글 타자기의 속도가 매우 빠르다는 사실을 간파한 것 같았다.

그런데 또 한편으로는 미군정청 문교부의 편수국장 스미스(Smith) 씨가 남다른 관심을 기울이며 매주 토요일마다 나를 찾아오곤 했었다.

"장관이 어디에서 들었는지, 공 박사가 한글 타자기를 연구하고 있는 모양이니 찾아가 보라고 해서 왔습니다. 우리 문교부는 교육에 필요한 각종 물품을 미국에서 풍요하게 가져오기 때문에 행정에 아무 지장이 없지만, 유달리 교육에 가장 중요한 한글 타자기가 없는 것이 크나큰 문제입니다."

그 당시 군정청 문교부에서는 한국의 교육을 효과적으로 발전시키려면 한글 타자기를 소중히 다루는 상황이 되어야 한다는 발상 아래 여러 문제를 검토하고 있다고 했다. 그래서 미국 레밍턴 타자 회사에서 재미 교포인 김준성 목사가 개발한 한글 풀어쓰기 타자기 200대를 들여다가 각 교육기관에 나누어주었지만, 그것은 풀어쓰기를 하기에 실용 가치가 전혀 없어서 모두 영문 타자기로 개조해 쓰고 있는 실정이라 했다. 그런 사정으로 문교부에서는 내가 연구 중인 한글 타자기의 탄생을 몹시 기다리고 있는 중이라 했다. 이런 연유로 스미스 국장은 토요일마다 찾아와서 한글 타자기의 완성을 알아보곤 했다.

그 당시 일반 사회에서나 관공서에서는 한문을 섞어 쓰지 않고서는 공문서가 될 수 없다는 생각을 완고하게 갖고 있었다. 시간 낭비나 능률에는 도무지 관심 없이, 공문과 원고나 편지나 이력서도 펜이나 골필로 예쁘게 잘 써야만 제대로 문자 생활을 할 수 있는 것으로 생각하고, 문명의 이기 가운데서도 첫째로 꼽히는 타자기에 대해서는 모르는 사람이 대다수였다. 지금도 글자를 예쁘게만 쓰겠다는 사치한 글자 생활을 부르짖는 사람들 때문에 한글은 위대한 제 빛을 발휘하지 못하고 있는 현실이다.

타자기는 문화 발전에 가장 으뜸가는 문명의 이기라는 것을 잘 알고 있는 미 행정부 문교부 미국인들은, 그 당시 일본 사람들이 쓰다가 그냥 놓고 간 일본식 국한문 타자기가 각 교육기관에도 있었고, 일본에서 얼마를 구입할 수 있었지만, 그런 것들은 전혀 상대하지 않았다. 그들은, 영문 타자기와 같이 한글만을 찍더라도 속도가 빠른 타자기가 교육기관에서 능률적으로 활용돼야 한다는 것을 잘 알고 있었다. 타자 생활에 익숙한 그들이라 나를 찾아와 격려해 주고 열의를 보여 준 것은 타자기가 그 나라의 문화 발전에 혁명적인 이바지를 한다는 사실을 너무나 잘 알았기 때문일 것이다. 그렇게 학수고대하던 스미스 편수국장에게 나는 드디어 타자기 견본 제작에 성공하였다는 사실을 알렸다. 그는 5주 동안 매주 찾아온 보람이 나타났다면서 곧바로 군정청 문교부 장관실에서 시제품 타자 시범을 보여 주었으면 좋겠다는 제안을 해 왔다.

발명품에 무관심한 사람들

내가 새로 개발한 한글 타자기의 시제품을 보여 주기로 약속한 날, 나는 스미스 씨의 지프차를 타고 문교부 장관실로 갔다. 그곳에는 미군정 문교 고문관 이하 한미 관계 고관들이 즐비하게 앉아, 내 설명과 타자기를 신기하게 바라보고들 있었다. 이때 나는 한국말로 설명하였고, 오천석 장관은 통역까지 해 가면서 타자기의 출현을 반겨 주었다.

그들은 타자기 속도의 중요성을 알고 있었기 때문에 내가 개발한 과학적인 타자기에 대해 잘 이해하였다. 미 고문관은 서둘러 제작할 수 있도록 적극적으로 도와주겠다고 하였으며, 생산품이 나오면 다량으로 구입하여 각 교육기관에 나누어 주겠다고 하였다. 미국 언더우드 타자기 회사에 제작을 요청하려면 아닌 게 아니라 설계도가 필요한 일이었다. 나는 그들에게 서둘러 설계도를 만들겠다는 약속을 했다. 그 뒤 부랴부랴 설계도를 만드는 데 열중하면서 미국에서 제작되어 정식으로 상품이 될 날을 기다리며 꿈에 부풀어 있었다. 설계도 제작, 특히 활자 도안에 이임풍 씨 도움이 많았다.

그런데 공교롭게도 그때 1948년 7월에 대한민국 정부가 수립하게 되어 미군정청 관리와의 인연은 일시에 끊어지고 말았다. 하는 수 없이 나는 시인 주요한 선생을 찾아가 설계도를 보여 주면서 미국에 있는 언더우드 타자기 회사에 제작 의뢰를 하는 편지를 써 달라고 부탁했다. 주 선생께서 편지를 써 주신 덕분에 내가 손으로 만든 시제품을 설계도와 함께 미국 언더우드 회사에 보내어 정식으로 제작하도록 의뢰했다. 1949년의 일이다.

이때, 지금의 신안과 원장인 신예용 박사가 안과 연구차 뉴욕에 가 있었다. 나는 신 박사에게 내 한글 타자기의 미국 특허 출원을 미국인 변호사에게 부탁해 달라고 했다. 그때는 한국인 변호사가 한 사람도 없었다. 신 박사는 몹시 바쁜데도 내 미국 특허 출원을 도우려 많은 수고를 했다. 나는 그 신세를 아직 갚지 못하고 있다. 신 박사가 수고해 준 덕택으로 1950년에 한국 사람으로서는 처음으로 미국 특허를 받았다. 1950년 초에 언더우드 회사에서 기다리고 기다리던 한글 타자기 견본 한 대가 멋진 상품이 되어 도착하였다. 나중에 안 일이지만 미국 신문에, 한글 타자기가 발명되어 언더우드 회사에서 제작되었다는 것과 세 대의 시제품은 주미 한국 대사로 있던 장면 박사, 연희대학교(연세대학교 전신)의 언더우드 박사, 발명가인 내게 각각 한 대씩 보내졌다고 사진과 함께 기사가 실렸다고 한다.

나는 미국에서 온 시제품을 들고 우리나라 문교부를 찾아가서 장관 면회 신청을 하였다. 그런데 비서실에서는 뜻밖에 냉담한 반응을 보였다. 타자기에는 관심조차 없는 듯했다. 우리나라 정부가 정식으로 섰으니 더욱 관심을 보여 줄 것으로 기대했는데 아주 판판이었다. 어이없게도 면회 거절을 당했다. 나는 이튿날 다시 가서 면회를 신청했다. 또 거절을 당했다. 그리고 세 번째 면회를 신청하여 간신히 장관을 만날 수 있게 되었다. 그때 나는 훈련된 타자수도 데리고 가서 빠른 속도로 한글을 찍어내는 타자기의 성능을 과시하였다. 장관은 먼 곳에 앉아서 타자수가 재빨리 치는 것을 쳐다보고 있다가 겨우 "잘 치는군!" 하는 말을 한 마디 하였을 뿐이다. 그 말이 떨어지자 안내 직원은 다 끝났으니 어서 나가라는 독촉이었다. 장관은 가까이 와서 한글이 어떻게 찍히는가를 보지도 않았다. 나는 기가 막혔다.

너무나 무관심한 장관의 태도에 실망하고 말았다. 매주 찾아와서 빨리 완성해 달라며 관심을 보여 주던 미군정청 관리보다 제 나라 한글 타자기에 대한 관심이 적었다. 아니 전혀 없었다. 집에 돌아오니 미국 문화공보원에서 전갈이 와 있었다. 서울 시민들을 위하여 한글 타자기의 실물과 직접 치는 시범을 보여 주고 싶으니, 기계를 하루만 빌려 달라는 것이었다. 나는 기계도 빌려주고, 잘 훈련된 타자수도 딸려 보냈다.

미도파 백화점 아래층에서 새로 발명한 한글 타자기를 하루 동안 일반 시민에게 선보였다. 오고 가는 많은 시민이 구경하였는데 그 반응도 가지가지였다.

"영어처럼 우리나라 글자도 타자기로 찍을 수 있구나!"
"국한문 타자기처럼 한자가 안 나오는데, 쓸모가 없겠네!"

"이거 어디 글자 모양이 이래 가지고 쓸 수 있겠어?"

한자에 중독된 증세가 어느 정도인지를 짐작게 하는 반응이었다. 그리고 속도 빠른 한글 타자기에는 무감각하고 그저 인쇄 활자처럼 예쁜 글자가 안 찍혔다는 불평뿐이었다. 글을 빠른 속도로 칠 수 있는 타자기와 글자를 예쁘게 찍는 인쇄기를 구별하지도 못하는 사람들이 대다수였다. 안타까운 생각이 들었지만 어쩔 수 없는 일이었다. 이 전시 행사를 하는 동안 그 많은 사람 가운데서 꼭 한 사람만이 "저렇게 빨리 한글을 찍어낼 수 있으니, 장차 우리도 한글만을 쓰게 될지도 모르겠다"라는 말을 했다. 모처럼 고성능 타자기를 발명해 놓았지만, 일반 대중의 호응은 너무 냉담했고 무지에 가까운 것이었다. 그래도 미국 문화공보원에서는 이 같은 타자기 실물 공개에 이어, 계속해서 그들이 발간하는 월간지에 특집 보도를 하는 등 적극적인 관심을 보여 주었다. 정말 중요한 역할을 도맡아 해 주었다.

그 뒤 곧 6·25사변이 터졌다. 내가 진해에 피난 가 있을 무렵에도 미국 문화공보원에서는 〈한글 타자기〉란 15분짜리 기록 문화 영화를 만들어 공개하면서 나에게 필름 한 개를 보내 주었다.

그리고 부산에 피난 가 있을 때, 해군에서 당시 손원일 제독의 주선으로 한글 타자기를 미국에서 군수품으로 구입하여 사용하기 시작하였다. 이때 한글학자 최현배 박사는 부산에서 한글 타자기 경기대회를 개최하였다.

일반인은 글자꼴이 빨랫줄 같다고 타박하면서 관심을 보이지 않았다. 타자기의 생명은 속도에 있고, 글씨는 손으로 쓴 것보다도 읽기 쉬운 특성이 있다는 사실을 알지 못하였기 때문에, 우리나라 신문이나 잡지에는 새로운 문명의 이기가 발명되었다는 기사조차도 보도된 적이 없었다. 또한 문교부 장관이 한글 타자기에 전혀 관심이 없는 시대라, 속도가 영문 타자기보다도 빠른 한글 타자기가 발명되었지만, 일반 언론인들이 이를 알지 못할 수밖에 없었다. 세계적으로 우수하고 과학적인 한글의 진가를 알지 못하고 500여 년 동안 천대만 해 온 민족이, 새로운 문명의 이기를 얼른 알아볼 수가 없는 것도 큰 모순은 아닐 것이다. 지금도 한글 타자기의 생명이 어디 있는지를 알지 못하고, 속도가 40퍼센트나 느린 네벌식, 또는 50퍼센트나 느린 두벌식 타자기를 사용하면서 생명처럼 소중한 시간을 낭비하고 있는 사람이 적잖다. 세벌식으로 한글의 기계화 또는 전산화를 한다면 우리나라가 일등 문명 국가로 발전할 수 있다는 희망을 가져 볼 수 있지만, 두벌식으로 추진한다면 우리나라는 동메달 정도의 국가로밖에 발전할 수 없다는 확신을 나는 가지고 있다.

명사들의 타자기 보급회

막대한 시간과 돈을 들여 만든 한글 타자기였기에 나는 보급을 위해 신경을 쓰지 않으면 안 되었다. 내 발명을 크게 환영하고 기뻐했던 선각자적인 분들에게 계몽시켜 줄 것을 청하였다. 그리하여 "한글 속도 타자기 보급회"라는 것을 발족하였다. 최현배 선생이 회장이 되었고, 백인제 박사, 주요한 선생, 이광수 선생, 정인섭 박사 등 10여 명이 위원이 되어 한글 타자기의 발명은 민족적인 자랑이며 민족문화 발전의 획기적인 전환점을 이루게 해 주었다는 점을 널리 알리기에 이르렀다. 아무리 진주 같은 보물을 만들어 놓았다 하더라도 그것을 소중하게 여겨야 할 일반 민중들이 그 귀한 값어치를 모르고 있는 실정이니, 선배 발명가들의 생애가 파산될 수밖에 없었겠다는 탄식이 나오기도 했다.

이제 이 사회에 널리 알려진 저명한 선각자들의 한글 타자기와 한글 기계화 계몽의 소리가 신문·잡지와 말을 통하여 퍼지기 시작했으니 머지않아 일반 사람들의 호응도 높아질 것이라는 기대감이 들기도 했다.

나는 우리나라 문교부를 통해 일을 해 보려다가 장관의 무관심한 태도에 실망한 나머지, 주한 미국 경제 원조처(Economic Cooperation Administration)를 찾아가 원조 프로그램에 넣어 달라고 부탁하였다. 남의 나라 돈주머니를 빌려 보급시킬 궁리를 한다는 자체부터 몹시 자존심 상하는 일이었지만, 문명의 이기를 이해해 주는 기관을 통해 지원을 받는 길밖에 다른 도리가 없었다.

이 기관에서는 즉석에서 긍정적인 반응을 보여 주었다. 때마침 송기주 씨 타자기도 그 같은 신청을 해 왔으니, 각각 100대씩을 문교부에 원조하겠다는 것이었다.

공문을 모두 세로로 쓰던 때라, 한글을 세로쓰기와 가로쓰기 어느 쪽 타자기가 더 바람직한가는 써 본 사람들이 나중에 결정짓도록 함이 좋겠다는 의견까지 첨부되었다. 우선은 이 200대로 공무원들에게 타자 훈련을 3개월 동안 실시해 줄 것과 수강할 공무원을 미리 선정해 놓도록 하여 차질이 안 생기도록 해 달라는 공문이 문교부에 전달되었다. 더욱이 훈련 장소와 타자기 테이블 같은 것은 문교부 책임 아래 준비하도록 해 달라는 요청도 있었다. 무관심하기만 했던 문교부에서 그런 공문을 받고, 그제야 나한테 달려와 테이블은 어떤 규격이어야 하는지 등의 준비 관계를 묻는 것이었다. 나는 슬그머니 부아가 났다. 그 자리에서 그 관리에게 핀잔을 주었다.

"내가 직접 문교부에 찾아가 관심을 기울여 달라고 호소할 때는 냉랭하기만 하더니, 미국 기관에서 보낸 공문을 받고서는 이렇게도 열심들이니 참 알다가도 모를 일이군요. 이게 다 외국 사람 일이 아니고 우리나라 일인데, 우리가 먼저 계획을 세워서 추진하지 못한 것이 유감입니다."

결국 문교부 장관에게 어이없는 일을 당한 분풀이를 문교부 말단 직원에게 한 셈이니, 그 관리의 심사만 사납게 만든 듯싶어 한동안 내 마음만 언짢았다. 경제 원조처에서는 200대를 미국에 주문하였다는 소식만 들었는데, 불행하게도 그만 곧 6 · 25사변이 터지고 말았다.

제6장

6 · 25전쟁과 내 인생

정치보위부에 끌려가다

1950년 6 · 25가 터졌다. 다들 부산으로 피난 갈 준비를 하고 있는데 나는 이승만 대통령이 방송에서 하는 말을 믿고 서울에 남아 있기로 하였다. 그런데 용맹한 우리 국군이 남침해 온 공산군을 물리치고 있다더니, 난데없이 28일 아침에 공산군이 서울에 들이닥쳤다. 이북에서 내려온 해방군이란 사람들이 우익 인사들을 한강변 모래밭에 끌고 가서 모래 구덩이를 파고 총살하여 묻어 버린다는 소문이 돌자, 서울 장안은 살기가 등등한 분위기가 되었다. 내 평생 죄를 짓거나 남에게 잘못한 일이 없다고 자부하지만, 우익인 사람을 마구 죽인다는 말에 겁을 먹고 2주일가량 피신했다가 집으로 돌아왔다. 오는 날로 나는 정치보위부원에게 붙들려 갔다. 아내는 타자수에게 미행을 시켜 내가 국립도서관 자리로 끌려간 것을 알았다고 했다. 그들은 보위부에 나를 끌고 가서 시멘트 바닥에 꿇어앉혔다. 군인 셋이 대뜸 위협적으로 말했다.

"네가 정판사사건 때 허위 진단서를 썼지?"

그들의 으름장이 나를 아주 위축하게 했다.

"아닙니다. 저는 사실대로 썼습니다."

"너희 새끼들 허위 조작 때문에 우리 애국 동무들이 대전 감옥에 갇혀 있다가 남쪽으로 후퇴하던 국군들에게 모두 학살을 당했어. 이 새끼, 허위 진단서를 안 썼어?"

그들은 큰 소리를 치면서 주먹으로 내 뺨을 마구 후려갈겼다. 그러고는 나를 시멘트 바닥에 넘어뜨리고 군홧발로 무릎과 정강이를 차고 짓밟았다. 나는 시멘트 바닥에 쓰러진 채 그들의 무자비한 구둣발에 짓밟히고, 발길에 채여 그만 정신을 잃고 말았다.

이튿날 아침에 정신을 차리고 보니 아래층 어두운 독방이었다. 나를 그 방까지 어떻게 옮겨 놓았는지 알 수 없었다. 얼굴과 양쪽 다리가 퉁퉁 부었고, 피하 출혈로 검은 반점이 두 다리에 번져 있었다. 코에서 피를 흘렸는지 입었던 모시 바지와 저고리에 피가 무수히 엉겨 붙어 있었다. 나는 일어설 수도 없었다. 갑자기 날벼락을 맞은 꼴이 되어 버린 것이다.

1946년, 내가 경성의학전문학교 안과 교수로 근무할 때의 일이었다. 나는 서울지방법원 판사로부터 이관술이란 사람의 눈을 검사하고 상해 진단서를 제출해 달라는 공문서를 받았다. 어느 날, 순경이 이관술이란 사람을 나에게 데리고 왔다. 이관술이 이른바 '정판사사건'으로 경찰에서 고문을 당해 눈이 멀었다고 진술하고 있는데, 이에 대한 정확한 진단을 내려 달라는 담당 검사의 의뢰였다. 내가 진찰을 해 보니 외상이 아니라 당뇨병으로 생긴 백내장으로 실명한 것이었다. 당시 나는 정판사사건에 대해서 모르고 있었다. 나는 전문의로서 사실대로 진단서를 썼을 뿐이다. 내가 눈과 소변을 검사했던 이관술이 나 때문에 대전 감옥에서 후퇴하는 국군에게 학살을 당하였다는 말을 어제 인민군한테서 들었을 때, 인민군이 나를 총으로 쏘아 죽일 수도 있겠구나 하고 생각했다. 그때는 전시이고, 내 진단서 때문에 그가 죽었다면 어찌 나를 살려 둘 리가 있겠는가.

나는 아무래도 오늘 밤 한강 모래밭에 끌려나가 총살당할 것만 같았다. 나는 평소에 가족에게 무척이나 무관심했지만 오늘 밤에 죽을지도 모른다는 생각을 하니, 죽기 전에 가족을 만나고 싶은 생각이 간절했다. 그리고 미국 언더우드 회사에서 제작한 한글 타자기의 시제품이 한 대 왔길래 쳐 보니 자모 한 개가 잘못되어 다시 만들어 달라고 미국 회사에 요청해 놓고 있었다. 나는 그것을 받아 보지 못하고 죽는 것이 한이었다. 이 두 가지 간절한 생각을 하였을 뿐 다른 생각은 없었다. 그러나 한글 타자기는 내가 죽더라도 과학적 진리가 있으면 잘 보급될 것이고, 내가 살아도 진리가 없으면 보급이 안 될 것이라고 생각하고 곧 단념할 수가 있었다. 그러나 어찌된 일인지 가족은 꼭 한 번 만나 보고 나서 죽고 싶다는 생각을 지워 버릴 수가 없었다. 가족을 만난다 해도 무슨 특별한 부탁이 있어서는 아니다. 가족을 만나고 죽으나, 이대로 죽으나 별반 차이가 없겠지만 왜 그렇게도 가족을 간절히 만나 보고 싶었는지 모르겠다. 그때 나는 내 생명처럼 소중하게 여겨 왔던 한글 타자기보다는 가족이 더 소중하다는 것을 가슴 깊이 깨달았다.

밤에 밖에서 철문을 여닫는 쇳소리가 들릴 때마다, 내가 끌려 나갈 차례가 아닌가 하고 공포에 떨었다. 밤이 되면 극도의 공포심과 가족을 한 번 만나 보지 못하고 죽을 것만 같은 안타까움과 초조함 때문에 도저히 잠을 이룰 수가 없었다.

사형을 기다리는 시간

낮에도 어둑어둑한 독방에서 '오늘밤에 죽느냐?', '내일 밤에 죽느냐?' 하는 극도의 공포 속에서 일주일을 보냈다. 퉁퉁 부었던 얼굴과 다리의 부기가 많이 가라앉았다. 두 다리에 있던 출혈도 반점도 적어졌다. 어느 날 과장급으로 보이는 군인이 자기 책상 맞은편 의자에 나를 앉히고 출생, 학업, 직업, 정치, 사회 등등에 관하여 자세히 질문을 하면서 조서를 꾸몄다. 그날 나는 독방에서 2층에 있는 넓은 공동방으로 옮겨졌다. 그 방에 수많은 우익 인사들이 매일 끌려 들어왔다. 저녁이면 새 옷을 입은 인사들로 그 넓은 방이 꽉 찼다. 200명가량 되었다. 밤이 되면 군인 연사가 연설을 했다. 연설은 매일 똑같이 정판사사건에 관한 것이었다.

"미 제국주의 군정은 남조선 괴뢰 정부를 시켜 서울에 있는 공산당 인사들을 소탕할 목적으로, 저희 놈들이 위조지폐를 만들고선 마치 우리 애국 동무들이 한 것처럼 뒤집어씌워 대전 감옥에 가두었는데, 이번에 후퇴하면서 다 학살해 버렸단 말이야."

격분한 어조로 말했다.

"여러분은 그런 악독한 조작을 자행한 정부에 협조한 반동분자였지만, 이제라도 반성하고 우리 공화국에 협조하겠다는 자술서만 써내면 누구라도 다 용서를 받게 될 거요."

그는 안심을 시키고 있었다. 그러나 그 사건에 직접 관련된 나에게는 그 연설은 내가 사형감인 중죄인임을 암시하는 것만 같았다. 그날 끌려 나온 사람들은 모두가 자술서를 써 바치고는 이튿날 아침에 다 나가곤 했다. 나는 정판사사건도 잘 모르고, 허위 진단서를 쓴 일도 없었으니 잘못했다고 자술서를 쓸 수가 없었다. 거지꼴이 된 나만 혼자 남겨 놓고 모두 석방되는 것이었다. 매일 새 사람들이 끌려 들어왔다가는 자술서를 써 놓고 그 이튿날 집으로 돌아가는 것 같았다. 내가 그 방에 두 주 있는 동안, 약 3천 명가량 끌려왔다가 모두 풀려 나갔다.

매일 새로 끌려온 사람들에게 정판사위폐사건을 좋은 증거로 내세워 격분한 어조로 남한 정부를 공격하는 강연을 하고 있으니, 나날이 죽음의 공포로 조여드는 것 같았다. 나 자신도 모르게 엄청난 사건에 휘말렸음을 깨닫고, 결국 살아날 길이 없다는 생각을 하게 되었다. 낮에는 유엔군의 공습이 심했고, 밤에는 총소리가 간헐적으로 들려왔다.

첫날에 모진 고문을 당한 뒤 나는 독방에서 일주일 만에 공동방으로 옮겨졌는데 옷은 더러워질 대로 더러워졌고, 머리와 수염은 제멋대로 자랐다. 먹으라고 주는 보리밥 덩어리와 소금을 일주일 동안 먹지 못해서 거지꼴이 되었고, 얼굴살이 빠져 앙상했다.

날마다 잡혀 들어오는 새 사람들이 많았지만 다들 냄새나는 내 옆에 가까이 앉기를 싫어했다. 이곳에 끌려 들어온 내 친구들 가운데는 처음에는 웬 거지가 잡혀 들어왔을까 하고 쳐다보다가 낯이 좀 익었는지 유심히 보았다. 나를 알아보고, 궁둥이걸음으로 살살 옆으로 다가왔다.

"아니, 공 박사 아니오? 세상이 이렇게 바뀌었는데…… 제발 고집을 부리지 말고 잘못했다고 말하고 밖으로 나가는 게 상책이오. 건강도 생각해야 합니다."

내 건강을 염려해 주었다. 어떤 친구는, 거지가 왜 잡혀 들어왔는가 하고 궁금하게 생각하였는데, 뒤늦게 나를 알고 자세히 보니 '단식투쟁을 하던 간디의 모습과 비슷'하다는 표현을 쓰기도 했다.

살기 위해 허위 자백을?

나는 날마다 많은 인사들이 끌려왔다가는 용서 받고 집으로 돌아가는 것이 부럽기도 했다. 자술서를 쓰고 풀려나게 된 여린 친구들은 이구동성으로 빨리 자술서를 쓰고 석방되도록 하라고 권고했다. 한때나마 귀가 솔깃하여 아예 자술서를 써내고, 이 고통에서 벗어날까 하는 마음이 고개를 들기도 했다. 그러나 내 깊은 곳에서 양심의 소리가 들려왔다.

'아니다. 허위 진단서를 쓴 일도 없으면서 살기 위해 썼다고 거짓 자백을 한단 말인가. 거짓 자백으로 자신을 속이고 석방이 되다니, 그게 어디 말이나 될 일인가!'

나는 삶과 죽음의 갈림길에서 선택을 못하고 망설이며 괴로운 시간을 보내야만 했다. 그야말로 번민에 빠져 날이 갈수록 몸은 쇠약해졌다. 죽느냐, 사느냐의 갈림길에서 번민은 더 심해갔다.

'네가 소학교도 제대로 나오지 못한 시골뜨기로 서울까지 와서 안과 의사로 성공을 한 것은 네가 가진 정직한 마음 하나 때문이 아닌가? 이제 네가 살겠다는 욕심으로 생명처럼 지켜 오던 지조를 헌신짝처럼 저버리고, 쓰지도 않은 허위 진단서를 썼다고 거짓말을 하겠단 말인가?

드디어 나는 단안을 내렸다.

"살기 위해서 결코 지조를 꺾을 수는 없다!"

나는 살겠다는 욕심을 버리고 죽음을 택했다. 나는 끝까지 지조를 지키기로 결심했다. 이상하게도 그 순간부터 마음이 그렇게 편안할 수가 없었다. 고민에서 해방된 기분이었다. 폭풍이 지나간 다음 날의 맑게 갠 새 아침같이 마음이 평온했고 후련하였다. 그 다음부터는 친구들이 무슨 말을 하든지 감사하게 받아들였을 뿐, 살고 싶다는 마음으로 고민한 적은 없었다.

정치보위부에 끌려온 지 2주가 지나간 어느 날, 계급이 상당히 높은 군인이 흉측한 거지꼴이 된 나를 자기 사무실로 불러 책상 앞 의자에 앉혔다. 그는 한 주 전에 다른 사무실에서 하던 내용과 비슷한 질문을 하고는 내가 있던 공동방으로 되돌아가게 했다.

끌려온 지 꼭 3주째 되던 날 아침에 전날 끌려온 사람들과 같이 바깥뜰에 일렬로 세워졌다. 깨끗한 옷을 입은 사람들 틈에 홀로 남루하고 누추한 거지꼴을 한 내가 끼어 있었다. 그때 내 발치에 흙이 잔뜩 묻은 복숭아 크기의 둥그런 것이 눈에 띄었다. 인민군이 한눈파는 틈을 이용해 얼른 집어 바지에 문질러 흙을 털어내고 보니 날호박이었다. 그때까지 날호박은 먹지 못하는 것으로 알고 있던 나였지만, 3주 동안 야채 구경을 전혀 하지 못한 터라 그것을 단숨에 먹어 치웠다. 아주 잘 익은 참외보다 맛있었다. 나는 그때처럼 호박을 맛있게 먹어 본 적이 없다.

우리 일행은 길게 줄지어 인민군의 호위로 서대문 형무소까지 끌려갔다. 이미 서대문 형무소에는 많은 인사들이 잡혀 와서 줄지어 서 있었고, 각자 차례로 수감 등록을 하고 있었다. 내 차례가 오려면 시간이 한참 걸릴 것만 같았다. 3주 동안 방에서 앉아만 있었고, 극도로 쇠약해진 탓에 여러 시간 서 있게 된다면 졸도할지 모르겠다는 근심을 하면서 내 차례가 오기를 기다렸다. 그러나 의외로 짧은 시간에 끝났다. 남한 같으면 10시간 걸릴 일을 한 시간 정도로 끝냈다. 그 원인은 한글만으로 성명, 주소, 출생지를 속히 받아쓰기 때문이었다. 그러나 그 당시 남한에서는 한자를 쓰고 있기 때문에, 공병우? 무슨 공자요? 공자 공? 구멍 공? 하면서 시간을 낭비하는 경우가 많았다. 이런 면에서는 남한보다 북한이 더 앞서 있구나 하는 생각을 했다.

자살 방법으로 선택한 영어 공부

나는 여덟 사람과 함께 한방에 들어갔다. 조선총독부 참여관을 지낸 노인, 경찰서장을 지낸 사람, 동창, 청년회장 등 여덟 사람과 한방에서 지내게 되었다. 방은 아홉 사람이 겨우 누워 잘 수 있는 넓이였다. 그 형무소에는 우익 인사들 약 2만 명이 수감되어 있다고 했다. 정치보위부에서 자술서를 쓴 사람들이 그다음 날 모두 석방되어 집으로 돌아간 줄 알았는데 알고 보니 서대문 형무소에 전부 와 있었다. 그들은 모두 속은 것이다.

낮이면 꼭 엉거주춤한 자세로 앉아 있어야만 했다. 나이가 많은 분이 맨 앞줄에 앉고, 중간에 젊은이들이 앉고, 남루한 거지꼴이 된 나는 뒤쪽 똥통 옆에 혼자 앉게 되었다. 어제 끌려온 깨끗한 옷을 입은 그들은 앞자리를 점령하고, 오랫동안 목욕을 못한 탓에 고약한 냄새가 코를 찌르는 거지꼴을 한 내가 뒤에 앉게 된 것은 너무나 자연스러운 일이었다.

옥살이를 처음 하게 된 그들은 약 한 주 동안은 돌이 많이 섞인 보리밥을 먹지 못했다. 나는 내 몫을 다 먹고도 배가 고파서 허덕이던 참이라, 그 여덟 사람이 남긴 밥으로 배부르게 먹었다. 그래도 밥이 남았다. 나는 아침에 뒤쪽 창문으로 들어오는 햇볕에 남은 밥을 말려 비상 식품으로 보관하였다. 감방의 동료들은 어느덧 친숙해져 자기 사정을 털어놓으며 앞날을 점치기까지 하였다. 서로 이야기를 주고받고 한 결과, 그들은 별로 큰 죄가 없기 때문에 곧 나가게 될 것이라고 생각했다. 그러나 나는 중대한 정치적 사건에 연루된 정치범이므로 풀려나갈 가망이 거의 없을 것이라고 이구동성으로 말했다. 이미 나는 보위부에서부터 죽을 각오를 하였기 때문인지 그들의 말에 별로 자극을 받지 않았다.

형무소에 들어온 지 며칠이 지난 어느 날, 영화 사전(영어 단어를 일본 말로 풀이한 사전)을 뜯은 종이가 밑씻개 종이로 들어왔다. 나는 무리하게 공부를 하면 몸이 더 빨리 쇠약해져서 빨리 죽을 수도 있다는 유치한 생각으로 영어 공부를 시작했다. 한편으로 유엔군이 서울에 들어올 때 운 좋게 살아나게 된다면, 영어가 도움이 될 것이라는 요행수를 생각하면서, 영어 낱말 공부에 몰두하였다. 자살 방법으로 영어 공부를 열심히 하니 몸이 빨리 쇠약해지기는커녕, 동료들의 쑥덕거리는 소리, 근심 걱정하는 소리도 귀에 들리지 않고, 도리어 정신 통일이 잘 된다는 생각지 못한 효과를 보게 되었다.

한편 내가 영어 공부를 한다는 사실이 들통나면, 자살행위로 이해하지 않고, '이 새끼, 아직 미국놈 숭배하는 더러운 사대 정신을 버리지 못하고 있구나' 하고 벼락이 떨어질 것이 뻔했다.' 나는 간수에게 들키지 않기 위해, 철문 구멍을 쳐다보고 있다가 간수가 우리들을 들여다본 뒤 지나가면 재빨리 고개를 숙여 손에 든 종이에서 한 단어의 철자와 해설을 읽곤 하였다. 연거푸 철문 구멍을 쳐다보면서 머릿속으로 철자와 뜻을 외우다가, 간수가 또 철문 구멍으로 들여다보고 지나가면, 재빨리 시선을 사전으로 돌려 다른 단어를 머릿속에 넣고 외우면서 천연덕스럽게 이 짓을 반복하였다. 이런 식으로 자살하기 위한 영어 공부를 날마다 진행하였다.

그런데 어느 날, 방에 있는 우리들에게 모두 복도로 나오라고 큰 소리로 긴급 명령이 내려졌다. 나는 몹시 당황했다. 아홉 장의 영화 사전 종잇조각을 똥통에 집어넣었다. 내가 베고 자던 헝겊으로 싼 베개가 있었는데, 그 속에는 정치보위부에 있을 때 모아서 가져온 소금과 휴지, 형무소에 와서 먹고 남은 것을 햇볕에 말린 밥, 형무소에서 의사로 근무하던 내 친구가 힘겹게 들여보내 준 비타민과 마른 치즈가 들어 있었다. 베개는 때가 묻어서 검고 반질반질했다. 그 방에서 베개는 나만이 가지고 있었다. 이 베개를 어떻게 처분하는가가 시급한 문제였다. 똥통에 집어넣으면 그만이지만, 하도 아까운 것들이 들어 있기 때문에 그렇게도 할 수 없었다. 죽을 각오를 했지만 그래도 한 가닥 살고 싶은 마음이 남아 있었기 때문이다.

만일에 유엔군이 반격해 들어와 내가 이 형무소에서 도망칠 수 있는 기회가 생긴다면, 나는 이 베개 속의 비상용 식품을 가지고, 하수도 구멍 속에라도 들어가 숨어 있을 생각을 하고 있었다. 그러니 해방을 맞을 때까지 생명을 유지하기 위한 식품이 이 베개 속에 들어 있는 셈이었다. 이거 야말로 나로서는 아주 귀한 비상용 구급 식품일 수밖에 없었다. 그런 생각에서 먹고 싶은 것을 꾹 참고 이를 아껴 왔던 것이다.

그러나 이제 그 같은 용도의 베개가 발각되면 또 한바탕 난리를 겪어야만 될 것이 틀림없다. 그러나 이미 죽음을 각오한 나에게는 그 같은 발각이 두려울 것이 없었다. 나는 문제의 베개를 방에 그냥 놓아둔 채 복도로 나갔다. 복도에서 우리들을 한 줄로 세우고, 한 사람씩 몸수색을 하였다. 무엇을 가지고 있는가를 조사하는 것이었다. 그러더니 방으로 들어가서 구석구석을 뒤지는 것이었다. 칼이나 유리 조각 같은 자살을 할 수 있는 것들이 있는가를 조사하는 듯하였다. 이윽고 내 베개 있는 쪽으로 다가갔다. 그는 내 베개를 발로 한 번 툭 차 보고는 발의 감각으로 대수롭지 않은 것으로 생각했던지 그냥 나왔다. 베개 속에 들어 있는 물건들이 발각 안 된 것은 참말로 다행한 일이었다. 정말 하느님께서 도와 주신 것이라 믿는다.

그 뒤 하루는 유엔군 폭격으로 내 뒤쪽 창문 유리가 박살이 나면서 그 유리 조각이 내 왼쪽 발뒤꿈치 살점을 베었다. 많은 피가 흘렀다. 이렇게 폭격의 피해에도 나는 유엔군 비행기가 오지 않는 조용한 날은 몹시 불안을 느꼈다. 그것은 아마도 유엔군이 승리할 것을 확신하고 있었기 때문이며, 유엔군이 들어오면 내가 살길이 열릴 것이라는 희망이 내 마음 한구석에 자리 잡고 있었기 때문이다.

아무리 전시이지만 무더운 여름철에 아무 죄도 없는 사람들을 잡아다가 돌이 우두둑 씹히는 밥과 소금물만 먹이고, 50여 일이 지나도록 야채 한 잎을 먹이지 아니하는 그들의 손에 내 생명을 맡기고 싶지는 않았다. 아무래도 내 생명은 내 손으로 끊는 것이 홀가분할 것만 같았다. 그러면서도 살고 싶은 욕심도 마음 한구석에 자리 잡고 있어, 공습경보가 울리고 비행기 소리가 들리기만 하면 위로가 되고, 그렇지 않으면 마음이 울적해졌다.

"동무! 치과 의사요?"

어느 날 군인이 자물쇠로 우리 방 문을 철커덕 열더니 나를 나오라고 했다. 나를 앞세우고 기나긴 복도를 지나서 맨 앞채 건물에 있는 사무실로 데리고 갔다. 그 기나긴 복도에는 푸른 군복을 입은 군인들이 긴 칼이 꽂힌 총을 위로 곧추세워 들고 5, 6m 간격으로 복도 양쪽에 줄지어 서 있었다. 약 2만 명이 되는 수감자들이 폭동을 일으킬까 봐 수비하는 것이라고 했다. 그 길고 무시무시한 복도를 통과할 때의 기분은 꼭 염라대왕의 졸개들이 서 있는 지옥으로 끌려가는 것과 같은 느낌이었다.

사무실에는 사복을 입은 사람이 혼자 앉아 있었다. 심문이 시작되었다. 내 이력과 신분 그리고 과거에 해 온 일들에 대해 자세히 조사하는 것이었다. 두 시간가량 조사를 받고 나니, 어떤 군인이 와서 나를 데리고 다시 그 무시무시한 복도를 지나서 내가 있던 방으로 들여보냈다.

내가 사무실에 가서 조사를 받은 내용을 한방에 있는 동료들에게 이야기했더니, 그들의 의견은 둘로 갈라지는 것이다. 한쪽은 내가 안과 의사요, 발명가라는 사실을 그들이 알고, 내 실력과 기술을 이용하기 위해 조사한 것인지도 모른다고 했고, 한쪽은 빨갱이들은 기술자를 매우 소중히 취급한다면서, 나를 이용하기 위해서 곧 내보낼지도 모른다는 풀이였다. 또 한편에서는, 아니다, 중대 사건에 걸린 공 박사가 자백을 안 하니까 또 다른 증거와 꼬투리를 잡으려고 조사한 것 같다고 했다.

어쨌든 나는 이미 죽을 각오를 한 사람이어서, 그들의 상반된 의견에 관심을 두지 않았다. 만일 내가 이번에 또다시 끌려 나가면 죽든 살든 다시 돌아오지 못하게 될 것만 같았다. 내 베개 속에 들어 있는 말린 밥과 비타민을 공평하게 나누어 먹으라고 동료들에게 일러두었다.

3일 뒤 인민군이 와서 자물쇠를 열더니 나를 앞세우고 그 무시무시한 염라대왕의 긴 복도를 또 걷게 하였다. 무서운 복도를 거의 다 지나갈 때쯤 뒤에서 나를 압송하던 군인이 갑자기 내 앞쪽으로 나서면서 복도에 있는 손잡이 노끈을 잡아 올리니까, 지하실로 내려가는 네모꼴 구멍이 보였다.

그 구멍으로 난 계단을 밟고 지하실로 내려가라는 것이었다. 그 순간 나는 이제 지하실에 들어가 곧 죽게 되는구나 하고 생각했다. 심한 공포심으로 머리칼이 곤두서는 듯했다. 목매달려 죽는가? 권총에 맞아 죽는가? 전기 충격으로 죽게 되는가? 그 순간 그들의 죽이는 방법에 대한 공포로 까무라칠 만큼 충격을 받았다. 다른 생각을 할 여유는 조금도 없었다. 정치보위부에서는 이제 나는 죽는구나 생각되자 가족을 꼭 만나 보고 죽고 싶다는 생각을 할 정도로 마음의 여유가 있었다. 그러나 이번에는 어떤 방법으로 죽게 되는 것인가 하는 공포로 다른 생각은 할 여유가 전혀 없었다.

죽기로 결심한 내가 죽이는 방법에 대해서도 미리 생각하고 굳은 각오를 해 두었더라면, 이처럼 큰 충격은 받지 아니하였을 것이라는 점을, 그 일을 겪고 나서야 생각하게 되었다.

지하실에는 공습을 피하기 위하여 흙을 파내고 임시로 만든 사무실들이 있었다. 지하 콘크리트의 벽을 동그랗게 뚫고, 그 구멍으로 사무실끼리 서로 통해 있었다. 구멍은 허리를 구부려야만 다른 방으로 드나들 수가 있는 크기였다. 책상들만 놓인 세 방을 옮겨 다니다가 사람이 없으니까 다시 들어왔던 구멍을 거쳐 복도로 나왔다. 나는 그제야 마음이 좀 놓였다. 그리고 2층으로 올라가서 복도를 걸어가고 있는데, 유니폼을 잘 입은 고관이 마주 걸어오고 있었다. 나를 압송하던 군인이 무어라고 보고를 하니

"동무, 치과 의사요?"

하고 나에게 질문하였다.

"저는 치과 의사가 아니고 안과 의사입니다."

라고 대답했다. 압송 군인에게 무엇이라고 명령을 하는 듯했다. 압송 군인은 나를 금방 올라온 계단으로 다시 데리고 내려가더니, 앞쪽 건물에 있는 전에 조사를 받던 사무실로 가 군인에게 나를 인계하고 나갔다.

그 사무실에는 고급 장교 두 사람이 좋은 의자에 서로 마주 앉아 있었다. 나는 마주 앉은 두 사람과 삼각 지점에 놓인 나무 의자에 앉았다. 내 우측 군인이 수첩 같은 소책자를 자기 군복 작은 주머니에서 꺼내, 한 페이지를 열어젖히더니 내게 읽어 보라고 건네주는 것이었다. 붉은 색깔로 밑줄이 쳐진 글줄이 눈에 띄었다.

"정치범은 총살에 처한다."

나는 시키는 대로 읽었다.

"네가 죽고 살고 하는 일은 오늘 이 자리에 달렸으니 정신 차려 잘 대답하라구!"

서슬이 시퍼런 어조로 경고하는 것이었다. 벌써부터 죽을 각오를 한 나는 조금도 놀라는 기색 없이 담담한 심정으로 대답했다.

"예!"

보위부에서 조사를 받던 내용과 같이 출생, 학업, 직업, 정치 관계, 정판사사건, 한글 타자기, 미국 특허 출원 등등에 대해서 질문하더니, 그 군인은 바깥으로 나가 10여 분 있다가 다시 들어와서 심문을 계속했다.

목숨을 건져 준 한글 타자기

그때부터 그들은 나에게 주로 미국에 출원한 한글 타자기의 특허 내용에 대해서 질문을 했다. 그는 내가 인민 공화국을 위해 타자기 설계도를 만들어 바치면 용서를 받을 수 있다고 했다. 나는 할 수 있다고 힘없이 대답했다. 내 대답이 미지근하게 들렸던지 믿지 못하겠다는 듯 질문을 되풀이했다.

"제가 우리 민족을 위해 연구한 것인데 왜 하지 않겠습니까?"

나는 그 당시 이미 죽을 각오를 했고 또 극도로 쇠약해져서 기운도 없었기에, 힘차게 대답을 못하였을 뿐만 아니라 꼭 해 놓을 터이니 살려 달라는 애원도 하지 않았다. 내 미온적인 대답이 그를 못마땅하게 만든 것 같았다.

그런 태도를 눈치채고 나는 이렇게 말했다.

"저는 제가 한다고 말한 일은 꼭 하는 사람입니다. 제 성질이 원래 앞일을 미리 자신 있게 말하는 것이 아니라, 다해 놓고 나서야 자랑하는 편입니다."

나는 내 성품을 말하였다. 그는 이 같은 개성을 인정하고, 꼭 해 놓을 사람으로 믿었던지 더 괴롭히지 않았다. 그는 다시 바깥으로 나가서 10여 분 있다가 돌아왔다. 앞서 2층에서 "동무가 치과 의사요?" 하고 물었던 고관에게 조사 내용을 보고한 뒤 서로 의견을 교환하고 돌아오는 것 같았다.

그는 돌아와서는 나에게 질문은 안 하고, 오랫동안 말없이 내 왼편에 앉아 있던 고관에게 말했다.

"동무의 고견을 듣고 싶으니 말씀 좀 해 주십시오."

그 고관은 너무나 뜻밖의 말을 했다.

"나는 이 사람이 정치적으로 어떤 일을 했는지에 대해서는 아는 바가 전혀 없다는 점을 분명히 말씀드립니다. 그러나 이 사람이 의사로서 훌륭한 인술자라는 점은 분명히 보증할 수 있습니다. 내가 일제 때 함경도 ○○에서 공의로 일하고 있을 때, 많은 환자들이 공안과 병원에 갔다 온 이야기를 하는데, 돈이 없다고 말하면 무료로 눈병을 치료해 주더라고 칭찬을 하는 말을 들었습니다. 그런 의사도 있구나 하고, 실은 그때 이 사람을 한 번 만나 봤으면 했습니다. 같은 '정판사사건'에 걸린 ○○○ 의사는 돈만 아는 의사라고 모두 욕합니다만 이 사람은 평판이 다른 것 같습니다."

나에게 매우 유리한 증언을 이렇게 위급할 때 해 주는 사람이 나타나다니, 마치 연극에서나 볼 수 있는 장면 같아 그저 얼떨떨할 뿐이었다. 나중에 안 일이지만 그 증언을 해 준 분은 그 당시 남조선 지역 육군 군의감으로 서울에 부임해 온 분이라고 했다. 내가 만일 북한을 방문하게 된다면 이 생명의 은인을 꼭 한 번 찾아보고 싶다.

다른 두 고관은 어떤 직책을 가진 사람인지 전혀 알 길이 없다. 검사와 판사의 직책을 가진 분들이 아니었는가 추정할 뿐이다.

그 뒤 나는 지프차에 실려 보위부로 보내졌다. 보위부에서는 나를 구내 이발소로 데리고 가 이발을 시키고, 또 집으로 데리고 가서 거지 옷을 새 옷으로 갈아입게 하였다. 하루아침에 대우가 달라졌다. 그 뒤 보위부의 한 사무실로 보내졌다. 우리 집에서 압수해 갖다 놓은 한글 타자기(미국 언더우드 회사에서 만든 단 하나인 시제품)가 책상 위에 놓여 있었다.

"그 타자기를 한번 쳐 보시오."

말투부터 달라졌다. 그 타자기 옆에는 초등학교 국어책이 놓여 있었다. 책상 앞에는 고관 군인들이 열 명가량 둘러서 있었다. 극심한 고생으로 눈이 잘 보이지 않았지만, 마침 1학년 국어책의 글자가 커서 간신히 보고 찍을 수 있었다. 나는 타자 연습을 한 적이 없었지만, 자판 배열을 알기 때문에 글자판은 보지 않은 채 책만을 들여다보면서 천천히 쳐 나갔다. 타자기에 낀 종이에 한글이 한 자 한 자 찍혀 한 줄이 다 타자된 것을 보더니,

"야! 우리가 이것을 만들어 쓴다면 로스케(소련 사람)들처럼 사무 처리를 빨리 할 수 있겠는데……"

모두가 신기해 하며 감탄하는 것이었다. 한 고관은 나에게 한 사람을 가리키면서 말했다.

"이 사람에게 찍는 방법을 가르쳐 주시오."

한 마디 남겨 놓고 나가 버렸다. 글자 모양이 어쩌니 저쩌니 하는 시비는 없었다.

6·25 바로 직전에 미국 공보원에서 이 한글 타자기를 빌려다가 공개할 때는 모두가 타자기를 인쇄기로 잘못 알고 글자 타령이 많았다. 능률에 대해서는 말이 없었다. 타자기는 펜 대신 글자를 빨리 쓰는 기계라는 점을 모르는 이가 많았다. 한글만 쓰는 사회의 사람이어서 그런지, 기계 능률을 맨 먼저 거론하는 것이 반갑기만 했다.

지명된 사람을 의자에 앉히고 자음, 모음, 받침 키들을 가르쳤다. 그리고 난 뒤 자기 이름을 찍어 보라고 했더니 그는 정확하게 찍는 것이었다.

5분도 걸리지 않았다. 나는 그 사람에게 끌려 우리 집으로 가 저녁밥을 먹고 또다시 인민군 육군병원(성모병원)으로 끌려갔다. 그는 원장(북조선 의사)에게 나를 요시찰 인물로 인계하고 돌아갔다.

북쪽으로 끌려가는 신세

인민군 육군병원 원장은 나에게, 안과는 젊은 의사들이 세 사람이 있으니 중요한 수술이나 있을 때 좀 보아 주고, 전적으로 한글 타자기 설계에만 몰두해 달라는, 명령이라기보다는 오히려 간청에 가까운 요청을 했다. 그리고 종이나 필기구나 필요한 것이 있으면 언제든지 또 무엇이든지 요구하라면서 한글 타자기 설계도 완성을 서둘러 달라고 했다. 상부의 특별한 지시가 있었던지 나에게 무척 조심스럽게 신경을 쓰는 듯하였다. 만일 방이 좁으면 뒤에 선교사가 살던 집이 비어 있으니 그 집을 쓰게 해 주겠다고까지 했다.

나는 안과 과장실에서 타자기 설계도를 만드는 척하면서 약병에 있는 영어 단어를 보고 어물어물거렸다. '공습'이라는 소리가 들리면 각 과의 의사들은 지하실로 뛰어내려가 한자리에 모이곤 했는데 나는 한구석에 서서 들고 들어온 약병의 영어 설명서를 들여다보면서 얼빠진 사람처럼 단어를 중얼중얼 외우곤 하였다. 그러면서 물끄러미 잡담하는 의사들을 쳐다보곤 하였다. 공습이 풀리면 곧바로 안과 과장실로 들어왔다. 우리 집에 자주 오던 성모 병원장 내과 박병래 선생도 징발되어 와 있었다. 나는 요시찰 인물로 외출할 수는 없지만 다른 의사들은 외출이 자유로웠다. 그런데 어떤 분이 우리 집에 가서 내 아내에게 공 박사가 감옥에 가서 얼마나 고생했는지 요즈음 정신이 돌아. 사회에 나와도 사람 구실을 제대로 할 것 같지 않다라는 말을 했다고 한다. 아마도 박 선생이 그 당시 멍청하게 시간을 보내고 있는 나를 보고, 측은한 생각이 들어 염려하는 뜻에서 걱정한 말이 잘못 전달된 듯하였다.

공습이 날로 심해졌다. 지하실에 피신하는 시간이 많아졌다. 유엔군이 인천에 상륙했다는 소식도 들렸다.

그런데 어느 날 저녁, 갑자기 평양으로 떠나야 한다면서 의사들을 트럭에 태우는 것이었다. 나도 지시하는 대로 차에 올라탔다. 차는 의정부 쪽으로 향하고 있었다. 미아리에 있는 경신 학교 앞에 이르자 모두 내리라고 했다. 여기서 하루를 자고 떠난다는 것이었다. 모두 교실에서 잠을 잤다. 나는 운동장에 있는 방공호 속에서 바닥에 널려 있던 영자 신문을 혼자 늦도록 만지작거리다가 잠깐 잠이 들었다. 기상하라고 깨우기에 일어나 보니 새벽 네 시였다. 모두가 눈을 비비면서 평양으로 간다는 트럭에 올라탔다. 그런데 트럭은 교문을 나가서 1킬로미터 거리도 못 가 그만 논바닥에 앞바퀴가 콱 박혀 버렸다. 앞바퀴를 빼느라고 운전사는 여러 차례 시도를 해 보았지만 번번이 실패했다. 가톨릭 신자인 운전사가 평양으로 가기가 싫어서 일부러 들이받았을 것이란 소문을 뒷날 들었다. 어쨌든 뜻하지 않은 사고로 다시 학교로 돌아가서 다른 자동차가 준비될 때까지 기다리라는 명령을 받았다. 넓은 운동장 여기저기에는 몇 사람씩 둘러앉아서 잡담을 나누고 있었다.

그런데 난데없이 점심 때 쯤에 나와 같이 한글 타자기 연구를 하던 이임풍 씨가 면회를 왔다. 나는 군인이 지키고 있는 출입문 앞에서 그를 잠깐 만날 수 있었다. 유엔군이 김포 비행장을 완전히 점령했다는 사실을 그의 귀띔으로 알게 되었다. 그 뒤 운동장에서 친구 의사들 대여섯 명과 어울려 점심을 먹을 때 나는 김포 비행장이 유엔군 손아귀에 들어간 사실을 다른 의사들에게 알려 주고, 우리는 달아나야 한다고 제안했다. 그런데 뜻밖에도 젊은 의사들은 겁을 먹고 있었고, 같이 점심을 먹던 이선근 소아과 원장만이 찬성했다. 마침 출입문에서 보초를 서던 군인 두 사람이 방에 들어가 겸상으로 점심을 먹고 있었다. 마치 서로 먹기 시합이라도 하는 듯이 먹는 데만 열중하고 바깥은 내다보지도 않았다. 나와 이 박사는 그 틈을 이용하여 빠른 걸음으로 교문을 빠져나왔다. 시내로 들어가는 이선근 박사에게 나는 시내에서 누구를 만나거든 나와 같이 종로까지 들어와서 서로 헤어졌다고 거짓말을 해 달라고 부탁하고, 학교 앞에 있는 수수밭에 숨었다. 해가 지고 밤이 되자, 수수밭을 나와서 그 근처에 살던 친척 공용준 아우님 집에 들어갔다. 사연을 말하고 그 집 다락에서 사흘 동안 숨어 있었다.

예상과 달리 사흘이 지나도 유엔군은 서울시로 들어오질 못했다. 사기가 죽었던 인민군이 다시 의기양양해졌다. 아우님 집에 계속 숨어 있다가는 잡힐 것만 같아서 농사꾼 차림을 하고 산속으로 피신할 준비를 했다.

나흘째 되던 날 새벽에 서울에서 살던 막냇동생이 이곳으로 찾아왔다. 아무래도 짐작에 형님이 숨어 있을 것 같아 찾아왔는데, 정말 추측이 맞아 다행이라면서 대뜸 여기를 떠나라고 했다.

"형님, 여기에 있다가는 그냥 죽습니다. 그 녀석들이 형님을 찾느라고 친척네 집을 두루 뒤지고 야단입니다. 아주 눈이 벌게 가지고 발악을 하고 있습니다. 형님을 잡으면 총살시키겠다고 으르렁대고 있습니다."

동생이 더 겁을 먹고 있었다.

내가 도망한 날 밤 새벽 3시 무렵, 아내는 아이들을 데리고 잠자고 있을 때, 총을 든 인민군 5명이 갑자기 와르르 들이닥쳤다고 한다. 군인들이 "빨리 옷을 입고 나서요" 하고 호통치는 바람에 아내는 갑자기 무슨 영문인지도 모르고 끌려가 꼭 죽을 것만 같은 생각이 들어, 얼이 빠진 상태로 옷을 입으면서 젖먹이인 막내아들 영재를 업고 가서 같이 죽어야 할 것인지, 아니면 나 혼자 끌려가 죽는 것이 옳을 것인지를 생각했다고 한다. 생각하느라 행동이 좀 지체되니 군인들은 "빨리빨리" 하고 다그치면서 애기를 업은 아내를 지프차에 싣고 어디론가 데리고 갔다. 그곳에 고급 군인이 말하기를, 남편 공병우가 어디에 있는지를 부인은 알고 있을 터이니, 곧 가서 데려온다면 무사하게 해결되지만, 만일 군인들 손에 잡히면 즉결 처분으로 총살을 당한다고 으르렁대더라는 것이다.

그러나 내가 피신한 사실조차 전혀 알지 못하고 있던 아내는 금시초문이라고 사실대로 말할 수밖에 없었다고 한다. 죽을 고비를 간신히 넘긴 나로서는, 내가 평양으로 가기가 싫어서 피신한 것 때문에 아내와 아이들에게 크나큰 곤욕을 치르게 하였다는 사실을 뒤늦게 알고 가슴이 찢어지는듯 했다. 군인들은 금시초문이라고 사실대로 말한 아내의 말을 믿고, 또한 젖먹이 애기도 업고 있었던 터라, 그날 바로 집으로 돌려보내 주었다고 한다.

도망자의 운명

그러나 어디로 가야 안전한 피신이 된단 말인가? 내 동생은 의정부 산골에 자기 처가속들이 피난 가 있으니 그리로 가자고 했다. 나는 그렇게 하기로 하고 의정부 쪽으로 떠났다. 의정부로 가는 큰길은 피난민으로 꽉차 있었다. 평양으로 가는 피난민 틈에 끼여 동생과 같이 나가다가 도중에 동생은 서울로 되돌아갔고, 나는 의정부 쪽으로 걸어갔다. 가다가 검문에 걸리면 가명을 쓰기로 했다. 그러나 패주하는 인민군의 사기가 죽어서인지 검문을 한 번도 받지 않은 채 목적지에 무사히 도착했다. 머루, 다래를 따는 깊은 산골에 있는 초가집이었다. 나는 전에 이곳으로 사냥을 다닌 경험이 있어 이곳 지리를 잘 알고 있었기에 혼자서 수월하게 찾아갈 수 있었다.

그 초가집에서 사나흘을 지냈다. 사기가 푹 꺾여 있던 것으로만 알았던 북의 내무서원은 다시 의기가 양양하고 살기가 등등해 보였다. 그들은 서울에서 피신해 와 숨어 있던 젊은 사람들을 수색해 붙잡아 가기도 하였다. 내가 그 집에 계속 숨어 있다가는 아무래도 곧 잡힐 것만 같아서 낫과 담요 한 장을 빌려 가지고 더욱 깊은 산골짝으로 들어갔다. 높은 산 중턱에 서 있는 키 작은 소나무들은 아랫도리만 무성하게 솔가지에 뒤덮여 있었다. 나는 그 솔포기 밑을 피난처 잠자리로 정했다. 낫으로 잡풀들을 베어 솔포기 밑에 깔고, 담요를 덮고 잤다. 낮에는 산꼭대기에 올라가서 김포 비행장과 서울과 의정부 쪽으로 전선이 이동하는 광경을 보다가 저녁이면 산 밑으로 내려가 개울가에 숨겨 놓은 밥을 먹고, 다시 중턱으로 올라가 솔포기 밑에 들어가 잠을 잤다. 잘 때에 때때로 무슨 짐승들인지 내 배 위로 지나가곤 하는 것이었다. 그 깊은 산에 있는 동물들은 모두가 내 친구로 생각되었고, 조금도 무서운 생각이 들지 않았다. 그때는 내무서원들만이 내 유일한 원수요, 적이었다. 내게 총만 있었다면 그들을 기습했을지 모른다.

하루는, 산꼭대기에 올라가 전투 구경을 하고 잠자리 있는 곳으로 내려오다가 산봉우리에 아직 해가 남아 있는 것을 보고, 햇볕에 몸을 녹일 생각으로 걸음을 잠시 멈추고 앉았다. 그때 갑자기 건너 쪽 산등성이에서 두 방의 총소리가 요란하게 들려왔다. 나는 총에 맞은 듯이 모로 누웠다. 누운 채로 몸을 조금씩 움직여 풀밭 속으로 기어들어가 숨었다. 그들이 내가 죽었는지 확인하고자 여기까지 와서 나를 찾아볼 것이라고 생각되어, 풀대가 조금이라도 움직이지 않도록 숨도 크게 쉬지 못하고 몸을 꼼짝달싹하지 않고 숨죽이고 있었다. 그들에게 발견된다면 나는 죽을 것이고, 다행히 그들이 나를 찾지 못하면 살 수 있다는 생각으로 밤늦도록 풀 속에서 숨을 죽이고 죽느냐 사느냐 하는 절박한 시간을 보냈다.

이것이 내 일생에서 세 번째로, 죽느냐 사느냐 하는 갈림길에서 간이 콩알만 해져서 마음을 졸이던 위기의 순간이었다. 나중에 알게 된 일이지만, 그때 그 총소리는 나를 향해 쏜 것이 아니고, 내무서원이 총을 메고 산으로 올라오는 것을 보고, 산에 있던 두 청년이 겁에 질려 달아나다가 사살된 것이었다. 그냥 풀 속에 숨어 있었더라면 살았을 것을.

시골집에 숨어 있다가 내무서원이 집을 수색할 때 산속으로 도망쳐 숨어 있던 서울의 두 청년이었다. 서울에서 피난 온 청년들이 산에 숨어 있다는 사실을 안 내무서원은 산을 뒤지기 시작하였던 것이다.

그 뒤 며칠이 지나갔다. 하루는 최전선을 지키던 인민군 대부대가 쫓기어, 내가 숨어 있는 산 너머 골짜기까지 왔다. 하루 종일 그 골짜기에 비행기가 연거푸 폭격을 가했다. 내일은 내가 있는 산골로 인민군 대부대가 넘어올 것이 분명했다. 그렇다면 나는 전장 한가운데 숨어 있는 꼴이 될 것임에 틀림없었다. 그곳에 그냥 숨어 있다가는 아무래도 죽을 것만 같아서 날이 어두워지자 곧바로 오막살이 초가집으로 내려갔다. 그리고 주인집 아주머니에게 옷을 빌려 달라고 했다. 내일 새벽 일찍 산에서 내려와 여자로 변장하고 옥수수밭에서 옥수수 일을 하는 것처럼 위장해야겠다고 속셈을 털어놓았다. 이 길만이 사는 길 같았다. 그녀는 선뜻 옷을 빌려 주겠다고 했다. 나는 다시 산으로 올라가 밤을 지내고, 아침 일찍 내려와 변장을 하고 옥수수밭에서 피신하기로 했다. 그 집 모두가 산에 올라가지 말고 방에서 잠을 자라고 권했다. 오랜만에 따뜻한 온돌방에 앉아 보니, 몸과 마음이 느슨해지면서 그 포근한 맛에 취해 산에 올라가기가 싫어졌다. 그러나 나는 다시 생각했다. 늘 '최후의 5분간'을 중요시하라는 말을 즐겨 쓰던 내가 아닌가! 온돌 맛에 빠져 긴장을 풀어서 될 말인가? 내 마음에 채찍을 가하면서 밤중에 높은 산으로 올라갔다. 비가 올 듯한 흐린 밤이었다.

솔포기 속에서 꾼 악어꿈

나는 잠결에 꿈을 꾸었다. 배재학교 교사로 있는 임모 선생은 내 오랜 사냥 친구인데 그가 넓은 해변가에서 날아가는 오리 두 마리를 연방 쏘아 모래 바닥에 떨어뜨렸다. 나도 오리를 잡을 욕심으로 해변가로 사냥개를 앞세우고 한참 동안 북쪽으로 기분 좋게 걸어 올라갔다. 그런데 난데없이 큰 악어가 나타나더니, 내 사냥개를 삼키고 말았다. 악어의 머리는 기와집처럼 크고, 몸집은 긴 야산과 같았는데 길게 해변가 북쪽으로 뻗어 있었다. 꼬리는 멀리 보이는 산에 가려져 있었기 때문에 얼마나 긴지 알 수 없었다. 나를 잡아먹으려고 악어가 달려드는 순간, 나는 그 악어 목에 파리처럼 달랑 매달렸다. 이 큰 악어에게 단번에 죽을 수밖에 없겠구나 생각하는 순간, 행여나 하고 가지고 있던 사냥칼로 악어 모가지의 동맥을

끊기 시작했다. 진한 피가 모래 바닥과 바닷물 위에 흥건하게 뒤덮이면서 악어가 모로 쓰러졌다. 그 순간 이마에 땀을 비 오듯 흘리면서 나는 꿈에서 깨어났다. 주위를 살펴보니 건너편 산에서 사람의 말소리가 재잘재잘 들려왔다.

'아차! 내가 너무 늦도록 잠을 잤구나! 저 녀석들이 벌써 산을 넘어오는구나!'

날이 훤하게 밝아왔다. 나는 너무 늦게 깨어난 것을 후회했다. 솔포기 속에 숨어서 나가지도 못하고 동정만 살피면서 대낮까지 대여섯 시간을 지냈다. 그동안 사람 소리도 비행기 소리도 들리지 않았다. 어제와는 달리 조용하기만 했다. 그래서 용기를 내어 솔포기 속에서 밖으로 나와 높은 산등성이로 기어올라가 아래 촌락을 내려다보았다. 지난날과는 달리 많은 민간인들이 오가고 있었다. 나는 담요와 낫을 가지고 주인집을 향해 내려갔다. 그러고는 대뜸 문부터 열었다. 방 안에는 얼빠진 사람처럼 주인과 사돈네가 앉아 있었다. 나를 보자 벌떡 일어나면서 말했다.

"아이구 공 박사님! 이제야 오시는군요."

내 생사를 몰라 무척 걱정들을 한 모양이었다. 그들은 대뜸 말했다.

"공 박사님, 어제저녁 산에 올라가시지 않고 방에서 주무셨더라면 돌아가실 뻔했습니다. 박사님이 산으로 올라가시길 참 잘했습니다."

어젯밤 내가 산으로 떠난 뒤, 인민군 대부대의 선발대로 보이는 군인 두 사람이 문을 두드리면서 주인을 나오라고 하더니, 북쪽으로 가는 지름길을 가르쳐 달라고 했다는 것이다. 이날따라 비가 올 듯하다면서 산에 숨어 있던 두 청년이 그 집 외양간에 와 숨어 있었는데, 인민군들이 길을 안내하라는 소리에 그만 자기들을 잡으러 온 것으로 잘못 알고 후다닥 옥수수 밭으로 줄행랑을 쳤다는 것이다. 이 바람에 오히려 인민군이 더 놀라 캄캄한 옥수수밭을 향해 총질을 해댔다는 것이다. 두 청년은 다행히도 총에 맞지 않고 달아나긴 했지만 숨어 있는 딴 사람이라도 발각되었으면 큰일 날 뻔했다는 것이었다. 그리고 난 뒤 인민군 대부대가 그 집 앞을 지나가기 시작하여 새벽이 훤하게 밝을 때가 되어서야 그들의 마지막 대열이 다 지나갔다는 것이다. 이 집 주인들은 한잠도 못 자고 새벽까지 쫓겨 달아나는 인민군의 대열을 문구멍으로 끝까지 지켜보았다고 했다. 부상병을 업고 가는가 하면, 부축해 가기도 하고, 어떤 군인은 총을 여러 자루 메고 가는가 하면, 허기가 져 허우적대는 비참한 모습 등 실로 눈 뜨고 볼 수 없을 정도로 비참한 패잔병의 후퇴 장면이었다고 했다. 그러한 상황에서 내가 어떻게 잘못되었을까 봐 걱정하느라고 여태까지 이렇게 멍청하게 방에들 모여 앉아 있는 중이라고 했다.

"공 박사님이 무사히 돌아오셨으니 이제는 안심이 됩니다."

산속에서 꾼 그 꿈은 그날 밤 일어난 일로 인해 꾸게 된 것이 분명하였다. 밤에 두 청년에게 두 방 쏜 총소리가 바로 임 선생이 오리 두 마리를 멋있게 떨어뜨린 꿈으로 변한 모양이고, 내가 개를 데리고 해변가를 기분 좋게 한참 걸어 올라갈 때는 아직 대부대가 지나가지 않고, 산골짜기가 조용한 때이다. 큰 악어를 만난 것은 그때부터 대부대가 산을 넘어와서 내가 자던 산골짜기를 빠져나가는 동안이었으리라.

나는 그날 사복으로 변장하고 북쪽으로 도망가는 어린 인민군을 두 차례 만나서 이야기를 나누기도 했다. 불쌍하기 짝이 없었다. 도와주고 싶기도 했지만 어떻게 하는 것이 그들을 돕는 것인지 알 수가 없었다. 나 자신이 남의 도움을 받고 있는 처지였으니, 돕고 싶다는 마음뿐이지, 나에게 남을 도울 어떤 여력이 있을 리가 없었다.

리어카에 실려서 가족 품으로

다음 날 피난 갔던 남녀노소 30여 명이 나무 몽둥이를 하나씩 들고, 서울을 향해 떠났다. 높은 재를 셋을 넘어야만 서울에 갈 수가 있었다. 첫 번째 고개의 좁은 길을 들어서니, 촘촘히 파묻었던 지뢰를 파낸 자국으로 고갯길은 마치 감자를 캐낸 밭고랑 같았다. 혹시 실수로 빠뜨린 지뢰가 남아 있을까 봐 몹시 무섭기도 했다. 그 때문인지 같이 오던 피난민들은 절반가량 줄어들었다. 반수가량이 있던 곳으로 되돌아간 것이다.

무시무시한 마음으로 고개를 넘어 평지를 걷고 있는데 북쪽으로 쫓겨 가는 내무서원 두 사람이 나타났다. 총을 거꾸로 메고 북쪽으로 걸어가고 있었고, 우리들은 남으로 걸어가고 있었다. 만일 우리들에게 무슨 수작을 걸면 우리들은 몽둥이로 대항하기로 떠날 때 미리 약속되어 있었다. 아무 말 없이 서로 지나쳤다.

두 번째 고개를 넘을 때도 지뢰를 캐낸 자국을 많이 보았다. 온몸이 오싹해졌다. 많은 사람들이 무서워서 전진을 못하고 되돌아갔다. 세 번째 재를 넘을 때는 일곱 명만 남았다. 주로 사돈네 식구들이었다. 고양군 구파발이란 곳을 오니까 의정부 경찰서에서 경찰이 나와 진을 치고, 피난 갔다가 돌아오는 피난민들을 일일이 조사하고 있었다. 한국 측 경계망 속에 들어선 모양이었다. 조사를 당하는 일도 반갑기만 했다. 그런데 어디에선가 말했다.

"아니, 공 박사님 아니세요? 얼마나 고생을 하시다 돌아오십니까? 저는 의정부 경찰서에서 근무하는 ○○○ 순경입니다."

"누구신가요?"

"박사님은 잘 모르실 겁니다. 눈병으로 박사님 신세를 진 사람입니다."

나는 하도 반가워 눈물이 왈칵 쏟아졌다. 나는 그때야 비로소 이제는 살았구나 하는 확신을 했고, 머릿속에 있던 공포심은 말끔히 사라졌다. 서대문 형무소 지하실에 들어가서 곧 죽는다고 생각할 때의 충격과는 정반대의 기분이었다. 정말 살았다는 것을 실감하게 된 순간은 형용할 수 없을 만큼 기쁜 충격이었다. 그가 나를 믿고 우리 일행을 검문도 하지 않고 곧 통과시켜 주었다. 그곳에 와서 알게 된 것은 젊은 청년들 가운데 혹시 간첩이 침투할까 봐 엄격하게 조사한다는 것이었다. 우리와 같이 오다가 다시 되돌아간 청년들이 지뢰나 내무서원이 무서워서 돌아간 것으로 알았지만, 엄한 검문을 통과할 자신이 없어서 돌아간 청년도 있었던 것이 아닌가 싶기도 했다.

나는 긴장이 풀린 탓인지 그곳에서 멀지도 않은 서울 집까지 도저히 걸어갈 수가 없었다. 치질로 항문의 통증을 느끼면서 그곳까지 안간힘을 다해 걸어왔지만, 긴장이 풀린 탓인지 갑자기 통증이 심해져 걸을 수가 없었다.

하는 수 없이 농촌에 들어가 리어카꾼을 사서 리어카에 실려 서울 집으로 돌아왔다. 집에 당도하긴 했지만, 그동안 혹시 우리 식구들은 쫓겨나고, 다른 식구들이 들어와 살고 있지나 않을까 하는 생각이 들었다.

"공 박사 있소?"

큰 소리로 불러 보았다. 마침 뜰에 나와 있던 큰딸이 한참 동안 나를 쳐다보더니 울먹이면서 말했다.

"아버지?"

큰딸이 내 품에 와락 안기었다.

일제 때 만든 방공호 덕분에, 치열한 시가전에서도 집안 식구와 친척들이 모두 그 속에서 무사할 수 있었다고 했다. 여러 번 죽을 고비를 넘었지만 죽지 않고, 또 북한으로 끌려가지도 않고 도망쳐 살아 돌아왔으니, 아이들과 아내가 얼마나 기뻤을까. 아무 피해 없이 무사한 온 식구들을 본

내 기쁨은 표현할 길이 없었다. 건물도 아무 피해가 없었다. 모두가 다 하느님의 은덕이라고 고맙게 생각할 뿐이었다.

전쟁이 내게 준 교훈

난리가 나면 죽기는 쉬워도 살아남기란 그리 쉬운 일이 아니다. 나는 6 · 25를 회상할 때마다 번번이 하는 말이지만 '착한 일을 많이 한 사람은 하느님의 보호를 받게 된다'는 생각을 떨쳐 버릴 수가 없다. 6 · 25 사변으로 죽을 고비를 여러 번 간신히 넘겼으니 지금은 덤으로 사는 인생이 아닐 수 없다. 더욱이 무엇과도 바꿀 수 없는 귀중한 인생의 교훈을 얻게 된 전쟁이기도 하였다.

첫째로, 내가 돈보다 더 소중하게 생각하여 민족 문화 발전에 이바지한 일들은 내 평소 소신이 옳았다는 확신을 갖게 되었다. 어디다 내놓고 자랑 한 번 한 일이 없지만, 공익을 위해 한 적선 때문에 하늘이 나를 보호하사 생명을 건져 주었다고 믿게 되었다.

이런 일들의 대부분은 주변뿐 아니라 친구들까지도 "미친 짓이다", "어리석은 짓이다" 하면서 나를 외롭게 만들었으며, 심지어는 가족들까지도 재산 낭비를 한다고 반발하는 것을 겪으면서 한 일이었다.

한글 타자기 발명, 인술로써의 봉사, 민주화 운동으로 시작한 수선 출판사와 한글학회에 내놓은 거액의 재산 기부, 생명을 걸고 의사로서 지조를 지킨 공산 치하에서의 버팀, 유엔군의 군사력을 확신한 점, 도망과 피신을 최후의 5분까지도 철두철미하게 지킨 점(난리 때는 상황 판단을 정확하게 하고, 적진 속에서는 도망질과 나서는 일의 때와 장소를 잘 가릴 지혜가 필요하다) 등은 죽음의 환경을 극복하는 데 도움이 되었다.

둘째로, 내 집념이나 실천의 뿌리가 되어 준 조부모님과 부모님의 일상적인 교훈과, 사람답게 살아야 한다는 것을 생활을 통해 본을 보여 준 은덕을 깨닫게 해 주었다. 그리고 내 동생들과 가족들의 눈물겨운 사랑을 깨닫게 해 주었다. 그리고 우리 모든 이웃들이 감옥에서나 피난처에서 뿐 아니라 도처에서 정으로 서로 엉켜 있다는 점을 알게도 해 주었다. 서로 아픔과 기쁨을 나누고 있는 하나의 공동체라는 점을 깨닫게 된 것이다. 사실, 나는 가족이나 친척이라는 혈연관계에 집착하는 생활을 좋아하지 않아 냉정하고 멋없는 아버지였고 무뚝뚝한 남편이었고 엄격한 의사였던 것이다.

셋째로, 6·25는 분명 세계 유례없이 같은 민족끼리 가장 비참하게 싸운 전쟁이었다. 다시는 이런 비극적인 전쟁이 일어나서는 안 되겠다는 생각을 하게 되었다. 만약 전쟁이 재발한다면 이젠 6·25 때와는 비교도 되지 않을 것이다. 핵무기가 사용되는 전쟁이 될 것이니 어느 쪽이 이기고 지고의 문제가 아니라 우리 민족과 강토가 순식간에 잿더미로 변하게 될 것이다. 나는 이 같은 전쟁을 체험했기 때문에 오히려 우리 민족의 숙원인 남북통일 문제를 더욱 반성하며 심각하게 생각하게 되었다.

넷째로, 내가 정치보위부에서 3주일을 남루한 거지꼴로 있을 때, 많은 친구들이 나에게 자술서를 쓰고 용서를 받으라고 권고했다. 살고 싶은 생각만으로 그렇게 할 생각도 해 보았지만, 내 양심이 그런 유혹에 빠져 지조를 지키지 못하고 자술서를 썼더라면, 나는 이미 죽은 몸이 되었을 것이다. 그러나 나는 살겠다는 욕망을 버리고, 죽을 각오를 하고 지조를 생명처럼 지켰기 때문에 죽지 않고 살아난 것이다. 그러므로 사람은 항상 정직해야 하고 또 지조를 지켜야 한다는 것을 이 체험으로 더욱 절실히 깨닫게 되었다.

제7장

"공 박사가 미쳤다!"

잊을 수 없는 김석일 대령

유엔군의 인천 상륙으로 수도 서울은 9월 28일에 탈환되었다. 숨어 살던 창백한 얼굴의 텁수룩한 사람들이 여기저기서 거리로 쏟아져 나왔다. 나에게는 공산 치하에서 그저 풀려났다는 정도의 9·28 수복이 아니었다. 죽음에서의 수복이었고, 지옥에서의 탈출이었다. 서울이 점령된 뒤까지도 내 심신 속에서 그 충격과 감동이 꿈틀대고 있었다.

전쟁의 양상은 유엔군의 북진으로 사뭇 달라졌다. 압록강 물로 밥을 지어 먹었다는 부대가 있었고, 유엔군이 두만강 가까이에 다다랐다는 신문 보도도 있었다. 승전고를 들어가며 심신의 긴장을 서서히 풀고 있을 무렵, 난데없이 청천벽력 같은 소리가 들려 왔다. 12월 어느 날 갑자기 중공군이 10만 대군을 이끌고 인민군을 도와 전쟁에 개입하게 되었다는 것이다. 이 같은 의외의 사태에 직면한 유엔군과 한국군은 역공세에 몰려 빠른 속도로 후퇴하게 되었다.

유엔군의 전선은 여지없이 무너지고 말았다. 맥없이 후퇴에 후퇴를 거듭하는 양상으로 바뀌었다. 12월 초에 평양은 다시 인민군 손아귀에 넘어갔다. 정부에서는 서울 시민을 향해 일찌감치 피난을 하라는 권고 방송을 쉴 새 없이 하고 있었다. 정말 어처구니없는 사태가 생기고 만 것이다. 나는 이것저것 앞뒤 가릴 여지가 없었다. 이번에 또 내가 공산당 손아귀에 들어가게 되면 영락없이 제1차 숙청 대상이 될 것은 뻔한 일이었다. 죽게 되어 있는 생명을 구해 주었더니, 도망까지 쳐 버린 악질 반동분자라고 처단할 것이 아닌가. 나는 재빨리 피난길에 나서기로 하였다.

그때 뜻밖에 동향인 군인이 나타났다. 평안북도 벽동읍 사람으로 김석일 대령이었다. 그해 12월 4일, 그는 어디선가 트럭을 몰고 와, 피난 보따리와 함께 우리 가족을 모두 싣고 낯선 부산의 동래 온천장에 내려 주었다. 이리하여 남보다 한 달 앞서 피난 생활을 시작하였다. 김 대령은 뒷날 병원 운영과 사진 촬영에도 많은 도움을 주었다. 정말 잊을 수 없는 은인이다.

동래 온천장에 셋방을 얻어 피난 보따리를 풀었다. 집주인은 이 고장 교회의 담임 목사인 유 목사였다. 큰 집에서 마음대로 뛰어놀며 살아왔던 우리 애들이 피난살이가 무엇인지 셋방살이가 어떤 것인지 알 리가 없었다. 눈치도 없이 제집처럼 뛰어놀며 장난질을 해대는 것이었다. 마치 친척집에라도 놀러 온 기분으로 환경 변화를 즐기고 있었다. 전쟁 피난살이도 모르고 잘 놀기만 하는 동심이 오히려 다행이란 생각이 들기까지 했다. 어른들처럼 이 눈치 저 눈치 볼 것도 없고, 주눅이 들지도 않았다. 애들이 많은 집의 피난민 생활이란 그리 수월한 것이 아니었다. 난리 때는 무자식이 상팔자란 속담의 뜻이 그럴싸하게 생각되기도 했다. 애들이 집주인에게 짜증스러운 일도 많이 저질렀다. 면구스러운 때가 한두 번이 아니었다. 어떤 때는 장난질하다가 문짝을 넘어뜨려 부수어 놓기도 하였다. 하루하루 피난살이가 조심스럽기만 했다. 전황은 예측 불허의 양상으로 변해 가고 있었다.

1951년 1월 4일, 또다시 서울을 인민군에게 빼앗겼다는 소식이 들려왔다. 언제까지나 이런 상태로 막연하게 수복할 날만 기다릴 수는 없는 일이었다. 그런 때 내 친지인 배기호(내과 의사) 박사가 찾아왔다.

"이왕 피난 생활을 하게 되었으니, 이제 좀 느긋하게 직장을 갖고 사는 것이 어떻겠어요?"

자기는 이미 진해 해군 병원에서 일하고 있다고 했다. 나는 배 박사를 따라나섰다. 진해의 해군 병원에 가기 위해 배를 타고 진해로 갔다. 결국 나는 진해 해군 병원에서 안과 환자의 진료를 맡았는데, 군의관의 길을 택하지 않고 문관으로 봉사만 하기로 했다. 나는 공산 치하에서 기적적으로 목숨을 건진 몸이니, 이제부터는 모두 덤으로 산다는 고마운 마음으로 봉사하며 살고 싶었던 것이다. 일선 장병들을 위해 내가 할 수 있는 인술을 바치고 싶었을 뿐 돈벌이할 생각은 조금도 없었다. 그래서 나는 봉급도 없는 봉사를 하고자 배를 타고 진해로 갔다.

배는 흔히 보는 큰 똑딱선 같은 것인데, 가끔 엔진이 꺼지기도 하고 인원이 초과되기도 했다. 나는 센 바람에는 휘청거리기도 해 결국 빈 오렌지 깡통 큰 것을 여러 개 구해서 구멍을 일일이 납땜으로 막고, 광목 전대에 넣어서 허리에 차고 다녔다. 그런 걸 본 주위 사람들은 모두 "뭘 그렇게까지 야단스럽게 굴지" 하고 놀려대곤 하였다. 우스꽝스러운 사람을 다 본다는 투로 냉소하는 이도 있었다. 그러나 사실 배에는 비상사태를 위한 장비가 하나도 눈에 띄지 않고 요행수로만 운항하는 것 같았다. 물론 구명대라곤 하나도 없었다. 비상시의 보안이 이렇게 무방비 상태였으니, 내가 보기에도 빈 깡통 전대를 옆구리에 차고 다니는 해괴망측한 사람이 될 수밖에 없었다.

얼마간 세월이 지난 뒤, 나는 이 같은 위험한 통근을 계속할 수가 없어 아예 가족들을 데리고 진해로 이사를 하고 말았다. 그런데 어느 날 신문을 보니, 진해로 향하던 배가 풍랑을 만나 침몰한 대사건이 생겼다. 눈이 휘둥그레져 신문을 자세히 보니, 바로 내가 깡통 전대를 차고 부산과 진해를 매일 왕래하던 그 연락선이었다. 인원 초과에다가 엔진 고장을 일으켜 한꺼번에 수백 명이 다대포 앞바다에서 목숨을 잃은 것이다. 이 사건으로 내 동서도 죽었고, 잘 아는 유한양행의 사장도 희생되었다. 위험을 미연에 방지하는 안전 문제에는 너무나 백지였던, 바로 그 무관심이 수많은 생명을 죽인 것이다. 내가 유별나게 구명대를 손수 만들어 허리에 차고 다니며 스스로 목숨을 돌보게 해 준 분은 하느님이라고 생각한다.

아무리 전시라고는 하지만, 허술한 보안으로 생명을 다루는 우리가 처한 환경이 안타깝기만 했다. 오죽했으면 구명대 하나 없는 것을 보고 내가 커다란 빈 양철 깡통을 땜질해 구명대처럼 고안해서 전대처럼 허리에 감고 다녔을까. 죽은 내 친척이나 친구가 비웃지 말고 내 흉내라도 냈더라면 죽음만은 면했을 터인데 하는 안타까운 생각이 들기조차 하였다.

인간의 생명은 언제 어떻게 될지 모르니 안전을 위해 예방할 줄 알아야 한다. 그런 사람을 문명인이라고 하는 것이다. 자기의 생명을 가장 소중하게 여길 줄 아는 사람이 남의 생명도 소중히 다룰 줄 아는 법이다.

손원일 장군과 최현배 박사

내가 동래에 피난 가서 살고 있을 때, 해군 참모총장인 손원일 제독이 '공병우를 찾는다'는 신문 광고를 보았다는 사람이 있었다. 나는 머리를 갸우뚱, 의아해 하면서 손원일 제독을 찾아갔다.

"제독님! 무슨 일로 저를 찾으십니까?"

전쟁이 한창일 때 해군 참모총장이란 막중한 직책을 가진 분이 해군과는 별 인연도 없는 안과 의사를 왜 찾는 것일까 궁금하기 짝이 없었다.

"예, 제가 공 박사를 뵙자고 한 것은 작년에 저에게 보여 준 한글 타자기 때문입니다. 그 뒤 어떻게 되었나요?"

그는 곧바로 새로 발명한 한글 타자기에 대해 자초지종을 묻는 것이었다. 너무나 뜻밖이었다. 나는 그 자리에서 사변 전에 미국의 언더우드 회사에 한글 타자기를 제작 의뢰한 이야기며, 또 시제품이 사변 직전에 도착한 이야기, 그 뒤 전쟁으로 미국 언더우드 회사와는 소식이 끊어진 채로 있다는 이야기 등을 소상하게 말했다. 뜻밖에도 그분은 군사 원조 물품으로 내 타자기를 수입하겠다고 했다. 나는 너무 기뻤다. 발명은 해 놓지만, 누구 하나 관심조차 갖지 않았고 글자 모양이 들쑥날쑥 무슨 빨랫줄에 빨래 늘어놓은 것 같다는 둥, 어쩌고저쩌고하며 타박만 일삼던 일반 지식층들의 전쟁 직전 모습과는 너무나 대조적이어서 어리둥절할 수밖에 없었다. 공산 치하에서는 내가 발명한 타자기의 설계도를 만들어 내라고 강제로 조른 적이 있었는데, 그것도 틀림없는 한글 기계화에 대한 관심 표명이라고 할 수 있다. 북한의 고위간부로 있던 한글학자 김두봉 선생이 남한에 한글 타자기가 발명되었다는 소식을 미국 신문을 통하여 알고, 한글 타자기의 설계를 만들어 내도록 지령을 내렸다는 설이 있다. 그러나 그것이 사실이라 하더라도 어디까지나 나를 총칼로 감시해 가며, 말하자면 발명가인 과학자를 공포 분위기에 몰아넣고 한글 기계화에 관심을 보인 것이니, 한글 타자기의 설계가 제대로 될 리가 없었다.

먼저 해병대에 한글 타자기를 군수품으로 받아, 타자 교육을 시작했다. 그때 한국 해병대는 미 해병대에 편입되어 있어서 모든 장비가 미 해병대와 똑같이 지급되던 때였다. 손원일 제독은 내 말을 듣고 나서 곧 미 고문관을 통하여 군사 원조 물품으로 들여오게 한 것이다. 6 · 25 직전에 손 제독에게 내가 만든 한글 타자기를 보여 주었을 때, 그분은 다른 분들과 달리, 타자 속도가 빠르다는 점에 깊은 관심을 가지고 훌륭한 발명이라고 칭찬한 적이 있었다. 그때 나는 손 제독이 타자기의 생명이 속도에 있다는 사실을 분명히 아는 분이라고 생각했다.

한글 타자기가 수입되자마자 해병대 사령부로부터 내게, 한국 해병에게 한글을 타자하는 강습을 시켜 달라는 요청이 왔다. 내 한글 타자기 개발에 도움을 주던 이임풍 님이 해병대에 가서 두 달 동안 교육을 했고, 또 우리 집에서 타자기를 쳐 버릇했던 내 큰딸 영일이가 가르치기도 하였다. 훈련도 집중적으로 하게 되니, 군인들이라 그런지 얼마 안 돼서 훌륭한 타자수가 많이 속출하게 되었다. 타자수들은 해병대 사령부를 비롯해 해병대 예하 부대의 각 행정 사무 요원으로 활약하게 되었고, 마침내는 이들이 타자 강습을 하는 전수 교육의 강사가 되기도 하였다. 난데없이 전쟁 가운데 타자기 바람이 불어 사령부 사무실에서는 물론, 일선 전투단 본부 막사에서, 일선 산야 전투부대의 천막 속에서 타자 치는 소리가 포화 소리 속에서도 메아리치기 시작했다.

나는 요즘 《미스터 타자기》란 영문 책을 보고 전쟁이 났을 때 타자기의 위력이 어떤 화력의 포탄에 못지않게 엄청난 역할을 한다는 사실을 알았다. 전쟁 가운데서도 손원일 제독이나 미 해병대 측에서 현명하게 용단을 내려 타자기 수입을 감행하였다는 사실을 알게 되었다. 포크 씨가 쓴 《미스터 타자기》라는 책에는 제2차 세계대전 때의 이야기를 아래와 같이 기록하였다.

"2차 전쟁 때 타자기가 움직이지 않았더라면 전쟁은 중단될 수밖에 없을 지경이었다 (……) 모든 폭격기는 반드시 한 대의 타자기가 비치되어야

하고, 실전 함대의 각 전함은 59대의 타자기가, 각 순양함은 35대의 타자기가, 항공모함은 55대의 타자기가, 구축함은 7대의 타자기가 각각 설치되어 있어야만 움직일 수 있었다.”

타자기를 발명한 나 자신도 이를 사무 능률화의 도구, 문필가에게 필요한 문명의 이기 정도로만 여겨 왔을 뿐이었다.

그런데 우리나라에서도 타자기를 화약 무기에 맞먹는 1급 전략무기로 6·25 때 이미 잘 활용한 셈이다. 군에서의 이 같은 움직임은 일반 사회에도 영향을 미치게 되어 마침내 한글 타자기는 중요한 사무 기계로 등장하게 되었다. 우리도 타자기를 가진 문명국의 사람이란 긍지를 갖게 하는 분위기가 연기가 가득하고 화약 냄새가 진동하는 군대 막사에서 일게 되었다.

그 당시 임시정부는 부산에 있었다. 문교부도 부산의 도심 한가운데인 국제시장 부근의 어떤 절간에서 업무를 보고 있었다. 그런데 그 무렵의 문교부 편수국장은 유명한 한글학자 최현배 박사였다. 그분 역시 한글 타자기의 발명이 얼마나 혁명적인 일인가를 아는 선각자였다. 말끝마다 “우리나라도 하루바삐 집집마다 다듬이 소리처럼 타자하는 소리가 들려 와야 문명국이 될 수 있다”고 강조하면서 한글 기계화의 필요성을 외치던 분이었으니, 속도 타자기 발명을 누구보다 더 환영하였다. 아니, 최 박사는 전쟁 가운데서도 한글 타자기 경연 대회라고 하는 생소한 문화 행사를 피난지인 부산 공회장에서 열기도 하였다. 이는 최 박사 아니고는 도저히 상상도 못할 행사였다. 물론 이때에는 해병대의 협조를 얻어 해병대의 타자수들이 출전하여 대회를 빛낼 수 있었는데, 이것은 한글 기계화에 대한 관심을 사회에 크게 불러일으키는 귀한 계기가 되기도 하였다.

수복 후 훨씬 뒤의 이야기이긴 하지만 나는 이분의 한글 기계화에 대한 대단한 관심에 마음이 끌려 한글학회에서 ‘한글기계화연구소’를 설립하고 《한글 새소식》을 창간하도록 후원도 하고, 경기도 안성에 있던 내 전답 4만여 평을 기증하기도 했다.

전쟁이 끝난 1970년대, 그분이 아깝게도 돌연 심장마비로 세상을 떠나셨다. 한글학계의 거성일 뿐 아니라 한글 기계화에 대해 남다른 선각자적인 뜻을 가지신 분이 하루아침에 세상을 떠난 것은 한글 기계화 운동에도 큰 손실이고 큰 충격이었다. 그것도 한글 기계화에 관련된 스트레스로 세상을 하직하였다는 설까지 있었으니 더욱 안타까운 일이 아닐 수 없다.

최 박사가 사단법인 한글 기계화 연구소 소장이란 책임을 지고 계실 때의 일이다. 어떤 사무 요원이 말했다.

"사회에서 흔히 하는 방식대로 당국으로부터 연구비를 효율적으로 타내기 위해선 관리들에게 돈을 좀 먹여야만 합니다."

최 박사에게 사회악과의 타협을 건의하였다는 것이다. 그때 풍조로 보아 연구 운영을 원활하게 하기 위한 사무 책임자로서는 남들이 하는 식대로 뇌물을 바쳐 가며 연구비를 타도록 해야만, 목적을 달성할 수 있다는 것이 당연한 제안이었을지도 모른다. 그러나 대쪽처럼 곧은 최 박사의 성격으로는 도저히 용납할 수 없는 일이다. 세상이 아무리 다 썩어 빠지고 관리들이 타락했다 해도 나는 그럴 수가 없다고 단호하게 거절을 했다는 것이다(당시 한글 기계화 연구소의 이사로 있었던 신태민 선생은 직접 최 박사로부터 이 내용을 들었다고 한다).

그런데도 또 집요하게 그 사무직원이 말했다.

"세상이 다 그 꼴로 되어 가는데 우리만 고고한 체 이러다가는 한글기계화연구소는 연구 지원을 못 받게 되고 끝내는 살아남지 못합니다."

사무직원의 이 같은 위협에도 최 박사는 이렇게 말했다.

"뇌물을 바쳐 가면서까지 연구비를 받아 한글기계화연구소를 이끌 생각은 없다."

몹시 격분한 어조로 단호하게 일축한 뒤, 그만 자리에 누우신 지, 사흘 만에 돌아가시게 되었다는 것이다. 나는 그 진위를 지금 확인할 수는 없다. 다만 최 박사의 운명에 대해 세상이 떠돌고 있는 이 같은 사망설이 틀림없을 것이라고 짐작할 뿐이다. 평소 나는 최 박사가 나라를 사랑하는 곧은 마음과 훌륭한 인격의 소유자임을 잘 알고 있다. 그래서 이 같은 사망설이 전혀 근거 없는 소리는 아니겠다는 생각이 든다. 내가 평소 존경하여 마지않는 저명한 한글학자가 한글 기계화 연구를 깨끗하게 지키고 살리려다가 군사독재의 썩은 물결에 오히려 안타깝게 휩쓸려 돌아가신 듯싶어 통탄을 금할 길이 없다.

특히 나는, 최 박사가 문교부 편수국장으로 계실 무렵, 피난 땅 부산에서 한글 타자기의 경연 대회를 개최하여 한글 기계화에 크게 공헌한 사실은 정말 잊을 수 없다. 대한민국 천지에 불과 몇 사람밖에 없는 타자수들을 대상으로 국가적인 행사를 치른 것이니, 한글 기계화에 대한 신조가 어떠한 분이었던가 가히 짐작할 수 있는 일이다. 군에서나 민간에서나 한글도 선진국처럼 타자기로 글을 찍을 수 있다는 바람을 전시하의 국민에게 경연 대회를 통해 일으킨 사실은 문화 충격을 준 역사적인 중대 사건이 아닐 수 없다. 그때 열린 타자 경기 대회의 기록이나 사진을 지키지 못한 것을 나는 후회한다. 만약 그 당시 신문에 기사 발표가 되었다면 지금도 그 자료를 얻을 수 있을 것으로 믿는다. 나는 전쟁 중에도 한글 타자기를 빛낸 손원일 해군 제독과 최현배 박사를 영원히 잊을 수가 없다.

미국은 장님들의 낙원

미국의 언더우드 타자기 회사는 전쟁을 겪고 있는 한국땅에서 한글 타자기를 대량 제작 주문하는 것을 보고 놀란 듯하다. 언더우드 회사는 내 타자기의 시제품을 만들어낸 회사이기도 하지만, 미국에서도 이름난 세계적인 타자기 회사이다. 연세대학교를 설립한 계열의 회사인만큼 한국과는 인연이 깊은 회사라고도 할 수 있다. 이 언더우드 타자기 회사가 나에게 '아직도 몇 군데 기술 면에서 수정을 해야 할 제작상의 문제도 있고 하니 급히 미국에 와 달라'면서 초청장을 보내 왔다. 나는 곧바로 출국 수속을 밟고 피난지인 부산에서 군용기 편으로 미국으로 갔다. 그 무렵에는 제트기도 없는 때여서 프로펠러 비행기로 36시간이나 걸려 미국엘 갔다. 남들은 대부분 배를 타고 한 달 이상 걸려서 미국에 가던 시절이었는데 비행기 편을 이용할 수 있는 것만 해도 확실히 특혜였고 행운이었다.

나는 뉴욕 맨해튼에 있는 한인 교회에 머물면서 한글 타자기를 연구하였다. 언더우드 회사와의 특허권 양도 문제는 순조롭게 풀리지 않았다.

나는 마침 미국에 온 김에 미국의 안과 의학계의 상황을 면밀하게 시찰해 보고 싶었다. 아니 오히려 견학이라는 표현이 적절할지 모른다. 보고 듣고 하는 모든 것이 나에게는 공부였고 배우는 것이었다. 그 가운데서도 내가 아주 감명받았던 점은 장님들(맹인이란 한자 말을 써야만 존경하는 뜻이 되고 장님이라고 하면 경멸하는 것으로 착각하는 이들이 꽤 많다. 장님이란 순수한 우리말이 예부터 오히려 높임말로 써 왔을 뿐 아니라 이 말은 좋은 우리말이기에 나는 맹인이라는 말보다 장님이라는 말을 즐겨 쓴다.)을 위한 재활 시설과 봉사 활동이었다. 장애인에 대한 일반 사회인의 자세부터가 달랐다. 장님을 아침에 만나면 재수가 없다고 스스럼없이 침은 퉤퉤 내뱉는 우리나라의 수준이 부끄럽게 여겨졌다.

안과 의사인 나 자신부터 그동안 실명자에게 크게 도움을 주지 못하였으니, 죄인 같은 기분이 들었다. 미국에서는 장님이 된 사람이 희망을 잃지 않도록 갖가지 재활 프로그램이 다양하게 개발되어 있었다. 전문가들뿐 아니라 일반 사회인까지도 협동하여 하나의 사회운동처럼 봉사 운동이 번지고 있었다. 그래도 한국땅에서 장님들에게 먼저 관심을 가져야만 할 안과 의사인 내가 과연 어떻게 장님을 대해 왔는가를 생각하면서 깊이 반성하였다.

그 무렵 실명하게 된 환자가 시골에서 논밭 다 팔아서 서울의 안과 의사를 찾아오는 일이 허다했다. 그러나 진찰 결과 희망이 없는 환자로 판정되면, 그야말로 속수무책이어서 손을 툭툭 털고 별 도리가 없다는 선언만 하는 것이 고작이었다. 말하자면 절망을 선언한 것이나 다름이 없었다. 절망 선언을 들은 환자는 통곡하기도 하고, 심한 충격으로 자살 소동을 벌이기도 하였다. 소경 보면 재수 없다는 한국의 낮은 문화 수준 때문에 한국의 장님들에게 이중 삼중으로 고통을 준 가해자 측에 나도 섞여 있다는 자책이 앞섰다.

미국에서는 그리스도 정신이 어지간히 출렁대고 있는 것으로 느껴졌다. 더욱이 장애인을 위한 마음씨는 우리나라처럼 "병신 육갑하네!" 식의 모멸이 아니라, 모두가 불구자를 돕는 마음과 실천하는 자세를 지니고 있는 것 같았다. 신체장애자를 사랑과 봉사의 정신으로 대하는 미국 시민들의 마음씨가 여기저기서 똑똑히 보였다. 그 바람에 나는 사랑의 세계를 볼 수 있는 안목이 생긴 셈이다. 안과 의사들이 환자가 실명한 뒤에도 마음 편하게 살 길을 찾아 주고, 위로해 주고, 도와주는 것을 배운 것이다. 그리고 길거리에서까지 장님들에게 도움이 되는 시설이 눈에 많이 띄었다. 과연 미국은 장님들의 천국인 듯하였다. 나도 한국에 가면 장님들을 위한 봉사를 해야겠다는 결심을 했을 정도로 큰 자극을 받았다.

원래는 3개월 예정한 미국 여행이었지만, 하나라도 더 보고 배우고 싶은 욕심이 생겨 결국 1년 6개월 동안을 머물며 각계각층과 사회 구석구석을 살피면서 여러 가지를 꼼꼼하게 공부했다.

부산 피난 당시 하도 여러 사람한테 신세를 많이 졌기 때문에 기회만

닿는다면 '그분들께 조금이라도 은혜를 갚았으면' 하는 마음을 갖고 있었다. 어느 날 뜻하지 않은 손님을 맞이하게 되었다. 피난 때 톡톡히 신세를 진 이약신 목사님이 마침 뉴욕에 오신 것이다. 내가 미국에서 객지 생활을 할 때 나타나긴 했지만, 그래도 나는 피난살이의 은인 이약신 목사님을 낯선 외국 땅에서나마 만나게 된 것이 너무 기뻤다. 서로 외로운 낯선 땅이지만 감사의 뜻을 표할 수 있게 된 것이 다행이라 생각했다. 은혜를 조금이라도 갚게 되는 듯한 느낌이 들었다. 이약신 목사님도 미국에서 부산 피난민이었던 나를 만나니 무척 반가워했다. 나도 객지 생활을 하는 몸이라 마음만 간절했지 무슨 유별난 대접을 할 형편은 못 되었지만, 관광을 시켜 드렸다. 저녁을 대접하고 '시네라마'라는 영화관으로 모시기로 하였다. 그때 미국에는 시네라마 스크린이라고 하는 요란한 영사 방법이 새로 개발되어 구경꾼들의 얼을 빼앗고 있을 때였다. 그런 것이 처음으로 등장한 때여서 아주 색다른 대접이 될 것이란 생각이 든 것이다. 그는 내 서비스를 사양하였지만 내 간청에 못 이겨 결국 시네라마 스크린의 웅장한 화면을 구경하게 되었다. 이 목사님도 과연 경이로운 경험이었다고 했다. 지금 그 영화의 제목이나 줄거리는 전혀 기억나지 않지만, 무대를 꽉 메운 그 커다란 반원형 스크린에 영사된 입체적인 시네라마 화면은 아직도 눈에 선하다. 더욱이 입체적인 음향 효과의 영화를 시청한 일은 난생 처음이었던 만큼 잊을 수가 없다. 이 시네라마는 1952년 9월에 처음으로 뉴욕에서 선을 보인 것이라 하니 나와 이 목사님은 개발 초기에 구경한 셈이다. 내가 품고 있던 이 목사님에 대한 고마운 마음을 이때 조금이라도 표시할 수 있어 다행이었다. 결국 나는 예정보다 훨씬 긴 1년 6개월이란 기간을 보람 있게 보내고 귀국하였다. 그 뒤 1957년도에 또다시 미국을 방문한 적이 있었다. 두 번째 여행이긴 했지만 역시 계속해서 익히고 배울 것이 많았다. 그때 이야기도 몇 토막 하고 넘어가야겠다.

하와이에 퍼뜨린 쌍꺼풀 수술

하와이 땅에 도착하자 나는 미국 안과 학회 총무인 홈스 박사를 만났다. 홈스 박사는 환자를 받는 의사 생활을 하면서 세계 안과 학회의 살림을 맡는 총무 일을 보고 있었다. 그렇게도 바쁜 분이 자기 부인으로 하여금 나에게 하와이 구경까지 시켜 주는 친절을 베풀어 주었다. 홈스 박사는 나에게 뜻밖의 말을 했다.

"공 박사님, 대단히 미안한 부탁이지만, 쌍꺼풀 수술을 희망하는 환자에게 시술을 해 줄 수 있겠습니까?"

너무나 뜻밖의 부탁이었다. 홈스 박사는 내가 한국에서 쌍꺼풀 수술을 여러 사람에게 해 주었고, 부작용도 없다는 소문을 이미 들었던 모양이었다. 나는 홈스 박사의 부탁을 쾌히 승낙하고 거뜬히 수술해 주었다. 내가 하와이에서 미국 환자의 눈을 수술해 준 것은 확실히 즐거운 추억거리로 남게 되었다. 인술도 국경이 없이 베풀 수 있구나 하는 것을 실감했다. 그러고 보니, 하와이에서 내가 쌍꺼풀 수술을 최초로 한 셈이다.

홈스 박사의 부인은 손수 차를 몰고 와서 나를 태우고 여기저기 안내해 주었는데, 그게 너무나 부럽기만 하였다. 물론 한국에 있을 때 나도 운전을 배워야겠다는 생각으로 운전 교육도 받고, 운전면허 시험을 치른 경험도 있기는 했으나 두 번이나 낙방했다. 그런데 부인이 저렇게 손수 차를 운전해 가며 일을 능률적으로 처리하는 것을 보니 꼭 운전을 해야겠다는 욕심이 생겼다. 나는 미국 본토에 도착하자 예정된 일을 해 가며 운전 학교에 등록하여 자동차 운전 공부부터 시작하였다.

한국 땅에서는 의사가 손수 운전하고 다니는 일이 없던 시대다. 일반 자가용을 갖고 있는 사람이야 있었지만 모두 운전기사를 채용해 차를 타고 다녔다. 그러나 나는 아무리 인건비가 싼 나라라고는 하지만 내 손으로 운전하며 차를 타고 싶었다. 운전 교육을 받는 과정에서 많은 것을 배웠다. 한국에서 운전 교육을 받을 때 전쟁 중이기도 했지만 고철 같은 헌 차로 교육을 받았다. 그런데 미국에서는 초보자에게 오히려 성능 좋은 새 차로 가르치는 것이었다. 운전이 서툰 사람이 새 차를 망가뜨리면 어쩌나 하는 우리 생각과는 반대였다. 서툰 사람이기 때문에 좋은 차로 안전하게 배울 수 있게 해 준다는 발상 같았다. 그리고 한국에서는 운전 학습 때마다 귀가 아플 정도로 "조심해요, 조심해"라고 했는데, 미국에서는 운전 교사가 "걱정하지 말고 달려라"를 연발하는 것이었다. 그래서 나는 그러다가 사람을 죽이든가 가게를 들이받으면 어떻게 할 것인가? 하고 물었다. 운전 교사는 보험을 들었으니까 조금도 걱정하지 말고 마음 놓고 달리라는 것이었다. 나중에 안 일인데, 운전 교습 때에는 내가 혹시 잘못하는 경우에는 옆에 타고 있는 교관이 자기 쪽에 달린 보조 브레이크를 밟아 주는 것이었다. 이렇게 마음 놓고 운전 공부를 할 수 있도록 돕는 것이 참 인상적이었다. 운전면허 시험도 그렇다. 시험관은 한 사람이라도 더 낙방을 시키려는 것이 아니고, 웬만큼 구비 조건만 갖추면 합격을 도우려는 사람들이었다. 우리의 사정은 시험관이 너무나 도도하게 굴면서 이 트집 저 트집을 잡는 일이 보통이었다. 마치 낙방을 시키려고 시험을 치르게 하는 인상마저 들었다. 그런 때였던 만큼, 미국 시험관들의 서비스가 마냥 놀랍기만 하였다. 나는 결국 두 번 낙방을 한 뒤, 세 번째 도전에서 미국의 운전면허를 얻을 수 있었다. 그리고 나는 곧바로 6기통 앰뷸런스 새 차를 주문해 한국에 보냈다. 그리고 우선 그 차를 미국인들이 한국에서 벌이고 있는 장님 지원 클럽에 빌려주어 쓰도록 하였고, 내가 귀국한 뒤에는 서울 강동구 천호동에 맹인재활센터를 만들어 이 앰뷸런스를 직접 운전하며 일을 보았다. 나중에는 결국 전국 순회 무료 진료 때도 이 앰뷸런스를 끌고 다녔으니, 참으로 운전면허 취득은 내 바쁜 생활에 커다란 변화를 일으킬 수 있는 전환점이 되었다.

변소를 목욕탕 속으로 옮겨 놓으니

이처럼 미국에서 바쁜 일정을 보내면서도 나는 어디에 매이지 않고 친지도 만나고 물질문명의 번영의 비밀을 안팎으로 뒤지고 캐면서 열심히 미국의 실상을 견학하였다. 이때 얻은 정보와 깨달음으로 귀국 후 곧바로 나는 생활 개선과 무료 순회 개안수술을 행동으로 옮겼다.

이때, 나는 집 밖에 있던 변소를 수세식으로 고쳐 집 안 목욕탕으로 옮겨 사람들의 빈축을 사기도 하였다.

"공 박사가 미국 다녀오더니 미쳐서 집을 온통 뜯어 뒷간을 부엌에 붙은 목욕실로 옮기질 않나, 넘어 다니기에 거추장스럽다고 문지방을 잘라 없애질 않나, 장독대를 때려 부수질 않나, 참 가관이다……."

내 성급한 생활 개선은 장안의 화젯거리가 되었다. 남의 눈병을 올바로 고쳐 주려면, 내 집안 생활부터 편리하도록 만들어야겠다는 생각이 들었다. 한옥의 내장을 양식으로 완전히 고쳐 버렸다. 개조하기 전, 한옥으로 살던 때와 양식으로 사는 생활은 하늘과 땅 차이만큼 달라졌다. 변소가 수세식으로 방 안에 들어왔고, 수돗물은 뜰에 나가서 받아 부엌으로 나르던 것이 부엌에서 줄줄 나오게 되었다. 더욱이 밥상 나르는 과정이 크게 개선되었다. 상을 차리는 곳에서 방 안까지 나르려면 깊은 부엌에서 상을 차려서 일단 마당으로 나갔다가 신발을 벗고 마루로 올라온 뒤, 안방 문을 열고 높은 문턱을 넘어, 안방에 가져다 놓아야만 하였던 것을, 부엌에서 안방으로 직접 들어갈 수 있도록 안방과 부엌 사이에 있는 벽에 구멍을 만들었다. 그동안 물 한 그릇을 나르더라도 밖으로 일단 나갔다가 안방으로 들어가는 비능률적인 운반을 했던 것인데 부엌 먹거리를 손쉽게 안방으로 운반할 수 있게 되었으니, 이에 대해 우선 가정부가 제일 좋아했다.

하루는 내 의사 친구 부부가 소문을 듣고 우리 집을 구경하러 와, 안방식탁에 앉아서 부엌을 내다보더니만 한다는 소리가 "여보게, 저게 어디 부엌인가, 저건 중국 호떡 굽는 곳이지" 하는 것이었다. 좋은 한옥을 다 망쳤다는 투였다. 그 당시 서양식 부엌을 본 일이 없는 사람들은 싱크대를 만들고, 수도 파이프에서 더운물, 찬물이 콸콸 나오게 한 것이 얼마나 편리한지를 전혀 모르는 것이었다.

그 뒤 나는 미국 맹인 협회에 빌려주었던 앰뷸런스를 되돌려 받아 직접 운전하면서 안과 의사가 없는 전국 소도시와 농어촌을 누비고 다녔다. 대한적십자사 후원을 받아 1년 동안 가난한 눈병 환자를 위해 무료 봉사 활동을 장기적으로 할 수 있었던 것도 미국에서 보고 들어 얻은 자각 덕분이었다.

처음에는 인천에서부터 시작하여 서해안 쪽을 먼저 돌았지만, 다음에는 강릉, 속초, 포항 등 동해안 어촌을 순회하였고, 마지막으로 제주도에까지 배를 타고 가서 많은 환자에게 무료 개안수술을 해 주었다. 이렇게 순회를 하던 때, 속초에서는 피곤할 터이니 설악산 구경이라도 하고 좀 쉬었다 가면 어떻겠느냐는 권고를 받았지만 그럴 여유가 없었다. 제주도에서도 관광하고 돌아가라는 권유를 받았지만, 모두 사양했다. 그때 나는 오직 진료에만 온 힘을 기울였다.

'서울의 공 박사가 왔다'는 소문은 순식간에 번져, 가는 곳마다 눈병 환자로 장사진을 이루었다. 서울 본원에서 진료할 때보다 더욱 고된 나날이 계속되는, 그야말로 쉴 새도 없는 강행군이었다. 안과 의사를 처음 본다는 사람이 대부분이었고, 의료 혜택을 받지 못해 아깝게도 실명의 위기에 놓인 환자도 많았다. 현장에서 수술도 하고 치료도 해 주는 순회 진료였다. 이 전국 순회 진료를 하면서 가장 비참하게 느껴진 곳은 제주도였다.

백내장과 트라코마라는 전염성 눈병으로 난리를 겪고 있었다. 약도 주고, 치료도 해 주고 수술도 해 주느라고 다른 지방에 견주어 오랫동안 머물렀다. 그러고도 미흡하여 우리 병원에서 조수로 일하던 한종원(현재 서울 천호동에서 개업 중) 선생을 그곳 적십자 지사에 1년 동안 상주, 봉사하도록 하여 전국 순회 무료 진료에 대한 뜻과 계획을 성취할 수 있었다. 물론 한 선생이 1년 동안 열심히 일을 잘해 주어 무료 봉사의 성과도 컸고, 따라서 1년 동안의 인건비, 약품비, 수술 기구, 재료 등을 모두 지원한 나도 흐뭇하기만 했다. 이는 내가 생각해 봐도 미국 가기 전에는 상상도 못 했던 일이었고, 내 인생관이 크게 바뀐 증거였다.

내 뒤를 이어 공안과 의원을 맡은 둘째 아들 영태가 의사로서 첫 봉사를 위해 6개월 동안 제주도에 가 있다가 온 적이 있었다. 그는 귀환 보고로 나에게 이렇게 말하는 것이었다.

"아버지, 내가 만일 의사가 되어 제주도에 가서 개업한다면 수월하게 성공할 수 있겠어요. 과거 아버지의 무료 진료 봉사를 잊지 않고 고맙다고 말하는 도민들을 많이 만났습니다. 아마 그들은 무료 진료반이 왔다 하면 공안과의 무료 진료 봉사가 머리에 떠오른다나요. 그들이 공안과에 대한 신뢰가 보통이 아니더군요. 그 소릴 들을 때마다 정말 반가웠어요."

아들의 이야기를 듣고 나도 흐뭇했다. 정말 나 자신도 심혈을 기울였던 봉사 작업이었으니 잊을 수 없지만, 아마도 치료를 받았던 수많은 도민도 기억에서 쉬 지워지지는 않는 모양이었다. 내 조그마한 봉사심이 여러 사람의 눈을 뜨게도 해 주었고, 이로 말미암아 많은 사람에게 기쁨을 안겨줄 수도 있었구나 하는 점을 새삼 느꼈다.

또 한편으로는 서울 광나루 다리 건너에 있는 천호동에 국내 최초로 '맹인 부흥원'(뒤에 한국맹인재활센터로 고침)을 만들어 놓고, 실명한 장님들에게 희망을 불어넣어 주는 재활 작업을 펼쳤다. 직접 차를 몰고 이곳을 오가며 맹인들에게 밝은 내일을 기약할 수 있는 기술을 습득시켜 직업을 얻게끔 도왔다. 이것 역시 미국에서 배워 온 정신이 있기에 사재를 털어 할 수 있었다. 그런데 뜻하지 않게 미국의 맹인 협회로부터 "맹인들의 재활 센터를 개인 재산을 털어 만든 장한 일을 축하드립니다. 여기서 1만 불을 지원금으로 보내오니 받아 주시기 바랍니다."라는 요지의 지원금 발송의 통지가 날아왔다. 보건사회부에서 맹인들의 재활을 위한 기관을 만들겠다는 계획을 듣고 실현될 날을 기다리고 있었으나 6년이 지나도록 아무런 기색도 안 보여 나 자신의 모든 부동산을 정리해서 건물과 내부 설비를 갖추어 맹인 부흥원을 만들었다. 건축과 설비는 일본 맹인 라이트하우스에서 근무하던 기무라 씨의 지도를 받아서 했다. 그분이 여러 차례 서울에 와 수고해 준 덕분에 현대식 맹인 부흥원이 완성되었다.

뉴욕에 있는 미국 해외 맹인 재단 직원이 세계를 돌다가 한국에도 들러, 우리 맹인재활센터를 보고 미국에 가져다 놓아 손색이 없겠다고 말하더니, 뉴욕에 돌아가서, 정부에서도 하지 못하는 맹인 재활 기관을 공 박사 개인이 만들어 놓았으니, '하루아침에 하늘의 별이 떨어졌다'고 보고하고 개인 기관을 도울 수 없는 규칙이 있는데도 예외로 취급하고 그해에 1만 불을 보내 준 것이었다. 그러면서 단서를 붙였는데 앞으로는 재단 법인체로 만들어야만 후원금을 보내 줄 수가 있다고 했다. 그러나 그때 박정희 군사독재 정권에서는 부당한 재단 규정을 만들어 놓고 재단을 만들수 없게 제재를 가하는 바람에 그 뒤 후원금을 받지 못하고 말았다. 그러나 해마다 특수 기술자를 보내 주어 수개월씩 맹인 직원에게 훌륭한 교육을 해 주었다. 그들은 개인이 사재를 털어 그같이 훌륭한 재활 센터를 만들어 놓을 줄은 상상도 못 했던 모양이었다.

이 재활 기관에서는 장님들에게 점자와 한글 타자기를 칠 수 있도록 가르치면서 지팡이로 혼자 시가지를 걸어 다닐 수 있는 보행 훈련 방법과 여행도 할 수 있는 방법을 가르쳤다. 한글 타자기를 제작하는 기술을 가르쳐주었다. 그러고는 그들을 타자기 공장에서 일하도록 채용하기도 했다. 실명자의 손놀림은 보통 건강한 사람보다 더 민첩하고 정확하여 우수한 타자수가 될 수 있었다. 나 자신부터 이들을 공안과 접수부 타자수로 일하게도 하고 취직도 알선해 주기도 했다. 가령 공안과에서 당당히 사무원으로 일하고 있는 장님 김종건 씨는 비록 앞도 못 보고 오른팔도 없는 분이지만 한 손으로 타자기를 잘 쳐 전화 내용뿐 아니라 원장에게 전하는 메시지까지도 보통 사람 이상으로 정확하게 잘하고 있다.

나중에 세계적으로 화젯거리가 된 맹인 철학 박사 강영우 씨는 내가 최초에 시작한 맹인 부흥원에 와서 점자와 타자기와 혼자 걸어 다니는 방법을 배운 사람이다. 강 박사는 그의 자서전에서 맹인 부흥원 시절을 회상하면서 새 희망의 길이 트인 계기가 되었다고 밝혔다. 그는 내 타자기로 공부하여 연세대학교도 수석으로 졸업했고, 미국에 가서도 타자기와 함께 지내면서 박사 학위까지 딸 수 있었으니 본인의 초인적인 노력도 노력이지만, 공병우 타자기의 힘도 크게 작용한 것이 틀림없을 것이다.

돈이 끊임없이 들어가는 맹인 재활 사업이긴 했지만, 어쨌든 나는 보람 있는 봉사 기관으로 생각하고 밀고 나갈 수 있었으니 미국에서 얻어 온 선물치고는 가장 고귀한 선물인 '봉사 정신'을 실천으로 옮기게 된 것이 고맙기만 했다.

요즘 보면 봉사나 서비스란 간판을 크게 내걸고 교묘하게 돈을 챙기는 이들을 간혹 보게 되는데, 봉사는 돈 욕심을 개입시키면 안 된다. 심장병 환자를 돕는답시고 재벌로부터 엄청난 돈을 기부 받아 챙긴 권력층 부인의 작태로는 봉사 활동이 안 되는 법이다. 내가 미친 사람처럼 봉사 활동을 할 때 봉사 정신을 깨닫지 못하고 불평하던 간호사나 의사들이 몇십 년 지난 뒤에 찾아와 지금이라도 할 수 있다면 그 같은 활동을 자기네도 하고 싶다고 실토하기도 했다.

이 밖에도 내 처지에서 활기 있게 사회에 봉사하고 나라에 봉사할 길을 물색하면서 실천에 옮겼다. 전쟁 통에 눈을 잃은 사람이 많아 의안이 많이 필요했다. 그러나 그때만 해도 안과 병원에서는 의안을 일본에서 수입해다가 쓰는 형편이었다. 그것을 나는 직접 국산으로 만들어 사용하게 했다.

한국에선 내가 처음으로 콘택트렌즈를 미국에서 도입하여 계몽에서부터 시술까지 했는데, 그것도 나중엔 한국에서 개발하여 국산 콘택트렌즈를 사용할 수 있도록 보급했다. 내가 처음 콘택트렌즈를 도입할 때에는 "공안과에서 성한 눈을 망가지게 하는 렌즈를 눈에 넣어 준다"고, 대다수 안과 의사와 안경원을 경영하는 이들의 반발과 모략과 중상을 받았다.

마치 백인제 박사가 한국에서는 처음으로 수혈을 시작할 때, 많은 사람으로부터 심지어는 신문사에서까지도 사람의 생명과 같은 귀중한 피를 뽑아, 다른 사람에게 넣어 준다는 것은 인도 정신에 어긋나는 일이라고 공박을 받은 것과 다름이 없다.

한글 타자기의 전성 시대

나는 한글 타자기의 국산화를 꾀하면서 국내 최초로 한글 활자를 개발하는 일도 펼쳤다. 정밀을 요하는 한글 타자기의 활자는 그때까지만 해도 서독이나 스위스에서 수입해 쓰고 있었다. 나는 타자기의 한글 자모를 만들고자 국내 최초로 한글 활자부터 국산으로 개발하여 타자기 활자를 만들었다. 이 개발로 말미암아 국산 한글 타자기의 제작도 가능하게 되었다.

부산에서 혼자 서울로 돌아와 나는 공안과 병원 재건에 힘썼고, 자리가 안정된 뒤에 가족도 상경했다. 그리고 미국도 다녀와 활기찬 의사로서의 활동을 펼치고 있을 때였다. 그러던 어느 날 국방부에서 연락이 왔다. 육해공군이 합동으로 타자 훈련을 받을 학교를 설치하게 되었는데 거기서 가르칠 타자 교관을 먼저 훈련해 달라는 것이었다. 나는 쾌히 승낙을 하였다. 바쁜 생활 속에 또 한 가지 일이 늘어난 셈이다. 각 군에서 뽑혀 온 15명의 군인에게 내가 직접 타자 교육을 했다. 효율적인 교육 성과를 올릴 수 있었다. 군 생활의 한 과정이었기 때문에 규칙적으로 할 수 있었다. 밥만 먹으면 타자 연습을 강행하는 식으로 군에서 짜 온 시간표에 따라 진행했다. 교육을 마치고 난 15명은 곧바로 경상북도 영천에 설치된 3군 합동 타자 훈련 학교의 교관으로 배속되어 전군의 타자수 양성의 임무를 수행하였다.

내가 필라델피아에 있을 때 그 당시 타자 교육을 나한테 직접 받은 15명 가운데 한 사람이라면서 찾아온 중년 부인이 있었는데 무척 반가워 한동안 옛일을 즐겁게 회고한 일이 있었다. 그는 여군 출신의 타자수 교관으로 활약하다가 제대한 뒤 국제결혼을 하여 필라델피아에 왔다는데, 회계사 직업을 갖고 산다고 했다.

몇 달 안 가 전 군의 행정은 타자기 일색으로 변혁되었다. 국방부나 각 군의 본부는 물론 일선의 텐트 속에서까지 타자기 소리가 요란하였다. 그리고 그 무렵에 새로 창설된 여군에서는 주 업무가 타자수 양성이라고 할 만큼 타자에 중점을 두었는데, 각 군의 행정 분야에서는 여군 타자수들을 크게 환영하였다. 군대 행정의 생명은 신속과 정확에 있다. 타자기가 군에서 크게 붐을 일으키게 된 까닭은, 펜으로 일일이 쓰는 것보다 속도가 매우 빠르다는 것과 또 펜으로 쓸 때는 사람마다 글씨가 제멋대로여서 잘못 읽기가 쉬운 법인데 타자로 치면 휘갈겨 쓴 흘림 글씨를 읽느라고 애를 먹는 일이 없기 때문이다. 그리하여 타자기는 환영 받을 수밖에 없었다.

타자기 열기가 뜨겁게 번져 나가고 있을 무렵, 난데없이 찬물을 끼얹어 제동을 거는 사람이 나타났다. 1957년에 육군 참모총장이 된 백선엽 장군이다. 백 장군은 한글로만 작성된 공문은 한자가 없으니 읽기가 불편하다면서 한자 혼용에다 펜으로 써서 올리라고 했다는 것이다. 이런 소리가 들리기 시작하자 상관의 눈치에 예민한 육군 안에서는 갑자기 타자기 열기에 비상이 걸린 듯 멈칫하고 말았다. 그러나 다행히도 이승만 박사가 한글만 써야 한다는 한글날 담화를 발표하자, 다시 한글만으로 공문을 쓰게 되어 타자기도 다시 제힘을 발휘하게 되었다. 이렇게 각 군에서 활발하게 타자기를 잘 이용해서 행정 처리를 능률적으로 할 수 있게 되자, 정부의 다른 부서에서도 타자기에 관심을 갖기 시작하였다. 여러 부서가 눈치만 보던 가운데 외무부가 국방부의 뒤를 좇아 타자기로 사무 처리를 하게 되었다. 나중에는 체신부는 물론 내무부, 법무부 등 타자기를 쓰지 않는 부서가 없을 정도로 타자기를 많이 활용하였다.

자유당 말기에 미국의 대외 원조 기관인 경제조정관실(Office of the Economic Coordinator)의 교육부장 우드(Wood) 박사는 일류 상업학교에 그 원조금으로 한글 타자기 30대와 영어 타자기 30대를 각각 교재로 기증한 적이 있었다. 그렇게 타자기를 나누어 주고 활용하도록 권고해도, 대부분 학교에서 영어 타자기만 교육을 하고, 한글 타자기는 창고에 처박아두고 사용하지 않았다. 한글 타자기는 인기가 별로 없었다. 당시, 봄과 가을에 두 차례에 걸쳐 영어 타자기 경기 대회는 열렸지만, 한글 타자기 경기 대회는 없었다. 그러니 영어 타자기에 대한 타자 기록은 있어도 한글 타자의 기록은 없었다. 이처럼 한글 타자기는 거저 줘도 거들떠보지 않을 만큼 무관심한 시절이 있었다. 그러던 것이 5 · 16 쿠데타 뒤, 갑자기 각 관공서에서 너 나 할 것 없이 타자기를 활용하는 새로운 세상으로 바뀌게 되었다. 서기가 펜으로 며칠을 걸려 쓰던 재판 기록을 타자기로 하루에 해낼 수 있는 시대가 된 것이다. 2000자를 손으로 쓰려면 1시간 걸리던 것을 30분 이내로 해낼 수 있으니, 6개월 걸릴 일을 3개월 동안에 할 수 있게 된 것이다.

타자기가 대단히 편리한 사무기기란 사실이 세상에 알려지게 되니, 그제야 상업학교에서도 한글 타자기를 창고에서 꺼내어 본격적으로 가르칠 수밖에 없는 시대로 바뀌었다.

내무부에서도 온통 타자기로 공문 교신을 하게 되어 군, 면은 말할 것도 없고, 시골 경찰지서까지 한글 타자기가 보급되는 현대화 바람이 일어나게 되어, 그야말로 단군 이래 처음으로 한글 타자기의 전성시대를 맞게 되었다.

5·16 이후에 군인들은 군대에서 타자기로 익힌 능률적인 행정 방식을 독재 행정을 수행하는 데 활용하는 듯했다. 그 바람에 한글 기계화는 황금기를 맞게 된 것이다. 취직난이 극심한 때였지만, 한글 타자기를 칠 줄 아는 타자수 출신들은 날개 돋친 듯 취직이 되었고, 타자기 학원에서 훈련 받은 초보자의 공급도 달릴 지경이었다.

그때까지만 해도 타자 학원에서는 주로 영문 타자기의 교습소 노릇만 했다. 그러던 것이 이미 타자기로 행정 능률을 극대화하는 군인들이 정권을 잡고부터 한글 기계화에 박차를 가하자, 타자 학원에서는 재빠르게 '취직 보장'이란 선전 구호를 내걸고 한글 타자 강습을 하기 시작했다.

그때 우리나라에 보급되고 있던 타자기는 두 종류가 있었다. 속도 위주인 공병우 속도 타자기(세벌식 자판)와 글씨 모양 위주로 만들어 공병우 속도 타자기 보다 속도가 30퍼센트 느린 김동훈의 체제 타자기(다섯벌식 자판)가 있었다. 김동훈 씨는 나와 가까이 지내던 사이여서 내가 미국에 있을 때, 김동훈 타자기의 설계에 대해 일부 고치는 의견도 말해 주기도 하고, 그를 위해 활자 주문까지 거들어 준 적도 있다. 어쨌든 이 두 타자기는 생산되기가 무섭게 날개 돋친 듯 잘 팔렸다. 없어서 못 팔 정도로 타자기 붐이 일어난 것이다. 말하자면 세벌식 타자기와 다섯벌식 타자기가 공존하면서 발전할 수 있었다.

타자기의 생명이 속도에 있다고 생각하는 층에서는 세벌식 공병우 타자기(속도 타자기)를 썼고, 속도는 느려도 글씨가 예쁘면 좋다는 층에서는 다섯벌식 김동훈 타자기(체제 타자기)를 사용했다. 외무부와 내무부, 국방부, 체신부 등 주요 관공서에서는 주로 속도 타자기만을 썼다. 그래서 외국에 나가 있는 한국 공관에서는 물론 국내 경찰 지서나 시골의 군, 면에 이르기까지 속도 타자기가 번져 나갔다. 속도 타자기는 누구나 배우기 쉽고 빠르기 때문이었다. 전문 타자수가 필요 없는 타자기라는 점을 일반이 알게 되었다.

어쨌든 타자기 없이는 사무 처리의 능률을 올릴 수 없다는 것을 깨닫게 된 시대가 열린 것이다. 그래서 타자기도 동나고 타자수도 동날 지경이었다. 그때 나는 김동훈 씨에게 우리 서로 경쟁하는 처지가 되지 말고 공존할 수 있도록 회사를 통합하면 어떻겠느냐는 제안을 한 적도 있었다. 그는 예쁜 글씨를 찾는 사람이 많아져 간다고 착각을 하였는지 내 제안을 달갑게 받아들이지 않았다. 내 제안대로만 되었어도 김동훈식 타자기 회사나 공 타자기 회사나 하루아침에 학살되지는 않았으리라 생각한다. 김동훈 씨가 내 제안을 거부하였기 때문에 나는 마지못해 속도 타자기의 글자판으로 유도하기 위해, 네벌반식 체제 타자기(공병우 체제 타자기)를 만들어 보급해 보기도 했다.

최초의 타자기 글자판 배열 변경

나는 타자기의 글자판 배열을 자주 바꾼다고 여러 사람한테 비난을 받아왔다. 그러나 나는 과학적이라고 판단되는 것이면 언제나 서슴없이 바꿨다. 그러므로 지금까지 내가 한글 기계 글자판 연구를 하는 동안 바꾼 글자판은 그 수를 헤아릴 수도 없을 것이다(주: 내가 그동안 글자판 배열을 바꾼 과정과 구체적 내용이 기록된 족보는 송현 선생이 보관하고 있음).

나는 한글 타자기의 발전을 위하여 1960년 초반부터 전국 경기 대회를 개최했다. 아마도 1963년에 한글학회와 세종대왕기념사업회가 공동 주최로 개최한 한글 타자 경기 대회이지 싶다. 대회가 끝난 뒤에 선수들에게 타자기에 대한 소감을 발표하게 하는 기회를 주었더니 마산 상고 선수가 공병우 속도 타자기로 '수'를 빨리 찍으니 활자 대가 엉킨다고 했다. 그래서 'ㅅ'과 'ㄹ' 자리를 바꿔 놓았다.

이 자리바꿈으로 말미암아 그동안 공병우 타자기의 글자판에 익숙했던 사람들이 '사람'을 찍으면 '라삼'으로 찍힌다고 불평을 말했다. 그러나 이것은 그 한 사람에 국한된다는 생각이며, 앞으로 많은 사람이 글자를 찍을 때, 다만 한 동작이라도 빠르면 이루 헤아릴 수 없는 능률을 올릴 수 있다는 생각에서 오늘날의 사람으로부터 비난을 받을지언정 바꿔 버린 것이다.

나는 자리를 하나 바꾸는 데에도 이처럼 실험을 통하여 바꿨는데, 정부는 지금까지 수많은 사람이 쓰던 네벌식 글자판을 깡그리 못 쓰게 하고, 더욱 비과학적인 두벌식 글자판으로 강제적으로 보급하는데, 아무 반항도 아무 저항도 없다는 현실에 아연실색하지 않을 수 없다. 글자판을 바꾼 것을 내가 지금도 후회하고 있는 것은 한·영 타자기의 글자판이다. 내가 한·영 타자기를 만들 때는 국내의 기술이 매우 미숙한 때였다. 그래서 활자가 쭉쭉 뻗을 수 있도록 영문 글자판을 두 자리씩 오른쪽으로 평행 이동시켰지만, 미국에 건너가서 보니 미숙한 기술로 만든 최초의 한·영 타자기를 아직도 쓰고 있는 것을 보고서 내가 너무 성급하게 바꾸었구나 하고 후회하였다.

휴전회담에서 공을 세운 타자기

1953년 7월 27일 휴전회담이 시작되었다. 한국 측의 반대에도 유엔 측

글의 사용 범위는 실로 광범하다. 우리의 모든 생활이 글로 표현되고, 글에 의하여
실천된다. 정치도 행정도 산업도 글에 의하여 시작되고, 글에 의하여 끝난다. 다시
말하면 우리의 활동 전부가 글의 활동이라 볼 수 있다. 민족 문화를 고도화하는데는
글자 생활의 과학화가 되따라야 하고, 생활의 과학화에는 글의 과학화가 되따라야 한
다.

글의 기계화란, 글의 사용 개선의 한 분야로서, 그의 노력과 숙련을 기계에다 옮겨
인력과 시간을 절약하여 더 빠르고 더 많고 정확한 성과를 거두는 것으로서, 이는 능
률의 기본 원리인 것이다. 글의 기계화에서 얻을 수 있는 가치는 첫째 인력의 절감,
둘째 경비의 절감, 셋째 시간의 절감, 넷째 질적 향상을 들 수 있다.

우리 나라의 당면한 과업은 한글의 기계화이다. 한글의 기계화에는 통신용 기계의
개발, 사무용 기계의 개발, 인쇄용 기계의 개발, 기타 생활 과학상에 쓰이는 한글 기계
의 개발들이다. 외국의 선진국에서는 일찍기 이들의 기계가 개발되어 실생활면에 옮
기지 있기 때문에, 오늘의 발전을 가져왔음을 직시하여야 한다.

덕볶이에 쟈쟝면에 삶은 달걀 잔뜩 먹고
부엌에서 넋을 놓고 꺾꽂이꽃 바라보니
웬만해선 볍기 힘든 개미핥기 생각나서
꿇어앉아 책을 펼쳐 뭔가 없나 읽어보다
칼바람에 홰를 치는 물닭떼가 나타나서
끔쩍 않고 창밖 보다 애닲은 맘 들끓었네

김동훈 타자기 글씨체
공병우 타자기 글씨체
김동훈 다섯벌식 한글 타자기
(위에서부터)

과 북한 측은 판문점에서 2년 동안에 걸쳐 파란 많은 장기 회담을 마치고 판문점에서 조인하게 되었다. 이렇게 해서 6 · 25사변은 3년 1개월 만에 끝났는데, 휴전이란 낱말 자체가 풍기듯 전쟁은 쉬는 것이었지 끝막음한 것이 아니었다. 여전히 남북은 전쟁 상태가 계속되고 있는 것이다.

우리 땅에서 치르게 된 전쟁이었는데도 한국의 주장은 받아들여지지도 않았고, 한국이 휴전회담의 대표가 될 수도 없었다. 휴전회담에는 유엔군 측과 북쪽의 조선민주주의인민공화국, 중화인민공화국 대표만이 있을 뿐이었다. 따라서 휴전협정 서명도 북쪽의 김일성과 중공 대표와 유엔군 대표 삼자만이 했을 뿐이지, 대한민국 대표의 서명은 들어 있지 않았다. 이승만 대통령은 대한민국의 대변자이면서도 "이제 와서 전쟁을 하다 말면 어떻게 하느냐, 내친김에 북진을 계속해야 한다"는 소리만 신경질적으로 떠들며 여론 조작만을 일삼았을 뿐, 휴전회담에 영향력을 발휘하지 못하였다.

그런 가운데서도 대한민국의 위신을 세울 수 있었던 일이 있었다. 그것은 휴전협정 문서 정본을 공병우 속도 타자기로 만들어 중국 대표는 붓으로 서명하고, 북쪽 대표와 유엔군 대표는 펜으로 서명한 것이다. 물론 이 문서는 영어로도 중국어로도 번역되었지만, 정본은 한글이었다. 그러니 한국 측의 대표는 참석 못했지만 한국 측의 한글 타자기만은 국제회의에서 첫선을 보였을 뿐 아니라, 휴전협정 자리에 당당하게 참여하여 마무리 짓는 작업을 한 셈이다. 이 같은 문명의 이기를 사용하는 나라임을 은연중에 과시하기도 하였으니 이것이야말로 국위 선양을 한 것이 아니고 무엇이랴.

휴전회담이 진행되고 있을 무렵, 유엔군 측 통역으로 있던 언더우드 씨가 나를 찾아와 한글 타자기(이때는 공병우식 타자기밖에 없었다)를 칠 사람을 구할 수 있겠느냐고 묻는 것이었다. 나는 훈련된 세 사람이 있다고 말해 주었다. 나는 6 · 25가 나기 직전에 한글 타자 배우기를 원하는 세 지원자가 있어 가르친 일이 있었다. 온통 세상은 영어 타자에만 열중하던 시절이었는데, 이 세 젊은이는 앞을 내다보는 눈을 가진 사람들처럼 정말 신통할 정도로 열심히 배웠다. 나는 언더우드 씨에게 한 사람은 여자이고, 두 사람은 서울대학교 상과 대학에 다니는 학생이라면서 세 학생의 이름을 모두 가르쳐 주었다. 언더우드 씨는 이 가운데 두 사람을 채용하여 휴전회담에서 한글 타자를 치도록 하였다고 한다. 그 두 젊은이가 나에게 와 전해 준 바에 따르면, 자기들은 그때 일선에서 군인으로 힘든 복무를 하고 있었는데, 하루는 갑자기 긴급 차출 명령이 떨어져 헬리콥터를 타고 판문점으로 실려 갔다는 것이다.

이렇게 해서 휴전협정 회담장에서 한글 타자기를 치는 타자수로 일하게 되었다고 했다. 판문점 휴전회담 장소에서 그야말로 맛있는 음식과 양담배로 대접 받고 특별 대우를 받으며 호강스럽게 지냈다고 나에게 인사를 온 적이 있었다. 남들은 무관심할 때 열심히 배워 둔 한글 타자기 덕분에, 남들은 일선에서 고생할 무렵, 그들은 군인의 신분이면서도 호강했다니 공 속도 타자기의 덕을 톡톡히 본 셈이다. 그 두 사람이 역사에 남을 문서를 찍게 된 것도 결코 우연한 일은 아닐 것이다.

휴전이 이루어지고 얼마 뒤, 서울 라이온스클럽에서 판문점 구경을 단체로 가게 되었다. 단체가 아니면 구경 허가를 받기 힘들었을 때였다. 그래서 나도 단체에 끼여 다른 사람과 어울려 같이 간 일이 있었는데, 그곳에서 복무하는 한 군인이 나를 따로 불러내 단독 안내를 해 주고, 점심도 특별 대접하면서 이런 이야기를 하는 것이었다.

"우리는 공 박사의 덕분으로 북한 측에서 연락 전화가 걸려 오면 한 사람은 전화를 받고, 한편에서 타자수는 전화의 대화를 그대로 받아 찍습니다. 그리고 북한 측과 회담이 끝나면 한글, 중국 말, 영문 등 세 가지 말로 대화한 내용을 문서로 작성하여 서로 교환하는데 한글로 만든 회담 기록이 영문이나 중국어로 만든 기록보다도 언제나 먼저 나옵니다. 그래서 한글로 만든 기록을 북한 측에 먼저 건네주면서 그쪽에서 만든 한글 기록을 달라고 합니다. 그쪽에서는 일본 공판 타자기로 문서를 만들기 때문에 매우 느려서 항상 우리 독촉을 받으면서 쩔쩔매고 있습니다. 회담 내용 기록을 교환할 때 항상 우리가 신속하게 처리하기 때문에 북한 측을 당황하게 하면서 승리를 거두고 있습니다. 이것이 다 공병우식 한글 타자기 덕분입니다. 영문 타자기보다도 빠른 속도로 문서 작성이 되니까요."

나는 그의 말을 듣고 내 속도 한글 타자기가 과연 북한 측과 경쟁에서 효율적으로 사용되었있음을 알고 기쁜 마음으로 돌아왔다. 내 한글 타자기 덕분으로 그날 내가 특별한 대접을 받은 것 또한 기쁘지 않을 수 없었다.

한일회담 때도 비슷한 일이 있다. 1965년 6월 22일 도쿄에서 정식 조인한 한일기본조약을 위해 일본에 가 있던 한일회담 대표단에는 1급 한글 타자수 몇 명이 끼여 있었다. 날마다 진행되는 회의가 끝나기 무섭게 이들 타자수는 속기한 글을 쏜살같은 속도로 타자해서, 다음 날 아침에 대표들 앞으로 회의록을 제공하였다. 이를 보고 일본 측에서 몹시 놀랐다는 것이다. 자기네들은 상상도 못할 일이었다. 이러한 사실은 당시 회담에 참가했던 사람들의 좌담회에서 밝혀졌다. 한일회담의 조약이 끝난 다음 한일 양측 사무 요원들이 같은 버스를 타고 가게 되었는데 그때 일본 측 사무 요원이 그 말을 실토했다는 것이다.

1급 타자수쯤 되면 웬만한 속도의 라디오 방송은 그대로 찍어낼 수 있는 실력자들이다. 대체로 1분 동안에 500타 안팎을 기록할 수 있는 기능을 가지고 있다. 공 속도 타자기는 영어 타자기보다는 속도가 30퍼센트나 빠른 특징을 갖고 있으니, 공 속도 타자기로 며칠 걸려 회의록을 만들 수 있는 우리를 일본 측이 경탄한 것은 당연한 일이 아닐 수 없다. 한일회담을 끝내고 온 이 타자수들은 한글 타자기 때문에 의기양양해져 어깨가 으쓱했지만, 공병우 한글 타자기가 이렇게 우리나라의 커다란 자랑거리로

보과	오꾸라 기미오
"	구마가이 센지
"	사사부찌 이사무
"	야나기야 겐쓰게
"	구로고지 야스서 외 수명

4. 토의 내용:

니시야마: 오늘은 한국측 에서 준비한 안이나 생각을 말하게 되어 있는것으로 알고 있는데, 준비한것이 있으면 말하여 주면 좋겠다.

한국측 입장을 들은 다음 질문할 것이 있으면 질문하도록 하겠다.

이수석: 그러면 우리측의 개략적인 생각을 김대표가 설명할 것이다.

김대표: (별첩과 같은 내용을 구두로 설명함.)

야나기야: 지금 구두로 설명한 것을 문서로 받을수 있겠는가?

이수석: 추후 정리가 되는대로 주겠다.

니시야마: 지금 한국측이 설명한데 대하여 의문이 나는 점들에 관하여 질문을 하고자 한다.

합의 의사록 에는 무엇을 포함시킬 것을 예상하고 있는가?

김대표: 협정문에 관한 해석등을 포함시키는 것을 생각하고 있다.

니시야마: 부속서는 어디에 붙는 것인가?

김대표: 본 협정에 붙는 것이다.

니시야마: 부속서에 게재될 사업부문 없거서 개략적이나마 액수는 표시하는 것이 아닌가?

김대표: 액수 표시는 생각하지 않고 있다.

0871

1738

제7차 한일회담 청구권 및 경제협력위원회 제1차 회의 회의록 주목을 받을 줄은 꿈에도 몰랐다고 보고하였다.

이같이 국위를 선양했던 우리나라의 훌륭한 속도 한글 타자기와 1급 타자수들은 그 뒤에 박정희 군사독재 정권에서 만든 비과학적인 표준판 타자기 때문에 모두 하루아침에 무용지물이 되고 말았다.

속도 한글 타자기의 보급

1961년 5월 16일 박정희 장군에 의한 군사 쿠데타로 민주당 정권은 무너졌다. 5·16 직후 군사정권은 국가재건최고회의가 발족되어 정부의 행정기관을 장악하였고, 각 행정기관은 물론, 군 기관까지 모든 행정의 공문서는 한글로 작성하게 했다. 그러므로 내무부는 행정 장비 근대화 계획으로 전국 도와 산하 시·군에 한글 타자기를 30대씩 구입해 사용하라는 지시를 했다.

1962년 3월 어느 날 강원도에 교재를 납품해 오던 이민구 씨가 나에게 찾아와서 한글 타자기에 관한 것을 물었다. 나는 내가 발명한 세벌식 속도 타자기의 내용을 설명하였다. 세벌식 속도 타자기는 5분 동안 설명 듣고 1분 동안 연습하면 누구나 한글을 타자할 수 있으므로 별도의 전문 타자수가 필요 없고, 전 공무원 누구나 타자할 수 있다고 설명하였다.

이민구 씨는 내 설명을 감명 깊게 듣고 타자기에 대한 선전 유인물을 가져갔다. 그 뒤 이민구 씨는 강원도청 고위층과 세벌식 속도 타자기에 대한 장점을 설명한 결과, 30명의 타자수에게 지불하기로 세웠던 예산으로 타자기를 더 구입하여, 강원도 시·군·읍·면까지 보급하기로 하였다. 그 결과 172대라는 막대한 수량의 주문서를 받아 가지고 왔다. 그 뒤 이민구 씨는 경상북도에서도 강원도와 같은 방법으로 30대만 구입하게 된 것을 80대로 결정하여 판매하였고, 이런 방식으로 다른 도에서 세벌식 타자기를 날개 돋친 듯 판매하였다.

세벌식 한글 텔레타이프의 보급

강원도와 경상북도에 타자기를 보급한 관계로 알게 된 이민구 씨에게 한글 텔레타이프에 대한 정부의 현황을 설명하여 주었다. 당시 직원들의 거센 반대에도 이민구 씨를 공병우 타자기회사 판매 담당 부사장으로 채용하였다. 그리고 내가 발명 특허 9호로 받은 타자기 및 텔레타이프에 대한 특허권 가운데서 판매에 대한 모든 것을 이민구 씨에게 법적으로 양도하였다.

당시 내무부는 행정 장비 현대화 계획의 하나로 우선 내무부와 전국시·도청 간에 통신용 한글 텔레타이프를 설치키로 방침이 결정되었다. 그러나 신품으로 텔레타이프를 수입하기로 하였는데 당시 미화가 고갈되어 외제품을 수입할 수가 없었다. 그래서 나는 이민구 씨에게 내무부와 절충하여 당시 미군 부대에서 사용하다 폐기 처분한 영문 텔레타이프를 재생하여 17대를 내무부와 전국 시·도청 사이에 무상으로 설치하여 13개월 동안 사용토록 했다.

1963년 내무부는 텔레타이프를 운영한 결과 행정의 신속 정확성은 물론 내무행정의 기밀 보장, 예산 절감 등이 막대하다는 분석 결과로 말미암아, 전국 시·도·군청까지 텔레타이프를 설치키로 하여, 내무부는 모두 예산을 경제기획원으로부터 승인을 받아 실시키로 하였다. 미군 부대에서 매각한 중고 텔레타이프를 한글로 개조하여 67대를 이민구 씨가 계약한 지 42일 만에 설치 개통했다. 그 통신 시설로 말미암아 선거 당시, 내무부는 전국의 선거 사항을 각 시·도청 텔레타이프실을 이용하여 글자로 방송국보다도 더 정확 신속한 선거의 내용을 보고 받았다는 것이었다.

내무부 납품 과정에서 공무원에게 뇌물을 주었다는 모 씨의 투서로 말미암아, 이민구 씨는 검찰의 조사를 받고, 내무부 직원에게 3600원어치의 저녁 식사 대접을 했다는 죄로 42일 동안 교도소에 수감된 일이 있다. 그런데 이민구 씨는 심한 고문을 당하면서도 공무원들의 비리를 폭로하지 않았기 때문에 공무원들의 동정으로 교도소에서 출감하였다. 그 뒤 문교부 및 전국 시·도 교육청 열세 대, 국세청 및 전국 지방 국세청 여덟 대, 문화공보부 한 대, 농수산부 한 대, 청와대, 서울시 경찰국 및 각 경찰서, 치안국 및 각 시·도 경찰국과 민간 업체인 호남비료, 쌍용시멘트, 한일은행 등에 한글 텔레타이프를 공병우식으로 설치하여 고성능 통신망을 이루었다. 그런데 그 뒤 박정희 군사 정부는 공병우식보다 속도가 30퍼센트 이상 느리고 비과학적인 두벌식 일본 오키(沖)전기공업에서 만든 엉터리 텔레타이프로 교체해 국가 통신망을 도리어 망치고 말았다.

한·일 맹인 친선 타자 경기 대회

나는 일찍부터 '한국맹인재활센터'를 설립, 운영하고 있었다. 그것은 안과 의사로서 맹인을 진심으로 도와주는 것이 내 의무라고 생각하였기 때문이다.

1971년 여름, 일본을 돌아보는 중에 일본 맹인 직능 개발 센터에 들러 맹인인 '마쓰이' 소장을 만났다. 그래서 나는 한국인은 한글을 치며, 일본인은 일본어를 치는 한일 '맹인 타자 경기 대회'를 개최하자고 제안했다. 마쓰이 씨는 "언어가 서로 다른데, 타자 경기가 될 수 있을까요?" 하고 반문했다. 나는 스트로크(자소) 수로 계산하면 가능하다고 하였더니, 그제야 알아듣고 내 의견에 동의하였다. 마쓰이 씨는 내 초청으로 서울에 와서 1971년 11월에 서울 라이온스클럽에서 주최하는 '한글 맹인 타자 경기 대회'를 참관하고 돌아갔다. 1972년 4월 29일에 서울에서 개최하기로 합의하고, 개최국이 비용 전액을 부담한다는 결정을 보았다. 그리고 이 사실을 자유중국(대만)에도 전하였더니, 내가 개발하여 준 중국 주음부호 타자기를 가지고 참관 자격으로 선수 한 분이 참가하였다.

(1) 1972년 서울 대회

'맹인 타자 경기 대회'에서는 승리하는 것이 목적이 아니라, 서로 정보를 교환하며 맹인 재활에 관한 연구와 직능을 개발하는 일이 목적이었다. 하지만 경기를 직접 담당한 사람의 마음은 그렇지 않았던 듯하다.

나는 1971년 11월 대회에서 입상한 다섯 명을 선수로 정하고, 임종철 선생을 지도자로 하여 1972년 1월에 내가 경영하고 있는 공안과 병원에 병실 하나를 비워서 훈련장으로 하여 1개월 동안 훈련시켰다.

1972년 4월 29일, 세종대왕기념사업회관을 경기장으로 하여 대회를 열었다. 경기는 외워서 반복하여 5분 동안 찍기와, 부르는 것을 5분 동안 받아 찍는 방식이었다. 한국 맹인 선수들은 공병우식 한글 속도 타자기를 지참하고 출전했으며, 일본 선수들은 독일 제품인 올림피아를 개조한 일본 가나 타자기를 지참하고 출전했으며, 자유중국 선수는 로얄 주음부호 타자기를 가지고 출전했다. 그 무렵 일본은 일본 가나 타자기를 사용하는 맹인이 3만 명 정도이고, 우리나라는 한글 타자기를 가진 맹인들이 수백 명에 지나지 않았다. 이와 같은 엄청난 숫자의 격차였기에, 3만 명 가운데 뽑힌 다섯 명의 일본 선수들이 대승할 것이라고 생각할 수밖에 없었다. 그래서 나는 우리 맹인 선수들에게 경기에 져도 좋으니 오자가 나지 않도록 찍으라는 부탁만 하고 출전시켰다. 그러나 결과는 천만뜻밖이었다. 단체상과 개인 1, 2, 3, 4, 5, 6등을 모두 휩쓸었다. 나는 여기에서 한글의 우수성과 한글 타자기의 우수성을 더욱 실감하고 무척이나 기뻤다.

(2) 1978년 도쿄 대회

일본은 서울 대회가 있은 지 6년 만에 한국 선수들을 초청했다. 일본 측은 스트로크 수로 계산한다는 원칙을 변경하여 단어 단위로 계산하자는 제안을 해왔다. 일본 측은 타수로 맞대는 경기는 도저히 상대할 수 없음을 깨닫고, 단어 수 계산 방식으로 하여 덤으로 3타를 달라는 것이었다.

나는 그들의 제안을 검토해 본 결과, 일본어는 5스트로크로 한 단어가 되는데, 한글은 세 글자, 곧 8스트로크를 쳐야 한 단어를 구성하므로, 5대 8로 한국 측이 불리하다는 것을 알았다. 그러나 어디까지나 친선경기이고 또 이와 같은 대회를 통하여 맹인 직능에 대한 정보를 얻을 수 있을지도 모른다는 생각에서 불리한 심사 규정을 무릅쓰고 일본 측에 덤으로 3타를 주기로 하고 경기에 참가했다. 1개월 반 동안의 훈련을 하고 우리 측 선수단이 도쿄로 떠났다.

1978년 11월 9일, 한국시각장애자복지회 백이전 회장을 고문으로, 서울맹학교 한현진 선생님을 단장으로, 임종철 선생을 선수 감독으로, 김석암, 이병돈, 나응문, 이재환 등 4명으로 구성된 일진이 도쿄 대회에 참석하고 돌아왔다. 그 당시에 선수 감독 겸 심사원을 했던 임종철 선생의 보고 내용을 간추려서 소개하면 아래와 같다.

일본 맹인 선수들이 찍는 소리는 마치 자갈길에 짐수레가 지나가듯 덜커덕덜커덕 하는 소리를 냈으나, 한국 선수 4명이 찍는 소리는 마치 천장이 날아갈 듯한 소리를 냈으므로, 200명 정도의 일본 참관인들이 깜짝 놀라 고개를 번쩍 드는 모습이 지금도 선하다. 당시 우리 선수 네 명이 5분 동안 찍은 분당 평균 타수는 무려 583타였으며, 특히 이병돈 선수는 분당 평균 614타를 찍어, 고독한 적지에서 한국인의 솜씨와 한글 속도 타자기의 우수성을 유감없이 발휘하여, 대상을 비롯하여 상품을 거의 휩쓸었다. 그것도 덤을 주고도 승리를 했으니, 나에게 이 소식보다 더 기쁜 소식이 또 무엇이 있겠는가 하는 생각이 들었다. 참으로 감개무량했다.

제8장

고독한 글자판 투쟁

"공병우식과 김동훈식의 단점만 모은 졸작"

한글 기계화에서 가장 중요한 것은 표준 글자판이다. 표준 글자판을 어떻게 정하느냐에 따라서 고성능 기계화로 발전할 수도 있고, 저성능 기계화로 전락할 수도 있다. 그 무렵 우리나라에는 내가 만든 '공병우식 글자판'과 김동훈 씨가 만든 '김동훈식 글자판'으로 된 두 가지 타자기가 시장 경쟁을 통해서 보급되고 있었다. 날이 갈수록 두 타자기가 경쟁이라도 하듯이 보급이 확산되었는데, 이는 결과적으로 글자판의 혼란이 점점 가중되는 꼴이 되었다. 이 두 타자기의 글자판이 서로 전혀 다르므로 공식 타자기를 치는 사람은 김식 타자기를 칠 수 없었고, 김식 타자기를 치는 사람은 공식 타자기를 칠 수 없었다.

그래서 글자판을 하나로 통일해야 한다는 소리가 날로 높아져 갔다. 그러자 문교부에서 글자판 통일 작업을 시도했으나 실패하였다. 그 뒤 한글

학회가 시도했지만 역시 실패하였다.

상공부 표준국은 1968년 10월 초에 비과학적인 네벌식 표준 자판 시안을 발표하고는 이 자판을 바로 표준 자판으로 결정하려는 태도를 보였다. 그래서 나는 상공부의 부당한 처사를 도저히 묵과할 수 없어서 법적으로 공청회를 신청하겠다는 의사를 표명했다. 그랬더니 1969년 1월 17일 신문회관에서 한글 타자기 표준 자판 시안에 대한 공청회를 개최했다. 많은 분이 회장을 가득 메웠다.

정부 안을 지지하는 네 사람과 반대하는 네 사람이 연사로 나와서 의견을 발표했다. 그 가운데 나와 임종철 선생의 것만을 소개한다.

나는 이 공청회에서 상공부 시안이 너무나 비과학적이라 "네벌식이 표준 자판 시안으로서 능률적인 기계 개발이 된다면 내 손에 장을 지지겠다"고 극단적인 표현을 했더니 청중이 폭소하기도 했다. 여기에서 임종철 선생이 발표한 것을 소개하는 이유는 가장 학문적 가치가 있다고 생각하기 때문이다.

임 선생은 첫째로, 표준 자판은, 한 가지 글자판으로 모든 기종에 적용되는 글자판이어야 한다는 글자판의 일원화, 둘째로, 글자를 찍어낼 수 있는 능률 극대화, 셋째로, 글자꼴의 가독성을 제시했다.

이 원리는 지금도 한글 기계화를 논할 때 핵심이 되는 것이다. 공청회 뒤 상공부 표준 자판 시안은 폐기되었다.

그런데 공청회를 마칠 때 표준국 간부가 이런 말을 했다.

"아무리 한다 해도 공 박사님의 글자판을 표준 자판으로 삼을 수는 없습니다."

이미 이때부터 내 글자판은 표준 자판으로 삼지 않겠다는 저의가 도사리고 있었다고 본다. 그것은 아마도 개인이 만든 것을 한 나라의 표준으로 할 수 없다는 생각이 바탕에 깔렸기 때문이지 싶다. 이런 생각은 뜻밖에 적지 않은 사람들이 하는 것 같았다. 이 대목에서 나는 참담한 생각이 들지 않을 수 없었다. 과학의 문제를 놓고 따지고 가릴 때는 개인이나 다수냐가 중요한 것이 아니라, 그것이 과연 과학적이고 합리적인가 아닌가가 중요한 것이다. 이는 설령 누가 만들었다고 해도 마찬가지이다. 과학은 어디까지나 과학으로 다루어야 한다. 그런데 그 무렵에 적지 않은 사람들은 공병우 자판은 공병우라는 개인이 만들었기 때문에 한 나라의 표준으로 인정할 수 없고, 표준은 공인된 단체나 기관에서 만든 것이라야 한다고 생각하고 있었다.

이 생각이 줄곧 과학기술처로 이어졌던 모양이다. 상공부에서 글자판 통일 작업에 실패하자, 1969년 2월, 박 대통령의 지시에 따라 글자판 통일 작업이 과학기술처로 넘어갔다. 이때 과학기술처 장관은 김기형 씨였고, 실무 책임자는 연구 조정관 황해룡 씨였다. 특히 이 사람들은 한글 기계화의 역사에서 영원히 지울 수 없는 인물들인데, 악역을 맡은 불쌍한 사람들이기도 하다.

나는 과학기술처가 글자판 통일 작업을 한다기에 이번에야말로 과학적인 글자판으로 통일되겠지 하면서 기대하였다.

드디어 1969년 7월 28일에 표준 자판이 발표되었다. 이날 《동아일보》는 〈졸속…… 한글 타자기 일원화〉란 제목의 기사를 다음과 같이 보도하였다.

"과학기술처에서 추진 중인 한글 타자기 일원화 작업이, 공개된 토의나 발표 또는 공청회를 거치지 않고 비밀리에 네벌식으로 확정 단계에 있어 지나친 비밀주의와 졸속주의가 크게 문제 되고 있다."

이 기사에 '공청회 한 번 안 열어' '쉬쉬 속에 네벌식 확정'이란 중간 제목을 뽑은 뒤 각계의 의견을 실었다. 최현규, 주요한, 송계범, 장봉선, 공병우, 최현배 씨의 의견을 실었는데, 결론은 '비능률적이고 비합리적'이라고 결론을 내렸다.

이날을 기해서 각 언론에서는 과학기술처가 내놓은 표준판에 대해서 한결같이 비판하였다.

과학기술처가 비과학적인 글자판을 만들게 된 근본은, 첫째로 글자판 비전문가들을 동원했고, 둘째는 3개월 만에 졸속으로 만들었고, 셋째는 공청회를 한 번도 열지 않았고, 넷째는 비밀리에 추진했기 때문이다.

과학기술처가 만든 표준 글자판이란 자음 한 벌과 모음 두 벌 그리고 받침 한 벌로 모두 네벌로 된 비과학적인 네벌식 글자판인데,《조선일보》에서는 '공병우식과 김동훈식의 단점만 모은 졸작'이라는 평을 한 바 있다(1977년 9월 23일자). 이렇듯 비과학적인 글자판을 표준판으로 정해서 총리 훈령 81호로 공포하였다. 그러자 상업학교, 타자 학원, 정부 기관 등 각종 기업체와 단체에서 이 엉터리 표준판을 사용하지 않을 수 없게 되었다. 한 나라의 표준판은 공병우식과 김동훈식의 장점만 모은 우수작으로 정해야 할 터인데, 반대로 두 타자기의 단점만 모은 졸작으로 정했으니, 이 나라 한글 기계화의 앞날이 너무나 암담하게 느껴져 나는 도저히 가만히 있을 수가 없었다.

임종철 선생

당시 우리나라 타자계에서 으뜸가는 기계 기술자로는 이윤온, 김용준 씨, 판매에 천재적 소질을 지닌 한치관 사장, 공병우 타자기로 10분당 6448타의 기록을 수립한 타자왕 김창대 씨, 교육계의 지도자 한국타자학회의 우영일 회장, 김낙순 부회장, 표준자판추진위원회 강태빈 회장과 이 밖에 많은 분을 들 수 있다. 이 가운데서도 학술적 연구가로 임종철 선생

拙速… 한글打字機 一元化

東亞日報

公聽會 한번 안 열어
쉬쉬 속에 四벌式 確定

VI 확정표준자판안 (4벌)

各界의意見

非能率的이고 非合理的인것

〈졸속…… 한글 타자기 일원화〉, 《동아일보》, 1969년 6월 17일자

朝鮮日報

내일을 위한「오늘의 敎育」을 파헤친다 第2輯

混亂부른 표준 한글 打字板

公·金式 短點만 모은 "拙作"

공청회 제대로 않고 3개월간의 極秘 官製

特命으로 이뤄진「統一」

拙速의 책임 못면해

◇主要한씨

主要 한〈標準字板〉

專門家의 意見

速度와 에쁘기 對決

네벌식 표준자판 時間 40%나 늦어

自由競爭 시키면 세벌식 統一 가능

〈공·김식 단점만 모은 졸작〉,《조선일보》, 1977년 9월 23일자을 들지 않을 수 없다. 나는 그동안 정부와 싸우기 위하여 많은 분들의 도움도 필요했지만, 나에게는 이론적 도움이 매우 필요했던 때였기 때문에 학문적 역량을 갖춘 임 선생을 특히 잊을 수 없다.

임 선생은 대구상업고등학교의 타자 담당 교사였다. 임 선생이 1961년에 전국 타자 연구 발표회를 했다 한다. 이때 혼자서는 하기 어려운 초·중고등학교 국어 교과서의 글자 빈도 조사를 했다. 연구 발표회에서 자신이 고안한 글자판을 제시하고, 이 글자판으로 타자기를 만들어 줄 수 있느냐는 요청을 나에게 해 왔다. 나는 그 연구열에 감동하여 내 기술자를 동원하여 곧바로 그의 요구대로 만들어서 보냈다. 그 타자기를 지금도 보관하고 있는지 궁금하다.

임 선생은 매우 냉철하고 합리적으로 판단하는 사람이었다. 그리고 학문적 열정이 대단한 사람이었다. 나는 임 선생이 우리나라의 타자 교육 이론의 최고 권위자라고 생각한다. 얼마 전에 미국에서 돌아와 어떤 일로 그의 자택을 방문했을 때, 지금까지 한글 타자에 관한 그 많은 자료를 수집, 정리해 둔 것을 보고 매우 놀랐다. 세월이 지나면 이 자료들은 귀중한 문화재가 되어 많은 사람이 이용하리란 생각을 했다. 나는 이 자료를 정리하여 출판하자고 제안했으나, 아직 회신이 없다.

나와 임 선생이 함께 연구하는 동안 그가 남긴 몇 마디 말을 아직도 생생하게 기억하고 있다. 상공부 표준국이 글자판 시안을 발표했을 때에 "만일 정부 안이 공병우 타자기보다 1퍼센트만 능률적이었더라면 나는 정부 안을 지지했을 것이다"라는 말이라거나, "나는 공병우 박사님의 모든 것을 배우지만, 자료를 버리는 습성은 배우지 않겠다", "공병우 타자기는 거북선에 버금가는 발명품이다", "글자판의 제정은 한글의 제2 창제와 같다." 등등의 말이다.

나는 1966년부터 한글타자연구회를 설립, 운영하고 있었다. 상공부 표준 자판 시안이 발표되었을 때 대구에서 글자판 연구에 깊은 관심을 가지고 있는 임 선생을 서울로 불러 부회장으로 모셨다. 그리고 정부가 과학적 글자판을 만들도록 많은 연구물을 발간했다. 이 첫 번째 연구로서 드보락이 지은 500쪽에 이르는《타자 동작 연구(The Typewriting Behavior)》를 두 사람이 나눠 하룻밤에 읽고 중요 사항을 뽑아서 발표했다. 이 책은 1973년 임 선생이 번역하여 돌리고자 한다기에, 지원을 했더니 220부를 발간하여 무료 기증했다는데, 아마 지금도 많은 사람이 애독하고 있는 줄로 안다.

이 밖에 임 선생은 300쪽에 이르는《한글 기계화의 기본 이론》을 집필했고,《영문 타자기 100년사(Century of the Typewriter)》를 번역했고, 또《타자기란 사나이(Mr. Typewriter)》를 번역했다. 타자기로 찍어서 출판한 책으로는 이런 책들이 최초의 것이며, 또한 이 책들은 타자계에서 불후의 책이라고 생각한다.

이윤온 씨

이윤온 씨는 충북 보은 사람인데, 1961년에 입사하여, 국산 타자기 1호를 조립한 것을 비롯하여 한·영 타자기, 볼 타자기, 한·영 텔레프린터, 점자 타자기, 모노타이프 개발 등에 모두 참여하고 세벌식만이 한글 기계화를 올바로 발전시킨다는 굳은 신념을 지니고, 온갖 희생을 무릅쓰고 지금까지도 세벌식만을 생산, 보급하고 있는 분으로 때로는 생산에, 때로는 선전에, 때로는 연구에, 때로는 글자판 투쟁에 참여해 옴으로써 내 오른팔 노릇을 한 분이다.

김재규 씨와 나

정부의 표준판이란 것이 공포되기 전, 그러니까 공병우 타자기가 날개 돋치게 막 보급될 무렵에, 나는 한글 타자기 공장에 매달려 생산 능률을 독촉하는 입장이 되느니 차라리 내 본업인 안과 병원의 의사로 돌아가야 겠다고 결심하게 되었다.

타자기 일 때문에 병원 문을 닫게 될 정도로 병원에 피해가 컸던 것이다. 그래서 성실하게 한글 타자기를 만들어 줄 재력도 있고, 운영할 능력도 있는 개인이나 단체를 물색하던 가운데 '중경재단'이란 유력 문화재단과 접촉하게 되었다.

당시로써는 정부 집권층의 막강한 힘을 가진 자들로 구성된 법인체로서 군인 가족 교육기관으로 중경중학교를 용산에 설립한 적도 있는 문화 단체라고 소개를 받았다. 알고 보니 박 대통령의 비서실장이었던 김계원 씨가 회장이고, 중앙정보부장이던 김재규 씨가 이사장이었다. 김재규 씨와 몇 차례 만났는데, 그는 예의 바르고 신사적인 사람 같았다. 더욱이 그때는 한글 타자기 공장이 잘 돌아갈 무렵이었기 때문에, 이제 나는 병원을 살리기 위해 병원으로 가고 타자기 공장을 경영할 유력한 전문인을 만나 운영을 맡기면 좋겠다는 생각으로 중경재단 측에서 은행에서 융자해야겠는데 담보가 필요하다면서 부동산 서류를 빌려 달라는 것이었다. 중경이란 든든한 재단에서 내 타자기를 만든다는데, 내 명의로 된 재산을 빌려주어도 상관없으리라고 생각했다. 거기에다가 생산도 순조롭고, 중경재단의 앞날도 창창한 듯이 느껴지던 새 경영 진용이 들어선 때라 그들의 운영을 격려하는 뜻에서라도 중요한 재산 문서를 아낌없이 빌려주었다.

그 뒤 중경은 순조롭게 세벌식 한글 타자기를 제작하고 보급도 활발하게 하고 있었다. 일종의 정부 유도의 재단으로 집권층의 비호를 받아 가며 은행 융자도 계속 잘 얻으면서 운영하는 것 같았다. 그러할 무렵에 정부의 엉터리 네벌식 표준판이 발표됐다.

그런데 중경재단은 내가 생명처럼 내걸고 정부와 대항하고 있는 세벌식 자판 타자기를 하루아침에 헌신짝처럼 내동댕이치고, 정부와 한통속이 되어 정부에서 정한 엉터리 표준판 네벌식 타자기를 생산하는 것이었다. 어처구니없는 사태에 어안이 벙벙해졌다. 거기다가 한술 더 떠 은행 빚을 중경재단 측에서 갚지 못하고 있으니, 저당권 설정을 한 부동산 전부를 압류하겠다는 통고가 날아왔다. 하루아침에 전 재산이 날아가게 되었다. 이미 모든 운영권이 중경에 넘어갔는데도, 빚을 갚을 능력이 없다고 나자빠지는 것이었다. 내 재산이 저당 잡혀 있었으니 나는 꼼짝 못 하고 당하는 수밖에 없었다. 심지어는 개업 중이던 서린동의 공안과 병원 건물까지 압류를 당하게 되었다. 나로서는 설상가상으로 이중 삼중의 압력을 받게 된 셈이다. 회사의 경영진이 무슨 경영 이념이나 기업가로서 의욕을 가진 사람들도 아닌 것을 뒤늦게 알게 되었다. 어떤 사명감으로 일하는 사람들은 더더구나 아니었고, 회전의자나 돌리면서 적당히 고급 취직자리로 시간을 보내는 부류의 군인 출신들이었다. 결국, 병원과 집채만 공매 처분장에서 겨우 되돌려 샀을 뿐 나머지 전 재산을 날리고 말았다. 타자기 보급을 효과적으로 해보겠다고 군인 출신 권력층과 손을 잡은 과욕이 이런 결과를 불러온 것이라고 크게 반성하지 않을 수 없었다.

세벌식 한글 기계화의 신념을 내걸고 싸우다가 결국 흔히 말하는 패가망신을 하는 꼴이 되고 말았다. 그러나 나는 이 같은 입체적인 압력 속에서도 실망하지 않고 그 뒤에도 소신대로 진리를 위한 글자판 투쟁을 계속하고 있다.

탄압의 시작

나는 정부에서 정한 표준판이 잘못되었다는 점을 과학적으로 밝히고자 비교 연구를 하였다. 임종철 선생과 함께 엉터리 네벌식의 단점 등을 분석하고, 비판하는 글을 써서 이를 인쇄물로 만들어 전국에 뿌리기도 하였다. 그리고 다른 한편으로는 타자 경기 대회도 하고, 세미나도 하고, 연구보고서를 만들어 뿌리기도 했다. 그런데 날이 갈수록 탄압이 심해졌다. 그때 우리는 여러 가지 탄압을 받았다. 그 가운데 대표적인 사건 몇 가지만 소개하기로 한다.

(1) 잡지사 폐간

1970년 봄에 《현대 한국》이라는 잡지에서 표준 자판 찬반 이론을 실은 기사를 내보냈다.

이 특집호는 한쪽에 황해룡 씨와 표준판 제정에 참여한 심의 위원 몇 사람이 쓴 표준판 찬성의 글과 사진, 다른 쪽에는 공병우를 비롯한 반대하는 내용의 글과 사진을 공정하게 실었다. 그런데 나중에 《현대 한국》 편집장을 과학기술처로 호출하여 "왜 공병우 사진을 실었느냐? 그리고 대통령의 지시에 따라 제정한 표준판인 만큼 국민의 자판 통일에 협조해야 할 것이 아닌가! 그런데 당신네가 이번 잡지에서 한 짓은 반정부 행위를 선동한 것이 아닌가!"라는 등으로 협박한 뒤 마침내 이 잡지를 폐간시키고 말았다.

(2) 심포지엄 방해 공작

1970년 8월 2일 KAL호텔 26층 회의장에서 '한글타자기글자판통일협의회' 발기회(위원장 허웅) 주최로 심포지엄이 열릴 예정이었다. 한글전용국민실천회장 주요한, 한글타자연구회 부회장 임종철, 과학기술처 연구조정관 황해룡, 김 타자기 주식회사 대표 김동훈 씨 등이 연사로 내정되었다.

그런데 과학기술처 김기형 장관은 허웅 박사와 실무자인 문제안 씨를 호출하여 위협하였다. 먼저 허웅 박사에게 위협하였다.

"당신은 국립대학인 서울대학교 교수로서 정부에서 제정한 표준판을 비판, 반대할 수 있소!"

허웅 박사가 대답했다.

"국가 발전과 한글 기계화 발전을 위해서 표준판의 비과학적인 면을 학문적 차원에서 비판하는 학술회이지, 정부 시책을 반대하기 위해서 하는 것은 아닙니다."

그러자 이번에는 김기형 장관이 문제안 씨에게 위협하였다.

"정부가 제정한 것을 그대로 실시할 것이지, 왜 반대하는 거요!"

그러자 문제안 씨가 대답했다.

"저는 장관님과 생각이 다릅니다. 민족문화의 국가 백년대계를 위해서 이번의 심포지엄은 마땅히 열어야 한다고 봅니다."

그러자 김 장관은 다음과 같이 말했다고 한다.

"당신의 신분을 변경시켜 주겠소!"

이렇게 행사 주최 측에다 협박을 하는 한편 나에게도 위협이 가해졌다. 심포지엄 하기 이틀 전에 모 기관의 국장으로부터 전화가 왔는데, 세종호텔 다방으로 나와 달라는 것이었다. 국장은 나에게 이렇게 말했다.

"공 박사님의 주장을 우리가 잘 알고 있습니다. 알고 보니 공 박사님의 주장이 다 옳더군요. 그래서 앞으로 공 박사의 주장대로 글자판이 통일되어야 한다는 것도 압니다. 그런데 이번에 선거가 눈앞에 와 있는데, 이런 행사를 하면 선거에 지장이 많습니다. 그러니 선거가 끝나면 우리가 자진해서 고칠 것입니다. 제발 선거를 위해서 이번 행사를 중지하도록 해 주십시오. 부탁입니다."

이튿날 저녁, 과학기술처의 황해룡 씨가 서린동의 모 일식집에서 나를 만나자고 했다. 그는 이 자리에서 나에게 이렇게 말했다.

"표준판이 잘못된 것을 우리도 잘 알고 있습니다. 그래서 내년에는 꼭 고치려고 합니다. 그러나 올해는 대통령 선거의 해니까 선거에 영향을 미치는 심포지엄을 중지해 주시기 바랍니다. 선거가 끝나면 표준판을 고치겠습니다."

결국 심포지엄은 열지 못하게 되었다. 그리고 황해룡 씨의 말도 거짓말이었다.

이 밖에 1970년 10월 11일 한글전용국민실천추진회(회장 주요한)가 주최한 한글 타자 경기 대회도 장소 사용을 방해하여 결국 무산시키고 말았다. 그 뒤 1972년에는 세종대왕기념사업회(회장 이관구)와 한글학회(회장 허웅)가 공동 주최한 "제1회 세종 타자기 경품 타자 경기 대회"가 세종대왕기념사업회관에서 열렸는데, 이 대회에 공병우식 타자기를 치는 선수들은 참가를 못하게 하였다.

1973년 봄에는 한글기계화추진위원회 실행위원장으로 있던 김성 씨가 한글 새소식에 '한글 기계화의 바른길'이란 제목으로 표준 자판을 비판하는 글을 발표하였다. 그러자 김성 씨는 모 기관원들에게 연행되어서 곤욕을 치렀다고 한다.

"이 새끼, 여기가 어딘데!"

정부의 표준 자판은 한영 겸용이 불가능하다는 내 말을 그 현명한 조사관은 믿어 주었다. 20년이 지난 오늘에도 만들지 못하고 국고 낭비와 대국민 거짓말이 되었다.

1972년 초에 한글기계화연구회 주최로 한글 사무기 전시회가 태평로 서울신문사 앞에 있는 서울시민회관(전 국회의사당)에서 열렸다. 한글기계화연구회는 주로 컴퓨터 전문 학자들로 구성된 단체였다. 이 단체의 총무는 최준동 교수가 맡아서 많은 수고를 한 것으로 기억한다. 과학기술처의 후원을 받아 어용 학자들이 한글 기계화에 관심 있는 사람들은 모아 공개적으로 각종 사무기기를 전시한 것이다.

나는 공병우 타자기 연구소의 연구원 이윤온 씨와 함께 그곳에 나갔다. 이윤온 씨는 내 오른팔 노릇을 하며 세벌식 자판이 가장 이상적이라고 믿고 나와 함께 글자판 투쟁에 나선 동지다. 그때 용감하게 투쟁 제일선에 나섰던 분이다. 세벌식 타자기를 전시하는 한편 이 자판이 얼마나 과학적이고 능률적인가를 표준 자판과 비교하여 만든 도표를 벽에 붙여 놓고 온 손님에게 열심히 설명하였다. 그리고 정부 표준판은 고성능 한글 기계화가 불가능하지만, 세벌식은 가능하다는 과학적인 데이터를 제시한 전단을 인쇄해 뿌리기도 하였다. 이 전시회는 정부 편에 선 어용 학자들이 타자기가 무엇인지도 모르는 사람들을 들러리로 삼고 표준판을 일방적으로 선전하려는 속셈이 깔린 전시회였다. 그랬으니 우리가 하는 짓이 그들에게는 눈엣가시처럼 보였을 것이다.

우리는 결국 하루 동안만 전시하고, 이튿날 철수하라는 통고를 받게 되었다.

"아니, 과학은 진실을 알리는 일이고, 우리는 과학적인 내용을 사실 그대로 일반에게 알리고 있는데, 철회하라는 이유가 무엇인가?"

우리는 대들었다. 우리가 정부의 표준판을 비판하였기 때문에 이는 정부 시책에 위배가 되기 때문이라고 했다.

"정부에서 잘못하는 일을 일반에게 알려야 이 나라가 올바로 발전할 것이 아닌가?"

라고 항의했지만, 소용없었다. 정부가 국가 백년대계를 그르치고 있다는 사실을 모르는 그들은 정부 편에 붙어서 우리를 결국 철수하도록 만들었다.

우리는 쫓겨날 이유가 없다면서 버텨 봤지만, 결국 중앙정보부의 압력으로 이튿날 낮에 전시장에서 내쫓기는 수모를 당했다. 군사독재 치하에서는 과학의 자유도 없었다.

그 뒤 한글기계화연구회에서 달마다 한글 기계화 발전을 위하여 토론하는 모임이 있었다. 그때마다 나는 네벌식은 비과학적인 자판이라고 끈질기게 주장했다. 그러나 마이동풍이었고 나만 공연히 정부를 반대하며 공박만 일삼는 사람 정도로 취급되는 것이었다. 그리고 내가 내 것이 옳다고 고집을 부리는 줄로 생각하는 이들이 적잖았다.

어느 날 갑자기 과학기술처의 총무과장이 내 집에 찾아왔다.

"대한민국에서 10월 문화의 달에 공 박사에게 문화상을 드리기로 하였으니, 받아 주시오."

이건 또 무슨 뚱딴지같은 소린가 싶었다. 그러나 이 사람 앞에서 이러쿵저러쿵 말할 것이 아닌 성싶어, 장관을 만나서 대답하고 싶다고 했다.

"상 받는 게 뭐 그리 중요합니까. 내일 장관을 제집으로 점심 초대를 하여 함께 점심이나 하면서 문화상에 대한 이야기도 나누고 싶습니다."

다음 날 장관이 삼청동 우리 집에 왔다. 평소대로 조촐한 오찬을 함께 했다. 그 자리에서 장관에게 '정부 표준판을 그냥 몰고 나갔다간 돌이킬 수 없는 시행착오와 궁지에 빠져 망신 당하게 될 것이다. 이제라도 늦지 않으니 세벌식에 관심을 가져 보라'고 권고를 했다. 그리고 이미 세벌식으로 한글과 영어를 동시에 칠 수 있는 한영 타자기도 개발되었지만, 표준 자판으로는 불가능하다는 이야기도 해 주었다. 그러나 그는 덮어놓고 자기네가 만든 엉터리 네벌식을 방어하기에 급급했다. 다만 그는 자기네가 만든 표준 자판을 더는 비판하지 말고 정부가 한글 기계화 연구가인 공박사에게 드리는 문화상이나 받아 달라는 것이었다. 내가 아무리 우둔해도 그런 판에 그 상을 받아서는 안 된다는 눈치는 있었다. 문화상을 줄 테니 제발 정부가 하는 일에 훼방하지 말라는 사탕발림의 자갈을 물리는 것이 분명했다. 나는 그 자리에서 장관에게 문화상을 사양하였다.

그 뒤, 과학기술처는 나를 회유할 수 없다고 판단하고 공병우가 정부 시책에 반대만 한다고 중앙정보부에 고발한 모양이었다. 그러자 속칭 남산으로 통하는 중앙정보부에서 손을 대기 시작하였다.

장관을 만난 지 며칠 뒤 남산에서 왔다는 두 사나이가 나를 찾아왔다.

"중앙정보부에서 왔는데 잠깐 갑시다!"

이제 내 차례가 왔구나 하는 생각이 들었다. 그런데 웬일인지 떨리기는커녕 담담하고 떳떳했다. 아무리 무시무시한 곳이라고 하는 중앙정보부에 끌려간다 하더라도, 내가 남을 해친 적도 없고 범죄를 지은 일도 없으니 두려울 것이 없었다. 진리를 위한 내 신념을 군사독재의 총칼로 위협한다고 해서 물러설 수도 없는 일이었다.

나는 중앙정보부에 끌려갔다. 그리고 곧장 사진 찍는 방으로 끌려갔다. 그들은 대뜸 내 가슴에 번호판을 안게 하고 사진부터 찍었다. 신문에서 가끔 본 번호를 들고 있는 간첩들의 몰골이 연상되었다. 나를 그런 부류로 취급하는 것인가 하고 의아해 했으나, 일단 잡혀 온 이상 하라는 대로 할 수밖에 없었다. 이제부터 나를 정식으로 죄인 취급을 하는 모양이었다. 나는 사무실로 끌려갔다. 양쪽 벽을 중심으로 대여섯 명의 젊은이가 각자 사무용 책상 앞에 앉아 있었다. 그중 한 사람이 자기 책상 앞에 나를 마주 앉히더니, "왜 정부의 시책을 방해하는가?" 하고 묻는 것이었다. 나는 과학기술처에서 잘못한 점을 몇 가지 지적했다. 그러자 심문하던 사람과 그 방에 앉았던 사람들이 한꺼번에 큰 소리로 "이 새끼, 여기가 어딘데, 정부가 잘못한 것을 따따부따하는 거야?" 하고 다짜고짜 욕설을 퍼부었다. 그들은 다 나보다도 나이가 어린 젊은이들이었다. 나는 하던 말을 그만두고 어이가 없어 묵묵히 앉아만 있었다. 그러고는 질문에 대답만 하였다. 모두 기록을 하더니 오늘은 일단 집에 갔다가 내일 오후 3시에 다시 들어오라고 했다. 나는 택시를 타고 집으로 돌아왔다가 그 이튿날 다시 그곳에 갔다. 어쩐 일인지 그들의 태도가 어제와는 아주 달랐다.

"우리가 조사해 보았더니, 공 박사님 말씀이 다 옳습니다. 과학기술처가 분명히 잘못하고 공 박사를 고발한 것 같아요. 타자 학원에서 모두가 표준판은 석 달 교육을 받아야만 타자수가 되는데, 세벌식은 한 달이면 타자수가 된다고 말합니다. 그리고 우리 정보부 통신과에서도 세벌식은 라디오 방송으로 들어오는 말을 받아 찍어 기록할 수 있지만, 표준판을 가지고서는 불가능하다고 말하더군요."

어제 내가 한 말이 사실인가를 조사해 보니, 내가 주장하는 진리가 분명히 이들의 양심을 건드린 모양이었다.

"박사님, 네벌식으로는 한영 타자기의 개발이 불가능하다는 것이 분명합니까?"

라는 질문을 하였다. 과학기술처에서는 가능하다고 발표하였지만, 그것은 불가능하다고 대답해 주었다.

그 당시 일반 지식인들은 한영 타자기에 대한 가치와 필요성을 잘 모르고 있을 때였다. 타자 전문 교육가들도 내가 발명한 한영 타자기를 사용해 보고 나서야 얼마나 편리하고 능률적인 기계인지 겨우 안 정도였다. 그런데 중앙정보부의 직원으로서, 한영 타자기의 개발 가능성에 대해서 각별하게 관심을 가지고 질문을 한 점으로 보아 그 사람은 머리가 좋은 것 같았다.

그가 말했다.

"공 박사님, 과학을 위해서 앞으로 더욱 투쟁하시기 바랍니다. 그러나 오늘 내가 기록을 정리해서 내일 과장님에게 결재를 받아야 합니다. 과장님 앞에서는 정부 시책에 반대하지 않겠다고 말씀해 주셔야만 이 사건을 무사히, 그리고 간단하게 끝낼 수 있습니다. 내일 오후 3시에 한 번 더 수고해 주십시오."

나는 그렇게 하기로 결심하고 집으로 돌아왔다가 이튿날 다시 가서 과장에게 정부 시책에 협조하겠다고 마음에도 없는 말을 하고 돌아왔다. 나는 과학의 진리는 과연 강하구나 하는 느낌이 들었다. 애국 애족하는 사람들이 그곳 남산에 끌려가면 억울하게 당하기만 하는데, 정부 시책을 반대하였다는 일로 고발을 당한 내가 무사히 나오게 된 것은 "붓은 칼보다 강하다"는 진리의 속담처럼, 과학적이고 고성능인 세벌식 한글 기계의 진리가 칼을 물리치게 해 주었다고 생각한다.

백만 대군 송현 씨

1969년 엉터리 표준판이니 나온 이후로 그동안 많은 동지와 함께 글자판 통일을 위해서 싸워 왔다. 그런데 한 해 한 해 해가 가는 사이에 그 많던 동지들이 한 사람 한 사람 떨어져 나갔다. 어떤 사람은 생계에 지장이 생길까 봐, 또 어떤 사람은 사업에 지장이 있을까 싶어서, 더는 저 독재 정권과 싸워야 소용없겠다고 생각하여 하나하나 슬슬 떨어져 나갔다.

나는 여러 사람과 함께 싸울 때는 외롭지 않았다. 그런데 5년이 지나고 7년이 지나는 동안 거의 대부분의 사람이 글자판 싸움에서 떨어져 나갔다. 그때 한민교라는 젊은이가 '유판사'라는 타자기 가게를 차려서 공병우 타자기를 보급하는 일을 하고 있었다. 뒤에 알게 된 일인데, 한산섬에서 초등학교 교사를 하고 있던 주중식 씨가 유판사에서 타자기를 샀고, 주중식 씨가 타자기 치는 것을 보고 서라벌고등학교 국어 선생을 하던 시인 송현 씨가 그 자리에서 유판사에 전화를 걸어서 공병우 타자기를 구입하였다고 한다.

송현 씨는 부산 사람인데, 시인이며, 당시 함석헌 선생의 제자로서 피가 뜨거운 젊은이였다. 나는 한민교 씨를 통해서 그가 한글 기계화에 관심이 많다는 것을 들었다. 그는 박정희 정권 당시 잘못 만든 교과서로 학생들을 가르치는 데 많은 회의를 느끼고 있었던 모양이다. 어느 날 한민교 씨가 내게 말했다.

"송현 씨가 글자판 통일 문제에 관심이 많더군요. 공 박사님께서 한글 기계화 글자판 싸움을 혼자서 외롭게 하고 계시는 것에 대해서 매우 걱정하더군요. 밥 먹는 문제만 해결되면 자기도 글자판 통일을 위한 일에 동참했으면 좋겠다고 하더군요."

한글문화원 앞의 송현(1980년대 사진)

나는 그를 한번 만나보고 싶었다. 그래서 한민교 씨에게 그를 만나게 해 달라고 부탁했다.

여러 날 뒤에 송현 씨를 만났다. 나는 이미 그가 쓴 글도 읽어보고, 또 한민교 씨에게 그에 대해서 대충 설명을 들었는데, 듣던 대로 그는 젊고 패기 있는 사람이었다. 나는 그에게 우리 연구소에 와서 같이 일해 보자고 제의했다.

여러 날을 심사숙고한 끝에 마침내 송현 씨가 공병우 한글기계화연구소 부소장으로 부임하였다.

십여 년 천직으로 알던 교직을 그만두고 우리 연구소에 온 그는 그 나름의 각오가 대단하였다. 글자판 통일을 위해서 어떤 희생도 무릅쓰고 싸울 투지가 확고했다. 그는 내가 지도해 주는 대로 열심히 연구했다.

나 혼자 외롭게 고군분투하면서 기진맥진해 갈 무렵에 송현 씨의 출현은 그야말로 백만대군의 원군이요, 하느님의 은총이라고 생각되었다. 그는 글을 쓰는 것이나 말을 하는 것이나 용기 있게 싸우는 것이나, 또 타자기를 치는 것이나 어느 것 하나 빠짐없이 잘했기 때문에 그야말로 항상 마음 놓을 수 있는 동지였다.

그가 천직으로 일하던 교단을 떠나 우리 타자계로 투신하여 일하면서 이룩한 가장 큰 공적은 1977년 과학기술처와의 공식 대담이다. 이 대담이 타자기 글자판 8년 전쟁에 중대한 교두보를 확보한 것이다(이에 대한 자세한 내용은 《뿌리깊은나무》 1977년 9월호에 〈어느 관리와의 다툼〉이란 제목으로 소개되었다).

그가 1978년 1월 30일자 《주간 시민》에 〈장관이 거짓말하는 세상〉이란 제목으로 쓴 칼럼은 그 신문을 폐간시킬 정도로 당시로써는 상상도 할 수 없을 만큼 용기 있는 글이었다. 제98회 정기 국회에서 야당 의원이 글자판 통일 문제를 질의하였을 때, 과학기술처 장관이 거짓으로 답변한 적이 있다. 장관의 답변을 비판한 글이었는데, 이 글을 발표한 두 주일 뒤에 이 신문은 폐간되고 말았다.

송현 씨가 온갖 위험을 무릅쓰고 진리를 입증하고자 용감하게 싸웠기 때문에 지금까지 그토록 서슬이 퍼렇던 과학기술처가 꼼짝 못하게 됐다. 옛날 같으면 그는 벌써 고발이 되어서 매도 맞고, 감옥에 잡혀갔을 것이다.

내가 "표준판을 지지하는 자는 국가와 민족을 해치는 자"라고 글을 썼다가 중앙정보부에 고발을 당하여 곤욕을 치른 일이 있는데, 송현 씨가 과감하게 싸운 것은 그때 내가 하던 것과 비교가 안 된다. 송현 씨와 같은 젊은이들이 과학의 진리를 위해서 생명을 내걸고 싸울 각오를 하고 용감하게 일하고 있는 것은 정말 국가적으로 다행한 일이었다.

뿌리깊은 나무

일천구백칠십칠년 구월

어느 관리와의 다툼

송 현 /시인. 문장용 타자기 연구회 회장이자 공 병우 한글 기계화 연구소 부소장. 서라벌 예술 고등 학교 전 교사. 시집 「청산의 서」와 「황희골」의 저자. 주소 : 서울시 종로구 서린동 111 번지 공안파 안.

저는 함 석헌 선생님과 공 병우 박사를 존경합니다. 함 선생님을 한국의 간디라고 생각하고, 공 박사를 제2의 세종 대왕이라고 생각합니다. 이 두분의 공통점은 여러 가지가 있읍니다. 고향이 북쪽이라는 점, 둘 다 일흔이 넘은 할아버지란 점, 그런데 무엇보다 중요한 공통점은, 두분 다 신앙이나 신념 때문에 싸우기 좋아한다는 것입니다. 이 두분은 이날까지 밤낮 싸워 왔고, 지금도 싸우고 있으며, 또 앞으로도 계속해서 싸울 것입니다. 두분 다 한없이 마음이 어질 뿐 아니라 또 부끄럼도 잘 타는 온순한 분입니다. 일흔이 넘은 할아버지들까지 시끄럽게 싸우는데도 하늘이 아직 잡아가지 않는 것은, 아마 이분들의 싸움이 신

영문 타자기는 수백년 동안 개량되었다. (공잔사 소장)

념이나 신앙의 싸움이어서 그리 밉지 않기 때문인지도 모릅니다.

저는 함 선생님으로부터 세례를 받았고, 공 박사로부터 공 병우 한글 기계화 연구소 부소장 자리를 맡았읍니다. 저는 남들과 싸우기를 좋아하지 않았읍니다. 그런데 이 두분을 존경하고 여러해 따라다니다가 보니 저도 모르게 물이 들어서, 어느새 싸우는 사람으로 변하고 말았읍니다.

요즈음 제가 싸운 싸움은 대강 다음과 같읍니다. 첫째로 체신부 장관에게 전보에서 풀어 쓰기를 하는 것은 한글의 우수한 과학성을 파괴하는 어리석은 짓이며, 또 2벌식 자판으로 된 텔레타이프를 쓰는 것은 나라와 겨레에 너무나 큰 손실이기 때문에 하루 빨리 고쳐야 한다고 한 것이었읍니다. 둘째로 모교인 동아 대학교 신문의 주간에게 가로쓰기 인쇄 방식을 버리고 세로 쓰기 인쇄 방식으로 하는 것은 시대에 아주 뒤떨어진 어리석은 일이며, 지금까지 선배 교수들이 쌓아놓은 위대한 전통에 먹칠을 하는 한심한 처사라고 한 것입니다. 세째로 한글 학회 주간에게 한글 학회가 한글 기계화에 앞장을 서 오다가, 갑자기 한글 새 소식의 조판을 낡은 활자 방식으로 한 것은, 한글 기계화 발전을 가로 막고, 한글 전용을 방해하는 처사라고 한 것입니다. 네째로 고려 대학교 이공 대학 김 아무개 교수가 국한문 혼용

- 77 -

송현, 〈어느 관리와의 다툼〉, 《뿌리깊은나무》, 1977년 9월호

송현, 〈장관이 거짓말을 하는 세상〉, 《주간 시민》, 1978년 1월 30일.
이 칼럼을 실은 뒤, 일주일 만에 이 신문이 폐간되었다.

민간 통일판 제정과 행정 소송

송현 씨의 출현 이후 나는 더욱 용기를 가지고 싸울 수 있었다. 그 뒤 한글학회, 세종대왕기념사업회, 한글기계화촉진회 등 여러 문화 단체와 손잡고 민간에서 이상적인 글자판을 통일 자판으로 제정하자고 합의한 뒤 마침내 민간 통일판을 제정하였다.

민간 통일 자판은 내가 만든 글자판을 골격으로 해서 세벌식으로 정한 과학적인 글자판이다. 물론 이 글자판은 내가 만든 글자판과 대동소이한 것이다. 이 글자판을 여러 한글문화 단체가 연합해서 제정했건만, 또한 이것이 과학적인 글자판인 줄 알지만, 정부에서 정한 표준 자판이 아니라는 이유로 보급될 수 없었다.

이번에는 13개 한글문화 단체들과 관계 인사들과 협의하여 행정 소송을 제기하기로 하였다. 행정소송을 하기 전에 몇 가지 절차를 의논한 끝에 일단 한영 타자기를 상공부에 표준규격 신청을 하기로 했다. 표준규격 신청을 받아 주지 아니하면 그때 행정소송을 걸기로 했다. 그때나 지금이나 수동식 한영 타자기는 세벌식뿐이었다.

안호상, 이은상, 주요한 박사 등이 주축이 되어서 내가 국내 최초로 만든 한영 타자기 글자판을 KS 신청을 했다. 그러자 예측했던 대로 공업진흥청에서 거절하였다. 그래서 조영황 변호사를 소송대리인으로 정하여 상공부 장관을 상대로 행정소송을 제기하였다.

이 재판에서 나는 조금도 이기리라고 기대하지 않았다. 그동안 과학적 진리를 위해서 수없이 싸워 왔건만 한 번도 들어 주지 않는 독재 정권에 기대한다는 것이 어리석었기 때문이다. 다만 무시무시한 독재정권 아래서도 진리를 위해서 이렇게까지 싸웠다는 기록이라도 똑바로 남겼으면 하는 생각에서였다.

이 재판 과정에서 한 가지 특기할 것은 송현 씨가 법정 증언대에서 선서까지 하고, 과학기술처 장관을 규탄하고 과학기술처의 잘못을 증언하였다는 점이다. 그때 재판을 방청했던 사람에게 들은 바로는 송현 씨의 용기있는 태도는 글자판 투쟁사에 길이 빛날 것이라고 했다. 그리고 그는 과학의 진리를 위해서 싸운 것만이 아니라, 내가 발명한 세벌식 한글 타자기가 합리적이고 과학적이란 점을 글을 통하여, 강연을 통하여 입증하고, 또 내가 최초로 발명한 세벌식 글자체에 대해서 이론적 체계를 세우는 등 그야말로 한글 기계화에 커다란 공을 세운 분이다.

이 재판에서 우리는 졌다. 우리는 이제 할 수 있는 일을 다한 셈이다. 과학의 진리를 지키기 위해서, 글자판 통일을 위해서, 잘못된 엉터리 표준판을 폐기하기 위해서 우리는 그동안 온갖 방법을 다해 싸웠다. 장관을 상대로 행정 소송까지 해도 아무 소용이 없으니 이제 정말 싸우고 싶어도 더 싸울 방법이 없었다.

그래서 뒤늦은 감이 없진 않지만, 이제부터라도 타자기 보급을 해야겠다고 생각하고, 공병우 타자기 판매 주식회사를 만들었다. 송현 씨가 대표가 되었다. 나는 모든 것을 송현 씨에게 위임하였다. 한글과 영문을 같이 칠 수 있는 공병우 한영 타자기를 경방 타자기 회사에다 주문하여서 국내는 물론 해외 교포들에게 수출하는 일을 하였다. 그때 국내에서는 주로 문인, 목사, 의사, 경찰관, 대학생들에게 대대적인 보급을 하였다.

송현 씨는 열성과 용기는 대단하였지만, 사업적인 수완은 서툰 것 같았다. 결국 공병우 타자기 주식회사도 내가 미국으로 간 뒤에 얼마 가지 않아서 문을 닫았다.

송현 씨가 글자판 통일을 위해서, 그리고 공병우 타자기 보급을 위해서 글로, 말로, 몸으로 싸운 것들은 내가 도저히 다 설명할 수가 없다. 자세한 것은 언젠가 그가 글로 쓸 것이라 기대하며 나는 더 쓰지 않겠다.

한글 표준 자판 개정에 관한 청원서

1978년 2월 일

청원인 대표 주 요 한

한글 기계화 촉진회 대표 (75-9502)

종로구. 청진동 258-2 중산빌딩 403호

외 14 명

연락처: 부회장 송 현

사무국장 박 수돈

한글 기계화 촉진회 (75-9502)

별첨 자료

1) 표준자판 개정에 관한 설명서	1점
2) 체신부 회의록 사본	1점
3) 행정 개혁 위원회 보고서 사본	1점
4) BLUE SKY지 8월호 발췌 복사물	1점
5) 한글 기계 학술회지 /1973. 5. 25일자 /박 도제	1매
6) 동아일보 /1969. 6. 17일자/ 발췌 복사물	1매
7) 조선일보, 동아일보 /1977.9월 및 10월/ 발췌 복사물	1매
8) 서울신문 (1963. 1. 24.) 동아일보 (1977. 6. 7.) 발췌 복사물	1매
9) 한글 기계화는 어디까지 왔는가. /공 병우 타자기 연구소	1매
10) 과연 이것이 사실인가? /문장용 타자기 연구회/ 송 현	1건
11) 비전문가들이 엉어의 표준판을 만들었다. /문장용 타자기 연구회/송 현	1매
12) 공아보다 학습효과가 반도안되는 교학. /문장용 타자기 연구회/ 송 현	1매
13) 표준자판 개정에 관한 한원서 1977. 10. 5. /한글 기계화 촉진회/ 사본.	1점
14) 청원인 주민등록표 등본	1종
15) 정부기관 행정 엔벨스망 용학 정부에 관한 국무총미 지시 공판집	1점

주요한(대표), 〈한글 표준 자판 개정에 관한 청원서〉, 1978년 2월

박 대통령 각하께

한글 기계화 표준 글자판의 개정에 관한 청원서.

국사 다난한 대 각하의 더욱 건강하심을 심축하나이다.

한글 기계화는 현대 과학 문명 사회를 구현하기 위한 절대적인 필수 과제이며, 이를 위해서는 한글 기계화의 근본에 해당되는 글자판의 통일이 선행되어야 함은, 대통령 각하께서도 익히 알고 계시는 일입니다.

1969. 7. 28. 국무총리 훈령 81호로 발표된 표준자판은 별지 첨부한 설명서와 지적과 같은 모순과 결함이 드러나서 도저히 표준 글자판의 구실을 다하지 못하고 있습니다.

우리는 한글 기계화의 글자판의 통일이 한글 창제의 대업과 맞먹는 대 과제라고 생각하고, 별지와 같은 설명서를 첨부하여 현행 표준 글자판 개정을 청원하오니, 대통령 각하께서 이 중대 과제를 직접 살펴 보시고, 한글 기계화의 글자판 통일을 이룩하여, 일본 사람들이 개발한 한문자 혼용 기계화보다 뒤떨어져 있는 한글 기계화를 바로 잡아 주시기를 간절히 청원하는 바입니다.

1978. 2. 27.

별첨 참고 자료

1) 표준자판 개정에 관한 설명서 1첩
   외 12첩

주요한(대표), 〈한글 표준 자판 개정에 관한 청원서〉, 1978년 2월

한글 기계화 촉진회   대표 주요한

민족 문화 협회   대표 이은상

공병우 한글 기계화 연구소   대표 공병우

문장용 타자기 연구회   대표 송 현

국어 순화 추진회   대표 주요한

한글 전용 국민 실천회   대표 전택부

월간 뿌리 깊은 나무사   대표 한창기

배달 문화 연구원   대표 안호상

한국 통신 학회   대표 조정현

한글 문화 협회   대표 주영하

대한 상무회   대표 원흥균

한국 국어 교육 학회   대표 김성배

대한 교련, 한국 타자 교육회   부회장 김 성

한국 국제 문화 교류 기구   대표 한갑수

국어 순화 운동 전국 연합회   대표 고황경

사실 내가 사진 쪽으로 잠시 외도를 한 것도 다 송현 씨 같은 젊은이들이 용기 있게 싸웠기 때문이다. 그들이 과학의 진리와 글자판 통일을 위해서 오히려 나보다 더 과감하게 싸우고 연구하기 때문에 나는 한시름 놓을 수가 있었다. 그래서 나는 머리도 좀 식힐 겸 사진으로 발을 내디딘 것이다.

제9장

일흔두 살에 배우기 시작한 사진

카메라 메고 방랑길로

표준 자판 투쟁을 하는 동안 나는 엄청난 돈과 시간만 낭비하는 꼴이되고 말았다. 과학적인 내 발명품에 대한 정당한 평가는커녕 남산에까지끌려다니는 신세가 되었나 생각하니 한스럽기만 하였다. 나는 세벌식이아니면 한글 기계화가 망한다는 신념으로 그동안 온갖 희생을 무릅쓰고연구, 투쟁해 왔다. 내가 아무리 공격을 해도 당국에서는 반응이 없었다.그러니 투쟁을 할 대상이 없어진 것 같았다. 그동안 나는 과학기술처가잘못했다는 것만은 깨닫게 해 준 것이다. 한때 잘못을 수정하겠다고 과학기술처 담당자가 나에게 언약까지 한 일이 있었다. 그러나 그때는 이미잘못된 길로 너무 깊이 들어간 뒤에 깨달은 것이니, 바로잡기가 힘들었을지도 모를 일이다.

또, 박정희 군사정권은 자기들이 하는 일이 100퍼센트 잘하는 짓이라는 것을 인식시키기 위해서라도 그 과오를 수정하려 들지 아니한 것이다.

나는 군사독재 정권은 자기네의 잘못한 일을 알고도 고칠 생각을 않고, 군대식으로 강행하는 못된 버릇이 있다는 것을 알게 되었다. 뒤늦게나마 군사독재의 이런 속성을 알고서, 군사독재 정권과의 투쟁은 마치 달걀로 바윗돌을 치는 것과 같이 어리석은 일이라고 생각했다. 그래서 나는 투쟁은 이제 그만하고, 팔도강산 구경이나 하고 죽어야겠다고 생각했다. 나는 아직껏 팔도강산도 구경할 겨를이 없이 바쁘게만 살았다. 나는 그때 일흔 두 살의 늙은이였다.

마침 그 무렵 유판사라는 타자기 판매 회사를 하던 한민교 씨의 안내로 설악산 구경을 갔다. 그동안 까맣게 잊고 살았던 우리나라 산천이 이렇게 신선할 수가 있을까 하고 감탄했다. 아름다운 산 경치는 나에게 딴 세계를 보여 주는 듯했다. 나는 한씨가 갖고 온 카메라의 파인더를 들여다보았다. 조그마한 네모 공간 속에 잡힌 자연 풍경은 내 가슴속에 잡힌 영상처럼 아름답게 보였다. 그런데 유심히 보니 자동 노출기가 달려 있어 바늘이 위아래로 움직이고 있었다. 나는 그때까지만 해도 이렇게 카메라가 편리하게 발전한 것을 모르고 있었다. 나는 장난삼아 한 컷을 찍어 보았다. 그 뒤 한민교 씨로부터 내가 찍은 사진을 몇 장 받았다. 내가 찍은 것도 천연색으로 아주 잘 나왔다. 피사체인 자연 풍경이 좋았고, 카메라가 좋았으니 초심자라고 해서 좋게 안 나올 리가 없는 것이었다. 그때 나는 우리나라에서도 천연색 사진이 나온다는 사실에 놀랐다.

그 뒤 나는 값싼 독일제 35밀리미터 카메라를 하나 사서 들고 다니면서 그야말로 애들처럼 사진을 찍기 시작했다. 점점 재미가 나기 시작하였다. 그러자 나는 성능이 좀 좋은 일제 니콘 카메라를 사 들고 본격적인 사진 촬영에 나서기로 했다. 어디선가 촬영 대회가 있다는 광고를 보게 되면 나도 참가하여 젊은이들 속에 끼어들어 열심히 사진을 찍었다. 포즈를 취하고 있는 젊은 아가씨 앞에서, 젊은 사진가들이 앉아서 찍으면 나도 앉아서 찍고, 그들이 누워서 찍으면 나도 누워서 찍었다. 마치 원숭이처럼 그들의 흉내를 냈다. 이렇게 하여 사진의 구도 잡는 법과 작품 만드는 법을 배우기 시작했다.

주책없는 늙은이란 소리를 듣지나 않았을까 하는 생각도 훨씬 뒤에 해보았을 뿐, 그 당시에는 남의 시선 따위는 전혀 의식하지 않았다. 늦바람이 무섭다던가? 그동안 쌓이고 쌓인 스트레스가 렌즈의 초점으로 집중된 때문일까, 내 온갖 정열이 사진 촬영에 빨려 들어가는 듯했다. 그러니까 나는 일흔두 살 때 사진에 입문한 셈이다. 사진 콘테스트에서 내가 찍은 사진이 당당히 1등상을 타게 되어, 카메라 한 대를 부상으로 타기도 했다. 물론 나보다 더 우수한 사람이 있기는 했지만, 아마추어 영감에게 준 격려의 뜻이 섞인 상으로 생각하고 기꺼이 받았다.

카메라의 렌즈 조작이란 사실 눈의 이치와 똑같았다. 그러나 사진 예술의 감각은 안과적 생리 현상과는 다른 것이었다. 처음 카메라를 들어 본 초심자인 내 작품이 일주일 동안 미도파백화점에서 다른 입상자 작품과 함께 전시된 덕분에 사진에 더욱 흥미를 갖게 되었다. 나는 기회가 닿기만 하면 카메라를 메고 산으로 들로 바다로 강가로 다니며 촬영에 열중하였다.

나는 그 뒤 국전에도 두 번 입상하였다. 1년 6개월 만에 '나의 사진'이란 제목의 사진집을 출판하기도 하였다. 이 사진집은 뜻밖에도 사진작가들을 매우 놀라게 하였다. 일본의 유명 사진 잡지 《마이니치 카메라》에서 내 사진집을 소개하고 평론도 실어 국내에서 화젯거리가 되기도 했다. 일흔 넘은 아마추어 노인이 어떻게 1년 반 동안에 이런 작품집을 내놓을 수가 있을까? 나는 많은 사진작가들의 관심 대상이 되었다. 그때 나에게 사진 기술을 지도해 주던 사진작가들은 대부분 내가 사진을 연거푸 찍어 대는 것은 나쁜 버릇이라고 비난하면서 "공 박사는 돈이 많아서 필름을 낭비하고 있어요?" 하고 못마땅해 하는 것이었다. 그 당시의 대부분 작가가 한 피사체에 대해 한 컷 아니면 두서너 컷 찍는 것이 고작이었다. 그리고 '네거티브 필름'을 사용하는 분이 대다수였다. 나는 '포지티브 필름'을 가지고 한 피사체에 대해 많은 필름을 소비하는 데서 좋은 사진을 얻을 수 있었다는 사실을 스스로 깨달았기 때문에 사진을 시작한 지 1년 6개월 만에 사진작가들에게 자극을 줄 만한 사진집을 발간하였다. 그 당시는 개인 사진집을 만들어 낸 작가는 없는 것으로 알고 있었다.

나는 사진작가 오규환 선생과 같이 컬러슬라이드 클럽(CSC)을 창설했다. 오 선생을 회장으로 모시고 나는 뒤에서 후원만 했다. 당시 사진작가들은 35밀리미터보다 큰 사진기를 가지고 작품 활동을 하고 있었다. 그러나 나는 35밀리미터보다 큰 사진기를 사용해 본 일이 없었다.

그 무렵 홍도, 백도, 울릉도와 같은 기암절벽을 찍는 작가는 보기 힘들었다. 유람선을 타고 움직이는 배 위에서 찍지 못하고, 일정한 장소에서 큰 사진기를 삼각대로 버티고 찍은 사진들만 볼 수 있었다.

나는 움직이는 배 위에서 속사로 기암절벽을 어디서나 모든 부분을 찍어, 백도, 홍도, 울릉도 등 세 가지 사진집을 최초로 만들어 낼 수 있었다.

외국의 많은 사진 서적을 우리말로 번역하여 많은 사람이 읽을 수 있도록 해야만 우리나라 사진계가 발전할 수 있다고 생각되어, 사진 교육가들에게 사진 서적을 많이 번역하라고 간곡하게 권했다.

나는 미국 나성(로스앤젤레스)에서 크게 성공한 황진태 씨가 정성껏 만들어 준 컬러 프린트로 사진전을 열기도 하였다. 서울과 광주에서도 내 사진전은 크게 환영 받았다. 그리고 그 당시, 사진 전문가들도 찍지 못한 서귀포 앞바다, 홍도, 백도, 울릉도 등의 기막힌 절경을 배 위에서 자유자재로 찍어 새로운 사진을 많이 세상에 공개할 수 있었던 것은 잊을 수 없다.

사진으로 누린 표현의 자유

나는 카메라 여행에 세월이 어떻게 흐르는지도 몰랐다. 이때 이미 공안과 병원을 둘째 아들 영길에게 떠맡긴 때였으니 나는 아주 홀가분할 수 있었다. 처음에는 팔도강산을 유랑하면서 산수의 경관을 카메라에 담기도 하였고, 제주도나 홍도 같은 절경의 바다나 섬에 가서 촬영하기도 하였다. 때로는 어촌 풍경과 어민들의 고된 생활 표정을 찍기도 하였고, 농촌의 평화로운 모습 속에서 한민족의 냄새를 캐내기도 하였다. 나는 카메라의 렌즈를 통해 아름다운 조국 강산을 재조명할 수 있었고, 우리 민족만이 가진 정서를 발견할 수 있었다. 사진첩을 만들려고 한 장 한 장을 들여다보고 있으려니까 이것이 바로 나를 키워 주고 살게 해 준 아늑한 조국의 품이로구나 하는 생각이 들기도 했다.

권위 있는 동아 사진 콘테스트에 출품하기 위해 나는 용산 과일 시장 거리의 더러운 장면들을 흑백으로 찍었다. 그것은 일종의 고발성을 띤 사진이었다. 더러운 환경의 시장 안에서 과일과 먹거리를 팔고 있었다. 거기서 여러 컷을 찍었다. 비위생적인 장면을 담은 사진들이었다.

고발 사진들을 동아 사진 콘테스트에 출품을 하려고 준비를 하고 있을 때였다. 내가 처음 사진을 시작할 때부터 지도를 잘해 주던 류재정 선생과 오규환 선생은 고발성을 띤 사진 촬영은 삼가는 것이 좋겠다면서 출품을 극구 반대하는 것이었다.

시민의 생명이 왔다 갔다 하는 더러운 환경을 찍은 사진을 공개하면, 고발성을 띠게 되어 오히려 군사독재의 집권자에게도 시정의 자료가 되겠건만, 도리어 촬영자의 사상을 의심받게 된다고 했다.

시민들에게 도움이 되는 고발 사진을 공개할 자유도 없다는 말에 나는 분개하지 않을 수 없었다. 남산에 가서 고생할 결심을 하고 나는 내 고집대로 준비하여 출품하였다.

《동아일보》에 심사 결과와 심사평이 나왔다. 읽어보니, 공개할 수 없는 좋은 고발성 사진들이 있었는데, 부득이 입선에서 제외된 것은 유감이라는 뜻으로 쓴 구절이 있었다. 이 글로 인해 주최 측에서 그런 사진을 입상을 시켜 공개한다면, 내 사진 선생들이 경고했듯이 촬영자는 물론, 공개하는 주최 측도 남산에 불려 간다는 사실을 알게 되었다. 좋은 일도 받아들일 줄 모르는 무지한 군사독재 정권이라고 한탄한 나머지, 다시 풍경사진 촬영으로 빠져들고 말았다. 그때는 정말로 언론 자유가 털끝만큼도 없었던 시절이다.

하루는 서린동 내 집에서 무교동 네거리로 나가, 해돋이 사진을 찍으려고 삼발이를 세워 놓고 해뜨기를 기다리고 있었다. 그런데 어디선가 불쑥 낯선 청년이 오더니 대뜸

"당신 어디서 온 사람이오, 여기서 뭣 하는 거요?"

하고 불심검문을 하는 것이었다.

나는 어이가 없어서

"보면 모릅니까? 사진을 찍으려는 게 아니오, 나는 저기 보이는 공안과 병원의 원장인데, 해 뜨는 광경을 찍으려고 기다리고 있어요."

하고 말하니, 그는

"아이고 죄송합니다. 사실은 수상한 사람이 사진을 찍고 있다는 어떤 시민의 고발 전화를 받고 나왔습니다."

라고 말하고 돌아갔다. 아마 간첩으로 오인한 어떤 시민의 고발이 저지른 해프닝이었던 것이다. 아무려면 어떤 얼빠진 간첩이 삼각대를 거리에 뻗쳐 놓고 그런 식으로 사진을 찍는단 말인가? 그래 내가 말했다.

"여보 나니까 관계없겠지만, 만일 이 옆에 와서 유숙하고 있는 일본 관광객이 나와서 사진을 찍을 때 이런 경솔한 검문을 하였다면, 우리나라

망신이 아니오. 앞으로는 좀 더 조심스럽게 두고 살펴본 다음에 정말 의심이 가는 증거를 잡으면 그때 검문을 하시오.”

반공 교육이 잘 되어 있는 것도 좋지만, 경솔하고 몰상식한 공무원들 때문에 선량한 사람들의 인권을 무시하는 경찰국가가 되어 억울하게 피해를 본 사람들이 수없이 있었다. 가끔 이런 일 때문에 모처럼 마음대로 할 수 있었던 표현의 자유가 위협을 느낀 적도 한두 번이 아니었다.

또 한 번은 설악산 한계령으로 가다가 망월대 휴게소에서 점심을 주문해 놓고, 그 집 옆에 만발해 있는 배꽃이 하도 아름다워 사진을 찍고 있는데 순경이 달려왔다.

“당신 누구요? 이름이 뭐요? 관광지에서 늙은 영감이 배꽃을 찍고 있다는데, 아니 당신이 누군데? 어디서 왔나?”

어처구니없는 불심검문에 기가 막혔다.

“그것은 왜 묻소?”

나는 노엽게 큰 소리로 반문했다.

그러자 그는 대답도 못 하고 슬그머니 사라지고 만 일도 있었다.

또 한 번은 중앙대학 사진과의 한정식 교수와 함께 양평을 거쳐 설악산으로 가는 길이었다. 새벽길을 떠나, 양평에서 늦은 아침 식사를 주문한 뒤, 그동안에 양평 거리를 돌아다니면서, 사진을 찍고 나서 돌아와 식사하고 있는데 형사 둘이 나타났다. 어디서 왔으며 무엇 하는 사람이며 등등 꼬치꼬치 캐묻는 것이었다.

“우리에게 무슨 혐의가 있어서 그런 질문을 하는 거요?”

까닭 없이 심문하는 그들에게 내가 대들었다. 우리가 타고 간 자동차가 서울 차라는 것을 보고도 어디서 왔는가 하고 질문하는 것이 괘씸하게 느껴졌다.

나와 순경과 언쟁이 벌어질 것 같으니까, 한 교수는 두 순경을 끌고 좀

먼 거리에 가서 무엇이라고 타이르니까 아무 말 없이 가고 말았다. 나중에 한 교수의 말에 따르면, 수상한 사람들이 거리에서 사진을 찍는다는 신고 전화를 경찰서에서 받고 나왔다는 것이었다.

그 말을 듣고 나는 다음과 같은 요지로 이야기했다.

아무리 신고 전화를 받고 나왔더라도 신중히 살펴본 뒤에, 검문을 할 만한 혐의가 있을 때 검문하는 것이 옳지, 대뜸 나는 경찰입니다 하면서 심문하는 것은 경찰의 월권행위라고 이를 경찰이 깨닫도록 가르쳐 주려고 내가 대드는데, 한 교수가 경찰을 저쪽으로 데리고 가는 바람에 더 따지지 못한 것이 유감스러웠다. 검문하는 순경에게 먼저 우리에게 어떤 혐의가 있다는 증거가 있어서 검문하는 것인가? 하고 따져야만, 우리의 소중한 인권을 보호받게 된다고 말했다.

아름다운 단풍을 촬영하기 위해 내장사에 갔을 때도 정읍 입구에 검문소가 있어 일일이 어디서 왔느냐고 검문하는 것이었다. 나는 하도 화가 나 한마디 했다.

"아니 단풍 구경 온 사람에게 무슨 혐의가 있어 조사하는 것이오! 아무 혐의도 없는 사람들을 마구 조사하라고 지시한 사람이 경찰국장이오? 경찰서장이오?"

순경이 내 질문에 어쩔 줄 모르고 당황하자, 뒷자리에 타고 있던 내 동생이 우리는 서울에서 단풍 구경을 왔다고 말하니까 가라는 것이었다.

제주도에 자가용을 가지고 갔을 때 일이다. 감이 아주 잘 익은 가을철이었다. 헐벗은 나뭇가지에 매달린 감이 아름다워 몇 컷을 찍고서 자동차로 돌아오니, 한 순경이 내 차 운전사의 면허증을 빼앗아 들고 심문을 하고 있었다. 그래서 내가 말했다.

"이 사람이나 이 자동차에 무슨 어떤 혐의가 있어 조사하는 거요?"

그러자 순경은 어물거리면서 면허증을 돌려주고 슬그머니 가 버렸다.

아무 잘못도 혐의도 없는데 마구 조사하는 월권행위를 보면, 약한 사람에게는 곧잘 으름장을 놓으며 텃세를 부리는 듯했다.

나는 일제 치하에서 사냥총을 가지고 시골로 마구 돌아다녀도 일본 순경에게 검문을 당해 본 일이 한 번도 없었고, 내 사냥총을 경찰서에 보관한 일도 없었다. 평화 시대인 지금에 아무 혐의도 없이 툭하면 경찰의 월권행위를 당할 때마다 분통이 터질 지경이고, 혐의도 없이 마구 검문하고 으르렁거리는 그들의 분위기가 경찰국가의 모습이 아니고 무엇인가? 군사 독재자들은 제 나라 사람에게 사냥총 허가를 해 주고도, 믿지 못해 낮에는 사냥을 하게 하고, 밤에는 경찰서에 보관하게 하고 있다. 나는 일반 국민이 부당하게 경찰의 행패를 당해도 언제나 굽실대며 절절매는 데만 익숙해져 있는 것이 불만이었다. 나는 단호하게 경찰의 무례한 월권행위에 대해서는 따져서 부당한 것임을 일깨워 줘야 한다고 생각한다. 국민이 스스로 자신의 인권을 찾을 줄 알게 되어야 민주주의 국가로 발전할 수 있을 것이다.

어느새 '사진작가'라고 불리게 되고

나는 자연을 좋아해서 많은 자연 풍경을 찍었지만, 그 가운데서도 특히 달을 좋아했다. 그래서 달을 많이 찍었다. 자연의 조화에 매혹되어 하늘의 변화무쌍한 모습을 시시각각으로 찍었다. 하늘에 깔린 변화무쌍한 구름의 갖가지 변화를 사진으로 담는 것도 자연의 신비를 탐색하는 것 같았다. 해가 뜰 때의 장엄한 모습을 보며 사진을 찍을 때면 내 심성은 내게 겸허한 마음이 일게 해 주는 것이었다.

나는 사진기 하나 제대로 조작하지 못하는 상태에서 출발하여, 어떤 신비한 장면까지도 포착하는 마음과 눈을 갖게 된 경지에 이른 듯한 생각이

들어 기뻤다.

나는 이렇게 해서 얻은 수많은 사진을 모아 책으로 만들고 싶었다. 처음에는 삼화인쇄소에 사진 인쇄를 맡겼다. 그러다가 나중에 광명인쇄공사로 바꾸었는데 삼화보다도 못한 사진 인쇄가 되고 말았다. 왜 이 꼴이되었느냐고 물었더니, 사진 인쇄기에 중요한 색깔 분해기가 나빠 그렇다는 것이었다. 그러자 광명인쇄공사는 중역 회의를 열어 최신 컴퓨터 색분해기를 구입하기로 결정하고 그것을 사기 위해 두 사원을 유럽에 출장 보냈다는 것이었다. 그 뒤 나는 광명인쇄공사에 나와 내 사진집을 주문했다. 그러나 거절당했다. 새로 주문한 색분해기가 들어와야만 주문을 받겠다는 것이었다. 그 뒤 거의 1년이 지나갔다. 영국에서 최신식 색분해기가들어왔다면서, 사진집 주문을 원하기에 내 사진들을 모아 사진집을 주문했다. 만들어진 사진집은 삼화인쇄소에서 만든 사진집보다도 훌륭한 것이었다. 나는 이렇게 두 인쇄소에 경쟁을 시킴으로써 우리나라 칼라 인쇄에 혁신을 가져오게 하였다.

내 작품집과 사진 전시회는 곧 한국 천연색 사진 인쇄를 혁신시키는 한계기가 된 것으로 생각한다.

사진 잡지의 인쇄 개선에도 다소 도움이 되었다고 생각한다. 월간 《사진》의 황성옥 사장님은, 1979년 5월호에 다음과 같은 내용의 글을 발표한 뒤, 그 잡지의 인쇄 개선에 노력한 끝에 최근 놀라울 정도로 개선되었다.

지난 3월 하순에 공 박사의 《물》이라는 사진집 한 권을 기증받았다. 이 사진집을 공 박사가 벌써 다섯 번째 내놓는 책자로서, 내용은 물을 주제로 엮은 컬러사진 48점을 사륙판 크기로 꾸민 것인데, 인쇄가 기막히고 선명하고 내용 또한 두말할 나위 없이 좋은 사진이어서 놀라움을 금할 수 없었다. (……) 이 《물》의 인쇄는 우리나라 인쇄계에 여러 가지 자극을 주고 있는데, 월간《사진》도《물》의 인쇄 수준까지 끌어올리지 않으면 안 되겠다는 자책과 결의를 굳게 했으며, 동시에 지금까지는 인쇄 과정에 신경을 쓰지 않고 소홀히 다루어 왔던 것을 깊이 뉘우치고 후회한 바 있다. (……)
(월간《사진》, 1981년 1월 2일)

이러한 솔직한 고백을 독자들에게 공개한 황 사장님은 그 뒤 사진 인쇄에 많은 공헌을 하고 있다. 따라서 앞으로 우리나 사진 잡지도 외국에서 나오는 사진 잡지에 비하여 큰 손색이 없을 정도로 발전될 것이 기대된다.

나는 슬라이드 필름을 프린트해서 전시회를 열어 보려고 국내와 일본에서 시도해 보았지만, 제 빛깔이 나오지 않았다. 미국에 가서 수많은 사진회사에서 프린트를 시도해 보았지만, 코닥만이 제 색깔을 만들어 낼 수 있었다. 그때 로스앤젤레스에 사는 막냇동생 병효한테서 연락이 왔다. 황규태 씨라는, 사진 현상과 인쇄를 연구하는 유명한 분이 있다는 소식을 듣고, 나는 곧바로 로스앤젤레스로 가서 그를 만났다. 그는 나이 많은 내가 사진을 시작했다는 것을 기쁘게 생각하면서 극진한 찬사와 아울러 점심 대접을 해 주는 것이었다. 그리고 그는 힘껏 노력해 보겠다면서 내 슬라이드를 60매가량 손수 골라 놓았다. 나는 서울로 돌아왔다. 그 뒤 곧 프린트해 한국에 보내 왔다. 코닥에서 뽑은 것보다 더 훌륭한 프린트였다. 나는 너무나 감격한 나머지, 황 씨와 공동 작품으로 공개하겠다고 전화로 승낙을 요청했다. 내가 혼자 만든 작품이라고 공개하기에는 내 양심이 허락하지 않아서, 황 선생과의 공동 작품으로 공개하는 것이 정당하다고 생각했기 때문이다. 그러나 황 씨는 사진 작품은 어디까지나 촬영자 자신의 것이라면서 굳이 사양했다.

내 사진 전시회 초대장에는 훌륭한 사진가 황 씨를 소개하였다. 사진 현상 기술이 크게 작용한 사진 작품임을 알리고 싶었기 때문이다. 사진

전시회는 연일 큰 성황을 이루었다. 광주에서 개최되었을 때는 서울보다도 더욱 큰 성황을 이루었다. 그때 나는 광주의 사진 문화 수준도 매우 높다는 것을 알았다. 그 뒤 나는 슬라이드 클럽을 오규환 선생과 같이 창설했다. 지금도 그 클럽은 매달 모여 사진 발전을 의논하고 가끔 전시회를 연다고 한다.

나는 고급 카메라를 사용하는 것도 아니다. 남들이 사용하고 있는 평범한 카메라를 갖고 있을 뿐이다. 굳이 색다른 점이 있다면 어떤 한순간의 모습을 포착하기 위하여 무수히 많은 필름을 아낌없이 사용한다는 점이라고나 할까.

내가 1980년에 미국에 가 살고 있을 때 내 사진 슬라이드를 사겠다는 달력 제작 회사의 요청이 있었다는 연락을 사무장으로부터 받았다. 나는 《뿌리깊은나무》가 내 필름을 사서 《한국의 발견》이라는 훌륭한 책에 적절히 활용해 준 것을 고맙게 생각한다.

나도 모르는 사이에 어느덧 사진작가라는 이름이 붙기 시작하였고, 사진을 사겠다는 출판사까지 나타나게 된 것이다. 사진에 미치다 보니 내가 어느새 이렇게 변신한 것도 모르고, 나는 미국에서 한글 전용 운동과 한글 전산화 연구에만 열중하였다.

제10장

미국 땅에 옮겨 차린 연구실

광주 사건과 병든 미국

한글 기계화를 위한 내 노력은 박정희와 전두환 두 군사 독재자의 군화에 완전히 짓밟혀 조금도 빛을 볼 수가 없었다. 그러나 천만다행인 것은, 한글 기계화를 위해서 헌신적으로 노력하는 젊은이들이 계속해서 한글 기계화를 위해서 싸우고 연구를 계속하고 있다는 점이었다.

그때 발표하지 않은 사진이 있어서 새로운 사진첩을 발간해야겠다고 한창 준비하던 가운데 난데없이 광주민주화운동이 터졌다. 너무나 놀랍고 충격적인 사건이었다. 신문에는 일절 보도되지 않았지만 입을 통해 흘러 들어오는 소문으로 미루어 보아 사태가 심상치 않게 진행되고 있음을 알 수 있었다. 나라를 지키고 국민의 생명을 보호해야 할 우리 국군이 광주 시민들을 폭도로 몰아 마구 총칼로 찌르고, 심지어는 어린 소년을 개머리판으로 때려죽이고, 처녀의 젖가슴을 도려내기까지 했다는 믿어지지 않은 소문들이 유언비어인지 진짜인지 분간할 수 없는 상황에서 시시각각으로 내 귀에 들려 왔다.

내가 평소 광주를 문화와 예술을 숭상할 줄 아는 예향으로 여겨 왔던 탓인지는 몰라도 광주에서 그런 난리가 났다니까 광주 사람들의 수난이 더없이 마음에 걸렸다. 우리 국민이 겪을 시련을 광주 시민이 도맡아 겪는 것 같아 마음이 아팠다. 내가 아는 광주 사람들은 문화적인 품위를 갖추고 있는 것이 보통이었다. 그곳의 교양 있는 집에서는 처녀가 시집갈 때 고급 양복장이나 냉장고를 가지고 가는 것을 자랑으로 삼지 않고, 조상으로부터 물려 내려온 유품이나, 서화, 골동품 같은 것을 갖고 가는 것을 긍지로 여긴다는 얘기를 들은 적이 있는 터였다.

한번은 내가 만든 한영 타자기를 사간 전라도 여인이 있었는데, 한참 뒤에 또 광주에서 왔다는 여인이 한영 타자기를 구입하러 왔다. 외국에 가 있는 남편에게 편지를 써 보내기 위해 필요한 것이라고 했다. 이 두 여인의 행적으로 보아 시집갈 때 가지고 갈 예단에 한영 타자기쯤은 포함시킬 사람 같기만 했다.

광주 시민들이 단결하여 군사독재를 몰아내자고 광주 사건을 일으킨 것은 민주적인 시민 의식이 높았던 때문이라고 생각한다. 그러고 보면 일제 때 광주학생사건이 바로 이 고장에서 일어났던 것도 결코 우연한 일은 아닌 듯하다.

앞서도 말했지만, 내 사진 전시회를 광주에서 열었던 바 있다. 사진에 대한 관심도도 서울에 견주어 광주가 조금도 못하지 않다는 사실을 관객 반응으로 알 수 있었다. 이처럼 예술과 문화를 사랑하는 도시에서 피비린내 나는 사태가 연거푸 일어나고 있으니 나는 후들후들 떨리기만 했다.

전두환 일당들의 잔악무도한 만행이 더욱 국민들의 분노를 일게 하였다. 그러는 동안 전두환은 며칠 사이에 별을 자꾸 달아 대장이 되더니, 나중에는 대통령으로 자작 등극을 하는 것이었다. 그 무렵 레이건이 미국 대통령으로 당선되어 취임하였다. 그런데 레이건이 백악관에 들어앉기가 무섭게 광주의 피비린내가 아직 몸에 배어 있는 전두환을 첫 손님으로 맞아 주는 것이 아닌가? 그렇게 해야만 할 무슨 꿍꿍이속이 있는 것일까? 나는 그 내막이 궁금하기만 했다. 이것이 어찌 인도주의 국가라고 하는 미국에서 할 짓인가 하는 생각도 들었다. 또 한편으로는 과거 40년 동안 가슴속에 한이 맺힌 이산가족 문제에 대한 의문점도 속 시원하게 알고 싶었다. 곧 남북이 갈라져, 부모 형제들의 혈육도 서로 만나 보지도 못하고 죽게 된 이 비극은 도대체 어디에서 비롯한 것일까를 꼭 알고 싶었다.

내가 1980년에 미국에 사는 딸들의 초청을 받아 미국에 가게 된 동기는 이 두 가지를 알아보기 위한 것이었다. 억울하게 죽은 광주 시민이 너무나 불쌍했을 뿐만 아니라, 내 자신도 이산가족의 한 사람으로 가슴에 한을 품고 죽을 생각을 하니 참을 수가 없었다. 내가 미국에 도착하니 딸들과 사위들이 마중나왔다. 내 마음도 모르고 딸들은 모처럼 미국까지 왔으니 유럽 관광이라도 한 번 하라고 성화였다. 너무나 간곡하게 권하는 바람에 나는 떠밀리다시피 해서 미국에 며칠 머문 뒤, 곧바로 유럽 관광을 떠났다. 그 무렵 중단할 뻔한 카메라 여행을 다시 하게 된 셈이다.

아내는 전에 유럽에 다녀온 적이 있어 딸네 집에서 쉬어야겠다며 사양하는 바람에 결국 나 혼자서 난생처음으로 유럽 여행을 하게 되었다. 나는 막내 사위 장 폴의 안내를 받아 가며, 수려한 자연 속에서 삶을 즐기는 스위스와 프랑스를 여행하였다. 그런 모습이 우리나라의 각박한 삶의 현장이 자꾸 대조되면서 '언제 우리나라도 잘 사는 나라가 될 것인가?' 하고 부러운 생각이 들기도 하였다. 나는 낯선 풍물들과 아름다운 이국 풍경을 많이 찍었다. 그러는 사이사이에 광주민주화운동의 피울음 섞인 아우성이 내 머릿속에 들리는 듯했다. 그래서 나는 더 여행을 계속할 수가 없어서 열흘 만에 미국으로 돌아오고 말았다.

미국에 돌아온 뒤 나는 미국의 안팎을 샅샅이 살펴보기 시작했다. 30년 전의 미국이 아니었다. 30년 전에 내 눈에 비친 미국은 지상 낙원처럼 보였다. 그런데 이번에 와 보니 미국은 크게 병들어 있었다. 낙원은커녕 지옥을 연상하게 하는 모습도 많이 눈에 띄었다. 그렇게도 깨끗하던 길거리는 온통 쓰레기로 뒤범벅되다시피 했다. 권총을 차고 장사하는 모습도 가관이었지만, 그 낭만적이기로 유명한 뉴욕 지하철은 그야말로 눈 감으면 코 베어 가는 것이 아니라 숫제 눈 뜬 채로 코 잘라 가는 무시무시한 우범지대로 바뀌어 있었다. 전에 미국에 머물렀을 때는 밤 11시 이후라도 혼자 지하철을 타고 마음 놓고 다닐 수 있었지만, 지금은 어림도 없는 일이었다. 이제는 대낮에도 카메라를 품 안에 숨겨 가지고 다녀야만 했다. 택시를 타 보았다. 손님을 일단은 강도 혐의자로 보게 된 것인지 운전자 자리와 손님 자리를 방탄유리로 칸막이 해 놓고 있었다. 30년 전에는 은행 잔고가 수백 달러 부족한 채로 수표를 끊어도 은행에서 일단 지불해 주고 나서 입금을 요구했다. 그런데 지금은 단 1달러가 부족해도 부도를 내고 벌금을 받아 내는 것이었다. 전에는 수백만 달러의 가치가 있는 미술관에 들어가 혼자 방방을 돌아다녀도 한 사람도 지키고 서 있지 않았지만, 지금은 감시인이 방마다 있었다. 뉴욕이나 로스앤젤레스 같은 대도시에는 대낮에도 강도 사건이 빈번하게 일어나고 있었다. 더욱이 한국에서 이민 온 우리 교포들이 많이 살상되고 있다는 소리를 듣고 가슴이 철렁하였다.

미국이 그동안 도덕적으로 타락한 나라가 되었구나 싶었다. 젊은이들은 폭력과 섹스의 숲에서 마약을 즐기며 쾌락주의로 달려가는 일련의 분위기에 소름이 끼칠 지경이었다. 미국이 부도덕한 면이 여기저기서 노출되어 있음을 보고, 나는 제 나라 걱정도 산더미 같은데 남의 나라 걱정까지 하게 되었다.

이제는 바야흐로 컴퓨터 시대

그러나 또 다른 측면에서 미국을 보니 확실히 과학 문명의 첨단을 걷고 있는 나라가 분명했다. 여러 분야에서 발전한 모습이 역력했다. 그야말로 컴퓨터 시대를 구가하고 있음이 확연했다. 미국에서 서울로 국제 전화를 하는데도, 다이얼만 돌리면 통화할 수 있는 편리한 세상이 되어 있었다. 은행에 가면 밤이고 낮이고, 은행원이 없어도 전자 기계 앞에서 입금도 시키고 현금을 찾을 수도 있었다. 나처럼 영어가 짧은 사람에게는 교환수나 은행원 앞에서 서툰 영어를 쓰지 않고도 쉽게 일을 볼 수 있게 세상이 바뀌었으니, 최첨단 전자 시대라는 게 실감 났다.

사무실의 계산기도, 식료품 가게의 금전 등록기도, 온통 컴퓨터화되어 있었다. 전자 제품들이 일반 대중용으로 산더미처럼 시장으로 나오고 있었다. 더욱이 내가 관심을 기울이고 있는 타자기들도 전동에서 전자 타자기로 바뀌어 있었다. 전자 타자기의 뚜껑을 열어 내부를 들여다보니 복잡한 기계 부품은 하나도 안 보이고, 텅 빈 공간에 캐러멜만 한 칩이 겨우한두 개 보일 뿐이었다. 이렇게 간편해진 전자 타자기를 미국에서 보게되니 그동안 아주 체념해 버린 줄 알았던 한글 기계화에 대한 내 열정이 또다시 달아오르기 시작했다. 그러나 나는 한국을 떠나올 때 내가 알고자했던 의문을 풀기 전에는 아무 일도 손에 잡히지 않을 것 같았다.

'도대체 무슨 까닭으로, 만행을 저지른 군사 독재자 전두환을 미국이 환영했을까? 우리나라가 40년 동안이나 남북으로 갈라져 가족들이 서로 만나지도 못하고 살아야만 하는 비극은 도대체 누구의 탓일까?'

가슴에 먹구름처럼 깔린 의문을 풀어헤쳐 보려고 내 나름대로 전문가를 만나기도 하고, 관계된 자료를 읽기도 하였다. 이러는 동안 어렴풋이나마 내 궁금증을 풀 수 있었다.

미국은 한국 민중에게 민주주의를 심어 주고 키워 주는 유모 노릇을 하는 척하면서 오히려 자기네들 말을 고분고분 잘 듣는 군사 독재자들에게 먼저 젖을 물려주며 키워 주고 있다는 사실을 깨닫게 되었다. 그 바람에 반체제 인사들은 감옥에 갇히고, 민주화 운동 인사들은 시달림을 받게 되고, 수많은 광주 시민들이 학살당하게 된 것을 알았다. 그리고 제2 차 세계대전 마무리 단계에서 미국의 제안으로 우리 조국이 남북으로 분단되었다는 사실도 알게 되었다. 그러니 우리나라 통일 문제는 우방국이라는 허울 좋은 강대국의 입김에 좌우될 것이 아니라 오직 우리 민족이 자주적으로 해결해야 한다는 것도 알았다.

우리나라 앞날에 어두운 그림자가 드리워지는 것을 직감할 수 있었다. 그래서 나는 3개월 만에 귀국하려던 예정을 바꾸지 않을 수 없었다. 불안한 고국의 정국을 주시하면서 나는 뉴욕 맨해튼 한복판에 자리 잡았다. 나는 한국의 군사 독재자들을 옹호해 주고 있는 미국 당국에 회의를 느끼면서 미국 안에서 내가 할 수 있는 것이 무엇일까를 생각해 보았다.

하나는, 군사독재를 반대하는 민주화 운동이고, 또 하나는 컴퓨터 시대에 걸맞는 한글 기계화 운동이었다. 나는 민주화 운동에 열중하고 있는 언론인, 지식인들과 유대 관계를 맺고 내가 할 수 있는 지원을 틈틈이 하였다. 그러면서 나는 컴퓨터 시대로 바뀌고 있는 미국의 모습을 피부로 느끼면서 한글 기계의 전자화를 꿈꾸기 시작하였다. 일찍이 보지 못했던 전자 제품들이 호기심에 찬 내 눈에 흥미롭게 비쳤다. 비싼 철제 계산기들도 아주 간편한 소형 전자계산기로 상품화되어 있었고, 저울도 숫자가 전자화되어, 움직이고 소리를 내기도 하였다. 나는 고국의 군사독재를 돕고 있는 미국 정책을 개탄하면서 민주주의가 실현되지 않는 한국에 되돌아오는 것을 단념하기로 하였다. 당분간 미국에 있으면서 고국의 민주화 운동에 힘을 보태면서 전자 시대의 한글 기계화를 연구하기 시작하였다.

돌이켜 보면, 사실 군사 독재자들의 악랄한 탄압에 밀려 내 한글 기계화 연구는 본의 아니게 중단되었던 것이다. 정부의 엉터리 표준판 때문에 내 세벌식 기계는 발붙일 곳을 잃게 되었고, 마침내 타자기 제조 공장마저 문을 닫게 되었다. 타자 학원에서조차 세벌식 타자수 양성은 일절 못하도록 압력을 가했다. 세벌식 타자수의 검정 시험제도마저 없애 버렸다. 그때까지 육해공군을 비롯해서 정부 각 관공서와, 사법부, 법원이나, 국회의원 사무실, 은행, 일반 회사, 공공 단체, 문화 기관 등에서 스피드를 자랑하며 맹활약했던 1급 . 2급 명타자수들은 말할 것도 없고, 수만 명의 속도 타자수들이 하루아침에 직장을 잃고 말았다.

선진국에서는 새로운 컴퓨터 시대를 만드느라고 여념이 없을 때, 우리나라에서는 엉터리 타자기를 표준으로 정하여 과학적인 세벌식 타자기를 말살하는 만행이 전국적으로 자행되고 있었다. 정말 한심스러운 일이 아닐 수 없다. 그러나 나는 그런 탄압 속에서도 굴하지 않고 한글 기계화 연구를 계속하여 정부 표준판으로는 개발할 수 없는 한영 겸용 타자기를 만들었다. "한 개의 타자기로 두 나라 글을 칠 수 있는 세계 유일의 획기적 발명"이라고 과분하게 칭찬한 서울대학교 김우기 교수의 글이 《여성동아》에 발표되기도 했다. 그러나 군사 독재자들은 내가 만든 한영 타자기가 정부의 표준판과 다르다는 이유로 판매의 길을 가로막았다. 이런 수모를 받으면서도 나는 "정부의 표준판으로는 결코 한영 타자기를 개발할 수 없다"고 강력하게 주장했으나, 쇠귀에 경 읽기였다.

침실이자 응접실이자 식당인 연구실

내가 이제 컴퓨터로 활기차게 움직이는 미국에 와서 그동안 밀린 한글 기계화 연구의 의욕을 되살리게 된 것은 너무나 다행한 일이 아닐 수 없다. 나는 딸들이 살고 있는 곳도 아닌 뉴욕을 내 연구 활동의 주 무대로 삼았다. 나는 맨해튼 중심가에 조그마한 콘도미니엄 하나를 구해 연구 근거지로 삼았다. 이름이 콘도지 조그마한 부엌과 목욕실이 붙은 단칸방 내실만 있는 집이었다. 응접실도 식당도 따로 없으니 손님이 와도 침실에서 맞아야 했고, 식사도 침실에서 해야 할 판이었다. 이름이 좋아 '공병우 한글 기계화 연구소'이지, 실상은 좁은 침실에 각종 기재들을 빽빽하게 들여놓은 것이었다. 그래도 나는 이 비좁고 어수선한 곳에서 각종 일들을 많이 해낼 수 있었다.

뉴욕은 컴퓨터 시대를 전망하기에 알맞은 중심지였고, 각종 사무 기계의 정보를 수집하는 데도 센터가 될 곳이라고 생각했기 때문이었다. 나는 먼저 내가 쓸 봉투부터 인쇄하였다. 한글 기계 연구를 하려면 간판이 필요한 것이 아니라 먼저 정보를 수합할 수 있도록 분명한 연구 기관의 이름과 주소를 관계 인사들에게 우편을 통해 알리는 일이다.

내가 처음 착수한 것은 사진 식자기 연구였다. 박모 씨를 시켜 내 설계대로 사진 식자기를 만들어 보려고 했으나, 첫 번에 실패를 하고 말았다. 서울을 떠나올 때 월간 《사진》 황성옥 사장과 월간 《디자인》 이영혜 사장이 사진 식자기를 서둘러 개발해 달라는 청탁이 있었다. 그 무렵 한국일보사에서 개발한 사진 식자기(책 183쪽 참조)를 다른 경쟁 신문사에는 보급을 거절하였기 때문에 나는 이를 못마땅하게 생각하고, 다른 여러 신문사를 위하여 사진 식자기 연구에 열을 올렸다. 이번에는 미국의 전문회사에 내 설계도를 주고 만들게 하였다. 신문사나 잡지사에서 사용하도록 한글 자모를 여섯 벌식으로 해서 글자 모양도 맵시 있게 만들어 냈다. 그러나 인쇄 출판의 전문가란 사람들은 인쇄체 글씨에만 길들여진 탓으로 내가 만든 식자기의 글자꼴이 마음에 안 든다는 것이었다. 간단한 조작으로 글자를 조합시켜 한 글자를 만드는 것이니 일본에서 완성형 글자로 만든 모리사와(森澤)나 샤켄(寫硏) 회사 제품의 글씨체처럼 정밀하게 예쁜 글씨가 될 수는 없는 노릇이었다.

내가 숱한 고생 끝에 사진 식자기를 개발해 내놓아도, 관계자들은 글자꼴 타령만 하니, 할 수 없이 시제품으로 나온 필름만 대여섯 벌 만들어 이 방면에 관심을 기울이고 있는 몇몇 인사에게 보내고 그만 손을 떼고 말았다.

그래서 나는 한국에서는 발명을 해 놓고도 정부 표준판이 아니라는 이유로 빛을 보지 못했던 이른바 2단 공병우 한영 타자기(영어의 대문자와 한글을 찍을 수 있는 타자기)를 서울에 있는 경방 타자기 회사에 제조를 의뢰하여 미국에서 수입하여 교포 사회에 보급을 시도하였다. 공병우 2단 한영 타자기를 미국에 수출한 것이다. 이 일은 한국에서 송현 씨가 공병우 타자기 주식회사의 대표이사로 일하면서 담당했다. 한영 타자기는 속도도 빠르고 신기하게 영문도 함께 칠 수 있는 이점 때문에 교포 사회에서는 씨가 잘 먹혔다.

그러나 한글만 주로 쓰는 교회당 같은 데서는 한글의 글씨 모양을 조금 더 예쁘게 만들어 주었으면 좋겠다는 청탁이 들어왔다. 나는 타자기는 인쇄 활자하고 달라서 읽어 볼 수 있을 정도로만 글자가 나오면 되고, 속도가 빠른 것이 타자기의 생명이라고 말해 왔었지만, 하도 글씨 모양 타령들을 하고 있으니 이번만은 예쁜 글씨체의 타자기를 만들어 보기로 하였다. 연구한 끝에 이른바 '공병우 체제 한글 타자기'라는 것을 만들어냈다. 미국의 스미스 코로나 회사에서 만든 타자기에서 예쁜 한글이 찍혀 나오도록 제작하였더니 이것도 인기 품목이 되어 미국 안에서 널리 보급되었다. 북한 유엔 대표부에서도 여덟 대를 주문하여 네 대는 북한으로 보내겠다고 하는 것이었다. 내가 수개월 앞서 기증했던 2단 한영 타자기는 글자꼴이 좋지 않아 받기를 사양하겠다면서 되돌려 보냈다. 역시 그들도 글씨 모양에 얽매여 글자살이를 하는 듯했다.

그동안 내 뉴욕 생활을 줄곧 뒷바라지해 왔던 아내는, 내가 또다시 한글 기계화에 전념하기 시작하자 체미 6개월로 접어들던 달에 훌쩍 한국으로 돌아가고 말았다. 건강이 좋지 않은 것이 가장 큰 이유이긴 하지만, 아마 정신적으로 견디기 힘든 면도 있었으리라 짐작된다. 내가 비좁은 방에서 연구를 한답시고 밥상 치우기가 무섭게 기계를 벌여 놓는가 하면, 대장간처럼 별의별 기구와 서류들이 흩어져 있는 어수선한 방에 손님들을 마구 불러들이니, 이 뒤치다꺼리하기가 일흔이 넘은 몸으로서는 견디기 힘든 일이었을 것이며 답답한 하루하루였을 것이다. 손님 가운데는 "이런 누추한 방은 처음 본다"고 솔직히 말하는 이도 있었다. 아내가 귀국한 뒤부터 혼자서 자취 생활을 하니 좁은 방은 더욱 지저분해지고 난장판이 되었다. 그래도 나는 손님에게 부끄러움을 탈 정신적 여유도 없이 연구하는 데에만 몰두하고 있었다.

　여러 방면의 전문가들을 맞아들여 새로운 과학 정보를 듣고 배우고 익히면서 뉴욕의 연구 생활은 무난히 버티어 나가게 되었다. 뉴욕에는 고국에서 오는 신문을 복사해서 보급하는 《동아일보》와 《한국일보》가 있을 뿐이었고, 뉴욕에서 발간하는 《교포 신문》은 소규모의 《한미신보》와 하 사장이 발행하는 《대한일보》 정도가 있을 뿐이었다. 2년 뒤 내가 필라델피아에 내려간 뒤에는 《중앙일보》, 《조선일보》 등이 뉴욕 판을 발행하였고, 《미주 매일 신문》, 《세계신보》, 《일간뉴욕》 등의 신문이 우후죽순처럼 생겨 풍성한 교포 언론계가 형성되었다.

　내가 보기에는 컴퓨터 식자기로 지반을 굳힌 《한국일보》를 빼놓고는 한결같이 적자 경영하며 어려움을 겪는 듯했다. 그래서 그런지 이들 신문사들은 대부분 값싸고 간편한 한글 식자기의 출현을 기다리고 있었다. 한국 안의 큰 신문사들은 다투어 제작 과정의 컴퓨터화를 꾀한답시고 30여만 달러나 되는 거액을 주어야 살 수 있는 일제 식자기를 덮어놓고 주문하는 것이 유행처럼 되고 있었다. 어떤 회사에서는 유행 바람을 타고 그 비싼 기계를 사 놓고 썩히는 회사도 있었다. 어떤 방식의 것이 바람직한지 몰라 일본 장사꾼들에 놀아나 외화만 낭비하는 듯이 보였다. 더욱이 컴퓨터 숲속에 있는 우리 교포 신문들은 더욱 갈피를 못 잡고 있었고, 백여 개의 키를 눌러야 하는 복잡하고 비싼 일본 모리사와(林澤) 회사의 사진 식자기를 사용하는 것이 고작이었다. 그것은 2천여 자의 한글 원도를 필름에 담아 놓고 그 글자를 찾아가 키를 누르면 글자가 사진 찍혀 식자되는 비합리적인 방식의 기계이다. 2천여 자의 글을 일일이 찾으면서 타자해야 하는 방식이니, 얼마나 속도가 느릴지는 누구나 쉽게 상상할 수 있을 것이다. 그래도 사람 손으로 일일이 원시적으로 체자하던 방식보다는 한결 쉽다는 생각에서 이 방식을 선호하고 있는 듯하였다. 어쨌든 《한국일보》 미국 지사(서울 본사는 그 당시 한자가 없어 사용하지 않고 있었음)만은 모두 세벌식 글자판으로 한글만을 찍을 수 있는 과학적인 아이텍(ITEK) 사진 식자기로 각 도시에서 판을 치고 있었다.

인쇄 혁명 일으킬 한글 식자기 연구

나는 사실 컴퓨터 시스템의 식자기 개발은 곧 우리나라의 문화 혁명을 의미하는 것이라고 굳게 믿고 있었다. 그러기 때문에 일본에서 약 30만 달러 정도 주고 사는 비싼 식자기보다 약 2, 3만 달러 정도면 살 수 있는 값싸고 실용적인 식자기를 개발해야겠다고 별렀다.

나는 오래전에 서울에 있을 때, 전자식 한글 모노타이프를 개발한 적이 있었다. 컴퓨터식으로 간편하게 글쇠를 누르면 글자의 완성된 자모가 튀어나와 납물로 조판하는 기계를 제작했던 것이다. 모리사와 기계처럼 2천여 개의 글자를 찾아다니면서 타자하는 이른바 일본식 공판 타자기식이 아니고, 영문 타자기처럼 빠른 속도로 찍되 활자는 신문에서 사용하는 글씨체의 자모를 컴퓨터가 찾아내어 식자하는 방식이었다. 그야말로 속도 빠른 최신식 인쇄용 식자 문선을 겸한 연판(납으로 겔라를 만들어 주는) 기계였다.

일본 고이케 회사는 내가 만든 설계로 시제품까지 제작하여 시연까지 한 일이 있었다. 세벌식 타자기를 치듯 빠른 속도로 타이핑만 하면 컴퓨터가 완성형 글자를 찾아 주는 방식이었다. 그러니 글씨는 신문사에서 사용하고 있는 어떠한 자형으로도 만들 수 있었으니 소원대로 예쁜 글자는 얻게 된 셈이었다. 그런데 이 기계에는 한문 글자가 안 들어 있는데다가 제작비가 5만 달러라 너무 비싸다는 트집을 부려 이 최신식 개발품도 언론계로부터 외면을 당하고 말았다. 실용 단계로 들어가 보지도 못하고 무산되고 만 셈이다. 아닌게 아니라, 이 기계를 구입해 쓰려고 한다면 2-30만 달러는 너끈히 들 것이었으니 비싸다는 투정도 부릴 만한 일이었다.

그러는 동안 세상은 활자로 조판하는 방식에서 사진 식자기 방식의 시대로 바뀌어 가고 있었다. 나도 모노타이프 개발의 경험을 사진 식자기에 활용하여 누구나 싼값으로 손쉽게 사서 편리하게 쓸 수 있는 것을 만들어 내고 싶었다.

그러고 보니 생각나는 일이 하나 있다. 1978년 어느 날이었다. 당시 정부의 표준 자판에 대해 투쟁을 하다가 정부의 탄압으로 내가 지쳐 있을 무렵이었다. 뜻밖에 젊은 손님이 나를 찾아왔다.

"공 박사가 개발한 모노타이프가 있다는 소리를 일본의 고이케 제작 회사에 찾아갔을 때 듣고 왔습니다."

그 원리를 자기에게 가르쳐 줄 수 있겠느냐는 것이었다. 까닭을 물으니, 그 원리를 컴퓨터에 활용해 보고 싶다는 것이었다. 그는 이 가능성을 타진해 보려고, 처음에는 미국 컴퓨터 회사를 찾아다녀 보기도 했고 일본으로 건너가 이 계통의 회사를 찾아 전전하면서 영어 식자기처럼 빠른 속도로 한글을 식자할 수 있는 길이 없겠느냐고 타진해 보았다는 것이다. 모리사와나 샤켄 회사에서 개발한 수천 개의 글자 필름판을 일일이 찾아서 셔터를 누르는 이른바 공판 타자식은 시대에 걸맞지 않는 것이어서, 속도가 빠른 영어 식자기 같은 한글 식자기의 제작 가능성을 찾아 그 동안 국제적으로 헤매고 다녔다는 것이었다.

이 젊은이의 행적은 반갑다 못해 놀랍기까지 했다. 알고 보니 이는 《한국일보》의 사주였던 장기영 씨의 둘째 아들 장재구 씨였다. 나중에 그는 《한국일보》 본사에서 아버지의 대를 이어 사장 노릇을 하기도 했지만, 그 당시에는 로스앤젤레스에서 《한국일보》 지사장을 하고 있었다. 장 사장은 자전거 속도 같은 모리사와 식자기보다는 비행기 속도 같은 구미식 식자기의 개발을 모색하느라고, 처음에는 미국에서 개발해 보려다가 뜻을 이루지 못하고 일본으로 건너가서 그 가능성을 찾다가, 고이케 회사에서 내가 만든 전자식 모노타이프가 있다는 소리를 듣고 나에게 달려왔다는 것이었다. 나는 감격할 수 밖에 없었다. 이 모노타이프는 내가 정말 힘들여 만들어만 놓았을 뿐 이 엄청난 개발에 대해 당시 국내 신문사들은 한자가 안 나온다는 한 가지 이유로 신문 기사감도 안 될 정도의 별 볼 일 없는 것으로 취급하며 거들떠보지도 않았던 것이다. 그런데 젊은 신문 경영자가 이 기계에 관심을 기울이는 것을 보고 나는 과연 미국에서 공부한 경영자의 머리는 다르구나 하고 감탄하였다. 더욱이 그이의 머리 쓰는 방향이 확실히 다르다고 느꼈다. 내 개발품에 대해 언론계에서 누구 하나 관심 갖지 않는 줄 알았는데, 이렇게 뒤늦게나마 관심을 갖고 미국에서 여기까지 찾아왔으니 오히려 내가 더 고마운 생각이 들었다.

나는 곧바로 이 기계를 개발할 때 참여했던 이윤온 씨와 김성익 씨를 불러 다른 연구를 위하여 해체하였던 것을 5일 동안 시간을 두고 재조립하여

장 사장에게 시연하면서 원리를 설명해 주었다. 나는 장 사장을 진심으로 돕고 싶었다. 이때 기계 부분 연구는 이윤온 씨가 맡고, 컴퓨터 부분은 김성익 씨가 했는데, 장 사장님은 김성익 씨, 김창만 씨, 오동호 씨 등 세 사람을 특별 채용하여 연구를 추진하였다. 나중에 보니, 내가 설계한 원리에 따라 드디어 세벌식 사진 식자기를 《한국일보》에서 세벌식 자판으로 개발해 낸 것이다.

말하자면 내 것은, 세벌식 원리로 해서 구멍 뚫린(펀치) 테이프를 만든 다음 이에 의해 납물을 부어 납판을 만드는 핫(hot) 시스템이었지만, 그의 것은 테이프에 펀치가 찍힌 다음 사진 필름을 만들어 내는 이른바 쿨(cool) 시스템이었다. 정말 장하게 여겨졌다. 《한국일보》가 이렇게 해서 만든 사진 식자 방식으로 혁명적인 신문 제작을 하는 것을 보고 나는 그렇게 반가울 수가 없었다.

서울에 있는 《한국일보》 본사에서는 이 경이적인 컴퓨터의 출현에 대해 대대적으로 선전하는 자체 광고가 연일 나왔다.

"한국에서는 본사가 최초로 채자, 식자, 문선 과정을 컴퓨터로 해낼 수 있도록 혁명적인 기계를 개발하는 데 성공하였다."

내 소원대로 신문사에서 한글 기계화가 내 세벌식 원리대로 이루어졌으니 나도 박수갈채를 보내며 기뻐했다. 그런데 신문사에서 내건 사고(社告)나 선전 기사에는 단 한 마디도 나에 관한 이야기는 없었다. 내가 자의로 제작 원리를 조건 없이 모두 가르쳐 준 마당에 이런 이야기를 한다는 자체가 좀 쑥스럽기는 하지만, 공병우식의 원리를 그대로 채용해서 개발한 것이란 정도의 도의적인 코멘트는 있었어야 옳았다. 그것은 내 개인의 권리를 밝히고 싶어서가 아니라 지적인 노력을 서로 아껴 주고 보호해 줄 줄 아는 것이 마땅한 도리라고 생각하기 때문이다.

어쨌든 이 같은 식자기는 다른 여러 신문사에서도 서로 다투어 사용하게만 된다면 더 바랄 것이 있겠나 싶었다. 아닌 게 아니라, 여러 신문사에서 그 기계를 사도록 알선해 달라는 요청도 들어왔다. 누구나 주문하면 될 것이라고 말해 주었지만 알고 보니 경쟁지인 다른 신문사에서는 그 기계를 사기가 힘들다는 소리도 들려왔다. 나는 이 소문의 사실 여부는 모른다.

그 뒤 나는 여러 신문사의 소원대로 펀치테이프의 조작 과정도 없이 곧바로 인화지에 사식되며, 값도 그것보다 10분의 1 이하로 훨씬 싸게 살수 있는 컴퓨터 식자기 개발에 나서게 되었다. 이를 위해서는 항공 정밀 공장을 운영하고 있는 필라델피아의 셋째 사위 강필승 사장의 신세를 질수밖에 없었다. 여러 가지 실험을 할 때마다 구차스럽게 필라델피아에 사는 강 사장을 불러낼 수밖에 없었다. 내 연구를 위해 바쁜 그를 수시로 뉴욕으로 오게 하자니 나도 미안스럽고 그도 고달픈 일이었다. 그럴 때 차라리 자기가 경영하는 필라델피아 자이나텍 회사 근방으로 내가 이사를 오면 어떻겠느냐는 제안을 받았다. 나는 사진 식자기 개발의 꿈을 실현시키기 위해 뉴욕에서 필라델피아 교외로 이사하지 않을 수 없었다.

그렇게 나는 1983년 필라델피아로 이사 와서, 곧 1015 THORTON COURT, NORTH WALES, PA에 공병우 글자판 연구소를 개설하였다고 친지들에게 알리고, 한글 기계의 자판 연구와, 사진 식자기 연구 작업을 계속하였다. 사위는 미국인 컴퓨터 전문가 피터 씨를 특별 채용까지 해연구를 도왔다. 나는 피터 씨에게 한글의 원리부터 가르쳤다. 그러고는 내설계 원리를 내주었다. 사진 식자기 개발은 빠르게 진행되었다. 마침내 나는 1985년에 영문 사진 식자기 제작 전문회사인 아이텍 회사의 기계로 세벌식 한글 전용 사진 식자기를 개발하는 데 성공했다. 내가 뜻한 바대로 일본 것에 견주어 10분의 1의 싼값으로 신문사에 공급할 수 있는 실용적인 제품이 드디어 나오게 된 것이다. 이 소문을 듣고 많은 신문 경영인들이 찾아왔다. 이 사진 식자기는 미국의 영자 신문사들이 사용하고 있는 각종 편집기능까지 갖춘 최신 사진 식자기이다. 신문인들의 반응도 각양각색이었다. 여전히 글자 모양만 따지는 사람도 있었고, 한자가 없다고 타박하는 이도 있었다. 그러나 신문 활자로 그만하면 쓸 만하다면서 고성능의 식자 문선 편집 등의 기능을 앞세우고 곧 계약하는 이도 있었다. 제1착으로 캐나다 토론토에 있는 《코리언 저널》에서 먼저 구입했고, 이어 로스앤젤레스에 있는 월간지 《뉴 라이프》에서도 구입했다. 그 뒤 뉴욕의 《미주 동아일보》에서 1년 동안 사용한 적이 있었고, 현재 필라델피아의 《자유신문》에서 사용하고 있다. 물론 일반 신문사에서 원하는 대로 한자도 넣을 수도 있고, 글씨 모양도 더 아름답게 만들 수는 있다. 그러나 엄청난 낭비에 속하는 그런 작업을 하고 싶지 않아 그런 비경제적인 식자기는 만들지 않는 것뿐이다. 한글 컴퓨터의 기능 극대화는 말할 것도 없고 일상 생활에서 한자를 몰아내야만 우리 문화가 비약적으로 발전할 수 있다는 생각에서 아이텍 메커니즘을 이용하여 한글 전용 사진 식자기를 만든 것이다.

엉터리 표준 자판 없앤다는 소식은 들었으나

한국의 우수한 두뇌들이 개발한 컴퓨터 자판들은 제멋대로였다. 자기 나름대로 연구를 하다 보면 백인백색의 자판이 나오기 마련이다. 정부에서 지정해 준 표준 자판이 너무나 비과학적이어서 비롯된 현상이었을까? 그것보다도 자판에 대해 관심을 기울이는 이가 별로 없기 때문인 것 같았다. 어떤 근거로 자판을 고안했느냐고 물으면 대개 표준판을 무조건 따랐다거나, 그저 나 좋은 대로 정했노라고 하는 것이 보통이었다. 인체공학적인 근거 위에서 자판을 만들었다는 사람은 별로 없었다. 그러니 자판 문제가, 컴퓨터 시대를 여는 데 가장 핵심 구실을 하는 중대한 문제라고 한결같이 말하면서도, 인체공학적으로 검토해 보거나 연구해 보지 않는 사람들이 많았다.

그러니 새로 등장하는 컴퓨터계의 과학도들은 제각기 자기식 자판을 만들어 내는 경향마저 생겼다. 이런 혼란 사태가 반드시 벌어질 것 같아 나는 한국에 있을 때 정부 표준판을 공격하면서 하루바삐 시정해야 한다고 투쟁했던 것이다. 정부 표준판으로는 수동식 한영 겸용 타자기를 만들 수도 없고, 수동식 타자기와 컴퓨터의 자판 통일도 불가능하다고 이미 오래전에 예언하였다. 정부의 비과학적인 표준판으로는 도저히 컴퓨터 시대를 헤쳐 나갈 수 없다는 것을 아는 사람이 몇이나 될까 답답하기만 했다.

1983년 8월 어느 날 송현 씨로부터 국제 전화가 왔다.

"박사님! 기쁜 소식입니다. 1969년 7월 28일에 국무총리 훈령 제81호로 공표되었던 정부 표준 자판은 1983년 8월 26일자 국무총리 훈령 제21호로 폐지되었습니다!"

"그게 정말이오?"

나는 처음에는 송현씨가 한 말이 믿어지지 않았다. 한참 뒤에야 우리나라 정부가 이제 제정신을 차린 모양이라고 생각했다. 그동안 꿈 속에서도 기다리던 일이었다. 진리는 반드시 이긴다고 믿어온 터였지만, 이국땅에서 이같이 기쁜 소식을 들을 줄이야 어찌 상상이나 할 수 있었을까.

이제 앞으로 과학적인 검토를 하여 바람직한 표준 자판이 나올 것임에 틀림없었다. 나는 한동안 들떠 있었다. 그런데 그 뒤 고국에서 들려오는 소식은 아주 비관적이었다. 국무총리 훈령 제81호가 폐지되었다는 낭보를 들은 지 얼마 되지 않아, 다시 송현 씨에게 전화가 왔다.

"박사님! 큰일났습니다. 국무총리 제81호 폐지로 엉터리 네벌식 표준 자판을 폐지한 것은 정말 불행 중 다행인데, 그 대안으로 제시한 것이 문제입니다."

내에서 승차 또는 적재할 수 있는 인원 또
는 물품의 적재량중 최대량의 것으로 한다.
다만, 12세 미만의 소아 또는 유아의 1.5인이
12세 이상의 자인에 상당한 것으로 본다.
제51조 (기준의 완화) ①교통부장관은 그 구조
에 따라 보안상 지장이 있다고 인정되는 자
동차 또는 운행에 필요한 보안상의 제한을 부
한 자동차에는 당해 구조 또는 장치에 관한
본장의 규정중 일부를 완화할 수 있다.
②이장의 규정에 의한 검사동에 의하여 이장
의 규정의 기준에 적합하지 아니한 것이 판
명되었거나 고장이나 사고로 기준에 적합하지
아니하게 된 자동차가 정비 또는 개조를 하
는 장소 또는 적재물로 인한 위험물을 제거
하기 위한 필요한 조치를 하는 장소에 운행
할때에 한하여 당해 기준에 관한 이장의 기준
을 적용하지 아니 한다. 다만, 그 운행이 타
교통에 위험을 초래할 우려가 있을 때에는 예
외로 한다.
③교통부장관이 구조 또는 장치에 대하여 이
장애 규정한 기준의 개선을 위하여 유익하다
고 인정되는 시작 자동차 또는 시험자동차로
서 그 운행에 필요한 보안상의 제한을 부한
것에 있어서는 당해 구조 또는 장치에 관한
이장의 규정을 적용하지 아니 한다.
　　　제3장 원동기부 자동차의 보안기준
제52조 (길이, 너비 높이) 원동기부 자동차는 공
차상태에 있어서 길이 2.5 너비 1.3 높이 2
를 초과할 수 없음 다만, 관할관청의 허가를
받은 경우에는 예외로 한다.
제53조 (제동장치) 원동기부자동차는 다음 기준
에 적합한 제동장치를 비치하여야 한다.
　1. 전후륜을 제동할 수 있을 것.
　2. 건조하고 평탄한 포장노면에서 자 제동거
　리5m 이하에서 정지하는 제동 능력을 가질
　것.
제54조 (전조등) 전조등은 야간전방 10m의 거리
에 있는 교통상에 장애물을 확인할 수 있는
성능을 가지고 있어야 한다.
제55조 (경음기) 원동기부 자동차에는 적당한 음
향을 내는 경음기를 비치하여야 한다.
　　　　　　부　　　칙
이 영은 공포한 날로부터 시행한다.
　〔별 표〕

품　　　명	수　량
파　라　핀	2,000
나　프　타　린	2,000
안　스　타　센	2,000
페　인　트	2,000
수　　지　　무	300
생　　고　　무	300
와　세　린	2,000
아　스　라　센유	2,000
성　　　냥	200

비고 : 수량외 단위에 있어서 표체는 키로그램 액
　　　체는 미터로 한다.

훈　　령

국무총리훈령제81호

　한글 기계화 촉진에 함적 저해요인으로 되
어 있던 자판의 다양성을 시정하기 위하여 그
동안 정부는 대통령각하의 지시에 따라 다각도
로 검토하여 한글 기계화 표준자판을 1969년 7
월 1일 제50회 국무회의 의결을 거쳐 확정한 바
있읍니다.
　그러나 이러한 문제는 정부의 확정만으로써
끝나는 것이 아니고 이를 널리 보급하여 우리
들의 것으로 완전 소화시켜야만 소기의 목적
을 달성할 수 있는 것입니다.
　따라서 이의 철저한 시행을 위하여 다음과
같이 지시하니 관제부처장관은 그 시행에 만전
을 기하기 바랍니다.
　　　　　1969년 7월 28일
　　　　　　국무총리 정 일 권 ㊞
1. 앞으로 구입하는 한글타자기 및 인쇄전신기
　등은 모두 표준자판에 의한 것으로 한정할 것.
2. 한글타자교육과 자종 결정은 표준자판에 의
　하여만 실시할 것.
3. 소속공무원들에게는 자체교육을 통하여 표준
　자판에 의한 한글타자기술을 조속히 습득시킬
　것.
4. 현재 보유하고 있는 각종 한글타자기와 인
　쇄전신기동은 점차 표준자판으로 개조 사용하
　도록 조치할 것.
5. 표준자판 타자기의 보급이 종전의 타자기 보
　급률을 상회할 때까지 각종 지원에 의할 보
　급방법을 연구 검토할 것. (경제기획원, 재무부,
　과학기술처)
6. 한글타자기의 국산화촉진을 위하여 외국합작
　투자의 권장과 기타 지원책을 연구 검토할 것.
　(경제기획원, 상공부)
7. 표준자판에 의한 타자교육을 위하여 타자기
　술학원등에 적절한 지도를 가할 것. (문교부)
8. 정부 관리기업체를 포함한 산하기관에 대하
　여도 위 1,2,3,4항의 취지에 따라 관제 각 부
　처장관의 감독아래 표준자판타자보급의 철저를
　기할 것.
　첨　부 : 표준자판(4벌 타자기용, 2벌 인쇄전신
　　　　　기용, 4벌 인쇄전신기용) 각 1부
　수신처 : 가, 나, 다, 자 정부관리기업체

46

〈국무총리 훈령 제81호〉, 1969년 7월 28일자

제10장 미국 땅에 옮겨 차린 연구실　241

"그 대안이 뭔데요?"

"두벌식입니다."

"그건 네벌식보다 더 엉터리지 않소!"

아니, 네벌식을 폐지하고, 그 대안으로 두벌식을 하다니! 갈수록 태산이라더니, 정말 억장이 무너졌다. 지난 15년 동안 전쟁에 맞먹는 국가적 손실을 내고도 국민에게 한 마디 사과도 없이 이번에는 폐지한 네벌식보다 더 엉터리인 두벌식을 표준판으로 정하다니! 엉터리 두벌식은 바로 15년 전에 국무총리 훈령 제81호로 엉터리 정부 표준판을 공포할 때 텔레타이프용으로 지정된 두벌식 자판을 가리킨다. 그런데 그 당시 텔레타이프를 다루는 정부 부서에서 두벌식은 비과학적이라고 강력히 반발하였다. 하급 기관에서 네벌식보다도 더 못한 두벌식은 폐지해야 옳다고 아우성친 일이 있었다. 그야말로 일종의 반란을 일으키기까지 했던 것이 문제의 두벌식이다.

1970년에는 통신 업무를 다루는 체신부에서, 1972년에는 효율적인 공문서 체제를 연구하는 행정개혁위원회에서, 각각 정부의 표준판 제정에 반기를 든 일이 있었던 것이다. 이러한 까닭으로 해서 마침내 통신용 두벌식 자판만은 1972년 국무총리실의 지시로 쓰지 못하도록 조치까지 내린 적이 있었다. 그런데 이제 15년 만에 엉터리 표준 자판을 폐지한다고 해 놓고서는, 옛날에 정부 기관에서도 못 쓰겠다고 내던졌던 그 두벌식을 수동식과 컴퓨터의 표준 자판으로 삼는다니 이게 도대체 문명한 사회에 있을 법이나 한 일인가! 컴퓨터에서는 두벌식으로 입력해도 아무런 지장이 없다는 것이었다. 어처구니없는 일이었다.

나는 이때만 해도 컴퓨터에 대해 잘 몰랐기 때문에 아마 그런가 보다 하고 묵묵부답으로 안타까워하기만 했었다. 그러나 뒷날 컴퓨터 전문가들의 증언으로 컴퓨터에서도 두벌식이 세벌식에 견주어 기계공학적인 무리가 많다는 것을 알게 되었다. 이렇게 해서 우리나라는 비과학적인 두 가지 자판

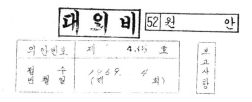

의안번호	제 4.85 호
접 수 년 월 일	1969. 4 (제 4 회)

한글 기계화 종합 개발 계획(안)

제 출 자	국무위원 김 기 형 (과학기술처 장관)
제출년월일	1969. 4.5.

1. 분석평가

가. 타자기

(1) 자판3벌수 타자기는 속도가 바른 것이 특징이나 자형의 균형이 잡혀 있지 않고 심지어는 받침을 추가하여 변조할 가능성을 내포하고 있다.

(2) 자판5벌수의 타자기는 자형의 균형이 고르고 추가 변조될 가능성이 거의 없는 것이 특징이나 타자 속도가 느리다.

(3) 자판4벌수의 타자기는 타자속도 및 자형의 장단점을 절충한 것으로서 영문 타자기를 거의 개조 없이 한글 기계화할 수 있는 것이 특징이다.

(4) 표준자판 (안) 을 포함한 타자기마다 기계공학적, 인간공학적 구비조건 및 기준에 부합되는 자판이 없음이 판명되었다.

김기형, 〈한글 기계화 종합 개발 계획(안)〉, 과학기술처, 1969년 4월, 1쪽, 19쪽.

을 표준판으로 동시에 갖게 되었다. 이 세상 천지에 수동식 타자기의 표준 자판과 컴퓨터의 표준 자판이 전혀 다르고, 또 치는 방식도 서로 다른 해괴 망측한 나라가 어디 있단 말인가!

정부는 통일 자판을 만들어야 한다면서 어쩌자고 두 번씩이나 번번이 전혀 한글 자판이 무엇인지도 모르는 사람들 손에 넘겨 얼토당토않은 일을 저지르는지 알 길이 없다. 타자하는 데 배우기 쉽고, 치기 쉽고, 속도 빠른 방식이 있다면 어느 개인의 업적이건 어느 연구 단체의 연구이건 받아들이는 것이 과학세계의 정석이 아닌가.

어떤 관리는, 나라의 표준판을 제정하는 데 어떻게 개인이 만든 시스템을 그대로 채용할 수 있겠느냐는 말을 했다고 한다. 이런 어리석은 생각을 하는 관리가 과학 행정을 좌지우지하다니, 참으로 기가 막히는 일이 아닐 수 없다. 마음을 잡고 한글 식자기나 한영 전동 타자기 연구에만 열중하려던 나는 또 의기소침해질 수밖에 없었다. 바람직한 정부의 표준안이 나올 수 있었던 절호의 기회를 또 놓치고 말았으니 안타깝기만 했다. 이같이 전두환 정권이 과거보다 더 무지막지한 실책을 저질러 놓은 것은 반드시 역사의 심판을 받을 날이 올 것으로 확신한다.

그런 의미에서 나는 세벌식 입력과 세벌식 출력에 관한 연구와 발전을 위해 더욱 열심히 하기로 했다. 내가 계속해서 연구하는 동안 사필귀정으로 많은 지성인과 전문 학자와 컴퓨터의 고급 두뇌들이 내 이론을 깨닫고 글과 행사를 통해 컴퓨터계의 진로를 세벌식으로 전개해야 한다고 외치는 일련의 움직임을 보게 되니 반갑기만 했다. 나는 진리가 반드시 이길 것이라는 신념으로 투쟁하며, 끈기 있게 기다리는 수밖에 별 도리가 없다고 생각하고 연구를 계속하지 않을 수 없었다.

한글 쓰기 소프트웨어 개발

미국의 컴퓨터계는 하루가 다르게 변화하고 있었다. 그 가운데서도 영어 워드프로세서는 직장·학원과 언론계에서 크게 환영을 받았고, 많은 사람이 활용하였다. 나는 컴퓨터에서 영어처럼 한글도 나올 수 있으면 좋겠다는 생각을 하게 되었다. 나로서는 엉뚱한 꿈이었다. 나는 컴퓨터에 대해서는 일자무식이었기 때문이었다. 그러나 이치로 봐서는 영어가 된다면 과학적인 한글이 안 될 리가 없다고 믿었다.

나는 1983년 봄부터 한글 워드프로세서에 대한 연구를 시작하였다. 타자기를 처음 연구할 때처럼 두벌식으로 고안해 보았다. 처음에는 일반 수동식 타자기의 자판에서 받침을 뗀 두벌식 자판으로 만들어 검토해 보고자 했다. 이 설계를 당시 캐나다 토론토에 있는 '한 컴퓨터 연구소'에 보내 소프트웨어 개발을 의뢰했다. 얼마 뒤 시제품이 나왔다. 나는 직접 검토와 실험을 해 보았다. 만족할 만한 결과는 나오지 않았다. 컴퓨터에는 두벌식이 간단히 되고 편리하다는 남들 말만 듣고, 그대로 했더니 결과는 정반대였다.

두 번째 실험으로 나는 자모 배열을 합리적으로 바꾼 두벌식 자판의 소프트웨어를 만들어 이를 실험 검토해 보았다. 먼저 것보다는 좀 편리하고, 운지법에도 모순이 거의 없었으나, 찍은 글이 화면에서 엉뚱하게 나타나고, 한글 받침을 단독으로 찍을 수조차 없었다. 일반 한글 타자기를 치던 이들은 치는 방식을 새로 연습해야만 한글을 쓸 수 있는 등 커다란 결점들이 나타났다. 이런 이유로 나는 두벌식 한글 워드프로세서의 개발은 포기하고 세벌식으로 개발을 시작했다. 먼저 애플II에서 한글을 쓸 수 있는 소프트웨어를 한 컴퓨터 연구소에 의뢰하여 만들어 써 보았다. 이렇게 새로 개발한 세벌식 한영 워드프로세서는 두벌식에 견주어 네 가지 특징이 있었다.

첫째로, 한글 자판이 일반 수동식 한영 타자기와 같고, 치는 방법도 같다.

둘째는, 시프트 키 사용이 두벌식보다 4분의 1이나 적고, 좌우 손을 균등하게 놀림으로써 입력속도가 10퍼센트가량 빠르다.

셋째는, 한글 받침을 단독으로 찍어 넣을 수 있고, 또 프린트도 할 수 있다. 따라서 한글에 관한 교본이나 연구 논문, 한글 프로그램 제작 또는 한글 교육 등을 손쉽게 할 수가 있다.

넷째는, 자판에서 키를 치면, 스크린에 그대로 정확히 나타나므로 안정된 기분으로 글을 쓸 수 있다.

그러나 그 워드프로세서는 유치한 수준이었다. 어쨌든 세벌식 워드프로세서로 한글을 처음으로 써본 나는 그 신기함과 편리함에 반해 버렸다. 또 컴퓨터의 위대한 과학성에 크나큰 충격과 감동을 받은 나머지 소감을 글로 쓰기도 했다.

"미국 사람들이 개발한 영문 워드프로세서와 견주면 우리 것은 아직도 어린아이나 다름없습니다. 앞으로 우리나라 과학자들이 연구에 연구를 거듭하여 더욱 완전한 세벌식 한영 워드프로세서로 발전시키기를 바라는 마음 간절합니다."

이 합리적인 세벌식 워드프로세서를 써 본 뒤부터 타자기는 답답해서 칠 수가 없었다. 워드프로세서는 속도도 빠르고, 힘도 안 들었고, 일의 능률이 몇 배로 올랐다. 펜으로 글을 쓰는 것을 손수레나 달구지로 비유한다면 수동식 타자기는 자전거라 할 수 있고, 전동 타자기는 자동차이고, 컴퓨터는 비행기라고 할 수 있다. 나로서는 일생 잊지 못할 감격이었다. 워드프로세서 덕분에 내 문자 생활에 혁명이 일어났다. 원고를 타자기로 쳐 오던 친구들도 이 한글 워드프로세서를 보고는 혁명적인 원고 생활을 하게 되었다면서 뛸 듯이 좋아했다. 나는 이때의 감격을 억누를 길이 없어 생전 써 본 일도 없는 시를 다 지었다.

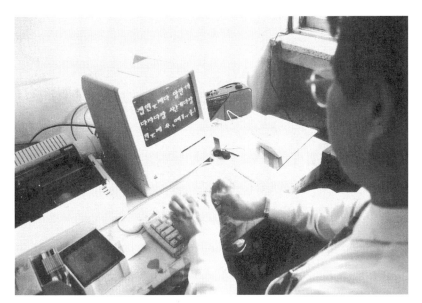

애플 컴퓨터로 세벌식 타자를 치는 모습

너는 나의 비서

너는 내가 처음 만난 나의 비서
너는 세상에 처음 태어난 나의 비서
너는 햇살 같이 빠르고 정확한 천재 비서
나는 네 도움으로 열흘 할 일, 하루에 해치우니,
10년 걸려 할 일 1년에 하게 되었네.

나는 너 없이는 하루도 잠시도 일하고 싶지도 않고
할 수도 없게 되었네.
지금은 진정 너 없이는
즐거운 나의 생활할 수 없네.

너는 내가 지시만 하면 언제든지 일하는 상시 비서

나는 너를 밤낮으로 혹사해도,

너는 항상 미소 짓는 즐거운 얼굴

네 손가락 수는 많지만 모두가 젊은 아가씨 손처럼

부드럽고 매끄러운 예리한 손가락.

내 손가락은 곧 부러질 마른 나뭇가지 같아

약하고 거칠고 둔한 늙은이의 손가락.

타자기에서 힘들게 치던 나의 손가락이

네 손바닥 위에서는

날아다닐 듯이 가볍게 살짝살짝 온종일 눌러 대도

고달픔을 못 느끼네.

80 고개에 다다른 나는

네가 곁에 있기 때문에 날마다 하고 싶은 일을 즐겁게 하는

나의 글자 생활

나는 여태껏 많은 비서들과 일해 보았지만

너처럼 일해 갈수록 깊은 정이 들기는 처음.

그래서 너는 진정 나의 첫사랑 애인과 같은 나의 비서.

나는 문화 높은 위대한 미국에 왔기에

너 같은 천재 비서를 만나게 되었네

그래서 나는 미국에 온 보람을 느끼고 또 느끼네.

애플II 컴퓨터로 한글 전용과 한글 기계화에 관한 원고를 쓸 때는 내가 과거에 수동식 타자기의 타자 비서 세 사람을 두고 원고를 쓸 때보다도 더 능률적이었다. 그러므로 컴퓨터와 프린터 구입에 소비한 금액은 두세 달이면 보상되고도 남는다고 생각했다. 문명의 이기는 그 값어치를 금액으로 따질 수 없다는 사실을 더욱 깊이 깨달았다.

그러자 황규빈씨가 막대한 돈을 투자하여 한 컴퓨터에서 텔레비디오 컴퓨터용 '한글 워드프로세서'를 두벌식으로 개발했다. 이것을 내가 세벌식으로 개조했다. 애플이 초등학생이라면 이것은 대학생과 같을 만큼, 영문 워드프로세서와 거의 같은 기능을 가지고 있었다. 나는 애플에서 받은 감격과 놀라움보다 더욱 실용적인 편리함을 느끼면서 이것으로는 타자비서 다섯 사람이 할 일을 혼자서 해낼 수 있다는 기분으로 날마다 많은 글을 타자하며 원고 작성을 즐겼다.

그러할 무렵 신태민 선생 소개로 당시 뉴욕 컬럼비아 대학에 와서 박사학위 과정의 논문을 준비하던 김영수 박사를 만나 매킨토시 컴퓨터의 우수성을 알게 되었다.

김 박사는 내 모음 간소화 방식 (ㅏ, ㅐ, ㅗ, ㅜ, ㅖ를 두번 치면 ㅑ, ㅒ, ㅛ, ㅠ, ㅖ를 찍을 수 있는 방식)을 가미한 세벌식 글자판 '맥 한글'을 개발하여 무료로 보급하기도 했다. 김 박사가 내게 가르쳐 준 '폰트(활자)'를 만드는 방법으로 나는 글씨 모양을 새로 몇 가지 더 개발했다. 한글 글자꼴을 마음대로 만들어 쓸 수가 있을 뿐만 아니라 글씨 크기와 모양을 마음대로 변동시킬 수 있는 매킨토시의 성능에 반하고 말았다.

1986년 10월경, 뉴저지에 거주하는 컴퓨터 전문가 김일수 씨로부터 "한 시간에 끝낼 수 있는 영문 프로그램을 한글에서는 1주일이나 걸려야 해낼 수 있다"는 충격적인 말을 듣고 나는 몹시 놀랐다. 영어가 1시간 걸릴 일이라면 한글은 그보다도 더 짧게 걸려야 이치에 맞을 텐데, 하루 종일도 아닌 1주일이나 걸린다니 실로 어처구니없는 말이 아닐 수 없었다.

그래서 나는 그 원인을 알고 싶어 10여 일 동안 생각하고 또 생각하면서 '두벌식으로 입력을 하고 또 글자꼴이 복잡한 인쇄체로 출력하는 데 원인이 있는 것이 아닐까?' 하는 가설을 세워 보았다. 이 같은 의문을 풀어 보고자 나는 다음과 같은 실험을 시작했다.

나는 글자를 만드는 '폰태스틱 소프트웨어'로 수동식 타자기의 글자판 배열로 세벌체 자모 63자를 영문 글자판과 직결되도록 만들었다. 예를 들면, 영문 J키에는 한글 자음 ㅇ을, 영문 F키에는 한글 모음 ㅏ를, 영문 A키에는 한글 받침 ㅇ을 배치하였다. 이런 '직결 방식'으로 만든 폰트를 영문 워드프로세서에 집어넣어 한글을 써 보니 세벌체 한글이 화면에 나타났다. 더욱이 영문 워드프로세서가 지니고 있는 갖가지 편집 기능을 한글에서도 완벽하게 재현시키는 것이었다.

나는 뜻하지 않게도 영문 워드프로세서처럼 편집 기능이 완벽한 한글 워드프로세서를 발명한 셈이다. 컴퓨터에 대한 지식이 없는 팔십 늙은이가 완벽한 한글 쓰기 소프트웨어를 발명하게 된 것이다.

이는 첫째로, 내가 한글 폰트를 만드는 방법을 배웠기 때문이며, 둘째는, 글자판을 세벌식으로 한 점이고, 셋째는, 매킨토시 컴퓨터의 우수성 등이라고 말할 수 있다. 두벌식 글자판으로 한다거나, IBM 컴퓨터를 사용했다면 전문가의 프로그램 없이는 작동이 불가능하므로 나 같은 컴퓨터 비전문가는 전혀 한글용 소프트웨어를 개발할 수가 없다.

이렇게 전문가가 아닌 사람이 직결 방식으로 만든 한글 쓰기는 전문가가 만든 한글 워드프로세서에 견주어 몇 가지 우수한 장점을 가지고 있음도 알게 되었다.

전문가 만든 한글 쓰기는 D/A(디지털/아날로그 변환)프로그램이란 군동작(헛일에 속하는 과정)을 거쳐야 한글을 찍게 되어 있지만, 내 한글 쓰기는 한글 폰트만 선정하면 곧바로 한글을 찍을 수 있어서 조작 과정부터 간편하다. 그리고 전문가가 만든 내 한글 쓰기는 매킨토시의 새로운 모델이 나오거나, 소프트웨어 버전의 숫자가 올라가거나 하면 적용이 안 되는 일이 많다. 그러나 내가 만든 것은 어떤 새로운 모델이든 또는 소프트웨어 버전의 숫자가 올라가든 모두 작동이 잘 되었다. 이것은 영문 코드와 한글을 직결 방식으로 하였기 때문이다. 따라서 영문 철자법 검색 소프트웨어는 아무리 비전문가라 하더라도 한글로 손쉽게 만들어 낼 수 있다. 현재 매킨토시 SE 모델을 가지고 한글을 쓰는 대다수가 내 직결 방식 한글 쓰기를 사용하는 것으로 안다.

이러한 과정을 밟은 나는 "한글은 입력도 출력도 세벌식으로 해야만 영어처럼 전산화가 급속도로 발전할 수 있다"는 결론을 내리게 되었다. 현재 일반 전문가들은 한글 구성 원리에 알맞은 쉬운 길을 모르고, 어려운 길로 가면서 한글 전산화의 발전을 늦추고 있는 것이 안타깝기만 하다. 마치 한복이 미적으로 아름답긴 해도 일상생활에서는 실용적, 경제적 가치가 적기 때문에, 활동할 때는 모두 경제적이고 활동적인 양복을 입듯이, 미적으로만 좋다고 써 오던 한글의 완성형 인쇄체를 버리고, 더 실용적이고 과학적인 세벌체가 일반화되어야만, 한글의 전산화도 로마자처럼 고도로 신속하게 발전할 수 있다는 확신을 가지게 되었다.

'PC 한글'이라는 획기적 한글 워드프로세서를 세벌식 글자판으로 개발한 김일수 선생은 〈병든 한글 컴퓨터화〉라는 글에서 과학자의 소신을 다음과 같이 결론지었다.

한글의 진정한 발전은 모아쓰기의 장점을 제대로 살려야만 한다. 이것이 입력, 처리, 출력 전반에 걸쳐 제대로 구사될 때 비로소 한글이 진정한 기계화, 전산화가 실현되는 것이다. 얼마 전 필라델피아에 계신 공병우 박사의 세벌식 쓰기를 레이저 프린터에 시도해 보았다. 이를 공 세벌식이라고 하는데, 한글을 자음, 모음, 받침 별로 각기 하나씩만 두고 모아쓰기 출력 방식으로 만든 《뿌리깊은나무》의 제호와 같은 꼴의 한글 자형이다. 내가 무엇보다 달갑게 생각한 것은, 영상이나 인쇄용 폰트 제작에서 현재 방식에 견주어 거의 시간이 들지 않는 점, 프로그램이 훨씬 간단하다는 점, 그리고 처리 속도의 향상으로 꼽을 수 있으며, 세벌 입력 방식에 세벌식 코드, 세벌식 출력으로 영문 처리보다 더 간단해져 개발, 보급, 사용에서의 혁명이라고 할 수 있다. 다음은 내가 개발, 보급하고 있는 한글 워드프로세서의 사용 교본 머리말의 일부이다. '한글은 생동하는 문자이다. 살아 숨 쉬는 약동의 글이다. 부드러운 곡선의 정감과 직선의 박력이 어우러져 새로운 형태의 공간을 자아내는 아름다움이 있다.'

1989년 한글 컴퓨터 전문지 《월간 컴퓨터》의 8월호에 실린 컴퓨터 전문가 강태진 씨 연구 보고에 따르면, 프로그램 만드는 데 세벌식은 두벌식보다 37퍼센트나 빠르다고 증언했다.

이렇듯 세벌식에 대한 내 집념이 뒤늦게나마 학계 전문가들에 의해 연구 결과로 공인을 받게 되니, 감개무량하고 반갑기만했다. 과학 정책을 다루는 관리들과 과학을 다루는 학자들, 일반인들이 언제쯤에야 이 이치를 깨우치게 될지가 내 관심거리이다.

미국에 번진 한글 기계화 운동

내가 미국에서 사진 식자기를 개발하고, 누구나 손쉽게 쓸 수 있는 한글 워드프로세서가 보급되자 교포 사회에서도 한글 기계화에 관심을 기울이는 분위기로 바뀌었다. 언론 기관에서도 남다르게 관심 표명을 하면서 내가 개발한 기계들을 크게 보도해 주었다.

이러던 가운데 필라델피아에 한글문화연구원(원장 신태민)이 발족(1985년 7월 15일)하였는데, 여기서는 다달이 '한글 문화의 밤'을 열고, 주로 한글 기계화에 관한 시연을 하면서 각종 강연을 주최하였다. 이 문화의 밤에 내가 개발한 신문용 사진 식자 편집기와 한글 워드프로세서를 공개적으로 교포 사회에 선보였고, 또 교포 신문에 상세히 보도하기도 하였다. 몇 차례 문화의 밤이 진행되는 동안에 소문이 나, 한글 워드프로세서를 개발한 분들이 문화연구원에 연락을 취하고, 차츰 모여들었다.

그 뒤 애플 매킨토시로 한글 워드프로세서를 개발한 김영수 씨(당시 뉴욕에서 박사 학위 과정을 밟고 있던 분)의 시연도 볼 수 있게 되었고, 뉴저지에서 온 김일수 씨(KKC 컴퓨터 서비스 회사)가 텔레비디오를 이용하여 레이저 프린터로 갖가지 예쁜 한글을 만들어 내는 과정을 구경하게도 되었다(일간 《뉴욕 신문》과 《독립신문》이 이 기계로 컴퓨터 식자를 채용하였다).

결국 여기서 만난 김영수 박사와 인연이 깊어져 그가 만든 두벌식 말고 세벌식 자판을 공동으로 재개발하여 세상에 내놓기도 하였다. 그리고 김일수 씨와 컴퓨터 식자기에 대한 밀접한 상의도 할 수 있게 되었다.

한편 샌프란시스코에 있는 텔레비디오 회사(황규빈 사장)는 독자적인 컴퓨터를 세상에 첫선을 보일 때, 막대한 돈을 들여 개발한 두벌식 한글 워드프로세서도 함께 공개하면서 위세 당당하게 첫날을 장식하였다. 나는 이들의 컴퓨터가 세상에 나온 뒤 곧이어 텔레비디오용 세벌식을 개발하여 과거 세벌식으로 길들여진 사람과 새로 능률적인 것을 바라는 사람에게 제공하였다.

이 밖에도 일리노이 주립 대학의 김형영 박사는 IBM에서 레이저 프린터를 사용할 수 있는 이른바 컬럼비아 시스템을 개발하였으며(현재 뉴욕의 《중앙일보》, 시카고의 두 신문사 등에서 사용 중) 텍사스 주의 오스틴 시에서도 IBM PC용으로 세종 한영 편집기(트릴링크 시스템)란 한글 워드프로세서를 개발하여 시판하였다. 뉴욕의 김민수 씨는 애플의 매킨토시로 레이저 프린터를 사용하는 길을 터놓기도 하였다, 텔레비디오로 레이저 프린터를 이용하는 길을 개척한 김일수 씨는 그 뒤 IBM에 사용할 수 있는 'PC 한글'이란 소프트웨어를 개발하였고, 캐나다의 〈한 컴퓨터〉에서는 '한글 2000'이라는 획기적인 한글 워드프로세서를 개발하여 요즈음 국내외에서 크게 호평을 받고 있다.

재미 컴퓨터 학자들이, 시장도 좁은 한글 기계화를 위해 막대한 돈과 시간을 들여 연구하고 개발하는 모습을 볼 때 나는 가슴이 뭉클해지고, 감격하지 않을 수 없다. 돈벌이가 되는 것도 아니고, 한국 국내 시장 개척까지 해야 하는 생소한 분야를 컴퓨터 전문가들이 해내고 있었다. 연구실에만 있어야 할 고급 두뇌에 국가적인 지원이 있어야 마땅한데, 이들은 너무나 어렵고 엄청난 부담을 안고 미국 안에서 한글 기계화 작업을 하고 있는 것이 고맙기만 했다.

이 분야에 나선 사람들은 하나같이 민족문화의 혁신을 꾀해 보려는 꿈이 서려 있는 사람들이었다. 나는 내심 외롭게 나만 홀로 한글 기계화의 길을 걸어온 것으로 생각해 왔다. 그런데 이렇게 여러 사람이 연구를 계속하고 있음을 알고 나니 결코 고독하지만은 않다는 것을 알았다. 과학 동지들의 당당한 기세를 느낄 수 있었고, 내게는 큰 힘이 되었다. 이들은 한결같이 불타는 정열과, 우수한 과학적 두뇌와, 학술 이론을 겸비한 학자였다.

나는 우리나라의 앞날이, 이런 사람들의 눈이 빛나고 있는 한 찬란하고 밝을 수밖에 없다는 생각이 들었다. 문제는 이 같은 분들이 개발해 낸 생산품들에 대해 일반의 반응이 미온적이라 그 점이 안타깝고 답답할 뿐이다. 훌륭한 컴퓨터 제품을 내놓기만 하면 무엇 하나, 우리 동포들이 써 줘야 그 제품은 살아나고 더욱 좋게 발전시킬 수도 있을 것이다. 그런데 우리의 환경은 써 주기는커녕 잘했다고 격려의 박수 한 번 치는 데도 인색하였다. 영어처럼 간편하지 못하다는 등의 투정과 타박을 일삼는 수가 많았다. 남의 업적을 존중할 줄 모르고 트집만 잡는 경향이 있는 것이다. 처음부터 완벽한 것이 어디 있을까? 계속 연구할 수 있도록 도와야 할 터인데, 그렇지 못한 상황이 안타깝기만 했다.

세계 언어학계를 깜짝 놀라게 할 만큼 훌륭한 한글을 만들어 놓았는데도 500년 동안 천대해 온 우리나라 지식층의 좋지 못한 습성이 한스럽게 생각되었다. 누군가가 무엇인가 놀라운 문명의 이기를 만들어 놓아도 제대로 인정받지 못하는 경우가 허다하다. 한글 전산화에서는 더더구나 그렇다. 그래서 나는 되도록 이런 분들과 밀접한 유대 관계를 맺으면서 정보 교환도 하고, 애로 사항에 대한 이야기도 나누면서 서로 격려하였다. 나도 내가 도울 수 있는 일은 어떤 방법으로라도 대담하게 도와야겠다고 다짐하였다. 이들이 대부분 나이는 나보다 훨씬 아래지만, 무엇인가 나보다 훌륭한 일을 해낼 사람으로 보였다. 아닌 게 아니라 이들 대부분은 결국 한국에서 각종 한글 워드프로세서를 만들어 내는 두뇌 역할을 하는 것이었다.

이 같은 한글 기계화의 바람이 일 무렵 나는 뉴욕에 있는 각 언론사를 자주 드나들면서 한글 컴퓨터 식자기로 신문을 제작할 문제를 논의하기도 하고, 실태를 견학하기도 하였다. 어떤 신문사에는 컴퓨터 시대에 대비시킬 방법으로 수동 타자기를 수십 대씩 기증하기도 했고, 나중에는 수만 달러씩 하는 아이텍(ITEK) 고성능 사진 식자기를 사서 조건 없이 무료로 빌려주어 신문 편집과 인쇄에 사용하도록 도와주었다. 어떤 신문사에는 컴퓨터를 사 주기도 하고, 또 어떤 신문사에는 텔레비디오 컴퓨터와 레이저 프린터를 기증하기도 하였다. 내가 연구하는 데에도 연구비 조달이 쉽지 않아 쩔쩔매는 형편이었지만, 언론계의 한글 기계화 문제는 어떤 희생을 무릅쓰고라도 추진되도록 밀어주고 싶었기 때문이다. 그 뒤 컴퓨터로 식자하는 교포 신문사들이 급격하게 늘어났다. 정말 반가운 현상이었다.

1986년 5월 현재, 미국에서 개발된 컴퓨터는 다섯 가지 정도였다. 연구소로 문의하는 서신, 전화 등이 하도 많이 오자, 나는 신문사, 출판사, 인쇄소 등에서 컴퓨터 식자기 선정하는 데 도움이 될 비교표를 만들어 돌리기도 하였다. 그 당시 개발된 식자기는 다음과 같다.

1. 레이저빔에 의한 식자기

1) KCC 식자기(입력—세벌식, 텔레비디오): 김일수 개발

2) 콜롬비아 시스템(입력—세벌식, IBM): 김현영 개발

3) 한 컴퓨터 시스템(입력—두벌식과 세벌식, 매킨토시)

    캐나다 한 컴퓨터 팀(개발 도중 중단하였음)

2. 디지털 식자기

1) LA 시스템(입력—두벌식과 세벌식, IBM)

3. 사진 식자기

1) 이미 《한국일보》에서 개발한 식자기(구형 ITEK, 세벌식)

2) 내가 개발한 사진 식자기(ITEK, 세벌식)

나 자신도 시간과 재력과 노력을 많이 들인 사진 식자기를 개발하였다. 내 연구 개발을 돕느라고 돈벌이도 안 되는 연구·실험 작업에 막대한 회사의 손실을 무릅쓰고 도와준 내 사위 강 사장에게도 고맙고도 미안스러운 마음이다.

나는 1985년 9월 '공병우 한영 사진 식자기'를 개발한 뒤, 시카고로, 로스

앤젤레스로 뛰어다니며 전시회 등을 열면서 선을 보였다. 이 기계는 ITEK 컴퓨터 최신 모델 2110을 바탕으로 개발한 것이기 때문에 영문 식자 기능은 말할 것도 없고 한글에서도 컴퓨터의 자동 기능을 발휘하여 식자와 편집을 자유자재로 할 수 있도록 제작한 것임을 알리고자 하였다.

한글의 식자 속도는 1분당 8포인트로 660자모, 영문 식자 속도는 1분당 8포인트로 750자모인데, 이는 일본식 전동 사진 식자기보다 다섯 배가량 빠른 것이다. 또한 글자 크기도 최소 5.5포인트에서 최대 74포인트까지 뽑을 수 있는 고성능 기계였다.

한글에 대해서는 전혀 아는 바 없던 컴퓨터 기술자 피터 씨도 이 한글 식자기를 만드는 과정에서 한글의 기기묘묘한 과학성에 찬탄하였다. 한글은 스물네 자만 갖고도 수천의 소리를 표기할 수 있는 글이라면서 각종 글자를 제 나름대로 조합한 표를 만들 정도로 열렬한 '한글 신자'가 되어 버렸다. 피터 씨는 이치를 깨닫고 우리나라 말은 못해도 한글의 과학성만큼은 인정하였다. 뜻하지 않게 열렬한 한글 팬을 한 사람 얻은 셈이다. 말도 잘 안 통하는 상태에서도 내 설계를 갖고 각종 실험과 연구를 해낸 피터 씨에게도 이 기회에 감사를 드리고 싶다. 한글을 모르면서도 과학적인 원리만 갖고도 식자기 개발을 도울 수 있었으니, 첫째는 한글이 우수하기 때문이고, 그다음은 피터 씨의 머리도 우수하기 때문이라고 생각한다.

세벌식은 컴퓨터에도 알맞아

처음에 나는 컴퓨터에 대한 지식이 별로 없었기 때문에 컴퓨터에서는 정부 측에서 주장하는 대로 두벌식으로 해야만 더 간편하게 되는 것으로 착각하고 있었다. 그러나 내 자신이 컴퓨터를 배워서 직접 실험도 해 보고, 또 컴퓨터 전문가들의 증언을 들으면서 컴퓨터에서도 세벌식으로 하는 것이 합리적이란 것을 알게 되었다. 과학은 어떻게 하는 편이 효율적이고 합리적인지를 비교 검토할 수 있다. 그리고 합리적이고 과학적인 것을 선택해야 옳다. 그런데 세벌식 자판은 기계식 타자기에서 속도가 네벌식보다도 무려 40퍼센트가 빠르고, 두벌식보다는 50퍼센트나 빠르다는 데이터도 나와 있다.

예를 들면 김창동 씨는 동아대학교 석사 학위논문에서 윗글자쇠(SHIFT KEY)를 사용하게 되는 백분율을 공개하였는데, 우리나라 애국가를 대상으로 조사 실험한 비교표에는 총 568 타자수 가운데서 두벌식으로 88번이나 누르게 되어 16퍼센트의 사용 빈도율을 보였다. 이에 견줘서 세벌식은 0.528퍼센트밖에 안 된다. 그러나 전에 과학기술처에서 채택하여 우리나 표준 자판으로 삼았던 네벌식은 세벌식에 비해 다섯 배 이상이나 더 많은 3퍼센트로 나타났다. 이 네벌식은 1984년에 이미 잘못된 것을 인정하고 폐기 처분을 했으니, 더 훌륭한 정부 표준판이 나와야 옳다.

그런데 놀랍게도 네벌식보다 몇 곱절 더 윗글자쇠 부담률이 높은 비과학적 두벌식을 채택했으니, 이게 어디 과학을 다루는 나라에서 할 짓인가? 아무리 생각해도 그 까닭을 모르겠다. 비과학적이라고 폐기한 네벌식보다 더 비능률적이고 비합리적인 두벌식으로 후퇴시켜 놓아야 할 무슨 까닭이라도 있는 것일까. 내가 이 주장을 하면, 내가 만든 세벌식이 채택이 안 되어 불평하는 정도로만 생각하는 데 못내 딱하기만 하다. 아무리 어떤 특정 개인이 연구해서 만든 것이라 해도 옳은 것은 옳은 것이며, 진리는 어디까지나 진리인 것이다. 세벌식이 여러 면에서 좋은 점이 입증되었는데도 외면하는 까닭은 무슨 연유일까?

미국에서는 드보락 박사가 개발한 '드보락 자판'이 종전의 표준 자판보다 30퍼센트의 능률적인 이익이 있다고 해서, 120년 이상 길들여 온 현행 자판에 구애되지 않고, 1984년에 드보락 자판을 표준 자판으로 채택한 것

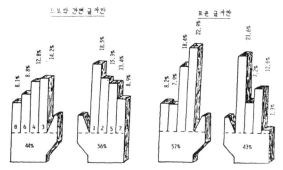

〈도 111-3〉 영문 표준자판과 드보락 간편 글자판의 손가락 많음 비교

자료: 1978년 미국 오레곤주 경영협회 주관으로 개최된 드박, 메스피,교수가 드보락 글자판의 제안모 공동연구 발표풀임.

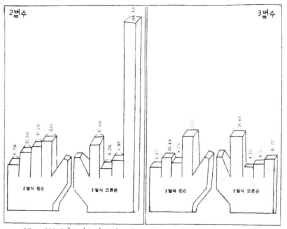

〈도 111-2〉2벌수와 3벌수의 수지 기능 비교

자료: 한글 기계화 추진회 제공 1981. 12. 22.

1. 위의 비교표는 과학기술정보센타에서 조사한 한글 빈도조
   사표에 의한 것임.

2. 2벌수 오른손 새끼손가락의 부담은 자모 부담 7.9%와 받침
   글쇠 부담 92.5%를 합하여 100.4%이고, 3벌수 오른손 새끼
   손가락의 부담은 자모 부담 9.6%이고 쉬프트 부담이 0.6%
   를 합하여 10.2%임.

3. 2벌수의 쉬프트키와 받침글쇠의 비교를 편의상 무게 비교
   계산해보니 쉬프트키에 약 350그램의 쇠불이를 올려야 작
   동하고 받침키에는 약 535그램의 쇠불이를 올려야 작동이
   되었으므로 받침키는 쉬프트 보다 약 1.5% 배 더 무거움.

김창동, 〈한글기계화 입력글자판에 관한 연구〉, 동아대학교 석사 학위논문, 1983

을 우리는 배워야 한다.

　나는 덮어놓고 세벌식으로 우길 생각은 조금도 없다. 이보다 더 나은 방안이 제시되거나, 더 능률적이란 것을 증명하는 어떤 방식이 있다면, 그 방식에 따를 것이다. 그러나 지금 현재로서는 세벌식보다 이상적인 것을 찾을 수가 없다. 한글이 초성, 중성, 종성 이렇게 세벌식 구조로 되어 있듯, 타자기나 컴퓨터의 자판도 세벌식으로 해야 무리가 없다. 이것은 여러 컴퓨터 전문가들에 의해서도 밝혀지고 있다.

　한글기계화추진회의 송현 씨가 이미 오래전에 관계 기관에, 정부에서 표준판으로 내세운 두벌식의 단점에 대해 비판하고 항의한 바도 있었지만, 관계 당국에서는 세벌식보다 두벌식이 낫다고 하는 아무런 증명도 하지 못하고 있다. 두벌식 한글 자판은 자판 통일이 불가능할 뿐 아니라, 앞서도 말한 바와 같이 여러 가지 단점을 갖고 있다.

　나는 자판 문제를 연구한 지 40년 만인 1986년 10월에 한글 자판 기종 간 통일을 완성할 수 있었다. 세벌식을 갖고 수동식 타자기를 칠 수 있는 사람이라면 곧바로 컴퓨터도 칠 수 있고, 그 밖의 사진 식자기나 텔레타이프, 또한 어떤 한글 기종의 자판도 손쉽게 조작할 수 있도록 세벌식 한글 자판을 통일하는 데 성공했다.

　물론 이 같은 기종간 통일 자판을 만들 수 있기까지는 한글 자체가 지닌 과학성의 덕을 톡톡히 본 것이기도 하지만, 40년이란 기나긴 세월 동안 쌓은 연구 경험을 살려 마무리 작업을 할 수 있었던 것이다. 이쪽으로 자판 배치를 했다가 문제점이 생기면 저쪽으로 변경도 해 보았으며, 별의별 시행착오에 시달려 보기도 하였다.

　연구 검토하는 과정에서는 여러 차례 우리말 찾기(빈도수)의 통계를 내 보기도 하고, 가장 많이 쓰이는 글자를 민활한 손가락 위치에 놓게 하는 인체공학적 효율성도 계산하여 자판 배정의 기본을 삼았다. 가령 어떤 받침은 좀 치기 쉬운 곳으로 바꾸었으면 좋겠다는 의견이 제시되면, 인체공학적인 면과 기계공학적인 면을 감안하여 이동 여부를 검토하게 되는데, 어떤 경우는 하나를 바꾸기는 쉬워도 그 자리에 있던 글자를 딴 곳으로 옮겨야 하기 때문에 뜻밖에도 자판 대이동이 일어나 혼란을 빚는 수도 있었다. 그래서 자판 개량이란 게 일반이 생각하듯 그리 쉬운 일이 아니다. 능률적인 운지(손가락 놀림)를 위해 ㅁ자와 ㅂ자의 글쇠의 위치를 바꾸는데도 1년 남짓의 실험 기간을 거쳐야만 했다. 자판에서 아주 사소할 것 같은 마침표나 쉼표 자리를 옮긴다 해도 그리 간단한 문제가 아니다.

내 자신은 이상적이라 생각하더라도 관심을 쏟고 있는 여러 사람들에게 의견을 물어 아주 조심스럽게 자판 이동을 해 왔다. 일단 타자수들이 정해져 있는 자판에 길들여지면 그 습관을 고치기란 그리 쉬운 일이 아니다. 그래서 나는 40여 년 동안 계속해서 자판 연구를 해 오면서도 중요한 자모의 기본 위치는 그대로 유지해 오고 있는 것이다.

그러나 나는 지금까지 내 자판이 만족할 만큼 완전한 자판이라고 생각해 본 적은 없다. 내가 개선에 개선을 거듭하는 동안 40년이 지났다. 그러나 이제는 기종 간 통일 자판은 만들어 놔야 할 때가 왔다고 생각하게 된 것이다. 컴퓨터만을 위해서는 더욱 간단한 자판을 만들 수도 있지만, 기종 간의 통일이 더욱 중요한 과제로 생각되어 모든 기종의 자판을 통일시켜 놓았다. 그래도 컴퓨터만을 간단한 방법으로 치기 원하는 사람들을 위해 별도로 특수 전용 자판을 첨가하여 두었다. 글자 하나하나의 배치를 위해 이렇게 많이 검토하였지만 사실 더욱 중요한 것은 세벌식이라는 근본 골격이었다.

어쨌든 나는 세벌식 시스템으로 기종 간(여러 한글 기계 종류들 사이에서 서로 통할 수 있는) 통일 자판을 만들어 놓았다. 오랫동안의 숙원이 이루어진 것이다. 나는 이제 눈을 감아도 한이 없다. 앞으로는 자판 문제를 관장하는 정부 기관에서 컴퓨터 시대의 기본이 되는 자판 문제를 정부가 강압적으로 위협해 가며 다룰 생각 말고, 실험과 통계를 중시하는 과학적인 자세로 이 문제를 검토해 나갈 일만 남았다고 생각한다. 앞으로 표준판을 검토할 경우에는 담당 관리가 공명심에 사로잡혀 엉뚱한 자판을 새로 더 만들어 내는 전철을 제발 밟지 않기를 바란다. 지난날은 그 같은 관리들 때문에 자판 통일을 할 때마다 자판이 빈번히 더 늘어나고 혼란만 더욱 가중되었다.

세벌식 자판은 진리를 추구하는 과학자들에 의해 반드시 인정을 받게 될 것이다. 아니, 벌써 학계에서는 이미 세벌식이 옳다는 학술 논문들이 여럿 나왔다. 컴퓨터 전문가들도 기계공학적인 실증을 들어 세벌식의 타당성을 제창하고들 있다. 소프트웨어 개발에도 세벌식이 두벌식보다 20퍼센트가량이나 더 간단하고 버전 속도도 빠르다고 말한 서울대학교 이상억 교수의 논평에도 귀 기울여야 한다.

최근 캐나다의 컴퓨터 전문가 강태진 씨는 세벌식이 두벌식보다 37퍼센트나 시간이 절약된다고 그의 글에서 입증하였다. 이런 큰 차이는 앞으로 한글 소프트웨어 개발 발전에 큰 영향을 끼칠 것이 분명하다. 이 같은 통계와 이론이 쏟아져 나오고 있는 것이 얼마나 다행한 일인지 모르겠다.

"극심한 국제 경쟁 속에서 경쟁력을 확보하기 위해서 서방 세계는 보다 능률적인 자판으로 바꾸고 있다."

이는 일본 도쿄 대학의 야마다 히사오 교수가 미국이 30퍼센트의 능률을 위해 드보락 자판을 표준 자판으로 채택한 점을 가리켜 한 말이다. 우리는 미국보다 더한 50퍼센트의 이익을 눈앞에 놓고도 지금 망설여야 할 이유가 어디 있단 말인가?

세벌체를 기본 자형으로 확정

로마자의 컴퓨터화는 비행기와 같은 속도로 달리고 있는데 왜 한글의 컴퓨터화는 이렇게 더딘 것일까? 한글은 세계에서 으뜸가는 과학적인 글이라고 하면서도 황소걸음으로 발전하고 있는 것은 아무리 생각해도 안타까운 일이 아닐 수 없다.

여러 가지 원인이 있겠지만 그 가운데서도 가장 두드러진 원인은 입력을 한글 구성 원리대로 초성·중성·종성으로, 말하자면 세벌식으로 하지 않고 두벌식으로 하는 데 원인이 있고, 다음은 글자꼴을 일정한 네모 공간틀 속에 가두어 넣어 만드는 데에 있다고 본다.

입력을 세벌식으로 해야 바람직하다는 이야기는 이미 앞에서 밝혔기 때문에 더 말하지는 않겠지만, 여기서는 주로 글자꼴에 대해서만 말해 볼까 한다. 한글의 획수가 많건 적건 일정한 네모틀 속에 넣어 글자를 만들려고 하기 때문에 가로로 일곱 획을 그어야 하는 '를' 자와 두 획을 긋게 되는 '그' 자를 비교해 보면 '를' 자는 네모틀 속에 빡빡하게 글자가 들어서 글자가 작아질수록 글자는 뭉개지게 되고, '그' 자는 여유가 있게 보이기 마련이다.

미국에서 처음 컴퓨터가 개발되었을 때 초기의 글씨 모양은 너무나 보기 흉했다. 그렇게도 형편없는 글씨 모양이었지만, 속도와 그 외의 다양한 기능 때문에 여기저기에서 수요자들이 늘어나 지금과 같은 놀라운 수준의 발전을 이룰 수가 있었다. 현재의 영어 워드프로세서에는 별의별 글씨체가 다 개발되어 있다. 우리나라 사람들은 한결같이 글씨 타령만 늘어 놓고 성능 좋은 기계가 개발되어도 호응도가 너무 낮아 더 발전되도록 밀어주지 못했다. 우리나라는 손으로 쓰는 것보다 더 느린 타자기라 해도 글씨만 예쁘면 된다는 식으로 컴퓨터 시대를 맞았다. 다소 글씨 모양은 덜 예쁘더라도 속도와 여러 가지 기능이 발휘되는 쪽을 선호했다면 아마도 지금쯤은 글씨 모양도 상당히 개량되고 발전했을 것이다.

나도 그동안 하도 우리 국민들이 글씨 모양이 좋아야 한다고 따지는 분위기를 의식한 나머지 한때나마 컴퓨터에서 예쁜 글씨체를 개발한답시고 돈과 시간을 많이 소비한 적이 있다. 하지만 이는 뒷맛이 개운치 않았다.

나는 캐나다의 한 컴퓨터 연구소에 의뢰하여 처음에는 애플II용으로 예쁜 세벌식 글씨를 개발하였다. 나중에는 고딕체도 만들었다. 그리고 텔레비디오용으로 명조체도 만들었다. 그리고 애플 II용 '한글'을 만들었을 때, 너무나 반갑고 신기해 한국에 있는 친지에게 써 보라고 보냈더니, 일주일도 못 가서 서울 청계천 전자 부속 가게에서 복사판이 만들어져 돌고 있더라는 보고를 받게 되었다. 그때 나는 지식재산권을 보호할 줄 모르는 한국의 사정이 안타깝기보다는 내심 세벌식 한글 워드프로세서가 해적판으로라도 나돌게 된 것이 은근히 반갑기까지 했다.

어쨌든 나는 한글 워드프로세서를 개발하는 과정에서 컴퓨터는 글씨 모양을 예쁘게 마음대로 조작할 수 있는 신묘한 요술 단지 정도로 생각하고 여러 가지 모양의 한글 글씨체를 개발했던 것이다. 그런데 알고 보니 입력할 때는 세벌식으로 타자해도, 컴퓨터 내부에서는 대체로 열 벌 이상, 스무 벌 정도의 벌수를 소요해서 글자 하나의 모양새를 예쁘게 만들어 낸다는 것이, 그야말로 몹시 힘에 부치는 부담을 주어 출력한다는 사실을 뒤늦게 알게 되었다. 덮어놓고 컴퓨터는 글씨 모양을 마음대로 간단히 척척 만들어 낼 수 있다고 생각한 것은 착각이란 것도 알았다.

그래서 나는 한글의 구성 원리대로 타자도 세벌식으로 입력하고, 한글 조합도 세벌식 출력을 통해 하도록 이른바 세벌체란 글씨체를 채용하기로 한 것이다. 받침 있는 글자는 받침 없는 글자보다 더 길어야 여러 면에서 합리적인 효율인 것이다. 그래야 과학적으로 볼 때 오독률도 줄어들고, 읽는 속도도 빠르다는 것을 알게 되었다. 글자의 기준선을 윗부분에 맞추었을 뿐 아래쪽은 글자마다 길이가 다르기 때문에 흔히 이 글씨체를 '빨랫줄 글씨체'라고도 한다.

영어 글씨에서는 많은 실험 결과가 나오고 있어 우리 한글의 빨랫줄 글씨체의 이점도 간접적으로나마 증명되고 있다. 영어의 대문자는 공간 배분이 일정하여 높낮이가 일정하지만, 소문자는 글자마다 높낮이가 들쑥날쑥 다르다. 가령 소문자를 살펴보면 e와 o의 위아래 길이가 같고 높이는 같지만, l이나 h는 머리 끝부분이 위쪽으로 올라가 있고, j나 p는 다리 부분이 아래쪽으로 처져 있다. 그래서 이같이 들쑥날쑥 변화가 있을 때, 눈의 피로는 덜해지고 가독성이 높아진다는 것이다. 그래서 대문자로만 되어 있는 영어 문장은 읽기가 무척 힘들고 오독률도 높다는 것이 각종 실험 분석 결과로 나와 있다.

그래서 나는 영어의 소문자처럼 들쑥날쑥한 이 글씨체를 세벌체라고 명명하고, 이 글자꼴을 앞으로 우리 한글을 발전시킬 표준 자형으로 확정시킨 것이다. 이 세벌체는 한글을 컴퓨터화하는 데 무리도 없고 어떠한 컴퓨터에서도 아주 쉽게 갖가지 기능을 영어에서처럼 발휘할 수 있다.

《한글 자형학》(월간 디자인사 발행, 1985년)이란 저서를 통해서 우리나라 최초로 한글 자형학의 학문 체계를 세운 송현 씨는 〈현대 한글의 예속과 해방〉이란 논문에서 다음과 같이 말했다.

"일정한 공간에 '를' 자와 '그' 자를 똑같이 배분하는 것은 마치 택시와 버스의 정원을 같이 하는 것이나 다름없다. 이처럼 공간 배분을 비합리적으로 하기 때문에 한글의 가독성이 낮은 것은 너무나 당연하다."

그렇기에 나는 당당하게 세벌체를 앞으로 우리나라 글씨체의 기본 자형으로 삼아야 한다고 주장하고 나선 것이다. 글씨 모양은 얼마든지 글자

디자이너들이 수백 종이라도 개발할 수 있으리라 생각한다.

그런데 사실 이 같은 글자꼴은 내가 이번에 처음 개발한 것이 아니다. 40년 전, 그러니까 내가 한글 타자기를 처음 개발했을 무렵 초기의 글씨가 이랬다. 그때는 보기 싫다고 외면하던 분들까지도 요새는 아주 좋게 보인다고 박수를 치게 되었다. 여러 신문사도 다투어 제목으로 또는 잡지 제호로 이 세벌체 방식 도안 글자를 널리 활용하고 있다. 여태까지는 한글 도안을 하려면 적어도 2300여 자를 그려야만 글씨체 한 벌을 장만할 수 있었지만, 이 세벌체를 채용하면 스물네 자만으로 글씨체 한 벌을 만들 수 있으니, 이 얼마나 혁명적인 일인가?

이 글씨체를 처음 보았을 때 대부분 들쑥날쑥한 글씨라 눈에 설다고 말한다. 미인을 뽑는 기준도 사람에 따라 다르다. 내가 어렸을 때, 중국 여성들은 발을 주먹만 할 만큼 작게 만들어야 미인이라 하여 발의 발육을 막기 위해 피륙으로 친친 동여매고 다니는 것을 많이 보았다. 이제는 그런 발을 보면 아름다운 발이라고 하기는커녕 오히려 비정상 발이라고 할 것이다. 한글의 글씨체도 중국의 전족 풍습처럼 네모꼴 속에 피륙으로 꽁꽁 동여매는 인습에서 해방되어, 과학적인 글씨체를 채택해야 할 때가 왔다.

요즈음 도안 전문가나 한글 글씨체 전문가 또는 실험 심리학 분야 학자들에게 이 한글 세벌체가 관심 대상이 되어, 이론과 실제에서 지지를 받게된 것은 얼마나 다행한 일인지 모르겠다. 이를 주장하는 책도 발간되었고, 여러 논문도 나왔으니 마냥 기쁘기만 하다. 나는 현재 애플 매킨토시 컴퓨터로 줄곧 세벌체의 문자 생활을 즐기고 있다. 세벌체를 활용하게 되면 신기하게도 매킨토시의 어떤 기종에도 다 쓸 수 있지만, 프로세서 가운데서도 일반이 아름답다고 해서 만든 이른바 전문가가 예쁜 글씨체로 매킨토시 플러스용으로 만든 것들은 매킨토시 SE에서는 쓸 수조차 없다. 그런데 내 세벌체 방식은 어떤 기종에서도 다 받아들여 한글을 생산해 주고 있으니,

한글 원리에 맞는 과학성을 십분 활용하였기 때문이라고 본다.

영어용으로 개발된 수천 가지 소프트웨어 프로그램도 웬만한 것들은 그대로 한글로 활용해 쓸 수 있으니, 얼마나 놀라운 매력을 가진 세벌체인가! 앞으로 한글 기계화는 세벌식 입력 자판과 세벌체 출력으로 모든 기계화 체제가 바뀌어야만, 컴퓨터 시대를 헤쳐 나갈 수 있고 비약적인 발전도 할 수 있다고 확신한다. 이 같은 신념 때문에 나는 팔십이 넘는 노구지만 내게 남아 있는 온갖 정열을 쏟아 컴퓨터 시대를 여는 데 세벌식 자판과 세벌체 자형을 개량, 발전, 보급시키는 데 이바지하고자 한다.

제 11 장

사람답게 살고 싶어

- 종교관, 인생관 -

하느님의 발견

나는 기독교를 믿지는 않았지만, 1953년 미국에 처음 가서 이것저것 보고 듣는 가운데 하느님의 섭리는 과연 오묘하구나 하는 생각을 한 적이 있다. 뉴욕 맨해튼의 하늘을 찌를 듯한 고층 건물을 보면서, 하느님의 역사함이 없이 어떻게 저런 백 층이 넘는 집을 지을 수 있단 말인가 하고 감탄하기도 하였다. 하느님은 세계 인류에게 골고루 자기들만이 할 수 있는 지혜를 주신 것이라고 느꼈다. 미국 사람에게는 저런 건축을 할 수 있는 지식과 지혜를 주시고 또 우리에게는 이엉을 엮어 만든 집이나 기와집을 지을 수 있는 색다른 지혜를 주신 것이다. 심지어 제비나 까치 같은 날짐승에게까지도 진흙이나 벼 이삭으로 또는 나뭇가지를 물어다가 집을 짓고 살 수 있도록 재간을 주신 것이라는 생각이 들었다.

내가 미국의 고층 건물을 바라보면서 '과연 하느님은 계시다'란 생각을 하게 되었으니, 각 개인이 하느님을 만나는 길은 천차만별이란 생각이 들었다. 어떤 사람은 교통사고로 병상에 눕게 된 뒤 하느님을 깨닫는 이도 있고, 가족의 죽음이나, 풍비박산된 경제적 파탄 뒤에 하느님을 알게 되었다는 분도 있다. 그야말로 육체적으로나 정신적으로 겪게 되는 고통과 역경 속에서 하느님과 만나게 된다는데, 나는 팔자 좋게 맨해튼의 마천루 숲을 유람하는 가운데 하느님이 계시다는 것을 느꼈으니 정말 희한한 일이다.

그때 나는 하느님께서 나를 세상에 태어나게 하셨고, 이어 나를 색다르게 키워 주셨고, 내게 푸짐한 삶을 누리게 하신 분이란 것을 처음으로 분명히 알게 되었다. 내 아들딸들이 다 하느님의 아들딸이고, 내 집과 재산도 모두 하느님 것이라는 점을 분명히 깨달았다. 오늘까지 지내 온 모든 일은 말할 것도 없고, 앞으로 모든 일도 다 하느님의 섭리에 따라서 이루어진다는 것을 분명하게 알았다.

구도자의 심정

하루는 사무기기 장사를 하는 친구가 찾아왔을 때, 교회가 너무 보수적이더라고 불평처럼 말했더니, 가톨릭 신자인 그는 그렇다면 자기와 함께 명동성당엘 한 번 가 보지 않겠느냐고 제안했다. 나는 그를 따라 난생처음 명동성당엘 갔다. 그리고 가톨릭 미사에 처음 참례해 보았다. 이것이 우리가 흔히 말하는 가톨릭의 제사라는 것인데, 경건한 인상을 받았지만 일어섰다 앉았다 하면서 하는 여러 가지 전례가 내게는 무척 부담스러웠고, 거부 반응을 일으키는 것이었다. 내가 제일 싫어하는 형식주의가 가톨릭을 휘감고 있는 것처럼 느껴졌다. 한 마디로 말해 나는 가톨릭 형식주의에 질렸다. 이때가 아마 1959년쯤 되는 해인 것 같다.

그 뒤 나는 어떤 친구를 따라 영락교회도 가 보았다. 때마침 백낙준 박사 부부가 참석하고 있었는데 모든 신자들이 남녀 따로 앉아 있었지만 이 두 분만은 나란히 앉아 있었다. 나는 거기서 깨달았다. 교회가 왜 이렇게 보수적이냐고 따지며 불평할 것이 아니라, 내 스스로가 할 수 있다면 백 박사처럼 부부 동반해서 의젓하게 앉아 있으면 좋겠구나 하는 생각을 하였다.

그날따라 한 목사님은 설교하다가 뜻밖에도 소매가 짧은 옷을 입은 여인에 대해서 망신을 주는 이야기를 하는 것이었다. 정말 인상적이었던 설교가 허물어지는 순간이었다. 미국에서 공부까지 하고 왔다는 한 목사님이 미니스커트나 반소매 블라우스를 입은 여신도들에게 창피를 주는 설교는 듣기에 민망했다.

미국은 핫팬츠를 입고, 소매 없는 블라우스를 입고 다니는 것이 예사인 시대였다. 세상은 온통 이렇게 바뀌었는데도 한 목사의 설교는 너무 심하다는 생각이 들었다. 미국 여자들이 시원하게 옷을 벗고 다니고, 남자들이 여름에도 옷을 입고 다니는 것을 보고, 일본인들이 훈도시만 차고 서울 거리를 걸어 다니는 것을 보던 나는 어느 편이 하느님의 뜻인가를 생각했다. 약한 편에 서는 것이 하느님의 뜻이라고 생각했다.

나는 하느님을 찾으러 다닌답시고 이 교회 저 교회를 순례했지만 이 같은 사소한 일에 신경이 쓰이곤 했다. 이처럼 종교 바깥의 인간적인 면이 내 비위에 맞지 않아 교회를 멀리하게 되었다. 나는 그 뒤 하느님의 뜻에 어긋나지 않도록 봉사를 열심히 하며 착하게만 살면 된다는 생각으로 종교를 선택하지 않고 살았다.

그 뒤부터 나는 전국적으로 무료 개안 수술을 하러 다녔고, 맹인을 도와주는 재활 센터도 세웠다. 교회는 가지 않아도 실제로 남을 도와주는 일을 잘하면 그것이 참 기독교인이 아닐까 하는 생각이 들기도 했다. 미국 사람들은 진실로 하느님을 믿고 그 정신으로 생활하였기 때문에 온갖 문물도 발전한 것이라고 믿고 싶었다. 한국에서 나도 그 같은 기독교 정신만을 갖고 살면 될 것이라고 생각한 것이다. 나는 부지런히 기독교 정신을 발휘하여 봉사 거리를 찾으며 열심히 일을 하였다. 그래서 앰뷸런스를 타고 개안수술 무료 순회 진료도 한 것이다.

그 순회에 따라다니던 한종원 씨는 지금도 정열적으로 봉사했던 그 시절을 자기 일생에 큰 영향을 미친 교훈적인 일로 기억한다고 말한다. 천호동에서 안과 의원을 개업한 한종원 씨는 1989년 대한적십자사의 박애장을 받았다. 그때는 마치 내가 상을 받은 것처럼 큰 보람을 느꼈다.

그러나 가만히 생각해 보니 이것은 하느님 중심으로 사는 신앙 생활이 아닌 것 같았다. 나를 중심으로 해서 내가 편리한 대로 살고 있다는 것을 깨달았다. 진지하게 종교에 대해 심사숙고하기로 하였다. 어떤 종교 단체에 들어가 배울 것도 배우고 성경에 대한 지식이라도 얻어야겠다는 생각이 든 것이다. 말하자면 구도자의 자세로 종교 공부를 하고 싶었던 것이다.

그래서 이번에는 퀘이커(Quaker: 17세기 조지 폭스가 창시한 기독교계 신흥 종교, 침묵으로 예배 드리며 별도의 성직자나 목사를 두지 않는 것이 특징) 모임에 나갈 결심을 하였다. 이 모임은 함석헌 선생이 지도하였다. 내 소유인 청진동 타자기 공장을 빌려주어 퀘이커 모임을 시작하였다. 함석헌 선생의 무교회주의적인 설교에 나는 많이 공감하기도 했다.

그 뒤 나는 1980년에 미국에 다시 들어간 뒤 교회에도 다녀 보았고, 통일교 목사의 방문을 받기도 하였다. 또 통일 원리 이론을 배우기 위해 통일교의 세미나에도 참석해 봤다. 그러나 통일교의 공용 언어와 공동 글자를 우리말과 한글로 통일한다는 말은 없었다. 통일교 후원으로 나오는 신문 잡지에는 한문자 혼용이 많았다. 그리고 예수를 구세주로 인정하지 않고 문 목사 자신이 구세주인 양 말하는 것이 미심쩍었다. 그것보다도 나는 통일교가 사람 죽이는 무기를 생산하는 기업을 운영하는 교단이라는 소식을 듣고 실망하였다. 나는 곧 모 일간지에 그 점을 신랄하게 비판하는 글을 발표하였다. 그 뒤 나는 성경에 취미를 붙이기 위해 일본의 소설가 미우라 아야코가 쓴 《구약성서입문》과 《신약성서입문》을 재미있게 읽기도 하였고, 가톨릭의 통신교리 강습도 조금 받아 보기도 하였다. 성경을 읽어 봐도 믿기지 않는 부분이 많아 지식으로가 아니라 믿음으로 이를 극복하고 싶었다. 내가 여러 교회를 떠돌아 다니다가 그만둔 것은 대개 어떤 신학적인 회의가 있어서라기보다 눈에 거슬리는 못마땅한 것들이 걸림돌이 되었기 때문이다.

구도의 마음이 차츰 나이와 함께 자꾸 부풀어 올 때, 정의와 평화를 위해 부르짖는 김수환 추기경의 글이 나와서 내게 큰 감동을 주었다. 조국이 어둠에 잠겨 소용돌이칠 무렵이었다. 최루탄 연막 속에서 온 국민이 눈물로 범벅이 되었을 때였으니 김 추기경의 목소리는 확실히 광야에서 들려 오는 세례자 요한의 소리였다. 나는 김 추기경의 용기와 진리의 발언에 크게 감동하였다. 아무도 바른 소리를 하지 못하고 있을 무렵이었지만, 그는 대담하게 군사 독재자의 간담을 서늘하게 할 바른말을 토해 내곤 하였다. 그의 목소리를 통해 민중의 피울음 소리를 들을 수 있었고, 내 귀에는 하느님의 소리가 들려오는 듯했다. 1989년 여름에 김수환 추기경이 감옥에 있는 임수경 양을 면회했다는 신문 기사를 읽고 정말 훌륭한 분이라고 생각했다.

내가 존경하는 분들

나를 고집불통이라고 말하는 이들이 있다. 1965년 4월 《한국일보》를 보면 〈한국의 유아독존 10화〉라는 연재물이 나오는데, 이름이 좋아 유아독존이지, 쉽게 말해 한국 사람들 가운데서 이름난 고집쟁이 열 명을 차례로 소개한 것이다.

여기에는 이승만, 최현배, 김원규 등이 등장했는데 나도 그 속에 끼어 4월 11일자로 소개되었다.

나는 덮어놓고 내 것이 옳다고 내세우는 이기적인 고집을 부린 적은 없다고 생각한다. 내 신념을 밀고 나가는 것뿐인데, 사람들은 아마 나를 고집쟁이로 아는 모양이었다. 하기야 그것도 어쩌면 남 보기에는 괴팍한 유아독존으로 보였을지도 모른다. 보기를 든다면, 시간을 철저히 지키는 일이라든지, 에누리는 살 때나 팔 때나 절대 해서는 안 된다든지, 관혼상제에 시간이나 돈을 낭비해서는 안 된다는 생활신조는 내 평생을 두고 지켜 온 것인데, 이런 것들을 보고 고집 운운하는 모양이다. 그런 종류의 고집은 계속해서 부릴 생각이고 보니 고집쟁이란 별명이 그리 밉지는 않다.

그러나 내가 이같이 고집을 부릴 정도의 신념을 얻기까지는 여러 존경하는 분들로부터 훌륭한 점들을 두루 배우고 익혀, 수용해 온 결실이란 점을 밝힌다. 나는 덮어놓고 잘난 척하고 내 식으로 산다는 이기적인 고집은 별로 없다고 생각한다.

나는 어려서부터 책 읽기를 무척 좋아했다. 지금까지도 즐기고 있는 책 읽기를 통해 존경할 분들을 많이 만났으며, 좋은 인생 교훈과 생활 철학을 책을 통하여 얻을 수 있었다. 사교를 즐길 줄 모르는 나는 주로 책을 통해 사람을 발견했고, 사람답게 살아가는 모습을 본받으며 친교를 맺기도 했다. 그러한 분 가운데 외국인으로는 인도의 간디와 중국의 임어당(林語當)을 들 수 있다. 그리고 한국인으로는 조국의 민주화를 위해 평생을 바치고 우리 민족의 정신적인 지주 구실을 한 함석헌 선생, 한글 발전을 위해 삶 전체를 바친 최현배 선생, 어려운 한문을 번역할 수 있는 한문 실력을 가졌으면서도 한글 전용을 외쳐 온 시인 이은상 선생, 한글 기계화에 각별한 관심을 표명하고 발전시켜 보려고 애쓰셨던 주요한 선생, 일제 때부터 한글 타자기로 원고를 쓰는 시대와 신문사에서 라이노타이프로 문선 식자를 할 시대가 와야, 우리 민족문화가 획기적으로 발전한다고 말한 이광수 선생, 독재자의 총칼에도 비겁하지 않은 김수환 추기경 등이 있다.

일간 신문들이 모두 비과학적인 세로쓰기와 한문 혼용으로 나오는 지금에 한글 가로쓰기와 한글 전용으로 일간지를 발간하여, 민족문화 발전에 획기적 업적을 이룩한 《한겨레 신문》과 《민주일보》를 창간한 분들에게 높은 찬사와 깊은 감사를 드린다.

이 밖에도 나는 민족과 조국을 위해 자기 일신의 영달과 개인 생활을 돌보지 않고 싸우는 용기 있는 지식인, 대학생, 근로자, 농민들을 존경한다. 그들로부터 많은 것을 배워 왔다. 내가 신조로 삼는 정의와 평화를 이루기 위하여 그들은 행동으로 실천하고 있으니, 그런 점에서 나는 그들을 존경하는 것이다. 나와 다소 생각의 차이가 있더라도 자기 분야에서 신념대로 위험을 무릅쓰고 투쟁하는 사람을 존경하지 않을 수가 없다.

사형선고를 받고도 자기 신조를 굽히지 않은 정치인, 시인, 소설가들에게도 머리를 숙인다. 심한 고문을 받고 목숨을 잃은 박종철 군이나, 봉제공장의 직공들도 사람대접을 받아야 한다고 분신자살한 전태일 군 등도 내가 하지 못할 일을 대신 해낸 훌륭한 사람들이라고 생각한다. 말하자면 나 대신 희생해 준 사람이기에 나는 그들을 존경하는 것이다.

이와 같이 사람답게 살기 위한 덕목과 삶의 신념을 굳히게 하는 데 큰 영향을 준 분들을 주로 독서를 통해서 많이 만났다. 이분들은 대체로 많은 분들로부터 존경 받는 훌륭한 분이기도 하지만, 내가 존경하게 된 데는 역시 한글 기계화 문제와 한글 전용에 대해 투철한 신념을 가진 때문인 경우가 대부분이다.

그러나 내게 정신적으로 크게 영향을 준 외국분들은 한글 기계화와는 관계없이 주로 인류나 민족을 위해 크게 공헌한 분들이다. 더욱이 내가 존경하는 간디는 누구나 다 잘 알다시피 인도에서는 '위대한 성인'이란 칭호를 받는 세계적 인물이다. 런던 대학에서 법률 공부를 한 그는 영국 측에 붙어 자신의 영달을 누릴 수도 있었던 사람이었다. 그러나 그는 누더기 무명옷을 걸쳐 입고, 인도 민중들과 함께 반영 독립 운동에 나선 분이다. 시간은 곧 생명이라는 것을 아주 중요하게 여긴 나는 간디에 관한 책을 열독하면서 보람 있는 삶에 대한 생각을 더욱 굳게 할 수 있었다. 그는 기회 있을 때마다 시간을 낭비해서는 안 된다는 말을 유별나게 많이 하였다. 그가 쓴 시간에 대한 이야기는 나 혼자 읽기가 너무 아까운 생각이 들어, 나는 이것을 한데 모아 복사해 친지나 이웃에게 뿌리기도 하였다. 더욱이 타자기에 얽힌 일화도 있어 내 관심을 끌기도 하였다. 그는 신문사에서, 영문 사설을 영국인 여성 타자수를 시켜 전속으로 타이핑을 해 왔다. 그는 정성스럽게 일을 잘하는 타자수가 너무 고마워 봉급을 인상해 주겠다고 하였더니, 그 백인 여성은 이를 사양하였다는 것이다. 간디만 감동할 일이 아니었다. 나도 감동하였다. 훌륭하고 성스러운 일을 하는 사람에게는 훌륭한 생각을 가진 사람이 따르기 마련이다.

우리는 좋은 사람을 얻게 되면 흔히 인복이 있다고 말하지만, 사실은 남에게 잘하는 사람이 좋은 사람을 얻는 것이 당연하다고 생각한다. 물론 일하는 사람의 성실성도 필요하지만, 주인 측의 훌륭한 마음씨도 그에 못지 않게 중요하다고 본다. 그러니 자기 하기에 따라서 인복은 스스로 만든다는 것을 간디의 일화를 통해 확인하게 된 셈이다. 간디는, 문명이란 하느님의 섭리로 이루어진다고 했는데, 그 생각에도 나는 크게 공감했다. 또 기독교인들이 그리스도 정신을 잃고 사는 것은 몹시 아쉬운 일이라고 지적한 점도 무척 감명 깊었다. 나는 간디가 정치인이라기보다는 오히려 세계적인 위대한 사상가라고 표현하는 편이 옳다고 생각한다. 그는 확실히 인도인뿐 아니라 전 세계 사람들을 정신적으로 이끈 훌륭한 지도자라고 생각한다.

임어당과 나

내가 존경하는 또 한 분은 중국의 임어당 선생이다. 우리나라에도 《생활의 발견》이란 책으로 잘 알려진 분이지만, 서구 사회에서도 널리 알려진 세계적인 석학이다. 그는 미국에 정주하면서 서구인들에게 동양 문화와 동양 철학을 많이 소개했다. 그는 1976년에 여든한 살로 돌아가셨지만, 1953년에 내가 처음으로 미국에 갔을 때 그를 자택에서 만난 적이 있다. 그가 롱아일랜드 자택 지하실에서 중국 글자 찍는 타자기를 개발했다는 소리를 듣고 나는 김준성 목사와 함께 찾아갔다. 그는 《생활의 발견》이란 책으로 50만 달러란 큰돈을 벌었다. 그런데 그는, 중국 말 타자기를 개발하느라고, 자기 집 지하실을 연구실로 꾸며 놓고, 전기 기술자와 타자기 기술자를 특별 채용하여 그 돈을 다 날리고 말았다. 그렇게 해서 그가 개발해 낸 타자기는 막대한 돈을 들여 특허까지 냈지만, 결국 머건탈러(Mergenthaler)라는 라이노타이프 라이터 회사에 단돈 1만 달러에 넘겨주었다고 했다. 그는 자기 나라말을 극진히 사랑하는 애국자였다.

한국에서 내가 거실에 연구실을 꾸며 놓고 타자기를 개발한다고 막대한 시간과 돈을 투입했던 것처럼, 어쩌면 그렇게도 나와 비슷한지 그의 설명을 들으면서 감회가 깊었다. 50만 달러를 들여 만든 것을 1만 달러에 넘겨주는 산술밖에 못할 만큼, 이재(理財)에 어두운 그의 발명가다운 모습이 돋보이기도 하였다. 그 타자기의 시제품은 머건 텔레타이프 회사에 가서야 볼 수 있었다. 보통 타자기보다도 약 1.5배나 컸고, 글쇠 단추는 백여 개나 되었다.

자기 나라의 글을 기계화하겠다는 그의 열정과 애국심은 높이 평가해 주어야 할 점이라고 본다. 더욱이 그처럼 사재를 털어 타자기 개발을 하는 것은 아무나 할 수 없는 일이다. 국가에서 재력을 들여야 할 정도로 막대한 돈이 필요한, 엄청난 일을 벌인 그의 열정은 본받을 만하다고 생각한다. 한자의 수가 너무 많고, 구조가 너무 복잡하여 한자 타자기를 만드는 일은 큰 재벌 회사에서도 선뜻 엄두를 못 내는 법인데, 임어당 개인의 재력으로는 생산을 도저히 감당할 수 없는 일이다.

머건 텔레타이프 회사는 임어당에게 중국 타자기의 특허권만 사고 생산을 안 하고 말았으니 임어당의 높은 공로와 기록만 남게 된 셈이다. 숱한 고생을 하고도 한자 기계화의 꿈이 깨진 것을 생각한다면, 우리는 한글이 얼마나 자랑스러운 글자인가를 새삼 느낄 수 있다.

사회생활과 가정생활

나는 사회생활에 몹시 서툰 편이다. 내가 사람들과 잘 어울릴 줄 몰라 마음이 안 놓일 때가 많다는 말을 아내가 털어놓은 일이 있다. 나에게 스스럼없이 말할 수 있는 시집간 딸들로부터도 가끔 "아버지는 너무 사교에 어두운 것 같아요" 하고 푸념하는 소리를 듣기도 하였다. 사실 그렇다. 나는 사교술 따위는 모른다. 그래서 친교도 서툴다. 술친구도 없고, 놀이 친구도 없고 잡담 친구도 없다. 오직 내게는 뜻을 같이하는 동지가 있을 뿐이다. 생각이나 취미가 같다고 해서 동지가 아니라 민족과 나라 사랑의 마음 자세나, 한글 전용 또는 한글 기계화 문제에 대해 뜻을 같이하는 사람을 만나게 되면, 밤을 지새워 가면서라도 이야기를 나눌 수 있다. 나는 남들과 어울릴 줄 아는 능력이 부족한 사람인지도 모른다. 그러나 나는 사람을 기피하지는 않는다.

내가 사교술에 약한 것은 아마도 할아버지의 교육이 크게 작용했는지도 모르겠다. 요즈음 말을 빌린다면, 나는 민주 시민으로서의 자질인 누구하고도 잘 어울리는 사교 훈련은 받지 못한 셈이다. 나는 할아버지로부터 사람들과 되도록 사귀지 말라는 교육을 철저히 받으며 자랐다. 딴 사람으로부터 나쁜 사회 물이 내게 들지 않도록 하시려는 뜻도 있고, 또 나쁜 돌림병 같은 것에 걸리지 않게 하려는 뜻도 있었을 것이다. 그러나 그것이 너무 철저하여, 남의 혼인 잔치나 생일잔치 등에 일절 나가지 않는 괴팍한 사람이 되고 말았는지도 모른다.

비록 사교술은 서툴지만 사람을 대할 때는 진심으로 대한다. 마음에 없는 것을 꾸며서 하지를 못한다. 그래서 어떤 때는 무척 정이 안 통하고 냉랭한 사람이라는 핀잔을 듣기도 한다.

1953년 미국에 처음 건너갔을 때, 미국 병원에서 미국 의사가 집도하는 눈 수술에 참여한 적이 있다. 그때 수술 뒤 의사가 간호사에게 수고했다고 감사의 인사를 깍듯이 하는 것이었다. 그것을 보고 나는 한국에 있을 때 저지른 잘못을 반성하였다. 그때까지 나는 간호사들에게 무척 권위주의적인 의사였다. 나는 앞으로 귀국하면 생활 방식을 바꾸기로 결심하였다. 그때까지는 나는 간호사 앞에서 좀체 웃는 일도 없었고, 수술 뒤 간호사에게 수고했다는 말은 더더구나 한 마디도 해 본 적이 없었다. 일제 때부터 줄곧 나는 간호사뿐 아니라, 일반 외래 환자에게까지도 권위주의적인 의사였다. 틈만 생기면 간호사에게 항상 환경을 "깨끗하게 훔치고 닦아야 한다"는 잔소리에 속하는 말만 되뇌곤 하였다. 그래서 나는 간호사들에게 '영하 20도'라는 달갑지 않은 별명을 얻기까지 했다. 너무 차갑다는 뜻이었을 것이다.

그럼에도 이 같은 카리스마적인 면을 고쳐 보려고 하지 않고, 으레 의사는 그래야만 하는 정도로 생각했던 것이다. 미국에 가서 미국 의사들이 따뜻한 인간관계를 유지하는 모습을 보고 나서야, 내가 그동안 얼마나 대인 관계를 그릇되게 해 왔는가를 알게 되었고, 이제부터는 나도 미국 의사들처럼 해 보리라고 결심했다.

가정에서도 마찬가지였다. 사람들은 내게 9남매를 둘 정도로 아주 다복스러운 집안이라고 듣기 좋은 말을 하는 이들이 많지만, 9남매를 키우느라고 젊음을 활짝 누려 보지도 못하고, 인생 전체를 송두리째 바쳐 온 아내에게 따뜻한 정이 흐르는 위로의 말 한 마디도 해 보지를 못했다.

미국 사람들은 일상생활에서 말끝마다 "댕큐!" "댕큐!"하면서 고마움을 표시하는데, 나는 아내에게 그런 뜻을 표시해 본 적이 없다. 애들과 함께 어울려 유머를 섞어 아기자기한 대화를 나눠 본 일도 별로 없었다. 그리고 자식들에 대해서도 그들이 자라는 과정에서 나는 엄격한 아버지일 뿐, 손을 붙잡고 창경원을 가보거나 무릎에 눕히고 무슨 옛날 이야기를 해 주거나, 노래를 함께 불러 보거나 한 기억이 별로 없으니, 애들에게 그 같은 추억 거리를 만들어 주지 못한 것이다.

이제 80의 나이를 넘어, 간신히 아내와 아들딸들에게 좀 따뜻한 정이 느껴지는 남편, 아버지 노릇을 못한 것에 대한 회한이 서리기도 한다. 내 가슴 속에는 항상 즐겁고 유쾌한 관계를 유지해야 한다는 마음은 있으면서도 행동으로 표시가 안 되었던 까닭은 역시 오랜 유교적인 관습이 몸에 진하게 밴 탓이었을까? 무슨 핑계를 대도 나는 책임을 면할 것 같지 않다.

나는 사회생활에서도, 직장 생활에서도, 가정생활에서도 친교 면에서는 확실히 낙제생이었던 것 같다. 미국 교육을 받은 뒤, 자동차 운전기사하고도 함께 식사할 정도로 달라졌다. 박애 정신으로 실명자나 신체장애자를 대하고 구체적인 친절과 봉사를 맡아 했다. 그러나 가정 안에서만은 따뜻한 가장 노릇을 못한 허물을 남기게 된 듯하다. 이 같은 내 허물들을 감싸고 살아온 아내와, 나에게 오히려 정감을 보여 주려고 애쓰는 장성한 자식들이 한없이 고맙다.

내가 시간에 쫓기면서 해 온 여러 가지 일들이 가족들에게는 너무나 따분하고 답답한 분위기를 만들었는지 모른다. 그러나 내가 연구 개발하려는 일들이 적어도 내 딴에는 민족문화의 혁명을 꾀할 중요한 일이라는 생각에서 한 일들이었다. 남들이 내가 타자기에 미쳤다고 간단히 말해 버리는 그 순간도 나는 뼈를 깎는 것 같은 어려운 고비를 넘길 때였고, 입술이 타들어 가는 초조한 시간과의 싸움이 벌어지는 동안이었던 것이다. 그래서 마음 한구석으로는 민족을 위해 일한다고 하는 차원은 일신상의 영달이나 가정의 단란한 생활은 희생하지 않으면 할 수 없다고 생각하고 있었다. 윤봉길 의사나 안중근 의사 같은 분은 우리 민족의 생존을 위하여 자기 생명을 바친 것이 아닌가? 그들은 자기가 하는 의거가 이루어지면 곧바로 가정은 박살 나고, 아내와 자식들은 알거지가 될 것을 알면서도 큰일을 해낸 사람들이다. 이처럼 큰일을 하는 사람에게는 사회적인 체면치레나 가정을 생각할 여지가 없는 듯하다. 그러나 위대한 사람들을 들먹이면서 내가 다하지 못한 가장의 허물을 면해 보려는 생각은 없다.

갈 길은 멀고 할 일은 많고

나는 자나깨나 한글을 생각한다. 우리 민족은 이렇게 훌륭한 것을 갖고도 소중하게 간수할 줄도 모르고, 쓸 줄도 모른 채, 500년 동안을 천대하며 보냈으니 답답하고 안타깝기만 하다. 한자에 병든 지식층은 민족문화를 고도로 발달시킬 수 있는 한글을 갖고 있으면서도 활용할 줄 모르고 초등학교에서부터 한자를 가르쳐야 한다며 잠꼬대 같은 소리를 하고 있으니 참 답답하고 안타깝다.

뜻있는 분들이 한데 모여, 한글을 아끼고 사랑하는 일을 크게 문제 삼아야 할 때라고 생각한다. 도대체 이 세상천지에 훌륭한 제 나라 글자를 갖고도 "제발 제 나라글자를 좀 씁시다" 하고 애원에 가까운 운동을 벌이는 나라가 우리나라 말고 어디에 있을까? 제 나라 글자를 쓴다는 것은 당연한 일인데도 "한글 전용합시다"라는 운동을 펼쳐야 하는 세월이 한스럽기만 하다. 요즘 온통 한글만 쓰는 세상으로 바뀌어 가고 있는 것은 시대의 흐름으로만 생각할 일이 아니다. 일반 신문 잡지, 단행본들이 다투어 한글 전용의 방향으로 흐르는 까닭은 그만큼 과학적인 실효성이 있기 때문일 것이다.

나는 평소부터 한글 전용의 빠른 길은 일반이 즐겨 편리하게 사용할 수 있는 한글 기계화를 통한 길이라고 생각해 왔다. 한글 기계화가 이루어진다면 저절로 한글 전용이 된다고 믿고, 합리적인 세벌식으로 타자기 발명, 식자기, 한글 워드프로세서 등을 개발해 왔다. 요즈음은 세벌식 한글 전자 타자기도 개발했다. 편리한 한글 기계가 자꾸 나오면 한글을 사랑하지 않고는 배기지 못할 것이다. 그래서 나는 잠시도 한글의 기계화 문제를 잊을 수가 없다. 우리나라 일부 지식인들은 한글이 세계적인 글자라고 자랑은 곧잘 하면서도 실제는 천대를 일삼아 왔다. 나는 그 같은 세력을 분쇄하기 위해 동지들과 함께 앞장서며 여생을 보낼 생각이다. 무엇보다 한글 기계화를 위해 심혈을 기울일 것이다. 그저 평범하게 남을 돕는 일 가운데 가장 가치 있고 가장 큰일이 한글의 과학화를 발전시키는 일이라는 생각으로 임하고 싶다.

우리의 숙원인 남북통일도 같은 말과 같은 글을 쓰고 있는 한 핏줄의 한글 민족의 통일이라는 맥락에서 논의해야 한다. 이 같은 동질적인 요소가 있기에 우리는 동족이라고 말하는 것이며, 같은 말과 글을 가진 것을 공통분모로 삼고 통일을 서둘러야 하는 것이다. 그런데 남과 북은 우리말과 우리글을 각각 독자적으로 발전시켜 사용하므로 이질적인 말과 글로 변해 가고 있다. 한글맞춤법도 서로 달라졌고, 외래어표기법도 서로 다르다. 표준어 제정을 서로 다르게 하여 대화도 안 될 상태로 변해 가고 있다. 북한에서는 표준어라 하지 않고 문화어라 해야 알아듣는다. 반면에 남한 사람들은 문화어가 무슨 말인지 알 도리가 없다.

우리나라가 참다운 민주주의 나라로 통일을 하려면 먼저 민주주의적 글자인 한글만 쓰는 사회가 되어야 한다. 시간을 가장 많이 절약할 수 있는 길은 문명의 이기를 활용하는 길밖에 없다. 그동안 한글은 종교와 문화와 과학의 어머니 구실을 해 가며 뿌리를 내렸다. 고도의 기계 발달로 모든 문물이 발전한 미국을 볼 때, 우리나라는 영문자보다 더욱 과학적인 기계화를 할 수 있는 한글 때문에 고도 성장의 문명국으로 발전할 수 있을 것이라는 생각이 든다. 스피드 시대를 이겨 내려면 한글 전용을 꼭 해야 한다. 세종대왕께서는 컴퓨터 시대에서도 선두로 달릴 수 있을 만큼 기가 막히게 과학적인 글자를 만들었다. 그런데 중국 글자의 종살이를 자청하는 사람들이 아직도 있으니 세종대왕께 면목이 없다. 한글 전용을 해야만 최고 기능을 발휘할 수 있는 한글의 전산화도 가능한 것이다.

할 일은 많은데, 여생은 한정되어 있다. 그러나 조금 뒤 하느님이 나를 불러 간다 하더라도 그 순간까지는 한글을 위하여 시간을 보낼 것이며, 한글 기계화를 위한 세벌식 자판과 세벌체의 이상을 실현하기 위해 몰두할 것이다.

식구들과 친구들까지도 이젠 연구는 그만하고, 좀 쉬면서 여생을 보내라고 권하고 있다. 나 자신도 너무 앞만 보고 달리는 생활을 멈추고 좀 쉬어 봐야겠다는 생각을 해 본 적도 없지 않다. 쉰다 쉰다 하면서도 쉬지 못하고 있다.

아무리 갈 길은 바쁘고 할 일은 아직 산더미처럼 앞에 가로놓여 있다 해도 차분하게 중요한 대목을 찾아 하나하나 헤쳐 나갈 생각이다. 살아 있는 동안은 하느님이 나에게 맡겨 주신 내 능력을 남김없이 다 발휘하여 무엇

하나라도 이 사회에 소용될 일을 하려고 한다. 쓸모 있는 구실을 하기 위해 지금도 새로 개발되어 나온 최신 컴퓨터 소프트웨어 프로그램의 설명서를 놓고 영어 사전을 뒤적거리면서 공부를 하고 있다. 이것을 한글로 활용할 수 있는가를 알아보기 위한 내 나름대로의 소박한 일감이기도 하다.

한편으로는 내가 평생 사업으로 결심하고 추진해 왔던 장님들을 위한 재활 문제를 더욱 구체화할 생각이다. 이들을 위해 나는 미국에서도 최첨단의 컴퓨터인 매킨토시로 한글 음성 컴퓨터를 개발 중에 있다. 맹인 복지 운동을 하고 있는 강영우 박사와 제휴한 프로젝트인데, 이 같은 일을 성취하기 위해선 막대한 경비가 소용된다. 나는 서울 광나루 밖에 있는 약 20억 원 상당의 땅과 건물로 법인체를 만들어 맹인 재활의 꿈을 이룩해 보려고 한다.

어쨌든 살아오는 동안 사회의 여러 사람과 여러 분야로부터 많은 도움을 받은 것에 대해 이렇게라도 갚고 싶은 것이다. 요즈음 현대 경영에서는 자기가 얻은 이윤을 적당히 사회에 환원할 줄 아는 기업인의 윤리를 가르치고 있다는 이야기를 들은 적이 있다. 나도 사회에 무엇인가 조금이라도 되돌려 줄 줄 아는 지혜로운 사람으로 여생을 보낼 수 있다면 얼마나 다행한 일일까?

스피노자는 "내일 지구의 종말이 온다고 해도 나는 오늘 한 그루의 사과나무를 심겠다"고 했다는데, 나는 "내일 지구가 핵폭발로 박살이 난다 해도 내 꿈을 심겠다"는 심정이다. 얼마만큼 그 꿈을 이루다가 갈지는 몰라도, 하는 데까지 열심히 할 생각이다.

돈보다 소중한 것들

돈을 많이 벌어야겠다는 뜻을 세우고 사는 사람들이 적지 않다. 그런 부류의 사람 가운데는 소원대로 돈을 많이 번 사람들도 얼마든지 있다.

그러나 나는 지금까지 그런 욕심을 부려 본 적은 없다.

나는 돈을 벌기 위해 무슨 뾰족한 수를 갖고 있는 것은 아니지만, 내 나름대로 재산 관리 방법에 속하는 신조가 있다. 돈보다 먼저 신용을 벌어야 한다는 것이다. 내가 '5리를 가자는 사람에게는 10리를 함께 가 주는 마음가짐으로' 환자에게 정성을 다하며 살아왔다. 그러니 어떤 사업을 하든 진정으로 이웃을 돕는 성의를 갖고 서비스하면 돈은 생기기 마련이다. 돈, 돈 한다고 돈이 몰려드는 것은 아니다. 밑도 끝도 없는 돈 욕심에 노예가 될 뿐이다.

일단 돈을 벌었으면 영악하게 굴지 않고 사회를 위하여, 민족을 위하여, 유용하게 잘 쓸 줄 알아야 한다. 나는 가족들에게 돈에 대해 무척 짜다는 소리를 들어 왔다. 용돈 주는 데도 엄한 규제를 많이 가하면서 아이들을 키우기도 했다. 돈에 여유가 있을 때라 하더라도 함부로 자식들에게 돈을 마구잡이로 주지는 않았다. 아마 자식들은 학창 시절에 돈이 모자라 궁색하게 보냈을 것이다. 그런 반면에 애들의 개성에 대해서는 존중해 주는 교육을 시킨 편이었다. 그들의 말과 행동에 대해서도 별로 간섭하지 않았고, 스스로 자유롭게 판단하며 자립해서 살아 나가도록 유도했다.

한때 나는 내 형편으로는 엄청난 재산의 일부를 YMCA에 내주기도 하고, 한글학회에 4만 평의 금싸라기 같은 안성 논밭을 후회 없이 기부하기도 하였다. 이러면서도 자식들에게는 용돈 주는 데 인색한 아버지 노릇을 하였으니 정말 이상하기만 하였을 것이다.

나는 사치를 싫어한다. 분수에 맞지 않게 허세만 부리며 사는 사람의 꼴은 정말 눈뜨고 보아 넘길 수 없다. 돈을 무턱대고 물 쓰듯 하는 사람을 몹시 경멸하고 탐탁하게 생각지 않는다. 옷차림이나 구두 같은 겉치레에는 무관심에 가까울 정도로 신경을 안 쓴다. 내 일상생활에서 넥타이를 매는 일은 거의 없다. 구멍난 양말을 예사롭게 신기도 한다. 일할 때는 작업하기 좋게 간편하고 헐렁한 옷을 입으면 그만이다. 한글 기계화를 위해 열을 띠고 있는 가난한 연구가를 만나면 연구비로 수천 달러의 돈을 내놓아도 아깝지가 않다. 그래서 수천 달러씩 하는 컴퓨터를 선뜻 내주기도 하는 것만 본다면 그야말로 손이 무척 큰 사람처럼 보일지 모른다.

그러나 나는 흔히 입 한 번 닦고 버리는 냅킨 종이 하나를 갖고도 휴지통에 곧바로 내버리지 못하는 지독한 검약주의자다. 아무리 물질이 풍부한 미국에서 산다 하더라도 낭비한다는 것은 죄를 짓는 것과 맞먹는 일로 생각하고, 먹는 음식을 함부로 버리는 일도 용인할 수 없었다. 어떤 물건이든 소중히 간수하고 쓸 줄 알아야 한다. 남들이 좋아하는 것이라고 덮어놓고 좋은 것이 될 수는 없다. 그래서 나는 유행을 따라가며 사는 것을 그리 좋아하지 않았다.

그렇지만 연구에 소용되거나 생활의 능률을 극대화시키는 데 이바지할 만한 새 아이디어 상품이나 전자 계통의 새 상품에 대해서는 절제력을 잃을 정도로 대담하게 구입하기도 한다.

우리 집에는 손바닥만 한 사전 컴퓨터라든지, 여러 가지 편집 기능을 갖춘 소형 전자 타자기 등이 산재해 있다. 이런 것들은 값의 고하에 상관없이 구입한다. 앞으로 내가 만들어 낼 수 있을 어떤 가능성을 연구 검토해 보려는 생각을 갖고 있기 때문이다. 돈은 역시 쓸 때 쓰고 아껴야 할 때 아낄 줄 알아야 한다. 어떤 일을 가치 있게 생각하느냐에 따라 각 개인이 돈을 쓰는 성향도 달라지는 것이다.

내가 처음 미국을 다녀왔을 때, 아내의 화장품이나 애들 선물 하나도 제대로 챙기지 못하였고, 맹인들을 위한 시계와 지팡이만 잔뜩 갖고 온 적이 있었다. 그래서 가족들에 대해 너무 무관심하다는 애들의 핀잔을 받은 적도 있지만 아내나 아들딸을 돌보지 않는 그런 무관심하고는 성질이 좀 다른 것으로 대접받고 싶기도 하다.

아내에게 서양 화장품 크림이나 한두 개 들려 주고, 딸들에게 멋진 미제 블라우스를 선물해야 가족에 대한 관심을 잘 표명한 것이 되는 것일까? 그것보다 나는 우리 식구가 함께 살 가옥을 수리하여, 서울에서 최초로 온수 보일러 장치를 하여 온 방을 덥히고, 부엌에서도 더운물이 콸콸 나오도록 개수한 일 따위가 진짜 가족을 위한 최상의 선물이라고 생각했다. 이는 귀국 뒤에 일어난 주거 생활의 일대 변혁이 아닐 수 없었다.

나는 이런 식으로 생활해 오면서 돈을 벌고 또 돈을 썼다. 나는 돈을 내 손아귀에 꽉 움켜쥐고 있어야 살맛이 나는 사람은 아니다. 본시 돈은 돌고 도는 속성이 있기에, '돈'을 "돈"이라고 하는지 모른다. 하느님이 내려 주신 귀한 돈이란 선물은 잘 쓰면 유용한 것이 되지만, 잘못 쓰면 악을 만드는 독물 구실을 하는 것이라고 생각한다.

미리 써 둔 유서

사람은 누구나 반드시 죽는다. 이 사실을 모두 잘 알고 있으면서도 한국 사람들은 유서에 대해서는 무감각에 가까울 정도로 관심들이 없는 편이다. 미국 사람들은 평소에 젊은이들도 관습적으로 유서를 써 놓는다. 미국의 교포 사회에는 유서 쓰는 일에 익숙지 않아, 유서 없는 갑작스러운 죽음 때문에 재산 처리가 힘들게 되는 경우를 가끔 보아 왔다.

나도 1953년도에 미국엘 갔다 와서는 '유서는 젊고 건강한 때라 하더라도 미리 써 놓는 것이 현명한 일이다'라는 생각을 하게 되었다. 그러면서도 나는 바쁘다는 핑계로 이를 미적미적 미루어 오다가, 여든에 들어선 해에 이르러서야 간신히 뉴욕에서 유서를 썼다. 좋고 옳은 것이라면 물불 가리지 않고 서두르는 성향인데도, 유서에 한해서만은 한국에서의 오랜 습관과 영향 탓인지 예외가 되고 말았다.

나는 내 한글 유서가 미국법에 따라 보호받을 수 있도록 영문 서식에 맞추어 정리해 달라고 뉴욕에 있는 정진우 변호사에게 착수금 150달러를 지불하고 맡겼다. 그는 무척 색다른 유서를 보게 되었다고 말했다. 그러고는 보증인 두 사람을 정해 달라는데, 아직 보증인을 정하지는 못했다.

미국에서 유서라고 하면 대개는 죽은 다음의 재산 처리에 관한 분배 문제를 다루는 것이 보통이다. 그런데 나는 재산 분배 문제는 별로 없고, 내가 죽음을 맞을 시간에서부터 장례 절차에 이르기까지의 문제들을 거론하였다. 유서 내용을 간추리면 다음과 같다.

첫째로, 생명이 위독한 병으로 병원에 입원하였을 때, 동거 가족 또는 보호자는 다른 가족과 친척, 친구들에게 위독 사실을 일절 알리지 말고, 의사의 지시에만 순종할 것.

둘째, 만일 죽더라도 누구에게도 일절 알리지 말고, 장례식이나 추도식 같은 것을 일절 하지 말고, 아래 적은 순서로 가능한 방법을 택하여, 시체를 처리할 것.

1) 시체의 조직 또는 장기를, 다른 환자의 치료에 사용할 수 있는 것이 있다면, 그것을 적출한 뒤, 나머지 시체는 병리학 또는 해부학 교실에서 사용할 수 있도록 의과 대학에 제공할 것.

2) 위와 같이 할 수 없을 때는 사후 24시간 이내에 화장 또는 수장을 한다. 만약 법적으로 화장 또는 수장이 불가능할 때에는 가장 가까운 공동 묘지에 매장한다. 단, 매장할 때는 새 옷으로 갈아입히지 말고, 입었던 옷 그대로 값싼 널(관)에 넣어 최소 면적의 땅에 매장한다. 시체는 현장에서 100킬로미터 밖으로 운반을 못한다. 현 거주지로부터 100킬로미터 밖에서 사망하였을 때는 가급적 현지에서 위 방법으로 처리한다. 여행 중 바다나 강물에 익사하였을 때는 수장으로 삼고, 시체를 찾지 말 것.

3) 죽은 지 1개월 뒤에 가족, 친척, 친구에게 사망 사실을 점차 알릴 것. 만일 매장이 되었을 경우에는 화장한 것과 같은 경우로 알고, 누구에게도 묘지의 소재지를 알리지 말 것. 화장하였을 때, 남은 재를 몽땅 버리고, 조금이라도 어떤 곳에 남겨 두지 말 것.

셋째, 죽은 다음, 나의 유·무형의 재산이 있을 경우는 신체장애자들, 특히 앞 못 보는 장님들의 복지 사업을 위해 쓸 수 있도록 가족과 내가 법적으로 지명한 집행인과의 협의에 따라 처분할 것.

위와 같은 유서의 내용을 나는 자식들에게 미리 알리고 가까운 친지에게도 공개했다. 그랬더니 자식들 가운데는 반론을 펴는 애들이 있었다. 그러나 평소의 내 지론을 알고 있기 때문에 내가 자식들에게 유산을 남기지 않고 불우한 사람들을 위해 유용하게 쓰고 간다는 사실에 대해서는 별반 놀라는 기색을 보이지 않았다. 그렇지만 애들은 대체로 이런 점에 불만이라고 털어놓았다.

눈이나, 심장이나 신장 따위의 장기를 다른 생명을 위해 기증한다는 것은 훌륭한 일로 받아들일 수 있지만, 위급한 상태에 빠졌을 때나, 사망하였을 때 멀리 떨어져 사는 가족에게도 일절 알리지 말라고 적어 놓은 것은 너무하다는 것이며, 묏자리를 잡는 경우라 하더라도 일절 남에게 묘지 위치를 가르쳐 주지 말라는 것들은 받아들이기 힘들다는 것이었다.

나는 솔직히 말해서 죽은 뒤 시체 처리 같은 문제로 가족들이 먼 고국에서 와서 시체를 한국으로 옮겨 가는, 번거로운 짓을 못하게 하기 위하여 장례와 같은 허례로 낭비를 일절 하지 말라는 뜻에서 만든 것이었는데, 내 진의는 모르고 오히려 너무 지나치다는 것이었다.

이 유서는 영주권을 얻어 미국에서 살 때 써 놓은 것인데, 1989년 영주하기 위해 한국에 돌아와서는 그 내용이 좀 달라질지도 모르겠다. 어차피 나는 혼자서 이승을 하직할 것이고, 빈손으로 갈 사람인 것이다. 살아 있는 순간까지는 열심히 내 정신과 몸을 다하여 남에게 소용될 인간으로 살 것이며, 일단 하느님의 부르심 받고 이 세상을 하직할 때는 먼지만 한 미련도 남기지 않고 떠나고 싶다는 것뿐이다. 죽은 뒤에는 이 세상에 아무것도 남겨 놓고 싶지 않다. 아무 흔적도 남기지 않고 훌쩍 아주 홀가분하게 떠나고 싶은 것이다. 어떤 친지는 후손들이나 후세 사람들에게 교육적인 의미를 부여하기 위해서라도 묘지는 필요하다고 말하지만, 나는 후진들에게 교육적인 업적을 남길 것도 없을 뿐만 아니라, 그런 업적이 있다 하더라도 묘지 같은 데 소비할 시간과 돈이 있다면, 차라리 그 시간과 돈을 청소년들에게 도움이 될 책을 만들어 보급하여 읽게 하는 것이 효율적이라고 생각한다.

"여기가 몇 대조 공병우 할아버지의 무덤이다."

"우리나라에서 속도 빠른 고성능 한글 타자기를 최초로 발명한 공병우 박사의 묘지다."

이 같은 전시용이 되기 위해 무덤을 꾸미고 묘비를 세운다는 것은 아무리 교육적이란 말이 붙어도 나는 그리 달갑지 않다. 허례허식이라고 생각하기 때문이다. 그런 곳에 쓸 돈이 있으면 차라리 나에 관한 책을 만들어 내 뜻을 널리 펴 주기 바란다. 그것이 후손들에게 더 교육 효과가 있을 것이다.

유서를 만들 때 나는 이렇다 할 종교적인 생각은 곁들이지 않고 만들었다. 하지만 이제 나는 천주교에 관심을 기울이고 있어서 그곳에서 가르치고 있는 뜻도 새겨보게 되었다.

"흙에서 와 흙으로 돌아간다."

그렇다. 나는 완전 무로 돌아가고 싶어 화장, 수장 등을 바란 사람이다. 나는 천주교 입교를 할 만큼 교리를 열심히 배우지는 못했다. 그러나 기본이 되는 신조, 곧 하느님은 영원하시고 항상 계시다는 점, 사람이 죽은 뒤에 선을 행한 자에게는 상을 주고, 악을 행한 자에게는 벌을 내리신다는 점만은 믿고 있다. 내가 죽은 뒤 하느님으로부터 어떤 판정을 받게 될 것인가를 걱정하지는 않는다. 다만 사는 동안 어떻게 해야 조금이라도 더 하느님 뜻에 맞게 잘 사는 것인지가 고민일 뿐이다.

나는 조상들이 허례허식에 소중한 시간과 돈을 낭비하면서 꼭 해야 할 일은 못하였기 때문에 나라가 후진성을 면치 못하였다고 생각한다. 그래서 나 자신이 먼저 이런 낭비의 관습을 벗어야겠다는 생각에서 이런 유서를 작성한 것이다. 내 유서를 찬찬히 읽어 보고, 호화로운 관을 사용하거나, 많은 사람을 모아 놓고 장례를 치르거나, 막대한 돈을 들여 커다란 비석을 세우거나, 공동묘지를 피하거나 하는 따위의 허례허식과 낭비를 내가 무척 싫어한다는 점을 알아주었으면 좋겠다.

사람의 목숨이란 오직 하느님 뜻에 달린 것이다. 이렇게 나에게 오늘까지 삶을 허락해 주시는 까닭은 나에게 맡겨진 일을 조금 더 하고 떠나라는 뜻으로 생각하고, 아직도 다하지 못한 한글 기계화 연구와 맹인들의 재활을 위한 봉사 활동을 하고 있는 것이다.

"푹 좀 쉬다가 여생을 마치는 게 어때요?"

라고 권하는 분들이 적지 않다. 진정으로 푹 쉬는 날은 지금이 아니라, 죽은 다음에 있을 뿐이다. 그때 가서야 비로소 실컷 푹 쉬게 될 것이라고 믿는다.

제12장

내가 좋아하는 것들

꿩 사냥과 탁구

나를 너무 유별난 사람으로 생각한 나머지, 나는 무슨 취미나 기호 따위는 숫제 없는 사람으로 여기는 이들도 있는 모양이다. 나를 공붓벌레 정도로 생각한 때문일까? 세상하고 담을 쌓고 연구실에 처박혀 은둔 생활을 즐기는 꽁생원 정도로 아는 사람을 만나게 되면 오히려 내가 먼저 놀라게 된다.

"아니, 공 선생님이 사냥을 다 하세요?"

"왜요? 뜻밖인가요? 난 새파랗게 젊었던 20대 시절부터 사냥을 시작했는걸요."

나는 꿩 사냥을 어린 10대 소년 시절부터 즐겼다. 산과 들을 누비고 다니면서 꿩 사냥을 한다는 것은 사나이다운 스포츠로서, 사냥의 맛을 아는 이만이 아는 스릴과 쾌감이 따로 있다. 그래서 나는 사냥을 세계적인 스포츠로 생각하고, 여든에 이른 요즈음도 꿩 사냥철이 되면 총을 둘러메고 산야로 간다. 미국에 있는 동안에도 거르지 않고 꿩 사냥을 즐겼다. 미국에서 멋진 곡예를 부려 가며 협조해 주던 사냥개를 대동하지 못한 아쉬움이 있지만 운동삼아 인공 수렵장으로 나간다. 인공적인 꿩 사냥도 재미있지만, 인공적인 물오리 사냥이 더 재미가 있었다.

비록 노구지만 일단 총을 메고 야산에 나서기만 하면 어디서 힘이 생기는지 생기가 돌아 활발하게 움직인다. 그리고 젊은이들에게 사냥개를 기르는 방법, 사냥 훈련 방법, 명견을 만드는 방법, 사냥의 위험성 등과 아울러 앉아 있는 꿩은 쏘지 않고 반드시 날려서 쏴야 한다는 스포츠 정신까지 말해 준다.

내가 아무리 60여 년의 수렵 경력을 가지고 있다고는 하지만 젊을 때의 체력일 수는 없다. 마음만 훨훨 나는 것이지 해가 갈수록 체력이 달리는 것을 느끼게 된다.

황해도 해주도립병원에서 근무하던 시절, 틈만 나면 꿩 사냥을 하였다는 이야기를 한 적이 있지만, 그 뒤로도 줄곧 사냥을 즐겼다. 오늘날 사냥꾼들은, 사냥은 낮에 하고, 밤에는 반드시 총을 경찰서나 파출소에 보관해야 한다. 이는 낮에는 사냥꾼을 믿지만, 밤에는 믿지 못하겠다는 뜻이 된다. 전시도 아닌 평화 시대에 정부가 스포츠맨들의 인권을 얼마나 무시하고 있는가를 알 수 있다.

일본인 수렵 단체에서 주관하는 전국 수렵 대회가 경부선 수원 남쪽 산야에서 개최된 적이 있었다. 백인제 선생, 이갑수 선생 등 사냥꾼 여섯 사람이, 안성의 땅 부자 친구였던 박용복 씨가 지원한 트럭을 평택 기차역 앞에서 타고 떠나서 안성군 산골에 가서 내렸다. 사냥개들은 너무나 좋아서 이리 뛰고 저리 뛰고 모두 야단법석이었다. 우리는 꿩을 쏘기 위해서 각자 가고 싶은 방향으로 떠났다. 꿩 사냥하기에 좋은 날씨였다. 저녁때가 되어 약속 시간에 트럭이 있는 곳으로 모두 돌아왔다. 아침에 날뛰던 사냥개들은 모두 녹초가 되어 자기 주인의 뒤꽁무니만 간신히 따라왔다.

아침에는 피는 꽃처럼 환하던 사냥꾼들의 얼굴이 저녁때는 피곤하여 떨어지는 꽃처럼 변했다. 우리 일행 가운데는 내가 12마리를 잡아 제일 성적이 좋았다. 같이 갔던 친구들은 두세 마리씩 잡았다. 모두가 트럭에 올라타고 평택 정거장을 향하여 떠났다. 꿩을 몇 마리 잡은 사람이 1등에 입상할 것인가에 대한 이야기로 꽃을 피웠다. 15마리면 일등에 입상할 것 이라는 결론을 내리게 되었다. 그들은 자기들이 잡은 꿩을 한 마리씩 나 에게 던지면서 세 마리를 합해 15마리 잡았다고 보고하면 1등을 차지할 것이라고 부추겼지만 나는 거절했다.

꿩을 잡으려고 종일 뛰어다니던 사냥개들은 자기 주인 옆에서 모두 고 달픈 잠을 자고 있었다. 1등 입상에 욕심을 낸 친구들은 모두가 나에게 3마리만 더 합치라고 강요하기에 나는 그것을 거절하느라 애를 먹었다. 평택에서 우리 일행은 사냥개를 데리고 사냥꾼 전용칸에 올라탔다. 나는 친구들의 유혹에 빠지지 않고 고집대로 12마리만 보고했다. 수원 정거장 을 종점으로 그곳에서 탄 사냥꾼들의 성적을 합쳐서 전체 성적이 발표되 었다. 그날 나는 일본인 200여 명을 제치고 당당히 3등에 입상했다. 그런 데 같은 찻간에 타고 있던 일본인 사냥꾼들이 술에 취해 하는 소리를 듣 고 소스라칠 정도로 놀라면서 분개할 일이 생겼다.

"한국 치들은 저희들이 잡은 것을 합쳐 가지고 3등에 입상하였을 거 야."

"그럴 거야. 그것들이 혼자서 12마리를 어떻게 잡는단 말인가."

우리들 들으라고 큰 소리로 지껄이고 있었다. 그 일본인들은 직업 포수 들로서 인격이 가장 낮은 계급인데 평소에도 한국 사람들을 깔보는 인간들 이었다.

백인제 박사는

"원 저런 아니꼬운 놈들이……"

하면서 분을 참지 못하고 불끈 주먹을 쥐고 일어섰다. 나는 얼른 백 선생님을 붙잡아 앉혔다.

"백 선생님! 우리가 정직하게 잘한 이상 저것들이 술 취해 떠들어 대는 무식한 소리에 흥분할 것 없어요. 전쟁도 얼마 안 남은 듯하니 참읍시다."

싸움은 벌어지지 않았고, 모두 집으로 무사히 돌아왔다. 우리 민족을 거짓말 잘하고 속이기 잘하는 족속으로 멸시하려 드는 그들의 심보가 괘씸했지만, 우리나라 사람들은 그 당시에는 사냥에 대한 도덕적 양심이 적어서 그런 의심이나 멸시를 받는 것이 어쩔 수 없는 일이기도 했다.

그 무렵 친구들이 모두 권하는 것을 완고히 거절하였기 때문에 그나마 창피를 당하지 않고 양심에 아무 가책 없이 모두가 무사히 집으로 돌아갔다. 만일 내가 그때 친구들의 간절한 요구를 받아들였더라면 1등에 입상하여 그야말로 크나큰 문젯거리가 되었을 것이다. 그때 내가 친구들의 유혹에 빠지지 아니하고, 정직하게 처신하게 된 까닭은 경성제대 안과 교실 하야노 교수의 평소 이야기를 듣고 사냥의 스포츠 정신을 깨달았기 때문이다.

그 당시 서울에 사냥 클럽이 일곱 개가 있었다. 하야노 선생이 회장으로 있던 경성 사냥 클럽은 의사, 변호사, 검사, 판사, 교수들로 구성되어 일곱 개 클럽 가운데 가장 권위 있는 클럽으로 대우를 받았다. 하야노 회장은 "사냥은 매우 위험한 스포츠이기 때문에 안전을 위하여 서로 주의하여야 하고, 그리고 서로 믿을 수 있는 행동을 해야만 신사적인 스포츠맨으로 대우를 받는다"고 하였다. 이 클럽은 꿩 잡기 내기를 할 때에도 각자가 그날 잡은 꿩 수를 보고하면 그것으로 시상을 하였다. 이렇게 신사도에 입각하여, 잡은 꿩 숫자를 각자가 심사하게 되어 있지, 누가 감시하거나 또 속이거나 하는 따위의 일 없이 그야말로 서로 신임하는 심사 제도였다. 각자가 잡은 숫자를 신고하면 그 숫자를 믿고 시상을 하곤 했다. 그리고 꿩 증식을 위하여 수꿩 잡기 내기를 하면서도 암꿩은 보호했다.

그 뒤 중앙선에서 사냥 대회가 있었는데 나는 원덕에 가서 22마리를 잡아 1등의 영예를 차지하였다. 이때도 나는 역시 소갈머리가 좁쌀만 한 일부 일본인 사냥꾼들에게 이틀 동안 잡은 것이라고 의심을 받았다. 그러나 주최 측 간부들은 내 수렵 실력을 공인하여 주었다.

사냥은 2월 말로 끝났다. 그해 3월 '사냥개 경기 대회'가 강원도 철원 벌판에서 메추리를 상대로 열렸다. 일본에서 심사 위원 세 사람을 초청하여 열린 메추리에 대한 사냥 경기로서 아주 큰 행사였다. 여기에서도 내 사냥개 '닥기'가 모든 참가견을 물리치고 마지막 결승전까지 올라가 멋진 포인트 자세로 우승을 하였다. 금실로 만든 화려한 큰 우승기와 큰 우승컵을 받았다. 일본에서 권위 있는 사냥 전문 잡지의 표지에 닥기가 메추리에 멋지게 포인트한 사진까지 실렸다. 그제야, 내 과거 입상을 의심하던 일본인들도 "저런 명견을 가졌으니 입상이 당연하다"면서 '명포수만이 명견을 만든다'라는 말처럼 공 박사는 명포수임이 틀림없다고 말하는 사람들도 나타났다. 내 사냥개가 내 사냥 실력을 확실히 인정받게끔 해 주었다. 나는 그때, 모략이란 것도 진실 앞에서는 안개처럼 사라지기 마련이구나 하는 것을 다시금 경험했다.

안과 교실 하야노 교수가 회장이어서, 그 인연으로 경성 사냥 클럽에 입회하였다. 의사, 변호사, 고급 관리들로 구성된 일급 명사들이 모인 수렵 클럽이어서 나 자신도 거기 가입한 것을 과분한 영예로 생각할 정도였다. 영예뿐만 아니라 불문율에 속하는 매너도 많이 배울 수 있었다. 그 가운데서도 가장 희한한 것이 앞서도 말한 잡은 꿩 숫자를 자신이 심사하는 일이다. 그리고 이 클럽에서는 대회 때 장끼(수꿩)만 잡게 되어 있어서 꿩의 번식을 늘리기 위한 태도 또한 배웠다. 이런 규칙을 다 잘 지키는 클럽은 우리 클럽

뿐이었다. 나도 철저하게 지키는 사람이 되었다. 지금까지도 나는 꿩 사냥을 할 때 장끼만 잡는다.

해방 뒤 나는 이 같은 운동을 벌여 보기도 했다. 사냥꾼들은 서로 믿어 주는 신사들이어서 수렵가에 대한 사회의 신뢰도도 대단히 높았다. 그 무렵 꿩 사냥은 11월 초부터 시작하였는데 사냥꾼들은 꿩 사냥 시기가 오기를, 사랑하는 애인이 오기를 기다리듯 한다. 우리 클럽 회원들이 일찍 10월 중에 꿩 사냥을 먼저 하였다는 것은 사냥 도덕을 어느 클럽보다도 잘 지켰기 때문이었다.

해방 뒤 언젠가 한번은 한국에 진주한 미군 사령관이었던 하지 장군과 같이 사냥을 간 적이 있다. 하루는 장군의 전속 부관이 찾아와 장군과 같이 사냥 가기를 청하는 것이었다. 내가 사냥개를 잘 다루면서 사냥을 즐기는 사람이란 소리를 어디서 얻어들은 모양이었다. 꼭 사냥개를 데리고 나오라는 것이었다. 의정부 근교 산에 올라 개를 앞세우고 꿩을 찾아 나가는데, 어디선가 비둘기 한 마리가 공중을 날아 내 머리 위로 쏜살같이 지나갔다. 그 순간에 나는 재빨리 방아쇠를 당겨 단발에 꿩을 떨어뜨렸다. 눈 깜짝할 사이의 일이었다. 하지 장군은 내 정확한 사격술에 감탄했다. 그런데 정말 놀란 것은 그다음 장면이었다. 내 영리한 사냥개가 꿩을 찾아 활발히 뛰어다니다가 그 냄새를 맡고 갑자기 서서 돌처럼 근엄한 표정과 멋진 포인트 자세로 꿩이 바로 자기 코앞에 있다는 것을 우리에게 알려 주는 광경이 펼쳐졌다. 사냥개는 자기가 서 있는 곳으로 우리가 오기를 기다리면서 때때로 머리를 뒤로 돌려 우리를 쳐다보곤 했다. 하지가 가까이 가서 개에게 꿩을 날리라고 명령을 하니까, 뛰어들어 가 꿩을 날렸다. 공중에 날아가던 꿩은 하지의 총알에 맞아 땅에 쿵 소리를 내면서 떨어졌다. 개는 떨어진 꿩을 물고 나에게로 왔다. 나는 개의 머리를 쓸어 주고 잘했다고 칭찬을 하면서 꿩을 받았다. 사냥개가 꿩을 찾아내는 모습과, 찾아낸 순간과, 신중하게 주인과 연락하는 묘기, 그리고 떨어진 꿩을 물고 주인에게로 오는 광경은 정말 멋진 기교에 속한다.

사냥이란 총으로 쏴 대는 것만이 능사가 아니다. 개가 꿩을 찾는 활동 모습과 찾아낸 꿩을 쏘아 떨어뜨리도록 주인에게 연락해 주는 묘기, 그리고 떨어진 꿩을 찾아 가지고 입에 물고 오는 광경을 보는 맛도 즐길 줄 알아야 진짜 사냥꾼이라 할 수 있다.

그 무렵 가축병원이라고는 서울 본정동(지금의 충무로)에 일본인이 경영하는 한 곳밖에 없었다. 그런데 수의사가 얼마나 엉터리인지 개의 뱃속에 있는 벌레 검사도 할 줄 모르고, 혈액 속에서 번식하는 필라리아(사상충)라고 하는 벌레도 검사하지 못했다. 나는 의학적인 기초 지식을 활용, 연구하여 사냥개의 각종 기생충을 떼 주었고, 고치지 못하는 개의 눈병 치료를 도와주기도 하였다. 그랬더니 이 사실이 소문이 나 일본인 수렵가들이 개를 끌고 내 안과 병원을 찾아오는 웃지 못할 기현상도 일어났다. 어쨌든 나는 우리나라 가축병원 발전에도 본의 아니게 이바지한 셈이 되었다.

나는 일제 말엽에는 수렵 총연합회란 것을 만들어 종로구 회장이 되기도 했다. 일인들도 무시 못하는 한국 사냥꾼 대우를 받을 수 있는 당당한 단체로 발전할 수 있었다.

나는 이 밖에도 탁구를 무척 즐겼고, 해주도립병원 시절에는 직원 탁구 경기 대회에서 1등을 차지하기도 했다. 탁구는 나이를 먹으면서 차츰 멀리하게 되었지만 사냥만은 지금도 즐기고 있다.

한때는 골동품도 모았지만

내가 카메라에 취미를 붙이려고 촬영의 기초부터 배우기 시작한 것은 일흔 살이 넘어서였다. 너무 열중하다 보니 취미 생활의 영역을 벗어나 사진작가란 이름을 얻게 되었다. 카메라에 관한 이야기는 앞서 장황하게 말한 대목이 있으니 생략한다. 그러나 내가 해방 직후 박병래 선생의 영향을 받아 골동품 수집에 나선 일은 여기에 따로 적고자 한다.

박병래 선생은 일제 때부터 성모병원 원장을 지내신 분으로 해방 후에는 성누가병원을 독립 경영한 내과 전문의였다. 그런데 그는 골동품에 대한 식견이 대단하였고 골동품을 감정하는 감식안과 심미안이 높은 골동품 애호가였다. 나는 그분의 고상한 취미에 반해 골동품에 대한 교양을 익히면서 골동품 수집의 즐거움을 맛보게 되었다. 나는 주로 고려청자의 신비한 빛깔과 모양에 도취하여 집중적으로 모으기 시작했다. 그러나 그렇게도 애지중지하며 모은 고려청자를 6·25전쟁 통에 다 잃게 되었다. 조금 남아 있는 것을 부산 피난 시절에 갖고 내려갔다가 수복 뒤 가족 가운데 누군가 사업 실패를 하여, 그때 송두리째 날리고 말았다.

세상에 아무리 값진 보물이 있다 해도 전쟁에 휘말리고 나면 그것보다도 몇 갑절 더 귀중한 생명도 순식간에 없어지는 판국이니, 전쟁은 물질문명만 파괴하는 것이 아니라, 정신문화까지도 무참하게 말살하는 것이다. 그러기에 그 물건들이 내 소유에서 벗어난 것은 어쩔 수 없는 일이라고 체념은 하면서도 그 서운한 마음은 세월이 흐를수록 더욱 진해질 때가 있다. 고려청자들이 아까워서라기보다는 우리 선조의 슬기와 예술적인 숨결이 깃든 것들이 임자를 잘 만나 살아남아 있으면 좋으련만, 만일에라도 포연 속에 소멸되었으면 어쩌나 하는 안타까운 마음 때문이다.

한때 연필깎이를 수집한 적도 있었다. 각 나라마다 별의별 아이디어로 고안된 것들이 많았다. 처음에는 아이들에게 아주 좋은 교재가 될 것이라는 생각에서 모으기 시작했다. 나중에는 너무 많아지고 비슷비슷한 것도 자꾸 생기고 생활의 짐이 되어 중지했다. 세계 각 나라의 이쑤시개를 모은 적도 있었다. 플라스틱으로 된 유럽의 것들, 소다 마실 때 소용되는 플라스틱 빨대처럼 생긴 것도 있고, 손잡이 부분을 조각한 것들도 있었다. 실용적인 것은 한국에서 흔히 사용하는 나무로 만든 납작한 이쑤시개이다. 아주 좋은 것은 미국산으로 약국에서 주로 파는 하워드 존슨의 향나무 이쑤시개가 단연 일품일 것 같다. 나는 젊었을 때는 치아 관리를 소홀히 하였다. 그러나 약 8년 전 미국에 가 있을 때, 치아가 건강을 크게 좌우한다는 사실을 깊이 깨닫고 철저히 관리하게 되었다. 잠자기 전에 이쑤시개나 실로 이 사이의 음식 찌꺼기를 제거하는 것을 아주 중요한 일로 삼아 왔다. 그러다 보니 무슨 특별한 수집의 뜻을 세운 것도 아니었지만 자연히 이쑤시개가 모이게 되었고, 외국 여행길에 올랐던 분들이 내가 이쑤시개를 모은다는 소리를 듣고 구해 주기도 하여, 슬며시 이쑤시개 수집가가 되고 말았다. 요즈음은 치과용 물총 이쑤시개가 생겨 그것을 애용하고 있다.

이 밖에도 굳이 수집이랄 것까지는 못 되어도 글자 기계화 연구에 관계가 있는 전자 제품은 골고루 모으는 편이다. 볼 타자기가 새로 나왔다 하면 곧바로 샀고, 데이지휠(daisy wheel) 타자기가 처음으로 미국에서 선을 보였을 때도 바로 사서 그 원리를 간파한 다음, 한글 볼 타자기를 만들었고, 한글 데이지휠 타자기를 개발하기도 하였다. 아주 간편한 컴퓨터가 나왔을 때도 지체 없이 사서 한글용으로 만들기도 했다. 레이저 프린터가 나왔다고 할 때도 그것으로 한글을 만들 수 있나를 알아보고자 곧바로 사서 실험해 보기도 하였다.

단순한 것이 좋아

나는 단순한 것을 좋아한다. 그렇다고 복잡한 것을 무조건 싫어한다는 뜻은 아니다. 어떤 복잡한 것을 대했을 때, 나는 피하지 않고 이것을 단순한 것으로 풀어 나간다. 복잡하게 엉킨 실타래를 가위로 싹둑싹둑 잘라

버리는 단순함이 아니라 복잡하게 엉킨 실의 방향을 하나하나 관찰하고, 추적하면서 풀어 가는 단순함이다.

컴퓨터를 조작하다 보면 생각지도 않던 일들이 돌발적으로 생기는 수가 많다. 더구나 컴퓨터 전문가도 아닌 사람이 일일이 설명서를 보며 익히거나, 전문가의 가르침을 받거나 하면서 조작을 하다 보면 아닌 밤중에 컴퓨터가 난리를 칠 때가 있다. 정말 기막히는 노릇이다. 누구한테 물을 수도 없고 엉뚱한 글쇠를 함부로 누를 수도 없다. 잘못 눌렀다가는 몇 시간 동안 타자한 것이 흔적도 없이 사라져 헛수고가 되기 때문이다. 이럴 때 답답한 심정에서 벗어나기 위해서는 빨리 단념하고 새로 시작하는 그야말로 아주 단순한 방법도 있다. 그러나 그렇게 하는 것이 얼핏 생각하기에는 단순한 짓처럼 보일 수도 있다. 그러나 나는 단순 처리 요령을 익히기 위해서 '어떤 조작을 하다가 이런 일을 당하게 되었나?' 그 원칙을 찾느라고 시간을 보내기 일쑤다.

사실 우리는 일상사에서 단순하게 산다고 싹둑싹둑 자르거나, 내버리거나, 그만두거나 하다가 일을 더 복잡하게 만들어 놓고 사는 수가 많다. 복잡한 일이 생기면 그 원인을 캐 가지고 제거해야 잘못을 되밟지 않고 단순을 향하여 전진할 수 있다고 생각한다.

대인 관계에서도, 말 한 마디 하는 데도 뱅뱅 돌려서 암시적인 말을 잘하는 사람보다는 직설적인 표현을 잘하는 사람을 더 좋아한다. 복선을 깔고 말하는 사람의 말은 내 머리가 단순해 그런지 이해를 잘 못해 되묻는 수가 많다. 나는 못 알아듣고도 알아들은 체하지를 못하기 때문에 이해가 안 되는 것은 무슨 뜻인지 잘 모르겠다고 반드시 묻는다. 따라서 나는 남들도 "예"와 "아니오"를 분명히 할 줄 아는 사람이기를 바라는 마음이 생겼는지 모른다.

"예"와 "아니오"를 분명히 하지 않는 사람은 미덥지가 않다. 어물어물하거나 이것도 저것도 아니고 분명치 않는 상태에서 얼렁뚱땅 넘겨 버리려 하는 꼴의 사람에게는 도무지 호감이 안 간다. 그러나 나도 한때 이럭저럭 사회 풍조에 따라 적당히 거짓말도 해 가며 산 적이 있었다.

해방 직후, 나는 그리던 내 나라를 찾게 되었으니, 세금을 기쁜 마음으로 내놓아 나라 살림을 꾸려 나갈 수 있도록 하자고 정직하게 납세를 했다. 그때 모두들 납세 신고를 속여서 하는 바람에 내가 엉뚱하게 재벌급을 제쳐 놓고 서울에서 가장 많이 세금을 낸 사람 중에 포함된 적이 있었다.

그 뒤 정직하게 신고한 나에게, 남들이 속이듯 나도 속였을 터이니 더 세금을 내라는 투의 고지서가 날아들기도 하였다. 그때 나는 우리 사회가 정직한 사람을 기준으로 하지 않고 거짓된 사람을 기준으로 삼는 사회라는 것을 깨닫고 얼마나 안타까웠는지 모른다. 말하자면 나도 거짓으로 엄살을 부려 사실보다 적게 신고를 해야만 세무서에서 제멋대로 매긴 이른바 인정 과세가 내 진짜 수입하고 비슷하게 맞아떨어질 수 있었을지도 모른다. 정직한 사람을 못살게 하는 병든 사회, 이런 사회를 정화해야겠다고 하면서도, 자신도 물들어야만 살 수 있었던 사회가 원망스럽기도 했다.

1953년에 미국에 가 석 달만 있다가 오겠다고 계획한 것이 1년 반이나 지내다 돌아오니 공안과 병원은 거의 망하기 직전이었고, 가정은 경제적으로 거덜이 나 있었다. 그 같은 희생 위에서 내가 새로운 인생으로 탈바꿈하게 된 계기가 되었다. 내 성품, 내 처세와 방향이 모두 새롭게 변한 것이었다. 나는 정직하게 살아 보자는 것을 삶의 바탕으로 하여 나라와 민족을 위해 무엇인가 보람된 일을 하며 살기로 했던 것이다. 양심이 명하는 대로 살자고 다짐했던 것이다.

내가 살아오는 동안 생활 지침으로 삼아온 것들은 앞서 말한 것들 말고도 몇 가지 더 있다. 나는 상행위를 할 때 에누리하는 악습은 하루빨리 버려야 한다고 생각한다. 이것도 시간을 낭비해 가며 실랑이를 하게 되니,

거래를 복잡하게 만드는 것이 된다. 길거리의 약장수들처럼 가격을 곱으로 불렀다가 반값으로 뚝 잘라 싸게 판다는 식의 거래는 제발 하지 않았으면 싶다. 꼭 받을 값을 정가로 매겨 놓고 팔아야 우리나라도 신용 거래를 할 수 있으리라고 생각한다. 심한 에누리를 당해 본 사람이면 물건을 살 때 으레 턱없이 깎아야 된다는 식의 불신이 작용하기 마련이어서 서로 속임수를 쓰게 되는 것이다. 그러니 불신 사회를 부채질하는 에누리 거래는 하루빨리 추방되어야 한다.

그리고 나는 엉거주춤하고 있는 상태를 싫어한다. 무엇이든 분명하게 결정하고 미리 준비할 줄 알아야 한다고 생각한다. 그래서 예고나 예약을 무척 중시한다. 누구를 만나는 것도 예약을 해서 상대방의 스케줄에 이변이 생기지 않도록 해야 한다. 자기가 한가롭다고 남도 한가로운 것은 아니다. 아무런 예고도 없이 불쑥 남의 집을 방문하는 것이 실례라고 하는 서구식 예법은 철저히 배워야 한다. 1년이나 2년 앞날의 극장 예약이나, 식당의 집회 예약을 하는 서구 사회의 계획 생활을 본받아야 한다.

우리는 내일 계획도 세우지 못하고 일을 치르는 경우가 허다하다. 미리 꾸미고 장만하고 예약하고 하는 일 때문에 당장에는 퍽 복잡한 것 같은 인상을 주지만, 사실은 그렇게 하는 것이 얼마나 단순하게 일들이 잘 풀리는가를 알 수 있게 된다.

추석날 극장 구경을 가면 줄을 서서 몇 시간을 기다려야 표를 사는 것을 뻔히 알면서도 표를 예매할 줄을 모른다. 미리 예매 안 한 사람이 추석 당일 겪게 되는 복잡한 상황을 생각만 해 봐도 비능률적이고 비합리적임을 알 수 있다. 아까운 시간을 낭비하게 하고 머리를 어지럽게 한다. 현재 쓰고 있는 타자기 자판보다 30퍼센트 능률적이라고 표준 자판으로 인정을 받게 된 드보락 자판을 '간소화 자판'이란 이름으로 부르는 것을 보고 깜짝 놀란 적이 있다. 서구 사람들은 생활 의식 속이나 생활 주변에서 진리를 찾고 있는 듯했다. 우리는 어떻게 보면 오랜 관습 때문에 또는 귀찮고 게을러서 좋은 길을 피해 가는 경우가 많은 것이 아닐까? 그래서 경제적으로도 그렇고 모든 점에서 손해 보는 생활만 하고 있는 것이다.

한글의 전산화도 그렇다. 67자의 자소만 있으면 되는데 오히려 복잡하면서도 한글 글자 총수의 25퍼센트에 지나지 않는 2350자의 완성형 글자만을 한글 표준 코드라 해 놓고 있으니, 시대를 역행해도 이만저만이 아니다. 이런 경우를 보면 단순을 외면하는 정도가 아니라 아예 단순을 깔아뭉개고 복잡함을 신주 모시듯 하는 것이다.

의식주 생활

(1) 작업복 인생

나는 젊은이들이 즐겨 입는 블루진을 작업복으로서는 최상의 옷이라 생각한다. 구겨지지 않아 좋고, 바지 앞쪽을 칼날처럼 줄을 세우지 않아도 좋다. 질겨서 아무렇게나 입어도 여간해서 잘 해지질 않는 점도 마음에 든다. 그래서 나는 어떤 분한테 물어보았다.

"80 늙은이가 진을 입어도 흉이 되는 건 아니지요?"

아무리 경제적이고 활동적이라 해도 사회에서 관습상 받아들이지 않는 분위기가 있으면 어쩌나 해서 물어본 것이다.

"노인네가 입었다고 우스갯감이 되지는 않겠지만, 일반적으로는 젊은이들이 즐겨 입는 옷이죠."

나는 대체로 옷에 관한 한 자유주의자이다. 보통 때는 작업복을 입고 일상을 지내고 있다. 일하러 나가는 사람들의 출근 때 복장을 보면 한결같이 신사복을 입고 있는데, 그것이 꼴불견으로 보인다. 해수욕장 모래밭 위에서는 신사복을 입은 사람이 꼴불견이듯, 그리고 등산길에서는 하이

힐을 신은 여인이 꼴불견이듯 말이다. 여성들이 시장 나들이를 하는 데도 파티에 갈 때처럼 꼬리치마를 친친 감고 다니는 것을 보면 어딘가 잘못돼도 크게 잘못된 것같이 생각이 든다.

나는 집에서 연구에 골몰하고 있을 때 신사복에다 넥타이를 매는 일은 없다. 헐렁한 옷을 입고 있기가 일쑤이고, 허름한 것들을 걸치고 일에 임한다. 나는 우리나라의 옷에 대한 사치가 세계 최고에 속한다고 본다. 미국 같은 부자 나라에서도 일반 서민들의 복장은 아주 검소하다. 출근하는 사람들 대부분의 복장은 작업복 차림이다. 맞춤 정장에 넥타이를 매고 출근하는 이들은 주로 세일즈맨이나 장의사 직원 정도라고나 할까. 일반 가정주부의 나들이옷도 간편 위주다. 빛깔과 모양새로 갈아입을 뿐이지 덮어놓고 고급만 찾지 않는다. 더욱이 여학생의 복장은 검소한 옷이라기보다는 주로 간편한 옷을 입고들 다닌다.

한국 여학생의 복장이 너무 요란스럽고 화려한 까닭은 어찌된 연유일까? 미국 여대생들의 옷차림은 한국 여대생에 견주어 너무나 차이가 크게 날 정도로 수수하기만 하다.

'옷이 날개'란 말이 있다. 옷을 잘 입으면 돋보인다는 뜻이다. 문제는 어떻게 입는 것이 '잘 입는 것'이냐에 달렸다. '잘 입는다'는 것은 각 사람의 심미적 가치관에 따라 달라질 수밖에 없다. 돈 많이 주고 산 사치스럽고, 화려한 옷만이 '잘 입는 옷'이 되는 것일까?

나는 독일 사람들이 흔히 말하는 '세 벌 신사'에 매력을 느끼고 있다. 우리가 살아가는 데 세 벌의 옷만 있으면 된다는 것이다. 일할 때의 작업복과, 극장이나 식당 갈 때의 나들이옷과, 연회 때의 파티 옷으로 이렇게 세 벌이다. 우리나라 형편으로는 작업복과 나들이옷 정도만 있으면 되지 않을까 싶다. 나는 어쩌다 보니 평생을 작업복 차림으로만 살아온 셈이다. 농업학교 때는 학생복 자체가 작업복이었고, 의사가 된 뒤에도 실험실에

나 진찰실에서 내내 하얀 가운을 입었다. 타자기 연구에 매여 살 때도 줄곧 일하기 편한 작업복 바람으로 일관했다. 그러니 어지간히 옷을 제대로 차려입을 줄 모르는 사람이 되기도 했지만, 일하는 데는 아주 편한 옷차림으로 평생을 살아온 셈이다. 그야말로 작업복 인생으로 살아온 것이다.

(2) 내가 좋아하는 음식

나는 식성이 무척 좋은 편이다. 가려 먹는 것이 별로 없다. 특히 좋아하는 요리는 장어구이이고 좋아하지 않는 것은 고추장이다. 중국 음식과 일본 음식도 즐기는 편이다. 우리나라 약식도 좋아한다. 편식 안 하고 골고루 이것저것을 번갈아 가며 먹기를 좋아한다. 나이가 든 이후에는 자연 건강식을 즐겨 먹고 있다. 신선한 채소류나 호두, 잣, 해바라기 씨, 땅콩 같은 부림 종류를 좋아한다.

내가 미국에 있을 때 몇 년 동안 자취 생활을 하였는데, 그곳이 자취하기에 아주 편리한 시설인 데다가 먹고 싶은 것을 골고루 손쉽게 해 먹을 수 있었기에 가능한 생활이었다. 간식으로는 가끔 옥수수를 쪄 먹기도 했다.

사람은 식생활이 아주 중요한 것 같다. 나는 젊었을 때 1년에 한두 번 감기를 앓았고, 설사도 했다. 이런 것들이 모두 식생활이 원인이었다는 것을 깨달았다. 속병의 대부분은 과식에서 온다고 생각한다. 적게 먹어서 병나는 일은 별로 없다. 많이 먹는 것은 만병의 원인이 된다.

나는 1995년 미국 여행에서 돌아온 뒤, 짜고 매운 김치와 간장을 먹는 식생활을 버리고 소금으로만 간을 맞춰 먹는 식생활로 바꿔 지금까지 지내고 있다. 그 당시 장독대를 없애는 것을 보고 공 박사가 미국 갔다 오더니 미쳤다는 소리까지 들으면서 내 딴에는 가족까지 반대하는 식생활 개선을 단행했던 것이다. 이 같은 식생활에 익숙해 있었기 때문에 미국에 혼자 자취하는 데 아무런 무리 없이 지낼 수 있었다. 그러면서도 안 먹어 보던 미국 음식을 여유 있게 찾아 골고루 먹을 수 있게 되었다. 날마다 밥만 먹은 것이 아니라 번갈아 가며 잡곡밥도 해 먹었고, 보리빵이나 보리죽도 즐겨 먹었다. 과일도 이것저것 가리지 않고 잘 먹는다. 영양가와 비타민의 함유를 계산해가며 평형을 유지하는 식생활을 즐긴다.

(3) 북향집이면 어떤가

미국에서 귀국한 뒤 식생활뿐 아니라 주거 생활도 일대 변혁을 꾀해 가족들과 친지들로부터 빈축을 산 일에 대해서는 앞서 설명한 바 있다. 한옥이었던 안채에 문지방을 없애고, 화장실을 마당에서 집 안으로 끌어들여 웃음거리가 되었지만 몇 해가 지나고 나니, 주택 개선의 본보기처럼 신문·잡지에 소개되곤 하였다.

삼청동 집을 살 때의 일이다. 팔겠다고 복덕방에 내놓은 지가 꽤 되었는데도 흥정이 잘 붙지 않는 집이라 했다. 값도 시가보다 싸게 내놓은 집이라고 했다. 그 소리를 듣고 집을 보러 나갔다. 흥정이 잘 안 된 까닭을 알게 되었다. 이 집이 북향이라는 것이다. 한국 사람들은 남향집을 좋아하는 경향이 있어서 북향을 싫어한다는 것이었다.

나는 집 안팎을 샅샅이 살피면서 집의 환경을 유심히 관찰하였다. 북향집이어서 오히려 집의 매력이 더 있었다. 북쪽 창으로 내다보이는 북악산이며 삼각산이 아주 절경이었다. 마치 국립공원을 내 뒷마당처럼 차지하고 있는 느낌이었다. 나는 시세보다 싸게 팔려는 이 집을 지체하지 않고 계약을 했다. 이사를 하고 난 뒤, 그 집에서 지내다 보니 사시사철 변해 가는 자연환경이 그렇게 아름다울 수가 없어 손님이 올 때마다 그 점을 자랑하며, 북쪽 유리창을 통해 그림처럼 눈에 들어오는 북악산을 구경시키곤 하였다. 봄의 화사한 모습이며 신록으로 변해 가는 여름철의 싱그러운 풍경이며, 붉게 물든 홍엽의 가을 모습, 그리고 백설을 그림처럼 얹고 있는 설경 등을 어떻게 표현할 수 있을까. 진짜 아름다운 북쪽의 자연 환경을 남향 선호로 맛보지 못하고 있는 것이 안타까웠다. 나는 결국 그 같은 남향받이를 좋아하는 인습 덕분에 좋은 집을 시세보다도 싸게 사서 북향집의 매력을 만끽할 수 있었다.

고독은 즐겁다

팔십 고령의 늙은이가 몇 해째 미국에서 자취 생활을 한다니까 "고생이 많으시겠어요" 하고 동정 어린 말을 하는 이들이 많다. 아마도 늙은이가 자취하고 있다니까 측은한 생각이 앞서는 모양이다. 어떤 이는 한술 더 떠 "아니 사모님은 안 계세요?" 또는 "딸들이 많다는데⋯⋯." 하면서 우리 식구까지 들먹이는 이도 있다.

내가 하는 짓이 보기가 딱해 하는 말인 듯하다. 물론 내 아내나 딸들은 나 혼자 자취해 가며 연구 생활을 하는 것을 탐탁하게 생각지 않는다. 나를 거들기 위해 내 곁에 있기를 원하지만 오히려 내가 사양하는 편이다. 연구 생활을 하는 사람보다 날마다 옆에서 지켜보는 사람의 따분하고 무료한 심정을 미리 짐작하게 되니 내가 오히려 답답해질 지경이다. 그래서 자진해서 아내에게 서울 아들 집에 가서 요양하라고 권한 것이다. 그래도 나 혼자 미국에서 자취 생활을 하는 것이 마음에 걸리는지, 오지 말래도 해마다 찾아오곤 하였다. 딸들도 아버지가 외롭게 계신다면서 휴일에는 외손자나 외손녀들을 데리고 온다. 생활의 변화가 생겨 좋기는 하지만, 자식들이 염려하듯 고독한 마음에 사로잡혀 본 일은 없다.

혼자 살다 보면 방 안팎이 서류나 책으로 온통 어질러져 있기 마련이다. 딸애들이 왔다 간 뒤에는 방이 한결 깨끗하고, 부엌도 말끔히 청소되어 있어 기분은 좋다. 그런데 무엇인가 찾으려면 내가 둔 곳에 없기 때문에 한동안 혼란이 오기 마련이다. 그래서 그 뒤부터는 딸애들에게 집안이 너저분하더라도, 내가 해 둔 대로 치우지 말아 달라고 부탁을 하였다. 너저분하게 나뒹굴고 있는 서류 하나하나가 마구 내버려 둔 듯해도 사실은 그 모두가 내 나름대로 분류하여 놓은 것이다.

나는 남들이 생각하는 것처럼 처량하지도 않고, 짜증스럽지도 않다. 그야말로 나는 고독한 시간을 즐기고 있다. 일하고 싶을 때 일을 하고, 먹고 싶을 때 편리한 취사 시설을 이용하며 언제든지 원하는 대로 먹을 수도 있다. 정말 내 고독은 즐거운 고독이다. 나는 진정으로 고독을 즐기면서 사는 사람인지도 모른다. 고요 속에 잠길 수 있어 좋고, 연구하는 데도 고독한 분위기가 안성맞춤이다. 여든이 지난 뒤부터는 내 나름대로 쉬고 싶을 때 쉬고, 눕고 싶을 때 누워야 편하다. 이렇게 할 수 있는 상황이 실은 고독을 즐기는 것이 아닌가 싶다. 내 몸을 스스로 이끌 수 있는 건강이 있으니 자취하는 것 또한 즐거움이 아닐 수 없다.

미국에서 자취하다가 마침내 병이 나 병원에 입원한 적도 있다. 퇴원 뒤에도 한동안 침대에 누워 있어야 했는데, 이때는 자취할 수가 없었다. 미국 땅에 있는 시집간 딸들이 일주일씩 번갈아 가며 나를 간호했다. 아무리 고독을 즐긴다 해도 건강할 때의 이야기지 일단 병이 나 침상에 누워 있으니 홀로 있는 병자는 비참할 것이라는 생각이 들었다. 다행히도 딸들이 뜨거운 정성으로 번갈아 간호를 해 준 덕분에 고독한 환자 신세를 면할 수 있었다. 나는 자식들에게 따뜻한 정을 주며 키우지 못했는데도 환자가 된 이 애비를 위해 바치는 그들의 정성을 보고 있으려니 감개무량해졌다.

오랜 미국 생활에 익숙해 있는 딸들이 나에게 보여 주는 효심이어서인지 오히려 더 대견하고 고맙게 느껴졌다. 그래서 사람은 외로울 때 혈육이 그리워지는 것인지도 모른다.

나는 평소에도 떠들썩한 곳보다는 한적한 곳을 즐겨 찾는다. 고요를 찾아 내 생각을 다듬고 키우는 습관이 있다. 그리고 남과 어울린다 해도 논쟁은 좀처럼 안 하는 편이다. 정식으로 신념을 말하고, 주의 주장을 지켜야 할 때와 장소가 주어지면 소신을 밝힌다. 과학적인 내 신념 때문에 싸울 일이 있으면, 대체로 글을 통해 의견을 말하는 경우는 있어도 말싸움질은 삼가는 편이다. 말도 안 되는 이야기를 가지고 우겨 대기만 하는 사람을 상대로 논쟁하게 된다는 것은 막대한 시간 낭비일 뿐 아니라 내 건강 관리를 위해서도 피해야 할 일이다. 차근차근 설득력 있게 말할 재간도 없을 뿐 아니라, 성미가 급해져서 혈압부터 올라가기가 십상이니 말이다.

그러나 일단 나하고 의기투합할 수 있는 사람을 만나기라도 하게 되면 그때는 백만대군을 이끈 우군을 만난 듯 고독의 성문을 열고, 입에 거품이 일 정도로 반갑게 대화의 장을 펼치게 된다. 이런 분을 얻게 되는 순간 내 고독의 성이 순식간에 무너지고 마는 것이다.

어차피 인생이란 혼자 왔다가 홀로 떠날 몸이다. 그야말로 고독하게 떠나야 할 존재인 것이다. 그러나 내 주변에 나를 걱정해 주는 아내가 있고, 아들딸들이 있고, 내 연구를 격려해 주는 수많은 친지들과 동지들이 있는 한 나는 고독한 몸일 수 없다. 그렇기 때문에 아무리 혼자서 말벗 없이 자취해 가며 연구에 몰두해도 조금도 외롭지 않고 쓸쓸하지도 않다. 나는 진짜 고독의 맛을 누리면서 홀로 담담하게 떠날 연습을 서서히 할 것이다. 그러기 위해서 몽테뉴가 《수상록》에서 말했듯이 "더 유유하게, 더 마음대로" 지낼 줄 아는 진짜 고독의 지혜를 익혀야 할까 보다.

시간은 생명이다

'시간은 돈이다'라는 발상 아래 미국 자본주의 사회는 발전해 왔다. 시간을 금처럼 소중히 생각하고, 아껴 쓰고, 벌고, 효율적으로 활용할 줄 아는 사회다. 서구 사람들은 대체로 시간을 잘 쓸 줄 아는 지혜를 익히는 데 익숙해 있는 것 같다. 내가 미국에 처음 갔을 때 미국 전체가 눈이 돌 정도로 바쁘게 돌아가는 것을 눈과 귀로 확인할 수 있었다. 이른바 선진 사회라는 나라를 가 보면 모두가 바쁜 사람뿐인 것 같다. 눈코 뜰 새 없이 바쁘다는 말은 시간을 유용하게 활용한다는 뜻이다. 모두가 바쁜 기계문명의 메커니즘 속에서 서로 맞물린 톱니바퀴 노릇을 하느라고 한눈팔 새 없는 것이다.

우리가 알게 모르게 시간을 낭비한다는 것은 곧 재산이나 돈을 낭비하는 것과 같은 것이다. 그런데 나는 '시간은 곧 생명이다'라는 생각을 하고 있다. 이것도 1953년 미국에 처음 가서 문명 생활이란 것을 체험한 뒤 떠오른 생각이다. 시간을 소중히 아껴 쓸 수 있도록 연구 개발하는 길이 곧 과학 문명의 길이란 것을 깨달았다.

나는 우리 인간의 생명은 시간으로 제한되어 있을 뿐 아니라 우리의 생명은 시시각각으로 줄어들어 가고 있다는 사실을 가슴 깊이 느끼고 〈시간은 곧 생명이다〉라는 글(《한국일보》 1965년 4월 1일자)을 쓴 적이 있다.

우리는 언제 죽을지 모르지만 죽는 것만은 확실하다. 언제인지 모를 그 시간을 향해 살고 있으니 내 삶의 시간은 자꾸 줄어드는 것이다. 그 제한된 시간이 바로 생명이 허락된 시간인 것이다. 1시간 뒤가 생명이 끝나는 시간이라고 가정한다면, 내 생명은 1시간밖에 없는 것이다. 그 소중한 1시간을 찻집에서 약속 시간을 어긴 친구를 기다리는 데 소비한다면 얼마나 바보스러운 일이 되겠는가.

우리는 '코리안 타임'이라는 말을 스스럼없이 한다. 시간을 잘 지키지 않는 우리 한국 사람들의 나쁜 풍습을 무슨 애교스러운 짓거리나 되는 것처럼 그런 이름까지 만들어 국제사회에까지 진출시키는 작태를 나는 몹시 부끄럽게 생각한다. 불명예스러운 '코리안 타임'이란 말은 어쩌다 우스갯소리로 한다 해도 용납할 수 없는 말이다. 나는 시간을 지킬 줄 모르는 민족을 미개한 민족이라고 생각한다.

본시 높은 수준의 문명국가 사람들은 시간에 대한 관념이 강하지만, 문화 수준이 낮은 사람들은 시간 관념이 없이 시간을 낭비하는 일이 많은 법이다. 문명인은 돈보다도 시간을 더 소중하게 알지만, 미개한 사람은 시간보다도 돈을 더 소중하게 여기는 것이다. 미국에 있을 때 한인 교포들이 모이는 모든 행사는 예외가 없다고 할 정도로 시간 에누리를 하는 것이었다. 교포 위문을 한다는 연예인들의 행사를 비롯해 사사로운 결혼식에 이르기까지 제시간에 시작하지 않는다. 남의 시간을 도둑질하는 정도가 아니고 남의 생명을 빼앗는다는 자각이 있어야겠다는 생각이 들 때가 많았다. 여러 단체에서는 가장 하찮은 것처럼 생각하기 쉬운 시간을 생명처럼 여기는 사회 분위기 조성을 위하여 운동을 벌였으면 좋겠다.

시간을 낭비하지 않는 생활이란 곧 자기 생명을 그만큼 확대시켜 사는 것을 의미한다. 그런 의미에서 달구지를 타고 광화문에서 영등포까지밖에 못 갔는데 그 시간에 자동차를 타고 대구까지 가서 일을 보고 돌아왔다면 같은 시간에 삶을 더 많이 누린 것이 될 수밖에 없다. 그래서 시간을 아낄 줄 아는 선진국 사람들은 후진국 사람보다 자기에게 주어진 시간을 갖고 더 많이 사는 꼴이 된다. 그래서 나는 시간을 생명처럼 쓸 줄 아는 지혜를 갖고 산다면 60년을 산다 해도 600년에 해당하는 삶을 누릴 수 있다고 생각하는 것이다.

우리나라도 선진국으로 발돋움하고 있다. 시간을 금쪽처럼 소중히 여기고, 생명을 다루듯 잘 다룰 줄 아는 백성이 되어야 선진국 국민이 될 수 있다고 생각한다. 시간 약속 하나 지킬 줄 모르는 사람이 문명국을 만들 수는 없는 것이다.

우리는 모름지기 의식주 생활에서부터 모든 사회 활동에 이르기까지 가장 능률적으로 시간을 절약하는 습성을 익히고 키워야 한다. 시간 관념을 능률적으로 개선하는 문제도 연구 개발되어야 한다.

옛날부터 많은 사람들이 시간의 소중함을 말해 왔다. 금언집에 나온 것만 해도 아주 많다. 근래에 나는 시간에 관한 어떤 철학 교수의 글도 읽었고 목사님의 설교도 들었다. 훌륭한 말씀들이었다. 그러나 시간을 절약하는 유일한 방법이 기계화와 컴퓨터화에 있다는 이야기는 없었다. 그 문제는 역시 내가 해야 할 몫인지 모르겠다.

사람은 짐승과 달라 연장을 다룰 줄 알고, 글자를 사용하는 특색이 있다. 연장을 통해 문명의 이기를 만들고 문자 생활로 속도를 얻을 수 있게 되었다. 그러기에 문명의 이기를 이용하여 글자 생활을 할 줄 아는 사람은 엄청난 시간을 버는 것이 된다. 자동차, 비행기, 타자기, 컴퓨터 등은 모두 우리들의 작업 시간을 많이 줄여 주었다. 같은 시간에 일을 더 많이 하게 되니 그만큼 우리의 생명은 길어지는 셈이다. 하나 할 시간에 열을 할 수 있고, 십 리 갈 것을 백 리를 갈 수 있는 인생을 보내는 것이 된다. 그래서 나는 시간은 돈보다도 더 소중하며 생명과 같이 귀한 것이라고 생각한다.

지금까지 나는 시간을 생명처럼 여기며 살아왔다. 그리고 내가 한글의 과학화를 꾀하는 중요 이유의 하나가 생명처럼 여기는 시간을 온 국민이 모두 함께 효율적으로 절약하며 살 수 있도록 해 보자는 것이다.

문명의 이기는 모두 우리의 생명을 연장시켜 주는 도구이다. 우리 인간의 생명을 연장시킬 수 있는 유일한 방법은 문명의 이기를 이용하는 길뿐이다. 그것도 고성능으로 능률을 높이 올릴 수 있는 기계를 이용한다면, 그만큼 생명을 더욱 길게 연장시키는 결과가 나타날 것이다. 내가 반평생 동안 고성능 한글 기계의 개발을 위해 노력해 온 것은 바로 고성능 기계로 생명처럼 소중한 시간을 절약하기 위함이기도 하다.

건강 관리

내가 한국의 평균 수명을 넘어 좀 오래 살게 되다 보니 "선생님의 장수 비결은 무엇입니까?" 하고 묻는 이들이 많다. 그럴 때마다 나는 적당한 답변을 찾지 못해 어물어물거리기가 일쑤다. 특별히 오래 살기 위해 비결을 탐구해 본 일이 없기 때문이다. 다만 하느님께서 나에게 주신 생명을 소중히 건사해야 한다는 소박한 생각에서 내 나름대로 건강을 유지해 왔을 뿐이다.

젊었을 때는 탁구 같은 운동을 즐기기도 했지만, 장년기 이후에는 이렇다 할 운동을 정기적으로 하는 일은 거의 없다. 날마다 하기에 간편하다고 하는 정규적인 맨손체조조차 별로 안 하는 편이다. 다만 제멋대로 팔을 올렸다 내렸다 하고, 허리를 굽히거나 돌리는 운동을 내 기분 내키는 대로 할 뿐이다.

미국에서 자취할 때는 자동차 대신 자전거를 사서 식품점과 우체국을 운동 삼아 타고 다녔다. 집에서도 가만히 앉아 있기보다는 부엌이나 응접실에도 일부러 일을 만들어서라도 걸어 다닌다.

"건강한 육체에 건강한 정신이 깃든다"는 말이 있는데, 그것은 본시 "건강한 정신이 건강한 육체를 만든다"는 고전이 와전된 것이란 소리를 들은 적이 있다. 그 말이 옳다고 생각한다. 마음이 밝고, 희망에 차 있어야 건강하게 오래 산다. 지지리 궁상으로 걱정만 일삼고, 화를 잘 내고, 욕심을 다 채우려 드는 사람은 건강을 해치기 일쑤다. 양심이 명하는 소리에 순종하고 자신의 소임을 성실히 하면서, 어렵고 힘든 일도 실망하지 않고 극복해 나갈 정신력을 가진 사람이면 신체적인 건강도 유지된다고 생각한다.

수영장에 안 다니고 골프장에 안 나가도 신체 관리가 가능한 것이다.

그래서 나는 '내 건강 관리는 정신 건강에서부터'라는 구호를 앞세운다. 모든 면에서 절제할 줄 아는 정신력이 작동해야 신체 건강도 가능하다고 생각하기 때문이다. 제 할 일 제쳐 놓고 대낮부터 술을 퍼마시는 사람은 폐인을 자초한다.

나는 틈만 나면 책을 읽는다. 건강과 무슨 상관이 있겠느냐 할 사람도 있겠지만 책을 통해 정신 건강을 위한 영양소를 담뿍 얻을 수 있기 때문이다. 독서는 내 인생을 살찌게 해 주었고, 정신적 건강을 지키는 데도 크게 작용했다. 따라서 나를 긍정적인 인생관으로 이끌어 신체 건강까지 유지시켜 주었다고 생각한다.

이 기회에 내 건강과 관련한 약에 대해 말하고 싶다. 흔히 감기약으로 또는 해열제로 많이 복용하는 아스피린에 관한 이야기이다. 1983년경이었던가? 전두환이 하는 짓거리가 못마땅해 심기가 매우 불편할 무렵이다. 뉴욕에 머물고 있었는데, 꿈에 뱀을 보고 놀란 적이 있다. 아침에 잠에서 깨어났더니 몸이 마비가 되어 있었다. 반신불수가 되었던 것이다. 이 소식에 놀란 딸이 달려와 닥터 루를 찾아갔다. 진찰 결과 머릿속의 모세혈관이 막힌 증상이라 했다. 그때 그 의사는 매일 아스피린을 세 알씩 먹으라는 처방을 내려 주었다.

"아니 핏줄이 막힌 중병에 감기 걸렸을 때 손쉽게 먹는 아스피린이라니?"

나는 의아하게 생각했다. 그러나 이 약이 세계적으로 대단한 명약이란 것을 나중에 알고 크게 놀랐다.

필라델피아에 온 뒤, 주치의 최도식 박사도 아스피린을 날마다 복용하도록 권장하는 것이었다. 뉴욕 생활 이후 나는 지금까지 줄곧 아스피린을 복용하고 있다. 혈액이 응고하기 쉬운 50세 이후의 친지를 만나게 되면 으레 아스피린을 먹느냐고 묻고, 안 먹고 있다면 날마다 한 알씩이라도 먹으라고 권고하곤 한다.

아스피린은 세계에서 가장 흔히 사용되는 의약품이다. 미국에서 1년 동안에 판매되는 아스피린은 무려 200억 개에 달한다고 할 정도로 흔한 약이다. 물론 이 약은 머리 아플 때나 오열이 날 때, 생리통, 이 아플 때, 류마티스성 관절염 등의 통증을 없애는 작용을 한다. 그렇지만 이 약을 빈속에 먹으면 위에 이상을 일으켜 위가 쓰리고 아프며 더 심하면 염증을 일으키기도 한다. 또 부작용으로 귀울림도 생긴다고 한다.

그러나 실험 결과 뇌내출혈이나, 심장마비 예방에 효과가 있다는 사실이 알려졌다. 혈소판의 작용을 저하시켜 혈액 응고를 방지함으로써 혈액 응고가 초래하는 뇌내출혈이나 심장마비를 사전에 막을 수 있다는 것이다. 이래서 나는 아스피린을 대단한 약으로 여기고 반드시 소중한 가정상비약으로 준비해야 한다고 강조하고 있다. 그야말로 아스피린은 만병통치에 가까운 혁명적인 약이기 때문이다.

어린이나 10대 청소년들이 잘 걸리는 라이증후군은 치킨팍스(수두)나 유행성 감기를 앓고 난 뒤에 일어나는데, 이런 환자에게는 독약 구실을 한다 해서 사용을 절대 금하고 있다니 조심해야 할 약이기도 하다. 하찮은 감기약 정도로 생각하고 애들이 손댈 수 있게 함부로 이 약을 방치해서는 안 될 것이다. 어린이가 과다하게 먹게 되면 목숨까지 잃기도 한다. 어쨌든 나는 아스피린 덕분에 뇌혈맥의 경색증도 재발하지 않도록 예방하고 있으니 양약 중의 양약으로 여기고 있다.

그리고 일반적으로 치아 좋은 것도 오복의 하나라고 말하는 이들이 있는데 과연 그런 것 같다. 나는 비교적 치아가 건강한 편이다. 어금니 하나만 뺐을 뿐 나머지는 모두 튼튼하다. 이가 상하게 되는 까닭은 밤 사이에 이에 낀 찌꺼기들이 썩기 때문이다. 그래서 입 안은 언제나 청소해야 한다. 입속은 세균이 많아서 청소하지 않으면 독소가 생긴다.

나는 치아 관리에 대해서 매우 신경을 써 온 편이고, 청소 기구도 다양하게 갖추고 있다. 각종 이쑤시개, 치실, 수력 이치개 등등……. 덕분에 나는 여든이 넘어까지 내 이로 갈비까지 뜯을 수 있는 오복을 누리고 있는지 모른다. 그리고 나는 음식물을 많이 먹지 않고 조금씩 여러 차례 먹는다. 과식은 만병의 근원으로 알고 있기 때문에 건강 유지를 위해서는 철저하게 과식을 삼가며 살아왔다.

1년에 한두 번 한방약인 보약을 달여 먹기도 한다. 양의사라고 해서 한방을 덮어놓고 비과학적이라고 매도해서는 안 된다. 과학이 파헤치지 못한 부분이 많을 뿐이지 결코 비과학적인 분야는 아니다. 나는 한방으로 처방한 보약을 먹고 많은 효과를 보았다.

제13장

내 가슴은 영원히 뜨겁다

장님과 맹인

'장님'이란 말에 대해서 몇 마디 한다. 내가 장님들을 위한 재활 프로그램을 꾸미고 있을 무렵, 장님 한 분이 조심스럽게 내게 귀띔해 주는 것이었다.

"박사님! 앞으로는 장님이라고 하지 마시고 맹인이라고 하세요. 장님이라 하면 좀 야하게 들리는 것 같아요."

이 말을 듣고 나는 깜짝 놀랐다. '장님'이란 말이 저속하게 들리다니, 내가 마치 실명자를 함부로 대하는 듯한 말투가 되었단 말인가? 그 뒤 국문학에 조예가 깊은 분에게 장님이란 말을 쓰는 것이 잘못된 것이냐고 물어보았다. 그랬더니 오히려 무슨 소리냐고 펄쩍 뛰는 것이었다. '장님'이 순수한 우리말인데, 우리말을 쓰면 덮어놓고 낮잡아 보는 언어 습관이 한탄스럽다고 하는 것이었다. 순수한 우리말이라고 해서 다 품위 있는 말일

수는 없지만, 장님이란 말만은 우리말 가운데서도 존댓말이라 한다. 일반적으로는 봉사나 소경이라고 하지만, 높임말로는 장님이라고 한다면서, 직접 사전까지 찾아 보여 주는 것이었다. 과연 사전에도 분명히 그렇게 적혀 있었다. 내가 어렸을 때부터 눈먼 분에 대해 써 온 높임말이 틀림없다는 것을 확실하게 알게 되었다.

왜 우리는 같은 말도 한문에서 온 말은 고급 말로 삼고, 순수한 우리말은 하찮고 속된 말로 취급하려 드는 것일까. 같은 값이면 우리말을 알맞게 찾아 쓰는 사람이 유식한 사람으로 대접 받는 사회가 되어야만 할 것이다. 맹인이란 말보다 장님이란 낱말이 더 정이 깃든 존댓말이란 점을 서로 알아야 장님 자신도 즐거울 것이다. 장님이란 말을 저속한 말투라고 생각하는 장님은 그동안 이 좋은 말을 불쾌하게만 받아들였을 터이니 안타깝기만 하다. 멀쩡한 낱말의 뜻이 잘못 이해되면, 큰 오해를 빚을 수도 있다는 것을 깨닫게 해 주었다.

나는 한글 성경에서도 채택하고 있는 소경이란 말도 좋지만, 그보다도 더 높임말인 '장님'이란 말을 쓰는 것이 좋겠다고 생각한다.

대두는 콩으로, 소두는 팥으로, 백미는 입쌀로, 대중이 쓰는 말을 애용할 줄 아는 언어생활로 하루바삐 바뀌어야 진정한 민중의 나라, 민주의 나라가 이루어질 것이다. 한자어 중심의 귀족주의는, 우리의 일상 언어생활에서 추방되어야 한다. 문둥병 환자라면 언짢고, 나환자라면 대접받는 말로 들린다는 것도 한자어에 대한 사대 사상에서 벗어나지 못했기 때문이다. 어쨌든 나는 장님들을 위한 일을 하면서 살아온 사람인데, '장님'이란 말을 사용했다고 해서 실명자들을 깔보는 듯한 인상을 일부 장님에게 주었다는 것은 무척 어처구니없는 일이다.

나는 그동안 우리글을 애지중지하면서 기계화를 위해 노력해 왔다. 과학적인 우리글을 업신여기지 않도록 글자 만드는 기계를 연구하며 평생을 살아왔다. 그런데 장님 문제에 부딪치면서 나는 우리글에 못지 않게 우리말도 아끼고 다듬고 사랑할 줄 아는 운동을 하며 살아야겠다는 생각을 하게 되었다. 우리말은 외국어에 밀리고, 거기다가 한자말에 눌리고 시달리다 못해 죽어 버린 말까지 있다는 것은 매우 유감스러운 일이다. 우리말이 앉을 자리를 잃어 가고 있다. 공기만 오염되고 있는 것이 아니라, 우리말의 오염 상태도 큰 문제이다. 내가 할 수 있는 우리말 순화 작업은 어떤 것일까? 내 나름대로의 할 몫을 생각하기에 이르렀다. 우리글을 사랑하듯, 우리말도 사랑해야겠다. 그것은 결과적으로 우리 겨레의 얼을 살리는 일이 되기 때문이다.

실명자에게 재활의 꿈을

1953년 처음으로 미국에 갔을 때는 정말 많은 것을 배울 수 있었고, 여러 가지를 깨닫게도 되었다. 그 가운데서 가장 큰 것이 눈먼 이에게 희망을 주는 장님 재활의학 분야이다.

나는 솔직히 말해서 그때까지는 눈 치료만 할 줄 아는 안과 의사에 지나지 않았다. 치료할 수 없는 환자에게는 손을 툭툭 털고 실명 선언만 하면 그만이었다. 미국에서 나는 실명자에게 베푸는 각종 재활 프로그램을 접하고 큰 충격을 받았다. 그동안 나는 눈먼 환자에 대해 너무 무지했으며, 마치 내가 무슨 큰 죄를 저지른 사람 같은 느낌마저 들었다. 내게 온 환자 가운데는 다른 병원에서 이미 실명 선고를 받고 온 사람도 많았다.

'마지막으로 서울에 가서 공 박사의 진찰이라도 한번 받아 보고 싶다'면서 논밭을 팔거나, 소를 팔아 가지고 병원에 오는 이들도 있었다. 그런데 나는 하늘이 무너지는 듯한 절망으로 울부짖는 이 실명자들 앞에 두고 의사로서 어떻게 해야 좋을지 몰랐다. 그래서 그저 냉정하게 진찰 결과만 말해 주고 자리를 피하는 것이 고작이었다. 그만큼 나는 재활의학에 백지 상태였던 것이다. 미국에서 재활 의학에 눈뜬 뒤 그제야 속죄하는 마음으로, 내 재산을 다 처분해서라도 장님들에게 희망을 안겨 주는 일을 하겠다고 결심하고 곧 귀국했다.

나는 곧바로 서울 광나루 건너에 있는 천호동에 대지 2천여 평을 마련하고 '맹인 부흥원'을 설립했다. 여기서는 점자 타자기와 한글 타자기 등을 가르치면서, 장님들이 일반인들과 같은 직업을 가질 수 있도록 기회를 제공하는 훈련장을 계획하였다. 눈먼 사람은 으레 밤에 피리를 불며 골목길을 누비고 다니는 안마사 노릇밖에 못하는 것으로 알고 있는 사회 통념을 깨기 위한 것이었다. 이분들이 사회에 나가서 당당한 일꾼으로 활동할 수 있도록 만들어 보겠다는 것이 내 꿈이었다.

그 무렵 한국의 보건사회부는 미국의 해외 맹인 재단의 간부진들로부터 '맹인재활센터'를 만들어 보라는 권고를 받고 있었다. 그런데 정부 관리들이 곧 착수할 것이라고 답변하면서 차일피일 미루어 오다가 어느덧 6년이란 세월이 흘렀다. 그럴 무렵 나는 이 맹인 부흥원을 본격적인 '맹인재활센터'로 만들고자 일본, 대만, 홍콩 등지로 견학을 다녀왔다. 다른 나라에서는 도대체 맹인재활센터를 어떻게 운영하고 있나를 살펴보기 위해서였다. 그 가운데 아직껏 인상에 남는 곳은 홍콩의 맹인 재활원이었다. 독일 종교 단체의 원조로 운영되고 있는 이 맹인 재활원은 아주 경치 좋은 해변가에 자리 잡고 있었다. 시설이나 운영 방식이 너무나 조직적이고 현대적이었다. 세련되고 깨끗하게 운영하는 것을 보고 감탄하였다. 돈이 있다고 이렇게 다 할 수 있는 것은 아닐 것이다. 진심으로 맹인들을 돕겠다는 사람들의 노력이 있었기 때문에 이런 훌륭한 기관이 존재하게 되었을 것이라고 깊이 느꼈다. 이 기관을 보고 나서, 돈보다도 더 귀한 사랑이 있어야만 그런 기관을 만들 수 있겠다고 생각했다.

그래서 나는 갖고 있던 부동산을 모두 팔았다. 그리고 일본인 건축 전문가 기무라 씨를 초빙해서 특수 시설뿐만 아니라 기숙사 설비까지 갖춘 맹인 재활원을 만들었다. 그때 지은 건물이 지금은 비록 보잘것없지만, 그 당시는 맹인들을 위한 것치고는 너무 사치스럽다는 비판을 받을 정도였다.

해외 맹인 재단에서는 정부 차원에서도 만들지 못하고 있는 맹인재활센터를 공 박사 개인이 만들었다고 반가워하면서, 1만 달러의 지원금을 보내왔다. 본래 법인체 같은 기관에만 후원하게 되어 있는 규칙을 깨고 개인 사업체에 큰돈을 보내 온 것이었다. 일은 점점 늘어가고 개인 사업체로서는 감당할 길이 없을 정도로 커 갔다. 그래서 법인체 재단으로 발전시켜 내 개인 사업이 아니라 법인으로 운영될 수 있도록 법적인 수속을 하려 했다. 그런데 난데없이 독재 정권의 관리들이 오히려 방해하는 것이었다.

"모 재벌에서는 문화 재단이라는 것을 만들어 탈세를 일삼고 있다……."는 말도 되지 않는 소리들을 하면서 비협조적으로 나왔다. 탈세하고 있는 증거가 있으면, 법으로 다스리면 될 일이지 실명자들을 위한 재활원을 법인체로 만들겠다는데, 무슨 당치도 않는 소리를 하는 건지 모를 일이었다. 어떤 다른 뜻이 숨어 있어 그랬는지 몰라도, 나는 부패한 관리들에 동조하고 싶은 생각이 추호도 없었기 때문에 법인체 수속을 아예 단념하고 말았다.

자치적인 사회 운동 차원에서 여러 안과 의사들에게 자진 봉사를 하면서 실명자에게 재활의 길을 열어 보자고 호소도 해 봤으나 재활 센터를 돕겠다는 사람은 나서지 않았다. 이 같은 어려운 여건 속에서도 장님들을 위한 재활 교육은 착착 진행되었다.

현재 한국뿐 아니라 미국에서도 저명인사로 알려진 교육학 박사 강영우 씨나, 철학 박사 전재경 씨 등은 모두 이때의 맹인 학생들이었다. 강 박사는 이때의 사정을 그의 자서전(《빛은 내 가슴에》 42쪽)에서 이렇게 설명하고 있다.

"천호동 소재 공병우 박사께서 운영하시는 맹인 부흥원에 가서 점자와 타자를 배울 수 있다는 것이었다. 당시 월 2만 5천 환을 내야 하는데 낼 돈이 있을 리가 없었다. …… 1962년 1월, 4년간에 걸친 시력 회복을 위한 투쟁을 시작하게 된 것이다. 그곳에 갔더니 맹인 교사가 한 분 계셨는데 건국대학 역사학과에 재학 중이라 하였다. 학생은 나를 포함하여 8명이었다. 그날부터 열심히 한글 타자와 한글 점자 쓰기와 읽기를 연습하였다. 한 달이 지나자 한글 타자로 편지를 쓸 수 있게 되었으며, 속도는 느리지만 점자도 쓸 수 있게 되었다. (……) 실명하면 영영 글을 못 쓰게 될 줄 알았는데 한 달도 못 되어 한글 타자로 편지를 써서 이러한 회신을 받고 보니 자신감이 조금씩 생기기 시작하였다. (……) 맹인 부흥원에서 얻은 것은 그뿐이 아니었다. 당시 나는 맹인이 되어 자아에 큰 손상을 입어 열등감을 느끼고 있었다. 그런데 창립자이신 공병우 박사께서는 가끔 방문하시어 원생이 지은 밥을 우리와 함께 드시고 오락도 즐기는 것이었다. 그 모습은 맹인을 하나의 인간으로 취급해 주는 것이 당연한 것임에도 불구하고 사회가 그렇지 못하게 때문에 무척이나 고맙게 느껴졌으며, 내 자신에 대한 인간으로서의 가치를 느끼는 데 도움이 되었다. 그뿐만 아니라 교사인 전재경 씨는 맹인 대학생으로 맹인도 대학에 진학할 수 있구나 하는 새로운 가능성을 나에게 제시해 주었고, 일요일에는 그분이 속해 있는 퀘이커 모임에 데리고 가 주었다. 기초 재활에 필수적인 한글 타자기 사용법과 점자 쓰기를 배워, 그해 3월 서울맹학교에 입학하게 되었다."

강영우 박사는 이 밖에도 내 기억에 전혀 없는 일까지 회상하고 있어 맹인 재활원 초창기 시절을 되새겨 보게 되었다. 그는 이어 또 이런 일도 있었다고 털어놓았다.

"나와 함께 다른 맹인 세 명이 그곳을 떠나 서울맹학교로 가는데 공 박사님이 자가용을 내주었다. 뒤에 들은 이야기인데 그날 사모님이 아들 학교 일로 그 차를 쓰기로 되어 있었는데도 맹인들을 위해 빌려 주었다고 한다."

이 글은 그 당시 자동차가 얼마나 귀했던가를 말해 준다. 서울에서 개인 의사로 자동차를 가지고 있는 사람은 나뿐이었다.

맹인재활센터 출신으로 장님 목사 한 분이 계시다. 김선태 목사는 열 살 때 실명하여 맹인재활센터에 와 타자기를 배웠다. 약 3년 동안 기숙사 생활을 하면서 교육 받았는데, 뒷날 그는 "공 박사는 우리들의 식생활까지 관심을 기울여 주셨다. 날오이가 몸에 좋다고 한 말씀을 듣고 즐겨 먹던 생각이 난다"고 어린 시절을 회고하고 있다. 그는 현재 예장계 실로암 안과 병원에서 자기 자신처럼 앞 못 보는 사람들을 위해 복음을 전파하면서 또한 훌륭한 사업으로 아주 밝은 나날을 보내고 있다.

어쨌든 나는 그 당시 심혈을 기울여 맹인 재활 운동을 벌였다. 그 무렵 한글 타자기로 말미암아, 병원 운영이 어렵게 되었다. 병원 운영이 잘 되어야만 재활 센터도 유지할 수 있었기 때문에 이번에는 집중적으로 병원 재건에 힘쓰기로 하였다. 재활 센터의 젖줄인 모체를 살리기 위해 나는 숫제 병원에 들어가 먹고 자면서 안간힘을 다해 병원 운영을 다시 회복시켰다.

그 뒤 나는 안과 의사가 된 둘째 아들 영태에게 병원을 떠맡기고 말았다(1977년). 이때는 카메라를 짊어지고 카메라 유람을 하던 때였다. 이러다가 1980년에 이 재활 센터마저 병원을 맡은 내 아들에게 인계하고 이듬

해에 미국으로 떠났다. 맹인재활센터를 공안과 병원의 부설 기관으로 편성하고 재활 센터의 인건비와 운영비를 지불하고 있었다. 내가 미국에 가있던 1983년 운영난으로 결국 천호동에 있던 맹인재활센터는 문을 닫고 말았다.

나는 요즘, 전에 하다가 중단된 맹인재활센터를 다시 재건할 계획을 세우고 있다. 앞으로 여생을 이들의 재활을 위해 바칠 생각이다. 예전에는 주로 타자기를 갖고 그들의 재활 프로그램을 짰지만, 이번에는 주로 컴퓨터 교육으로 이들의 재활을 도울 생각이다. 나는 맹인 강영우 박사와 손을 맞잡고 한글 음성 컴퓨터까지 개발하면서 이 일의 일부를 진행시키고 있다.

신체장애자를 도울 줄 아는 사회

서울 올림픽은 과연 세계적으로 박수 받을 만했다. 그러나 신체장애자들을 위한 장애인 올림픽 때는 그 열기가 대수롭지 않았다는 소리를 듣고, 뒷맛이 개운치 않았다. 몸이 성한 사람보다 그렇지 못한 장애인들을 더 도와주고 더 격려해 주고 더 위해 주는 사회라야 문화 사회라 할 수 있다. 나보다 덜 건강하거나, 온전치 못한 불구의 몸인 장애자들을 진정으로 도울 줄 알고, 관심을 기울이는 사람이 많은 사회가 되어야 한다. 돈을 듬뿍 들여 화려하게 장애인 올림픽을 치렀다고 문화 국민이 되는 것은 아니다.

아침 출근길에 장님을 보면 침을 뱉으며 "에이, 오늘은 재수가 없다"고 하는 사람들의 생각이 바뀌어야 한다. 불구인 애가 무관심한 가족을 향해 악을 썼다 해서 달래기는커녕 오히려 "병신 육갑하네"라며 윽박지르는 우리 사회의 병폐가 하루바삐 사라져야 한다. 세상 천지 어디에 병신의 모습이 우스꽝스럽다고 해서, 그 모습을 흉내 내며 얼씨구 좋다 하는 나라가 우리나라 말고 어디에 있단 말인가? 나보다 온전치 못한 장애자를 조롱하며 추는 이른바 병신춤이란 정말 장애인을 가슴 아프게 하는 비인도적인 짓이라고 아니할 수 없다.

수많은 발명품들은 대부분 신체장애자를 위한 것이었다는 소리를 듣고 놀라지 않을 수 없었다. 실은 타자기의 발명도 그렇고, 담뱃불 붙이는 라이터도 신체장애자들을 위한 것이라 한다.

나는 신체장애자를 위한 것을 만들고 싶어, 70년대 초반에 점자 타자기를 개발하였다. IBM 회사에서 만든 전동 점자 타자기는 2천 달러가 넘는 고가였다. 그래서 나는 맹인들이 150달러 정도의 싼값으로 구입해서 간편하게 들고 다니며 마음대로 쓸 수 있는 수동식 타자기를 한글과 영문으로 발명하였다. 프랑스에 있는 전 세계 맹인 기관 본부에서 이 소식을 듣고 견본을 보내라는 통지가 왔다. 나는 곧바로 견본을 보냈다. 본부에서는, 이렇게 싼값으로 만들 수 있는 점자 타자기를 세계에서 발행되는 기관지에 훌륭한 발명품이라고 소개하였다. 그 뒤 세계 각 나라에서 편지가 많이 왔다. 그러나 나는 타자기의 표준 자판 문제로 정신을 딴 데 쓸 경황이 없던 때여서, 결국 세계적으로 보급시키지는 못하고 말았다.

나는 중국의 맹인들을 위해 중국의 주음 부호 타자기를 개발하기도 해서 중화민국 장경국(Chiang Ching Kuo) 총통 비서실장으로부터 감사장과 선물을 받기도 하였다.

나는 일본 맹인들과 한국 맹인들의 친선 타자기 경기 대회를 주도하기도 했다. 그 결과는 단연 한글 타자수들에게 우승의 영광이 돌아왔다. 그러나 타자 속도의 우열을 따지기 위한 경연 대회라기보다는 맹인들에게 관심을 기울이게 하자는 사회적인 큰 뜻이 숨어 있는 대회이기도 하였다.

1988년도 미국에 있을 때 나는 한 손만 가진 사람을 위한 '한 손 한글 쓰기'를 매킨토시용 소프트웨어로 개발하였다. 사회에는 한 손만 가지고 있는 사람, 또는 두 손을 가지고 있으면서도 한쪽 손을 쓸 수 없는 사람들이 적지 않다. 한 손만 쓸 수 있는 사람들이 손쉽고 편리하면서도 능률적으로 글을 쓸 수 있도록 한 드보락 박사의 업적을 본받아, 나는 매킨토시 컴퓨터에 사용할 수 있는 '한글 쓰기'를 새로 연구한 것이다. 말하자면 두 손으로 글자판을 칠 수 없는 사람들을 위한 한글 쓰기 소프트웨어를 개발한 것이다. 오른손만 쓸 수 있는 사람과 왼손만 쓸 수 있는 사람을 구분하여 두 가지를 만들어 세상에 공표하면서, 컴퓨터를 갖고 있는 희망자에게는 무료로 제공하고 있다. 한국에서 《한겨레 신문》을 보고 미국의 내 연구소로 문의 편지가 다섯 사람으로부터 왔다. 이 가운데는 대학 시절에 스카이다이빙을 하다가 낙하산이 펼쳐지지 않고 떨어져 손과 팔에 큰 손상을 입은 젊은이도 끼어 있었다. 나는 곧 그의 마비된 손가락의 증상을 소상하게 알아보고 그에게 알맞은 타자기를 만들어서 기증했다.

그리고 이것은 좀 오래된 이야기지만 벙어리 어린이를 교육시키는 사설 학교가 명일동(?)에 있었다. 그 가운데는 지적 장애까지 겸한 애들도 있었고, 반벙어리에 속하는 애들도 있었다. 침을 질질 흘리고 목을 잘 가누지도 못하는 벙어리 애들을 특수한 구화 방법으로 열심히 교육하는 최병문 씨란 분이 있었는데, 나는 그의 노력에 감탄하여 땅을 천 평 기증했다. 그때 마침 YMCA에서도 젊은이들을 위한 지역 사회복지사업 계획이 서 있었다. 나는 그쪽에도 땅 천 평을 기증했다.

어느 단체이건 개인이건 내가 직접 하지 못하는 좋은 일을 한다는 것은 나를 대신해서 하는 일이니, 이 같은 방법으로 나도 신체 장애인들을 위한 일에 동참하는 것이라고 생각했다. 개인 사설 기관인 구화 학교에서는 기숙사를 짓고 잘 발전시켰다. 그러나 YMCA에서는 그 땅을 팔아 환전하여 젊은이들을 위한 시설 확충에 유용하게 썼다는 얘기를 들었다.

앞에서도 잠깐 말했지만 나는 요즈음 맹인들을 위한 음성 컴퓨터 개발에 힘쓰고 있다. 이것은 첨단 기술이 필요한 분야로 도저히 내가 근접하기 힘든 분야이긴 하지만, 눈으로 볼 수 없는 장님 세계에서는 타자하는 대로 소리가 나오는 마술 단지 같은 것이어서 어떻게 해서라도 맹인 사회에 선을 보이고 싶었다. 한글 음성 컴퓨터는 그야말로 혁명적인 문명의 이기로 맹인들에게 큰 도움이 될 것이다. 내가 컴퓨터의 첨단 기술에 대해 캄캄하다 하더라도, 영어로 할 수 있는 일이라면, 한글로는 더욱 쉽게 해결할 수 있다는 과학적인 신념만은 가지고 있다. 그래서 내 한글 설계를 미국의 루이빌 대학 포크 박사에게 의뢰하여 시제품을 만들어내는 데 마침내 성공한 것이다.

결국 나보다 못 사는 사람을 돕고, 나보다 건강하지 못한 사람을 밀어주고, 불구인 사람을 격려해 주고, 신체장애자들에게 힘이 되어 주는 사회가 곧 우리가 바라는 바람직한 민주 시민 사회라고 생각한다. 이는 결국 나나 내 가족이 그와 같은 지경에 빠졌을 때에 나를 돕고 나를 밀어주고 나를 격려해 주는 사회가 된다는 것을 의미하게 된다. 남을 도울 줄 아는 사회가 되어야 우리나라도 진정한 민주주의 나라가 될 수 있다고 믿는다.

그리운 북녘땅

뉴욕과 필라델피아에 사는 동안, 7촌 조카사위인 김원일 목사를 만났다. 촌수를 따져 7촌 조카사위이지 나와 엇비슷하게 늙어 가는 처지이다. 그는 월남하여 서울 을지로 4가에서 화원 소아과를 개업한 의사였다. 그러면서도 뜻한 바 있어 의사의 신분으로 밤에는 한국신학대학에 다니면서 신학 공부를 하여 목사가 된 분이다. 의사로 있으면서 서울 성북구 미아리 빈민촌에 미아리교회를 창설하고, 주말이면 무료 진료를 해 주고 교회를 시무했던, 그야말로 뜻을 갖고 살아온 굳건한 의지의 소유자이다.

필라델피아의 드렉셀 대학 교수로 있는 아들(Dr. Roy Kim) 집 근방에 살다가 지금은 뉴욕에 가 살면서 조국 통일을 위해 애쓰고 있다.

우리 두 늙은이는 40년 동안 부모 형제를 만나지도 못하고 또 이북 고향 땅도 왕래하지 못하게 된 운명에 대해 한숨지으며 이야기를 나누었다. 말하는 가운데 둘은 의기투합해서 조국의 민주화나 통일에 대해 무엇인가 도움이 되도록 한몫을 하자고 의견을 모았다.

아닌 게 아니라 우리 늙은이들의 세대가 지나가면 북녘의 혈육을 찾고, 자기가 살던 고향을 찾는 사람도 없어질 것이다. 그때 가서는 남과 북의 벽은 더욱 굳어질 것이 틀림없다는 생각을 했기 때문이다. 나도 수많은 내 가족과 헤어져 사는 이산가족이며, 김 목사도 자식을 이북에 남겨 둔 채로 40여 년이란 세월을 흘려보낸 한 맺힌 이산가족이다.

때마침 캐나다에서 발행하는 《뉴 코리아 타임즈》에 이산가족을 찾아 준다는 광고가 나왔다. 나는 뜻하지 않은 광고에 놀랐고, 어떤 희망의 실마리를 잡은 듯이 기뻤다. 나는 이 신문사가 훌륭하고 가치 있는 일을 펼쳤다고 생각했다. 그런데 도대체 남한 정부 당국자나 이북 당국자들은 이런 사업을 어떤 시각으로 보는지 궁금해서, 전두환과 뉴욕에 나와 있는 북한 대표부 앞으로 몇 가지 의견을 묻는 설문지를 보냈다. 1982년 6월 6일의 일이다. 내 딴에는 무척 신중을 기한 것이었지만, 양쪽 다 대수롭지 않게 여겼던지 회답이 없었다. 다만 훨씬 뒤에 북한 대표부 측에서 직원이 직접 와서 말을 해 주었다. 그 뒤 FBI 사람이 찾아와서 북쪽의 회답을 가져온 사람과 내가 서로 대화한 내용을 물어보고 갔다. 유엔 대표부에 와 있는 북쪽 사람들은 뉴욕에서 25마일 밖으로는 일절 여행을 못하도록 행동이 제한되어 있었다. 북쪽의 응답은 말할 것도 없이 대찬성이라 했다. 나도 수사기관 사람에게 숨길 것이 하나도 없었기에 있는 그대로를 다 설명해 주었다. 내가 양쪽에 낸 질문서의 내용은 대략 다음과 같은 것이었다.

본인은 일흔이 넘은 남한 시민으로서, 동봉한 사본과 같은 광고를 최근 《뉴 코리아 타임즈》에서 보고, 이북에 있는 가족을 찾을 길이 있다는 사실을 처음으로 알고, 대단히 기쁘게 생각합니다. 실로 민족의 비극을 해소해 주는 멋진 사회복지사업이라고 생각합니다. 그러나 한 가지 신중을 기하기 위하여 다음 사항을 귀하에게 문의하는 바입니다. 바쁘시지만 답을 해 주시면 대단히 고맙게 생각하겠습니다.

1) 우리 정부에서는 반대하는 사업이다. ( )
2) 우리 정부에서 반대하지만 묵인하고 있다. ( )
3) 반대도 찬성도 하지 않고, 무관심하다. ( )
4) 찬성은 하지만 후원은 하지 않는다. ( )
5) 적극 찬성과 적극 후원하고 있다. ( )
6) 혹시 반대하신다면 그 사유는? ( )

나는 1983년도에는 이산가족 찾기가 하나의 운동이 될 수도 있다는 생각에서 자작 호소문을 만들어 뿌려 보기도 하였다. 그때 나는 77세였다.

호소문에는 다음과 같은 말을 써 넣었다.

"8·15 해방 전부터 고향인 평안북도 벽동군 성남면을 떠나, 서울에 와서 공안과 병원을 개업해 운영하다가, 지금은 뉴욕에 와 있습니다. 고향에 있는 형제, 친척들의 소식을 알아보고, 편지라도 하다가 이 세상을 떠나고 싶은 마음 간절합니다. 세계 각 나라 사람들이 마음대로 드나들고 있는 우리나라 우리 고향 땅에 우리가 서로 드나들지 못하고, 편지 한 장 교환할 수 없어 소식조차 모르고, 이 세상을 떠날 생각을 하니 실로 기가 막힙니다. 누구의 잘못으로 이런 민족적인 비극이 오랫동안 계속되고 있습니까? 총칼과 권력을 마구 휘두르는 군사독재 정부인가요? 그렇지 않으면 공산 독재 일 당인가요? 아니면 미국과 일본인가요? 소련과 중공인가요? 아니면 우리 국민 자신들의 잘못에 있는 건가요?"

나는 대체로 무슨 이야기를 할 때는 직설적인 편이어서 군사 정권에 대한 민주화 운동의 목소리도 대체로 강한 편이다. 그러나 한번은 전두환이 살아남을 수 있는 길을 말해 주고자 다음과 같은 글을 쓰기도 하였다.

1. 불법으로 정권을 잡은 반역적 행동과 광주 민중 살인 만행을 진심으로 반성하고, 즉각 모든 양심범과 정치범을 석방하라.

2. 진심으로 민주화를 이루기 위하여 언론, 출판, 집회를 자유화하여, 진정 민주 정권이 수립되도록 신속히 처리하라.

3. 군사 정권은 공산화를 촉진시킬 것이며, 민간 정권만이 공산화를 막는 길이다. 민주 정치만이 남북 대화로 서로 떨어져 있는 부모, 형제, 친척들을 만나게 해 30여 년에 걸친 비극이 해소되는 동시에 평화통일이 이루어질 것이다.

4. 박정희 대통령의 말로를 되풀이하기 전에, 몇 배 더 악독한 현 정권을 하루속히 민정으로 이양하는 길만이, 앞으로 닥칠 큰 비극을 막을 수 있는 가장 현명한 처사이다.

지금이라도 늦지 않았으니 참회하는 마음으로 내 조언에 따른다면 살길이 열린다고 권고한 것이다. 아마 그때 전두환이 내 권고대로 했더라면, 뒷날 백담사 신세를 안 지고 살 수도 있었을 터인데 하는 생각이 든다.

어쨌든 군사 독재자들은 자기네 권력 유지에만 급급했지 이산가족 찾기 따위는 안중에도 없는 듯이 보였다. 그래서 나는 단독 판단으로 이산

가족 찾기를 수속했다. 마침내 내 동생과 누나는 오래전에 세상을 떠났고, 조카가 북한에 살아 있다는 소식을 전해 듣게 되었다. 이산가족을 찾은 사람들은 대개 이북을 다녀온 것으로 알고 있는데, 나는 시민권도 없고 또 건강 문제로 북한 고향 땅을 아직 못 가 보았다.

공 박사가 빨갱이가 되었어?

문부식 군이 중심이 되어 감행한 부산 미국 문화원 방화 사건이 있은 뒤, 군사 독재자들은 때를 만난 것처럼 빨갱이의 소행이라고 몰아붙이면서 여론을 자기네 유리한 쪽으로 조작하였다. 이런 때 누구 하나 바른말 하는 언론도 없었고, 개인도 없었다. 서슬이 시퍼런 분위기 속에서도 용감하게 천주교 정의구현전국사제단에서는 성명서를 발표하였다. 정의의 외침이었다. 나는 이를 수백 장 복사하여 해외 교포 유지들에게 뿌렸다.

김대중 씨의 대법원 판결이 나게 되면 인혁당 사건 때처럼 곧바로 사형을 집행할 것이라는 소문이 파다하게 퍼져 있을 때였다. 각국의 외교적 압력과, 자유 국가들의 빗발치듯한 여론과, 세계의 굵직굵직한 인권단체 등에서 벌인 구명 운동 등이 효과를 나타냈는지 김대중 씨는 석방되어 미국으로 망명 아닌 망명을 하게 되었다. 김대중 씨를 죽이려고 음모를 꾸민 자들은 살인미수로 처단해야 한다는 요지의 글을 나는 신문에 발표했다. 그랬더니 친정부 계열 사람들은 나더러 "공 박사 빨갱이가 되었다"고 떠들어 대는 것이었다. 군사독재가 하는 일에 잘 길들여진 사람들이 뜻밖에 많아, 덮어놓고 정부 발표만 믿으려고들 하였다. 그런데 그동안 권력층에 빌붙어 살던 사람들이 노태우의 6·29 선언이 떨어지니 잽싸게 자기 혼자서 민주화 운동을 주도나 한 것처럼 전두환 타도를 외치고 나서는 데는 실소를 금할 길이 없었다. 뒤늦게나마 전두환 군사독재를 타도

할 수 있게 된 것은 다행이다. 정작 탄압이 심할 때는 말 한마디 못하다가 6·29 이후에 투사로 돌변한 사람들은 어떤 정권이 되었든 권력층에 빌붙어 사는 해바라기 성향의 인간들이어서 언짢기만 하였다.

나중에 박종철 군의 고문 사건으로 세상이 떠들썩 할 때 나는 치가 떨려 견딜 수가 없었다. 고문으로 숨이 막혀 죽는 장면을 상상만 하여도 가슴이 아팠다. 나는 고문에 관한 신문 기사 내용을 복사해서 사건 진상을 세상에 전파하기도 하였다. 양심이 명하는 바에 따라 진실을 알려 주고 싶었던 것이다. 조국이 어려운 고비를 넘기고 있는 현장에 내가 직접 참여하지 못하는 처지에서는 이 같은 방법 말고는 동참할 길이 없는 것으로 판단했기 때문이다. 하루는 어떤 친지 한 사람이 나한테 와 하는 말이,

"여보, 공 박사, 서울에서 둘째 아들이 하고 있는 공안과 병원이 문 닫게 될 짓을 왜 하는 거지"하고 충고해 주는 것이었다.

수난 가족 돕기회란 단체가 있었다. 한국에서 수난을 받고 있는 양심범들의 가족들을 돕기 위한 단체로 활발한 움직임을 보이고 있었다.

템플 대학의 김순경 박사와 서울에 있을 때 퀘이커 동지였던 이행우 씨가 중추 인물인 듯했다. 이행우 씨가 누추한 뉴욕 집으로 찾아왔을 때 무척 반가웠다. 아닌 게 아니라 백만 대군의 원병을 얻은 듯이 기뻤다. 나는 한동안 다달이 100달러씩 보내면서 지원하였다. 이행우 회장은 그 뒤 수난 가족 돕기 회장직을 그만두고, 워싱턴에 한미 홍보원을 설립하고 원장으로 취임하면서, 나와 임창영 박사를 고문으로 모신다고 했다.

내가 뉴욕에서 살고 있을 때, 이행우 씨가 이북엘 간다고 하기에 한글 타자기 세 대를 드리면서, 그 가운데 한 대는 한글 기계 연구하는 곳에, 또 한 대는 맹학교에, 나머지 한 대는 동포 후원회에 기증해 달라고 부탁했다. 이것들이 내가 원하는 용도대로 잘 쓰이고 있는지 여부는 아직 모른다. 다만 북한에서는 한글 타자기가 보편화되지 못했다는 점과, 맹인들

을 위한 특수교육이 편제가 되어 있지 않는 듯한 분위기만 어렴풋이 알고 있을 뿐, 북한에서 어떻게 타자기를 활용하고 있는지 알 수 없는 일이다.

그 당시 뉴저지의 벨 회사에 다니는 윤여민 경제학 박사와 김 박사를 이행우 씨 소개로 알게 되었다. 그때 나는 윤 박사의 단체를 성원하는 뜻으로 한글 타자기 100대를 기증했다. 앞서도 말했지만 내가 그 나이에 할 수 있는 일이란 고작 이런 것들이었다.

그 뒤 필라델피아로 이사하여 살고 있을 때, 재미 한인들의 민주화의 뜻을 만천하에 내세우는 날로 삼자면서 대대적인 시위를 계획한 신문 광고를 보고 나는 김안식, 김원일 씨 등을 모시고 백악관 앞 시위 행렬에 참가하였다. 1천여 명이 모였다. 나는 비디오로 그 행사를 찍었다. 1987년 5월 30일의 일이다. 돌아와서 곧 글을 써 신문에 발표하였다.

그리고 그 뒤 1987년 6월 20일, 뉴욕 유엔 본부 앞에서 2천여 명이 모여 펼친 시위 행렬에도 참가하여, 젊은이들이 내뿜는 조국의 군사독재 타도를 외치는 열기에 나도 합류하였다. 나는 소니에서 최초로 개발한 8밀리미터 비디오 카메라를 짊어지고 워싱턴과 뉴욕의 시위 광경을 촬영하였다. 이 감격스러운 광경을 접하지 못한 이를 위하여, 시진을 여러 개 복사해 돌려 보도록 하였다.

1987년도에 군사 독재자들은 최후의 발악처럼 탄압의 수법이 더욱 악랄해졌고, 전두환의 4월 호헌(4·13) 선언으로 정국은 더욱 긴장되어 있었다. 그럴 무렵 뉴욕에서 이산가족 찾기회가 발족되었다. 북한과 교류를 꾀해 보자는 것이었다. 내게 고문이 되어 달라는 전화가 왔다. 나는 쾌히 승낙하였다. 여전히 한쪽에서는 내게 빨갱이로 오해 받을 일을 왜 자청하느냐며 그런 일에 가담하지 말라고 권하는 분들이 있었다. 그러나 내 신념에는 한 치의 변화가 있을 수 없었다. 우리나라가 민주주의 나라로 바뀌려면 국민 한 사람 한 사람의 민주 의식이 발달하지 않으면 안 된다고 생각하였다. 민주주의 하자는데 얼토당토않게 빨갱이라니 당치도 않은 소리다. 누군가가 통일의 숨통을 뚫는 작업을 해야 한다. 그러니 민주주의든 통일이든 가만히 누워 있으면, 자동으로 누가 갖다 쥐여 주는 것이 아니다.

그 뒤 노태우의 6·29 선언이 있었다. 그리고 해외 교포들은 이산가족 찾기 운동에 참가할 뿐 아니라, 원하면 가족을 찾아보기 위해 북한을 다녀와도 좋다는 정부 발표가 나오기도 하였다. 몇 년 사이에 별별 변화가 다 생겼다. 그때 나를 빨갱이라고 놀려 대던 사람들이 이제는 날 보고 또 무엇이라고 할지 궁금하다.

나는 지금껏 어떤 정치 단체에도 가담한 적은 없다. 그러나 나라 사랑의 마음은 항상 누구 못지 않게 불타고 있는 사람이지 싶다.

일흔일곱에 쓴 참회의 일기

나라를 사랑하는 마음이 불타오르고 있다고 했지만, 솔직히 말해 나는 애국적인 삶을 영위해 온 사람은 아니었다. 미국에 와서 사는 동안 내 과거의 큰 잘못을 깨닫고 참회하게 되었다. 나는 일흔일곱이었던 1983년 4월 20일에 참회의 일기를 쓰는 기분으로 글을 쓴 일이 있었다. 그 서두에 다음과 같이 썼다.

"나는 지금까지 애국, 애족하는 정신을 갖지 못하고 살아온 사람이다. 나는 일제 때에도 민족정신을 가지지 못했고, 자유당 때나 박정희 독재정권 때에도 그 정권들이 뿜어내는 사회악과 거의 무관하게 살아왔다. 우리 민족의 흥망을 좌우하는 문제에 이렇게 무관심하게 지내온 것이 얼마나 잘못된 일인가를 나는 지금 겨우 깨닫고 양심의 가책을 느낀다. 여생이 몇 해 남지 않은 팔순의 노구가 될 때까지 내가 민족 문제에 관심 없이 지내

왔다는 것은, 실로 부끄러운 일이며 애국선열에게 죄송스럽기 짝이 없다. 이제라도 반성하고 참회한 끝에 짧은 여생이나마 앞으로 민족 문제에 관심을 가지고 살다가 이 세상을 떠나기로 결심했다.”

내 나라 내 민족 문제에 대해 뒤늦게나마 관심을 가지게 된 것은 내가 자유의 나라 미국에서 조국의 현실을 정확하게 듣고, 읽고, 볼 수 있었던 덕분이었을 것이라고 전제한 다음, 다음과 같은 의견을 첨부하였다.

한반도에서 남북 전쟁이 또 일어난다면 남한에 쌓여 있는 핵무기가 끝내 사용될 것이다. 이 핵무기의 위력은 미국이 히로시마에 떨어뜨린 원자 폭탄의 수백 배나 되어, 그 일부만 한반도에서 사용되어도 6천만 한민족은 지구상에서 영원히 사라질 것이다 (……) 남북이 불행했던 과거를 교훈으로 삼고 서로 화해하여 자주적으로 통일하는 길만이 6천만 한민족이 살 수 있는 길이다. (……)

등의 일곱 개 항목을 열거하였으며 이어 다음과 같이 덧붙였다.

우리 정부와 미국 정부만을 굳게 믿어 온 나는 지금까지 북한을 적대시하고 무시하는 태도를 가져 왔다. 그것이 나의 큰 잘못이었다는 것을 이곳에 와서 최근 깊이 깨달았다. 정부와 미국을 믿다가 30여 년이란 긴 세월이 지나가고, 북한에 있는 형제 친척들을 만나 보지도 못하고 죽을 생각을 하니 실로 기가 막힌다. 지금 내 마음에는 남도, 북도 똑같은 내 조국이다. 북쪽은 내가 태어나 자라난 고향이고, 남쪽은 내가 늙은 고향이다. 남에도 북에도 내 형제자매 친척들이 현재도 살고 있다.

그리고 내가 스스로 관심을 갖게 된 내 나라의 잘못은 다음과 같다고 지적하기도 했다.

첫째, 전두환 정권은 총칼로 정권을 찬탈한 불법 폭력 집단이란 점, 군인들을 시켜 잔인하게 광주 시민을 학살한 점, 이 점에 관해서는 솔직히 잘못을 시인하고 국민 앞에 사과해야 한다고 말했다. 삼권 분립의 사법부가 제구실을 못하고 애국 인사들이 처형되도록 하는 일이 너무나 많다. 야만적인 고문 행위 및 고문치사 행위, 전두환 일가족의 부정부패상 등이다.

이것은 내가 조국을 생각하는 한국인이기 때문에 조국이 더 잘 되어야 되겠다는 염원에서 썼다고 그 뜻을 밝히기도 했다. 그러면서 북한에 대해서도 내 속에 일고 있는 회의를 솔직하게 지적했다.

(……)강력한 전체주의 사상과 폐쇄적 유일사상 정책은 각 개인의 양심과 표현의 자유를 박탈하였을 뿐만 아니라, 정치적 안목에서 민주적 창의와 자기 성취의 슬기를 제한하는 결과를 가져오고 있다.

그리고 아래와 같이 비판했다.

민중은 말하는 생산 기계가 되고 국가는 그 기계를 감시 통제하는 방대한 관료 기구가 되어 있다.

그리고 '전제군주 체제의 세습 제도처럼 아들이 아버지의 정권을 계승한다는 소문'에 대해 설득력 없는 소리라고 한 마디 쏘아붙이기도 하였다(지금은 이미 김정일이 세습 권좌에 앉고 말았지만 그 당시는 그런 소문만 있었다). 그리고 나서 국가 주석 이름 앞에 길게 늘어놓은 찬양의 수식어에 대해서도, 상하의 인간관계밖에 없던 유교 사회에서도 지나친 예는 예가 못 되니 삼가라고 말하고 있는데, 인간의 평등을 부르짖는 사회에서 너무 지나친 예가 아닌가 하고 못마땅한 점을 말하기도 했다.

우리나라의 역사적 위인 세종대왕이나 이순신 장군도, 그 이름 앞에 영명하시고 민족의 태양 구실을 하신 세종대왕이니, 나라를 건져 겨레를 살리신 성웅 이순신 장군이니 하고 판에 박은 듯한 수식어를 붙일 필요가 어디 있겠는가 하면서 오히려 본인에게 비례가 될 것 같다고 지적하였다.

어쨌든 우리는 어느 한쪽에 빌붙어 우리 조국의 통일을 가로막는 일을 해서는 안 된다. 민족 통일만이 우리 민족이 살길이다. 서로 헐뜯는 일도 중지하고, 하루바삐 화해의 악수를 나누어야 될 것이라 생각한다.

하루속히, 갈라진 혈육이 서로 만나 보기만 해도 나는 기쁘게 눈감을 수 있을 것 같다. 그래서 나는 한국의 민주 통일은 물론 북한과 미국의 평화 협정, 남북 불가침 조약, 남북 군축 협약, 핵무기 철거, 미군 철수, 중립적 평화통일 국가 건립 등을 촉구하며 살기를 원하고 있다.

나는 현재 덤으로 살고 있다. 6·25 때 공산군에게 총살형을 받을 운명의 사람이었다. 이제 짧은 여생을 조국의 민주 통일을 앞당기는 데 조금이라도 이바지할 수 있다면 얼마나 다행한 일이 될까? 인생은 해 놓은 일보다도 해야 할 일이 더 많은 것으로 나타나기 마련이라고 한다. 앞으로 해야 할 일에 비하면 여생은 너무나 짧을지 모른다. 하늘이 내게 보람된 일을 남기고 보람되게 죽을 수 있도록 기회를 주신다면 조국의 통일과 맹인들을 위한 재활 교육, 그리고 눈감을 때까지 해야 할 한글 전용 운동과 세벌식 입력과 출력의 전산화 실천 계몽에 전념할 것이다.

내 인생을 감싸 준 사람들

인생살이 팔십이 넘고서야 비로소 깨닫게 된 것이 한두 가지가 아니다.

공자님은 나이 예순이면 생각하는 바가 순조로워져 귀에 들리는 것 모두를 이해할 수 있는 상태가 된다고 해서 이순이라 했는데, 나는 검정 시험 같은 관문을 통과하는 데는 재빨랐지만 세상살이에 대해서는 어지간히 덤덤하고 무딘 사람이란 것을 새삼스럽게 알게 되었다.

최근 내가 느낀 한 가지가 내 인생을 풍성하게 해 준 내 주변 사람에 대해 죽기 전에 감사의 정을 표시해야겠다는 점이다. 6·25 때 죽을 고비를 넘기며 생명을 건지게 한 내 집요한 끈기와 정의감이, 사실은 내가 똑똑해서나 잘나서가 아니고, 내게 사람답게 사는 방법을 가르쳐 주신 조부모님과 부모님의 산 교훈 덕분임을 알았다. 생사의 어려운 고비를 겪고서야 비로소 조부모와 부모의 은덕을 생각하고 내 강직한 성품의 뿌리를 확인했듯이, 이제 죽음이 코앞에 와 있는 시점에 와서 내 주변 인물에 대한 고마운 정을 온몸으로 느꼈다.

내 나이 여든셋이 되도록 연구 생활을 무난하게 해 나갈 수 있도록, 평탄하게 가정을 돌보고, 9남매란 많은 자식을 뒷바라지하면서 올바르게 키워서 시집 장가를 다 보내고, 재산 관리까지 도맡아 가면서 남편을 애 돌보듯 다칠세라 깨질세라 신경을 곤두세우며 연구 생활 안팎을 지켜 준 아내의 노고를 잊을 수가 없다. 모든 문물에 대한 인식은 대체로 서구화되어 있어서, 서양식으로 무척 깬 사람이라고 자처하면서도 아내에 대해서만은 예외인 것은 어쩐 일일까? 때때로 마음속으로만 '수고가 많군', '혼자서 애를 많이 썼겠군' 했을 뿐 유교적인 전통대로 아내에게 "수고했어요"라든지 "여보, 고마워" 따위의 표현을 해 본 적이 없다.

이런 것이 한국에서는 몹시 쑥스러운 일이어서, 나도 모르게 어쩔 수 없는 보수적인 한국의 전통파가 된 것 같다. 이러한 분위기가 어느덧 몸에 배어 굳어지면서 결국 가부장 제도의 가장으로서의 위엄만 지니게 되었는지 모른다. 내 나이 또래의 늙은이들이 사랑이나 감사의 표현이 쑥스러워 꺼려 하는 것은 일반적이라고 생각한다. 그러한 내 아내는 이북식으로 표현한다면, 그야말로 무던한 부인이다. 나와 결혼한 지 59년이란 세월이 흘렀는데, 남들이 생각하듯 아기자기한 시간을 부부 사이에 별로 가져 보지를 못했다.

나는 연구실의 고통에 못지 않는 즐거움도 실감하면서 지냈지만, 내 아내의 삶은 온통 9남매를 키우는 데 소모한 인고의 세월이었던 것이다. 그러면서도 내가 마음 놓고 사회와 민족을 위하여 무엇인가 봉사할 수 있도록 내 곁에서 그림자처럼 주변을 감싸 준 인생의 반려자이다. 이 기회를 빌려 고마운 마음을 난생처음 공개적으로 표시한다. 연구에 몰두해 있을 때는 살림이고 애들이고 생각할 여지가 없었다. 거기다가 남다른 고집과 독선적인 성격까지 있는 내가 아내의 마음을 아프게 한 일이 어디 한두 가지였을까 싶으니, 위로의 말이라도 해 주고 싶다. 아내는 하느님도 모르고 살아온 나를 위해 얼마나 많은 기도를 바치며 인고의 일생을 보냈을까. 모든 것이 다 고맙고, 감사하게 여겨진다. 이제 나도 하느님을 믿게 되었고, 감사하는 마음도 열렸다. 이런 감사의 말은 내 자식 모두에게도 하고 싶다.

이 밖에도 내 연구 생활과 세벌식 자판에 큰 힘이 되어 주신 선배와 동지와 후배 여러분에게도 이 기회를 빌려 감사의 뜻을 표하고 싶다. 더욱이 내가 타자기를 발명하고, 생산하고, 보급하는 과정에서 내 정신적 지주가 되어 주신 한글학자 최현배 선생, 춘원 이광수 선생, 한글 기계화에 전문 지식을 갖고 한글 기계화 운동에 앞장섰던 주요한 선생, 또 나를 극진히 사랑해 주신 백인제 선생, 미국 특허 신청 때 수고해 주신 신예용 박사, 내 세벌식 자판을 위해 오른팔 노릇을 한 이윤온 선생, 세벌식 자판의 효율성을 실험적으로 증명해 준 타자 전문 교육자 임종철 선생, 글자판 통일을 위해 용기 있게 싸우면서, 한편으로 세벌식 자판에 관하여 이론적으로 정리하고 학문적 체계를 세운 송현 선생 등에게 감사 말씀을 전하고 싶다.

그리고 컴퓨터에 한글 워드프로세서를 세벌식으로 만들어 그 이치를 속히 깨치고 적극적으로 동조해 주신 토론토 한 컴퓨터 회사의 정재열, 강태진 씨와 서울대학교 사범대 김영수 박사, 뉴저지의 김일수 선생, 늘 여러 가지로 도움을 주신 김경석 교수, 그리고 나를 도와준 컴퓨터 전문가 여러분에게도 감사를 드리고 싶다.

이 밖에도 수많은 친지들이 정신적인 격려자가 되어 주었다. 뉴욕에 사시는 임창영 박사와 김원일 목사, 한글 단체 모두 모임의 문제안 선생, 맹인재활센터의 남시철 소장, 서울맹학교의 이상진 선생, 소설가 김태영 선생, 정을병 선생, 공안과의 사무장으로 오랜 세월 일해 준 조충희 씨, 활자 국산화를 위해 애쓴 김영삼 씨, 공안과 병원에서 나를 도와서 같이 일한 수많은 의사 선생과 간호사들, 그리고 공병우 타자기 공장에서 수고한 기술자들, 내 연구소에서 종이 폭탄이라고 할 정도로 많은 유인물들을 내보낼 때 함께 일해 준 타자수들께도 감사드린다.

나를 감싸 주며 격려해 준 여러 언론인과 수많은 교육계, 문화계, 과학계 인사들 덕분에 나는 내 나이가 고령의 팔십 노인이 된 것도 잊고 힘을 얻어 여러 가지 일을 지금껏 해낼 수 있었다. 주변에서 나를 감싸준 분들의 중요함에 새삼 눈뜨게 된 것을 하느님께 감사드리면서, 모든 은인들에게 거듭 감사의 뜻을 표하고자 한다.

제 14 장

끝말

나는 내 식대로 행복하게 살아왔다

나는 오늘까지 내 식대로 행복하게 살아왔다. 그것은 모두가 조부모, 형제, 은사, 가족, 친척, 친구, 동포들의 극진한 사랑을 받은 은덕과 혜택이라고 생각한다. 내 나이 팔십이 넘도록 행복하게 살아온 뿌리는 하느님의 섭리에 있었다. 하느님께서 나를 이 세상에 나오게 하셨고, 자라나게 하셨고, 내가 많은 일을 하도록 해 주셨고, 나를 늙게 하였으며, 언젠가는 나를 데려간다는 것을 나는 분명히 알고 있다. 그러나 나는 하느님께서 나에게 내일 무엇을 하게 허락하시고, 또 무엇을 먹게 해 주실지 전혀 알지 못한다. 지금까지 나는 단지 하느님의 허락대로 살아왔고, 앞으로도 그렇게 살아갈 것이다. 나는 특히 하느님께서 나에게 베풀어 주신 여러 가지 섭리에 대해 감사하게 생각한다.

1. 의주농업학교 재학 때, 교장 선생의 비리를 비판하여 쓴 작문을 담임 선생에게 제출할 수 있는 용기를 주신 섭리.

2. 조직학은 의사 검정 시험의 과목이 아니었다. 그러나 그 학문이 의학의 뿌리 구실을 한다는 것을 깨닫게 해 주신 섭리.

3. 의학 박사라는 학위의 명예에 유혹되지 않고, 실력 위주로 안과학을 공부하게 해 주신 섭리.

4. 한글 타자기의 연구에서, 글씨 모양보다도 속도를 위주로 개발케 함으로써 세벌식 한글 타자기를 발명하게 해 주신 섭리.

5. 6 · 25 때 정치보위부에 사형수로 수감되어 죽느냐 사느냐 하는 갈림길에서 목숨을 걸고 신조를 지키게 해 주신 섭리.

6. 70세가 넘어 사진 촬영을 시작한 때, 한 피사체에 대해 수많은 셔터를 눌러야만 좋은 사진이 나온다는 사실을 스스로 깨닫게 해 주신 섭리.

이상은 하느님께서 베풀어 주신 잊을 수 없을 은총들이다. 하고 싶은 많은 일에 견주어 비록 여생은 짧지만, 하느님께서 주신 고성능 한글 글자판을 열심히 두드리다가 가면 그만이다. 모든 일을 주관하시는 하느님께 복종하다가 죽을 때는 기쁜 마음으로, 감사한 마음으로 죽을 것이다. 내가 죽은 뒤, 하느님께 바라는 것은 영혼도 남아 있지 않게 해 달라는 것이다. 살아서 많은 잘못을 저질렀기에, 죽은 뒤 내 영혼이 남는다면 또 죄를 범할 것이 분명하기 때문이다.

1989. 8. 15.
서울에서
공 병 우

부 록

내 발명품과 개발품들

(1) 공병우 누도 검사법

　나는 일제 때인 1941년에 안과 의사로서 "눈물길 검사법(누도 검사)"이란 것을 개발하여, 일본의 안과 잡지에 발표하였다. 이는 "공병우 누도 검사법"이란 학명이 붙어, 일본 안과계에 널리 알려지게 되었다. 눈물은 누선에서 나와, 눈알을 적시고 콧속으로 흘러내려 간다. 눈물이 콧속으로 흘러내려 가는 눈물길이 있는데, 그것이 막히면 마치 하수도가 막히듯 눈물이 눈 밖으로 흘러나온다. 나는 눈물이 그 눈물길을 통해 잘 흘러내려 가는지 아닌지를 검사하는 방법을 개발한 것이다. 내 검사 방법을 일본 교토 대학 유게 교수는 "공병우 씨 후루오레스진 검사법"이란 이름으로 《일본 안과 전서》에 자세히 소개하였다.

　1955년에는 비닐 관을 이용한 "공병우 누도 개통법"이란 것을 개발하여 많은 환자에게 치료의 길을 열어 주어, 안과계의 화젯거리가 된 적도 있다. 이 방법의 이치는 간단하다. 막힌 눈물길을 뚫어 주어도 다시 막히는 환자의 눈물길에 아예 비닐 관을 꽂아 둔다. 이렇게 인공 눈물길을 만들어 주면, 눈물이 콧속으로 잘 내려간다.

(2) 최초의 국산 콘택트렌즈 개발

1959년에는 한국에서 처음으로 국산 콘택트렌즈를 개발하여 보급하였다. 처음에는 콘택트렌즈에 대한 인식이 부족한 데다가 국산품에 대한 불신 때문에 보급에 무척 애를 먹었다. 점차 이용하는 사람이 늘어나 국산으로 개발한 보람을 느끼기도 했지만, 적지 않은 수모도 감수해야만 했다. 요즘은 콘택트렌즈에 대한 인식도 많이 달라지고 이용하는 사람도 많아져 자진해서 콘택트렌즈를 사용하겠다고 나서는 사람이 많아졌지만, 내가 국산품으로 처음 개발하였을 당시는 콘택트렌즈에 대한 설명을 일일이 해 가며 힘들게 권고해야 했다. 내가 처음으로 미국에서 콘택트렌즈를 도입해 와 한국 안과계에 소개했던 것인데, 당시 대다수의 안과 의사들과 안경점을 경영하는 분들은 '콘택트렌즈는 위험한 물건'이라고 환자들과 일반에게 말로 또는 유인물로 악평하고, 나에 대한 중상모략을 하기도 했다. 그래도 나는 과학의 진리를 알지 못하여 그들이 어리석은 행동을 한다면서 대수롭지 않게 넘기고 말았다.

지난날 백병원을 설립한 백인제 박사가 겪었다는 이야기가 머리에 떠오른다. 백 박사는 처음으로 한국에서 수혈을 시작한 분인데, "아니 남의 피를 환자 혈관 속에 넣는단 말이오……" 하고 생명이 위험한 때인데도 가족들이 막무가내로 수혈을 반대하는 일을 많이 겪었다고 했다. 이것보다 놀라운 사실은 일부 몽매한 사람들이 "개화의 횃불을 들고 귀중한 피를 뽑아, 다른 사람들에게 준다는 것은 인도주의에 어긋나는 일이 아닌가"라며 수혈 행위에 항의하는 글을 실었다는 것이다.

한국 최초로 콘택트렌즈를 개척하는 내 선구적인 행위에 대한 이들의 중상모략은 우리나라 개화 초기의 현상과 너무나 흡사한 것이라 생각했을 뿐, 나는 과학적인 신념을 결코 굽히지 않았다. 몽매한 사람들이란 어느 시대이든 우리 주변에는 항상 있는 법이다. 그러나 오늘에 와서는 어떤가? 그렇게도 나쁜 물건이라고 비난하던 콘택트렌즈 덕분에 안과 의사와 안경점 주인들은 재미를 톡톡히 보고 있을 정도로 세상은 많이 바뀐 듯하다. 콘택트렌즈를 사용함으로써 부작용보다는 치료 효과를 더 많이 거두고 있는 것이 안과계의 상식으로 되어 있는데, 요즈음에야 겨우 깨닫게 된 모양이다.

콘택트렌즈의 도입 초기에 나와 함께 일했던 이수양 씨는 현재 서울 시내에서 콘택트렌즈로 성업 중에 있다. 그가 당시에 내 딸에게 말한 내 인상을 다섯째 딸 영완이가 수기에 적었는데, 이를 잠시 인용한다.

한 가지 일에 착수하시면 끝까지 파고들려 하시고, 꼭 성취하려는 집념, 늘 새로운 일을 찾으려는 진취적 사고력, 환자에게 항상 최선을 다하시는 의사 본연의 자세와 가난한 환자에게 베푸는 참다운 인술, 사회적 지위 고하를 따지지 않고 늘 약자의 편의를 도모하는 성품 등이 인상적이었다.

(3) 맹인용 점자 타자기 개발

나는 맹인들을 위한 점자 타자기를 1971년도에 개발하였다. 한글 점자 타자기뿐 아니라 영문 점자 타자기도 간편하고 실용적인 것으로 발명하였다. 그래서 프랑스 파리에 본부를 둔 세계맹인복지기구에서 실용할 수 있는 훌륭한 발명품이라고 신문에 소개 기사가 실리자, 세계 각국에서 편지가 날아왔다. 미국에서도 값싸고 실용적인 점자 타자기의 발명이라고 크게 환영한 것이다.

(4) 중국 주음부호 타자기 개발

나는 같은 해에 중국 맹인들을 위해 주음부호 타자기도 개발했다. 그 덕분에 대만 장경국 총통 비서실장으로부터 감사장과 기념품을 받기도 했다.

(5) 맹인용 한글 워드프로세서 개발

1989년에는 장님들이 컴퓨터로 글을 손쉽게 쓸 수 있도록, 강영우 박사와 함께 미국 켄터키 주에 있는 루이빌 대학 교수 포크 박사의 도움으로 맹인용 한글 워드프로세서를 개발했다. 이 워드프로세서는 글자판에서 입력하는 한글이 소리로 나오기 때문에, 앞을 못 보는 분들이 자유자재로 수정을 가할 수도 있고 편집도 할 수 있다. 정말 컴퓨터는 맹인들에게 광명을 안겨 주는 문명의 이기라고 믿는다.

(6) 속도 타자기의 쌍초점 발명 특허

나는 1948년에 한글 쌍초점 타자기를 발명하였다. 이 타자기를 놓고 "국내 최초의 실용적인 타자기 발명"이라고 한다. 이것은 영어 타자기처럼 '바 가이드'에 찍히는 구멍이 한 개가 아니라, 두 개의 구멍으로 세벌식 한글을 자동으로 찍히게 한 발명이다. 이것은 곧바로 한국뿐 아니라 미국의 발명 특허를 얻었다. 15년 동안 특허권이 내게 있었다. 그 당시는 국산으로 타자기를 만들 수준이 못 된 때여서 미국의 언더우드 타자기 회사와 스미스 코로나 회사에 제작을 의뢰하였다. 나중에는 일본, 영국, 스위스 등지의 저명한 타자기 회사에도 설계도를 보내어 한글 타자기를 만들어 와서 보급하였다.

1960년도 초에는 외국제 영문 타자기를 한글 타자기로 개조하는 기술밖에 없었다. 한글 타자기를 외국에서 만들어 수입해 팔면서, 외국에서 수입한 영문 타자기를 한글 타자기로 개조해 팔았다. 1968년경에 이르러 국산 한글 타자기를 직접 생산하는 공장에서 만들어 팔게 되었다. 이때 맹인들을 타자기 제작 생산 공장에 조립공으로 훈련시켜 채용해 좋은 성과를 거두었다.

(7) 국산 활자 개발

이렇게 쌍초점 한글 속도 타자기는 초기에는 외국에서 만들어 수입하였고, 다음엔 외제 타자기를 한글 타자기로 국내에서 개조, 세 번째 단계는 완전 국산 타자기로 생산하는 등 3단계를 거쳐 발전되었다. 당시 국산 타자기 생산 공장을 만들게 되니, 외국에서 수입해 오던 부속품은 한글 금속 활자뿐이었다. 나는 활자마저 국산화하려고 금속을 다루는 여러 전문가에게 부탁하여 만들어 보았지만 모두 성공을 못했다. 우리 공장 지하실에서 김영삼 씨와 같이 연구한 결과, 드디어 쓸 수 있는 국산 한글 활자를 국내 최초로 만들어 냈다.

(8) 한글 텔레타이프 개발

한편 1958년도에 미국 스미스 코로나 회사에 가서 나는 세벌식 한글 텔레타이프를 개발하였다. 그 뒤 그것도 국내에서 개조하여 보급했다. 언론계의 통신 업무나 정부 기관이나 큰 회사의 통신망으로 이용하게 되었다.

(9) 한영 겸용 타자기의 개발

정부 표준판으로는 아무리 만들어 보려고 애를 써도 안 된 한영 겸용 타자기를, 쌍초점에 의한 세벌식 원리는 1972년도에 수동식으로 개발하는 데 성공하였고, 발명 특허까지 받았다. 지금껏 정부 표준판으로는 수동식 한영 타자기를 개발도 못한 채, 15년 만에 네벌식 정부 표준판은 폐기 처분되고 말았다. 나는 온갖 탄압을 받으면서도 꾸준히 연구를 계속하여 한영 타자기의 보급책을 강구하기도 하였다. 1972년 여름철에는 정부의 영향 아래에 《서울신문》에서 모든 사원에게 타자기 치기 운동을 정부 표준판이 아닌 세벌식 타자기로 실시한 일이 있었다. 나는 반가운 나머지 기술 지원을 해 주었다. 신문사에는 그 당시 세벌식 속도 타자기의 장점을 잘 알고 있는 신태민 선생께서 기획 심사 실장으로 일하고 있었다. 편집국의 신문 기자는 3급 타자수 수준에 합격되어야만 진급할 수 있도록 인사고과 제도까지 도입해 제도적으로 권장하고 있었다. 신문사 측에서는 물론 타자를 칠 줄 아는 신문기자 양성을 위한 것이었지만, 나는 한국 신문 역사상 기록에 남길 일이라 생각한다. 더욱이 나로서는 정부 표준판 공세에 몰리고 있는 때라 정부 기관지였던 《서울신문》에서 정부 표준판이 아닌 내 세벌식 쌍초점 자판을 대담하게 선택한 신태민 선생의 문화적 의지에 대해 감명이 깊었다. 정말 당시로서 용감한 글자판 투쟁 동지였고, 마치 적진 속에서 만난 우군 같았다.

(10) 3단 한영 타자기 개발

이어 나는 1972년, 한글과 영문의 대소 문자를 완벽하게 찍을 수 있는 3단 한영 타자기를 개발하였다. 한 대의 기계로 두 나라 말을 완벽하게 찍을 수 있는 이 수동식 타자기는 세계적인 발명이라고 자부하고 싶다. 이런 수동식 타자기는 세계 어느 나라에도 없기 때문이다.

(11) 국산 타자기 생산

1964년 10월 9일 한글날을 맞아 스위스 제품인 헬머스를 본따서 프린스라고 이름 지어 국산 1호를 생산했는데, 실은 이보다 먼저 일제 BABY

타자기를 본따서 만들었다. 이때만 해도 기술과 설비가 빈약하여 부품이
잘 맞지 않아 조립하기를 꺼려했지만, 이윤온 씨가 자청하여 세 대를 조
립하였으며, 이때 이것을 끝맺으면서 이 경험을 거울삼아 다시 프린스 타
자기를 생산 보급하였다.

(12) 한영 겸용 텔렉스 개발

1975년에 세벌식 한영 겸용 텔렉스를 개발했는데, 개발 동기는 세벌식
이 가장 과학적인데도 두벌식은 국제 연동이 되지만 공병우식은 국제 연
동이 되지 않는다는 어처구니없는 말이 있어 이것을 증명하기 위하여 연
구했다. 그때 국내에서 많이 사용하던 M15로 만들었는데, 이것이 완성되
어 갈 무렵 서독 지멘스 회사에서 내 연구소를 방문하여 완성되면 견본을
보내 줄 것을 요청하여 서독으로 보냈고, 서독 지멘스 회사에서 보낸 기
계로 정수철, 이윤온, 염정의 씨와 같이 완성하여 여러 곳을 다니면서 시
연을 하였다. M15로 만든 것은 체신부 전기통신시험소에서 합격하여 개
발에 이상이 없었음을 증명하였다. 이때 이윤온 씨에게는 특별 상금으로
10만 원을 주었던 기억이 난다.

(13) 한글 모노타이프 개발

1976년도에는 신문사의 식자, 문선을 위한 한영 모노타이프까지 개발
하여 일본의 고이케 회사에서 시제품을 만들어 내기도 하였다. 이것은 나
중에 《한국일보》의 식자 문선의 전자화에 큰 도움을 주었다.

그 뒤 나는 어쨌든 내 딴에는 쌍초점에 의한 세벌식 한글 속도 타자기
의 발명은 여러 가지 개발품을 만드는 기초가 되었기 때문에 문화 혁명을
일으키는 기폭제를 했다고 생각하고 있다.

(14) 한영 볼(BALL) 타자기 개발

나는 1974년에 세벌식 한글 볼(BALL)을 미국 하와이에서 처음 만들었다. 이 한글 볼을 가지고 1975년 9월에 드디어 세벌식 볼 타자기를 선진후타식(먼저 이동한 뒤 찍힌다)으로 개발하였다. 이 타자기는 자음 키를 치면, 먼저 볼이 한 간격 이동한 뒤 글자가 찍히는 방식으로 모음과 받침은 부동키(DEAD KEY)로 찍히도록 되어 있다. 이 볼 시제품은 제1회 한글 기계화 전시회에 출품했다.

(15) 한글 워드프로세서 개발

호랑이를 잡으려면 호랑이 굴에 들어가야 한다. 나는 겁도 없이 컴퓨터 굴로 들어가 보기로 하였다. 한글의 기계화에 대하여 평생을 보낸 나였고, 미국에 와서 컴퓨터의 눈부신 발전에 홀려 컴퓨터에 남달리 관심을 가졌던 나였지만, 컴퓨터는 전문가들 손에서 노는 것 정도로만 생각하고 있었다.

솔직히 말해 나는 컴퓨터에 대해서는 '컴' 자도 모르는 일자무식의 늙은 이였으니, 겁나는 일일 수밖에 없었다. 그러나 나는 먼저 영어 컴퓨터인 애플II에 사용할 한글 워드프로세서를 두벌식으로 두 가지 글자판으로 만들어 검토해 보았다. 여러 가지 모순점이 있어 이를 포기하고 세벌식으로 개발하여 검토해 보았다. 매우 만족스런 결과를 얻었다. 타자기로 글을 써 오던 나는 컴퓨터에서 너무나 쉽게 한글을 쓰게 되었고, 더욱이 수정과 편집이 마음대로 이루어지는 데는 놀라지 않을 수 없었다. 이렇게 처음으로 나는 컴퓨터로 글을 써 보고 그 놀라운 기능과 능률에 큰 감동을 받았다. 그때 느낀 소감을 글로써는 나타내기 어려워 생전 써 본 적이 없는 시를 〈너는 나의 비서〉라는 제목으로 썼던 것이다.

1983년도에 미국 샌프란시스코에 있는 텔레비디오(사장 황규빈 씨) 회사에서 한글 워드프로세서를 두벌식 자판으로 개발했다. 캐나다 토론토에 있는 한 컴퓨터 연구소의 정재열, 강태진, 한석주 님에 의해 만들어진 것이다. 나는 먼저 시판된 텔레비디오를 새로 샀다. 함께 딸려온 한글 워드프로세서는 예상한 대로 내가 입버릇처럼 말하는 모순이 많은 정부의 비과학적인 두벌식이었다. 두벌식의 단점은, 첫째로, 수동식 타자기와 자판이 전혀 다르기 때문에 타자기 치던 사람은 컴퓨터 칠 때 새로 자판 위치와 치는 법을 배워야 하고, 둘째로, 글쇠를 치는 대로 화면에 한글이 나타나지 않고 엉뚱한 글자로 나타났다가 나중에 입력한 글자로 나타나는 것이어서 타자수의 불안 심리를 유발하기 쉽고, 셋째로는, 한글의 받침을 단독으로 화면에 나타낼 수가 없을 뿐만 아니라, 프린트도 할 수가 없다는 치명적인 단점이 있었다.

나는 이 같은 결점이 말끔히 시정될 수 있는 세벌식을 개발하기 위해 캐나다의 한 컴퓨터 기술 개발 팀에 내 세벌식 설계도를 보내어 개발해 줄 것을 의뢰했다.

세벌식이란 한글의 과학적인 음운 구조 원리대로 입력시키도록 한 방식이다. 그러나 그들은 텔레비디오 회사와의 계약 때문에, 이에 흡사한 한글 워드프로세서는 향후 3년 동안(1986년까지) 독자적으로 개발할 수 없게 계약이 되어 있다고 난처해 하는 것이었다. 황규빈 사장은 인내심이 강하고 자수성가한 과학자라는 생각이 들었다. 그런 점에서 나와 일맥상통하는 점도 있어 보였다. 몇 년 사이에 컴퓨터 부분품 생산으로 백만장자가 되었는데 한 편으로 수지도 안 맞을 한글 워드프로세서 개발에 막대한 재력을 투입시킨 것은 단순한 장사꾼의 산술로는 할 수 없는 일이다. 나라가 할 큰일을 황 사장이 자진해서 해낸 것을 보니 큰 뜻을 가진 경영인이라는 생각이 들었다.

나는 판매용이 아닌 연구용으로만 사용하기로 한 컴퓨터 연구소와 약속하고, 텔레비디오용 세벌식 한글 워드프로세서를 6천 달러 들여 개발하였다.

개발 뒤, 나는 한글로 원고를 쓰는 분들에게 IBM과 호환성 컴퓨터이니 텔레비디오를 구입하여 한글을 편리하게 쓰도록 권고하고, 그것을 구입한 분에게 내 연구용 세벌식 워드프로세서를 무료로 나누어 주었다. 그러니 두벌식과 세벌식을 동시에 비교하며 사용할 수 있도록 한 것이다. 이는 1984년 초의 일이다.

때마침 서재필 미국 상륙 100주년 기념으로 신태민 선생께서 창설한 필라델피아 한글 문화 연구원(1985년 7월 10일)에서 개최한 한글 문화의 밤에서 한글 워드프로세서를 전시하였다. 이렇게 공개적으로 선보이게 된 다음부터는 교포 사회에 문화적인 화젯거리로 등장하게 되었다.

그리고 신태민 선생의 소개로 뉴욕에 와 공부하던 김영수 박사를 알게 되었다. 김 박사는 세벌식 모음 간소화 자판으로 매킨토시용 한글 워드프로세서를 개발하였다. 나는 그 권리를 내가 5천 달러에 양도 받아 무료로 보급했다. 그러나 매킨토시의 새 모델이 나오면 한글 워드프로세서가 작동하지 않아, 내가 직결식으로 개발한 '한글 쓰기'로 바꾸어 주었다. 나는 김영수 박사에게 폰태스틱 소프트웨어로 한글 폰트를 만드는 법을 배웠다. 김 박사가 개발한 한글 쓰기에 사용한 한글 폰트를 여러 종류의 글자꼴로 만들었다.

그 무렵 뉴저지에 사는 컴퓨터 전문가 김일수 씨로부터 프로그램을 짜는데, 영어 같으면 한 시간에 끝낼 수 있는 것을 한글로는 1주일이 걸린다는 말을 듣고 나는 깜짝 놀랐다. 한글이 로마자보다도 우수한 글자이니까 로마자보다도 시간이 덜 걸려야만 이치에 맞을 터인데, 도리어 수백 배의 시간을 소비해야만 된다니, 무엇인가 잘못된 것이라고 생각되어 날마다 곰곰이 생각하였다. 어느 날 문득 이런 생각이 떠올랐다. 필경 글자꼴을 복잡하게 만드는 데 그 원인이 있을 것이다.

나는 이 의문을 풀기 위해 폰태스틱 소프트웨어를 가지고, 세벌체 한글 폰트를 만들어, 영문 워드프로세서에 넣어 가지고 실험을 해 보았다. 프로그램을 전혀 모르기 때문에 손도 댈 수 없고, 단지 할 수 있는 방법은 내 글자판 배열을 영문 자판에 직접 연결이 되도록, 곧 J에는 이응(ㅇ) 초성, F에는 아(ㅏ), 중성에는 이응(ㅇ), A에는 종성(ㅇ)을 배치하여, 입력과 출력이 꼭 같은 한글 자모 수로 만들어 사용해 보았다. 그 결과는 나에게 큰 만족을 주었다. 이 방식을 프로그램인 AD 방식과 구별하기 위해서, 나는 '직결 방식'이라고 부르기로 했다.

전문가가 아니면 개발할 수 없는 AD 방식은 매킨토시의 모델이 바뀌거나, 소프트웨어의 버전이 바뀌면 한글을 쓸 수 없게 되었지만, 내 직결 방식 한글 쓰기는 그런 결점이 전혀 없다는 사실을 알게 되었다. 그리고 또 한 가지 특징은 현재까지 AD 방식은 폰트를 한 벌 만드는 데 직결 방식보다도 5배에서 10배의 시간을 낭비한다는 사실이다. 내 직결 방식으로 하루에 활자 한 벌을 만드는 것을, AD 방식으로 만드는 데는, 5일 내지 10일이 걸린다는 사실이다. AD 방식도 폰트를 세벌체로 만들어야만 시간과 메모리 절약도 되고, 속도도 빠르다는 것이다.

과학적인 한글을 전문가들이 비과학적으로 다루고 있는 것이 현실이다.

나는 한글의 전산화에도, 한글의 기계화에서와 같이, 입력도 출력도 모두 세벌식으로 추진해야만 경제적이고, 고성능 기계로 우리나라가 높은 수준의 문명국가로 발전할 수 있다는 확신을 가지고 있다. 그래서 입력도 출력도 세벌식으로 하자고 죽어도 유언으로 동포에게 부탁하고 싶다. 그러나 우리 동포가 그 위대한 한글을 아직도 천대하고 있다면 내 새로운 과학의 진리를 쉽게 받아들일 것이라고는 기대하지 않는다.

(16) 아이텍(ITEK) 사진 식자기 개발

내가 1980년, 미국에 도착한 뒤부터 줄곧 연구 개발해 온 아이택 회사의 고성능 사진 식자기를 1987년도에 한글 전용 기계로 개발하였다. 몇 신문사(캐나다의 《코리언 저널》, 뉴욕 《미주 동아》, 필라델피아에 있는 《자유신문》, 로스앤젤레스에 있는 안 신부님이 운영하고 있는 《뉴 라이프》 잡지사 등)에서 현재 이 컴퓨터 식자 기계를 사용하고 있다. 처음에는 글씨 모양이 예쁘지 않다는 신문사가 많았다. 글씨체는 얼마든지 글씨 디자이너들이 새로 만들어 넣으면 될 터인데도 그런 트집을 잡아 고개를 절레절레 흔드는 신문인들이 많았다. 그러나 앞의 신문사에서는 고성능 원리를 실험해 보고 곧 구입하여 파격적인 염가로 한글 인쇄의 부업까지 펼치고 있다.

나중에 컴퓨터 전문가들의 이야기를 들어 보니, 전자 세계에도 전자회로를 복잡하게 활용하면 정직하게 복잡한 과정을 많이 밟아야 하는 폐단이 생긴다는 것이었다. 그래서 정부 표준판의 한글 워드프로세서는 기종이 조금만 다르거나, 새 모델로 컴퓨터가 바뀌어도 쓸 수 없게 되는 것이라 했다. 내가 개발한 세벌식 자판과 세벌체만 채택한다면 영어용으로 만들어진 수천 가지의 매킨토시 소프트웨어에 내 직결 방식 한글 활자를 넣어 자유자재로 한글을 쓸 수 있게 된 것을 기쁘게 생각한다. 이렇게 과학적이고 훌륭한 글인데 굳이 두벌식으로 비과학적인 글로 전락시키는 정부의 뜻을 나는 모르겠다. 그리고 그 무지한 정부의 과학 정책을 무조건 따라가는 어용학자들을 이해할 수 없다.

내가 받은 상들

(1) 내가 사양한 상

바깥세상하고는 별로 관계를 맺지 않고 살아온 나였지만, 밀폐된 연구실에서 만들어진 개발품은 세상에 흘러 나가게 된다. 끈덕지게 인내와 집념으로 버티어 나가야만 하는 연구 생활이라고 하지만, 민족을 위한 것이어서, 반드시 내 분신과 같은 발명품이나 개발 특허품들은 세상에 알려지기 마련이다. 그래서 그런지 나는 상을 여러 개 받았다. 사실, 상에 대해서도 공로를 인정해 준 것은 고맙지만, 상을 받으러 나갈 정도로 한가하지 않았다. 상보다는 연구 개발한 것을 많은 민중에게 보급하여 그들에게 문명의 이기의 혜택을 진정으로 받도록 해 주는 데 신경을 써 주었으면 하는 생각이 언제나 앞섰다.

과학기술처에서 과학의 문화상을 받으라고 하는 것을 굳이 사양하였고, 또 5 · 16 민족상을 받으라고 교섭을 받았지만, 끝내 사양하였다. 상을 타는 자리에 대체로 참석을 못하고 대리인이 수상하곤 했다. 그러나 최현배 선생을 추모하는 외솔상과 적십자 박애장은 만사를 제쳐 놓고 내가 식장에 나가 직접 상을 받았다. 그러나 진짜 상은 내가 죽은 뒤 하느님의 판정을 받은 뒤 얻게 될 것이라 생각한다. 그리고 우리 민족이 조금이라도 내 개발품들의 이치를 깨닫고, 활용하여 많은 도움을 얻으면, 이 이상의 영광된 상이 없을 것이라 생각하고 있다.

(2) 연도별로 본 표창과 수상

1) 1949. 10. 국회의장상 수상
(전국 과학 전람회에 한글 타자기 출품)

2) 1958. 10. 대통령 표창 수상(한글 타자기 발명 공로)

3) 1962. 8. 대통령 표창 수상(건국 공로 식산 표창장)

4) 1968. 10. 문화공보부장관상 수상(한글 전용 공로자상)

5) 1970. 7. 평택 군수 감사장 수상
(평택군 관내 안과 환자 1개월 간 무료 진료)

6) 1974. 3. 외솔 문화상 수상(한글 문화 개발 공로)

7) 1975. 10. 은장 박애장 수상(대한적십자사 10주년 기념)

8) 1978. 9. 여군단장 감사패 수상(여군 창설 제28주년까지
여군 한글 타자기술 향상에 기여)

9) 1979. 3. 서울 적십자사 총재 표창 수상(모범 납세자)

10) 1979. 10. 대한 적십자사 총재 표창 수상
(특별 회원으로 적십자 사업 발전에 기여)

11) 1980. 2. 종로구청장 표창 수상(새마을 저축 증대 기여)

12) 1980. 5. 평안북도 첫 문화상 수상(첫 평안북도 도민의 날 5. 5)

13) 1981. 4. 국민훈장 석류장 수상(장애자의 날 4. 29)

14) 1983. 7. 사회복지법인 우성원 및 구화학교 공동 명의로
감사패 수상(우성원 및 구화학교 준공일 7. 20)

15) 1984. 10. 한국 교회 100주년 기념 맹인 선교회에서 공로패
수상(맹인 개안 및 맹인 재활 사업에 기여한 공로)

16) 1987. 1. 제1회 서재필상 수상(서재필 기념 재단에서 한글
타자기 발명 및 한글 컴퓨터 개발 등 한글 기계화
공로로 수상됨)

(3) 기타

1) 1947. 10.　　　조선 의사회 서울시 의사회 재무부장

2) 1959. 2.　　　재단법인 한글학회 이사(1971년 2월까지)

3) 1960. 11.　　　재건 의사회 이사

4) 1961. 5.　　　재경의사회 종로분회 초대회장

5) 1964. 5.　　　대한 안과 학회 잡지 편집 고문

주요 이력 및 경력

출 생 지: 평안북도 벽동군 성남면 남성동 388번지

본　　적: 서울시 종로구 서린동 111번지

주　　소: 서울시 종로구 서린동 129번지 1호

성　　명: 공병우

생년월일: 1906년 12월 30일생(음력)

학력 및 경력

1926년 10월　조선 의사 검정 시험 합격

1936년 7월　　일본 나고야제국대학에서 의학박사 학위 받음

1938년 9월　　공안과 의원 개설(서울시 종로구 서린동)

ㄴ, 한국인으로서 처음 안과 전문 의원 개설. 1980년 8월 폐업

1943년 1월　　《소안과학》 저서 발간

1947년 5월　　한글 타자기 연구 개발(1979년 11월까지)

1949년 11월　한글 타자기 첫 발명

1950년 3월　　한글 타자기 첫 시제품 3대 제작

　　　　　　　제작처: 미국 UNDERWOOD 타자기 회사 세 대 소장

　　　　　　　(공병우, 당시 주미 대사 장면, UNDERWOOD 회사)

	그 뒤 군원 물자로 육해공군에 보급(한국군 행정 기계화)
1954년 6월	쌍초점 타자기 발명
1956년 10월	안과 전문의 자격 취득
1958년 3월	미국에서 '콘택트렌즈' 도입하여 국산품으로 개발
1959년 9월	'스크레타' 콘택트렌즈 첫 개발품 쉬팅 개시
1960년 3월	서울맹인부흥원 설립. 맹인 재활 사업 착수(1982년 9월까지)
1961년 4월	의안 및 콘택트렌즈 제작부 신설(서울 종로2가)
1962년 3월	한글학회 부설 한글기계화연구소 발족
	(잡지《한글기계화》첫 발간)
1965년 5월	한국콘택트렌즈연구소 설립
1965년 8월	천호동 공안과 의원(분원) 설립, 1974년 6월 양도
1965년 10월	한국 최초로 약시 검안을 위한 약시부 신설
1967년 9월	한글 텔레타이프 개발(그 뒤 한국 치안국에 설치 활용)
1968년 3월	한영 겸용 타자기 발명
1968년 4월	공병우 타자기 연구소 설립
1971년 8월	점자 한글 타자기 개발
1971년 12월	중국 주음 부호 타자기 발명(중화일보)
1972년 3월	한국 맹인재활센터 설립. 중도 실명자 재활 교육
1974년 8월	미국 보시옴 회사 제품인 '소프트렌즈' 도입 쉬팅 개시
1975년 12월	공안과 의원에 렌즈부 신설
1977년 3월	사진 연구 개시(1981년 5월까지)
1978년 5월~1977년 6월	《공병우 사진집》발간

* 꽃, 6월의 모습, 나의 사진집, 물, 단풍, 하늘, 습작

1980년 1월~5월	공병우 사진 전시회 개최

* 서울, 제주, 광주, 부산, 대구, 서울(2차)

1980년 3월~1981년 4월 《공병우 사진집》 발간 배부

* 《공병우 사진집》 1호, 2호, 홍도 및 백도(칼라, 흑백 사진집)

너와집, 절, 울릉도, 《공병우 작품집》 발간

1981년 5월   제30회 국전에서 사진 부문 입선(입선 작품: 모래채취장)

1978년 5월   최신 의료 장비 "알곤레저, 자동 검안기(컴퓨터식),

　　　　　　　레이나 카메라 도입 설치

1979년 4월 돈화문 공안과 의원 설립, 1982년 12월 말 폐쇄

1979년 11월   일본 'かな'와 '로마' 자의 겸용 3단 타자기

　　　　　　　발명 특허 등록(일본국)

1982년 9월   한국맹인재활센터 폐쇄

내 가족들(1989. 8. 15. 현재)

할아버지, 공희수(88세 때 세상 떠남)　　아버지, 공정규(61세 때 세상 떠남)

할머니,   이씨(78세 때 세상 떠남)　　어머니, 김택규(78세 때 세상 떠남)

공병우(자서전을 쓴 본인, 나이 83세)

이용희(아내, 나이 78세)

나의 누나　　공병린

둘째 동생　　공병도

셋째 동생　　공병덕

넷째 동생　　공병선

여동생　　　공병송

다섯째 동생 공병무

여섯째 동생 공병효

아들 딸들(3남 6녀)

1. 공영일   맏딸, 59세   김원경(사위)   손자 3 손녀 1
2. 공영길   장남, 57세   장명자(며느리)   손자 1 손녀 2
3. 공영심   둘째 딸, 54세   송명상(사위)   손자 2
4. 공영애   셋째 딸, 51세   강필승(사위)   손자 1 손녀 1
5. 공영미   넷째 딸, 49세   조자영(사위)   손자 1 손녀 1
6. 공영완   다섯째 딸, 47세 한경국(사위)   손자 1 손녀 1
7. 공영경   여섯째 딸, 45세 장경(사위)   손자 1 손녀 2
8. 공영태   차남, 43세   김인숙(며느리)   손자 1 손녀 1
9. 공영재   삼남, 41세   윤영숙(며느리)   손자 1 손녀 1

【 손자 12 +손녀 10 = 22 】

아들의 직업

1. 공영길 : 종교인
2. 공영태 : 안과 의사
3. 공영재 : 컴퓨터 회사 운영

사위들의 직업

1. 김원경 : 회사원
2. 송명상 : 실업가
3. 강필승 : 공장 운영
4. 조자영 : 회사원
5. 한경국 : 변호사
6. 장 경 : 상업

공병우 정신의 10가지 기둥과 업적*

송현(시인, 한글문화원장)

머리말

공병우 박사는 코끼리이다. 공병우 코끼리는 조선 개화기부터 근 1세기를 이 땅에 살다 간 거대한 코끼리이다. 공병우 코끼리를 가까이서 본 사람도 많고 멀리서 본 사람들은 더 많다. 공병우 박사는 안과 의사요, 한글기계화의 아버지요, 맹인의 아버지요, 사진작가요, 컴퓨터 연구가요, 생활 혁명가요, 민주 투사요, 애국자요, 한글 운동가요, 발명가이다. 그래서 공 박사의 어느 한 면만이라도 제대로 아는 것이 쉽지 않고, 그를 온전하게 안다는 것은 거의 불가능한 일이다. 하나의 캔버스에 그리기 적당하지 않을 만큼 너무 큰 코끼리이다. 그러니 공병우 코끼리를 제대로 본 사람은 그리 흔치 않고, 제대로 아는 이는 더더욱 드물다.

---

*   이 자료는 2015년 3월 6일 한글학회 강당에서 열렸던 공병우정신계승기념강연회에서 강연한 원고를 수정한 글입니다.

공병우 정신의 10대 기둥

1) 빨리빨리주의 - 시간은 생명이다

1906년 음력 12월 30일. 공 박사는 엄동설한에 외양간에서 난 팔삭둥이였다. 남보다 두 달이나 빨리 세상에 나온 탓인지, 공 박사는 일생 동안 '빨리빨리'를 생활의 신조 제1조로 삼고 눈코 뜰 새 없이 숨 가쁘게 살았다.

공병우 타자기도 이 '빨리빨리주의'의 산물이다. 당시 많은 사람들이 예쁜 글씨 타령을 할 때인데도 공 박사는 글자는 알아볼 수 있기만 하면 된다면서 속도를 선택하였다. 공 박사의 삶에는 시간을 절약하기 위한 전설 같은 일화들이 수없이 많다.

공 박사가 미국에서 돌아온 이후, 방의 문지방을 톱으로 썰어낸 것도 청소하는 시간을 절약하기 위한 것이고, 사과 궤짝을 두 개 놓고 침대를 만든 것도 시간을 절약하기 위한 것이고, 5분 넘게 시간을 쓰는 이발소에 가지 않은 것도, 낮에 하는 결혼식에 가지 않는 것도, 멀쩡한 양말의 위쪽 고무줄을 가위로 잘라서 신는 것도, 미리 약속하지 않고 오는 손님을 되돌려 보내는 것도, 넥타이를 매지 않는 것도, 한때 화장실에도 소형 냉장고를 설치한 것도, 그 유명한 공안과 개업 몇 주년 기념식 한 번 하지 않는 것도 다 시간을 절약하기 위함이었다. 기행에 가까운 이런 일화의 바탕에는 공병우 박사의 '시간은 생명'이라는 생각이 깔려 있기 때문이다. 공병우 박사는 철저한 실용주의자요, 철저한 합리주의자였다.

내가 공병우 한글기계화연구소에 부소장으로 일할 때였다. 어느 날 공 박사에게 무슨 영수증을 타자로 찍어서 올렸다. 새로운 타자수가 타이핑한 것이었다. 틀린 글자나 빠진 글자가 있나 없나 꼼꼼하게 보고 아무 이상 없음을 두 번 세 번 확인하였기에 나는 마음 턱 놓고 있었다. 그런데 뜻밖에 인터폰으로 나를 호출했다. 공 박사는 내가 올린 영수증을 집어들면서 말했다.

"누가 타이핑했어요?"

"새로 온 타자수가 했습니다."

나는 중학교에서 국어 선생을 오래 했기 때문에 교정을 보는 데는 제법 자신 있는 터라 공 박사의 질문이 너무 뜻밖이었다. 그렇지만, 공 박사의 질문이 심상치가 않아서 염려되어 내가 물었다.

"혹시, 잘못이라도 있습니까, 박사님?"

"아주 큰 잘못이 있어요!"

겁많은 나는 간이 철렁하였다. 그런데 알고 보니 타자수 딴에는 보기 좋게 하느라고 '영수증'이라고 찍지 않고, '영 수 증'이라고 글자와 글자 사이를 보기 좋게 띄워 찍은 것이 화근이었다. 공 박사는 '영' 자와 '수' 자와 '증' 자 사이를 넓히기 위해서 사이 띄우개를 사용한 횟수를 세어서 시간 낭비했다며 따지는 것이었다.

"송 선생이 왜 타자수 교육을 이렇게 시켰어요! 쓸데없이 사이 띄우개를 사용함으로써 얼마나 많은 시간을 낭비했는지 따져보시오! 앞으로 타자수 교육을 좀 똑바로 시키도록 하시오!"

"예 잘 알겠습니다."

"송 선생! 시간은 뭐라고 생각합니까?"

"시간은 돈이라고 생각합니다."

"아닙니다. 시간은 돈보다 더 귀한 생명입니다."

2) 정직 - 내가 한글 타자기 발명가가 아니다

공병우 소년이 의주농업학교 2학년 2학기 때 작문 시간에 일어난 일이다. 교장 선생과 학교 행정이 잘못되었다는 것을 신랄하게 비판하는 작문을 내지 않았다면, 교장 선생에게 옳게 평가받고 꿈에도 생각하지 못했던 뜻밖의 행운을 만날 수 있었을까? 결과적으로 이 정직한 작문 덕분에 공병우 소년의 운명이 바뀌게 된 것이다. 공병우 박사는 당신의 자서전 머리말에 자서전을 쓰는 네 가지 이유를 밝혀 놓았다. 그 가운데 하나가 당신이 "한글 타자기를 발명한 것이 아니"라는 것을 정직하게 밝힌 것이다. 공 박사의 말을 들어보자.

사실과 다르게 왜곡되거나 잘못 기록된 자료를 바로잡지 않고 두면, 엉뚱하게 그것이 진실로 둔갑할 우려가 있어, 내 스스로가 진실을 밝혀서 바르게 기록해 놓아야겠다는 생각을 하였기 때문이다. 보기를 들면 "한글 타자기의 시조 공 박사는……"이라고 쓴 글을 더러 보았는데, 이는 사실과 다른 잘못된 표현이다. 이미 나보다 먼저 한글 타자기를 만든 분들이 있었다. 가령, 내가 고성능 한글 타자기를 최초로 발명했다고 하면 말이 되지만, 고성능이라는 수식어를 붙이지 않으면 사실과 다르다. 그래서 부정확하게 알려져 있는 과학적 사실을 정확히 밝히고 싶은 것이요 (……)

김흥기 박사는 〈웨슬리신학의 조명에서 본 미주 한인 이민과 선교 100년의 역사적 의미〉라는 논문 제3부에서 한글타자기 발명에 관해서 다음과 같이 언급하고 있다.

최초로 한글 타자기를 발명한 사람은 로어노크대학에서 상업을 전공한 이원익(Wonic Leigh)으로 전해지는데, 그는 1913년 84개 키로 이루어진 최초의 타자기를 발명했다. 그 후에 송기주(Keith C. Song)는 공병우 타자기의 원조인 송기주 타자기를 발명하였다. 연희전문을 졸업한 후 25세 때인 1925년 도미하여 텍사스 주립대학교에서 학사학위(B. S.)를 받고 1926년 시카고의 랜드 맥넬리 회사에서 지도 제도원으로 일하면서 시카고대학교 대학원 과정을 이수하다가 뉴욕으로 갔다. 그래서 그는 시카고에 머무는 동안에는 시카고 한인감리교회의 교인이었고, 뉴욕에서 머무는 동안에는 뉴욕한인감리교회의 교인이 되었다. 그는 시카고에 있을 때 한국 지도를 최초로 서구식 입체 본으로 제작하였으며, 한글 타자기를 고안하여 7년 간 연구 끝에 1933년 뉴욕의 타자기 제조 회사 언더우드(Underwood Elliott Fisher)와 제작에 합의하였다. 종전에 타자기가 있었으나 자판이 복잡하고 타자 열이 고르지 않아 실용성이 없었는데 언더우드-송기주 타자기는 42개 키로 현대체 한글을 고르게 찍을 수 있는 타자기로 각광을 받았다. 뉴욕한인감리교회에서 한글 타자기 개발은 송기주 이후에도 계속되어 1946년 해방직후 담임 목사인 김준성 목사가 한국어와 영어가 동시에 쳐지는 한글 타자기를 제작했으나 상업적으로는 실패하고 말았다. 그가 마지막으로 타자기를 개발했을 때 한국에도 그것에 못지 않은 한글 타자기가 보급되기 시작하였다. 뉴욕한인교회70년사는 한글 타자기의 선구자로 알려진 공병우 박사가 1940년대 뉴욕한인감리교회를 출석한 바 있고 김준성 목사와 교분이 있는 사이였다는 점을 근거로 공병우 박사의 타자기가 김준성 목사가 개발한 모델과 연관성이 있지는 않은가 추측하고 있다. 그러나 실은 송기주가 귀국 후 공병우 박사가 발명권 양도를 교섭했는데 이를 거절했다. 그 후 6·25 때 송기주가 납북된 후 그 방식의 타자기가 공병우 박사에 의해 시장화됐다.

위의 공 박사의 기록과 김 박사의 글에서도 알 수 있듯이, 우리나라 최초의 한글 타자기 발명가는 공병우 박사가 아니라 재미 교포 이원익 선생이다! 그런데 많은 사람들이 이 사실을 잘 모른다. 정확하고 정직하게 말하면 공병우 박사는 "한글 타자기를 발명한 것"이 아니라 "실용적인 한글 타자기"를 발명한 것이다.

공병우 박사는 해방 직후, 꿈에도 그리던 내 나라를 찾게 되었으니, 세금을 기쁜 마음으로 내어 나라 살림을 잘 꾸려 나갈 수 있도록 해야 한다면서 정직하게 납세를 했다. 그 무렵은 대부분 납세 신고를 속여서 하는 바람에 공병우 박사가 엉뚱하게 재벌급을 제쳐놓고 서울에서 가장 많이 세금을 낸 사람 가운데 하나로 뽑혔다.

3) 글을 누구나 이해할 수 있도록 쉽게 쓰자

공병우 박사는 '붓은 칼보다 강하다'는 말을 기회 있을 때마다 했다. 그래서 글을 쓸 때는 항상 누구나 알 수 있도록 쉽게 써야 한다고 했다. 공박사는 글을 쓰면 반드시 가까이 있는 사람에게 보여 주면서 잘못이나 보탤 것이 있으면 "마음대로 지적해 달라"고 했다. 공병우 박사 연구실에서 일한 타자수는 누구를 가리지 않고 공 박사의 글을 보고 오자나 빠진 글자 또는 잘못된 부분을 고쳐준 경험이 많다. 타자수뿐 아니라 손님에게도 당신이 초안한 글을 보여 주면서 잘못이나 빠진 것이나 보탤 것이 있으면 지적해 달라고 하였다.

내가 공병우 한글기계화연구소에서 일한 지 서너 달 뒤였다. 연구소에 있는 여러 자료를 꼼꼼히 읽으면서 한글기계화에 대해서 공부를 열심히 하였다. 어느 날 공 박사의 권유로 난생 처음 한글 기계화에 관한 글을 한 편 써 공 박사에게 보여드렸다. 내 글의 앞부분을 몇 줄 읽어보시던 공 박사는 다음과 같이 말했다.

"나는 이 글이 무슨 소린지 도저히 이해할 수 없어요. 이 글은 송 선생 같이 유식한 사람들은 이해할 수 있을지 몰라도, 보통 사람들은 무슨 소린지 알 수 없는 글입니다."

나는 그 순간 기분이 무척 언짢았다. 나는 문단에 시인으로 이미 등단을 한 뒤였고, 또 그동안 십 년 남짓 국어 선생 노릇을 한 처지였고, 잡지나 신문 따위에 더러 글도 발표하는 문사로 자처하고 있었는데, 내가 쓴 글을 무슨 소린지 도저히 이해할 수가 없다고 하였으니, 기분이 좋을 리가 없었다. 내가 시큰둥한 표정을 짓고 있으니, 공 박사가 말했다.

"좀 쉽게 고쳤으면 좋겠습니다."

나는 떨떠름한 기분으로 몇 군데의 단어와 수식어를 쉽게 고쳐서 공 박사에게 보여 드렸다. 그러자 공 박사는 몇 줄을 읽어 보더니, 퉁명스럽게 말했다.

"그래도 나는 이 글을 무슨 소린지 이해할 수 없군요. 이 글은 송 선생 같이 유식한 사람들은 이해할 수 있을지 몰라도, 보통 사람들은 무슨 소린지 알 수 없는 글입니다. 누구나 이해할 수 있도록 쉽게 쓰는 것이 좋겠어요."

나는 정말 기분이 나빴다. 그러나 꾹 참고 원고를 돌려받아서 쉽게 고친다고 다시 고쳐서 공 박사에게 보여 드렸다. 그래도 공 박사의 대답은 한결같았다.

"그래도 나는 이 글이 무슨 소린지 도저히 이해할 수 없군요. 내가 한 번 내 마음대로 쉽게 고쳐 드릴까요?"

"네. 박사님. 그렇게 해 주십시오!"

이튿날, 내가 출근을 하자마자 공 박사는 빨갛게 고친 원고를 내 앞에 내밀었다. 붉은 볼펜으로 고친 부분이 더 많았다. 공 박사가 고친 원고는 과연 쉽고 표현이 정확하였다. 나는 고개를 끄덕였다. 공 박사가 물었다.

"송 선생! 어떻습니까? 내가 마음대로 고친 부분과 송 선생이 처음 쓴 것과 어느 쪽이 더 알기 쉽습니까?"

"박사님께서 고친 쪽이 훨씬 알기 쉽고 또렷합니다. 감사합니다. 제게 큰 공부가 되었습니다. 앞으로 글을 쓸 때 꼭 참고를 하겠습니다."

나는 그 뒤 여러 해 동안 공 박사에게 그런 애정 어린 지도를 받았다. 이런 의미에서는 공 박사는 나에게 한글 기계화의 스승만이 아니라, 문장론 스승이기도 하다. 내가 쓴 글이 쉽다고 하는 이가 더러 있는데, 이것은 전적으로 공 박사에게 글쓰기 기초를 옳게, 제대로 배운 탓이다.

4) 정의와 용기

공병우 소년은 열네 살 때 의주농업학교 1학년에 입학하여 기숙사 생활을 했다. 어느 날 밤 상급생 방에 불려갔다. 공병우가 방에 들어서자 상급생이 다짜고짜 뺨을 때렸다. 2학년짜리 그 선배 별명이 멧돼지인데, 영문도 모르고 따귀를 맞은 공병우는 자세를 흐트리지 않고 말했다.

"왜 때려? 내가 무슨 잘못을 했어?"

"건방진 게 그게 바로 네 잘못이야!"

이때 공병우 소년이 억울하고 분한 마음에 주머니칼을 들고 상급생에게 대든 것은 보통 용기 있는 일이 아니었다. 공병우의 칼부림 사건은 금세 기숙사 전체에 소문이 났다. 그 뒤에 상급생이 하급생을 구타하는 악습이 사라졌다. 나중에 공병우 박사가 세벌식 한글 타자기를 발명한 뒤, 박정희 군사정권과 자판 통일을 위해서 외로운 투쟁을 계속한 것도 공 박사에게 정의감과 용기가 없었다면 불가능했을 것이다. 그리고 전두환 정권 때 미국에 잠시 여행하러 갔다가 도중에서 멈추고 돌아와서 한글 사진식자기와 한글 워드프로세서 등을 연구 · 개발하는 한편, 민주 투사가 되어 때로는 선봉에 서기도 하고 때로는 뒤에서 후원한 것도 다 공 박사의 용기와 정의감 때문이라고 할 수 있다.

5) 고집과 고독

공병우 박사를 고집불통이라고 하는 수가 더러 있다. 1965년 4월 11일 자 《한국일보》에 〈한국의 유아독존 10화〉라는 연재물이 나오는데, 그것은 이름이 좋아 유아독존이지, 쉽게 말해 한국 사람들 가운데 이름난 고집쟁이 열 명을 차례로 소개한 것이다. 공병우 박사도 그 속에 6위로 끼어 있었다. 이에 대해서 공병우 박사는 다음과 같이 말했다.

나는 덮어놓고 내 것이 옳다고 내세우는 이기적인 고집을 부린 적은 없다고 생각한다. 내 신념을 밀고 나가는 것뿐인데, 사람들은 아마 나를 고집쟁이로 아는 모양이었다. 하기야 그것도 어쩌면 남 보기에는 괴팍한 유아독존으로 보였을지도 모른다.

공 박사의 고집은 단순한 억지 중심의 고집이 아니다. 낡은 질서, 비과학적인 시스템, 잘못된 습관 등을 반대하고, 이를 바로잡고 계몽하기 위해서 부딪칠 때 자기 주장을 굽히지 않는 데서 오는 고집이다. 공 박사는 일상생활에서 참으로 많이도 부딪쳤다.

식당에 가서 식사 뒤에 음식이 남으면 싸 오고, 넥타이 매지 않고, 사진 전시회 할 때 화환 일일이 돌려보내고, 약속하지 않고 찾아온 손님은 다시 약속하고 만나자고 돌려 보내고, 한문자 명함을 받으면 반드시 한글로 써야 한다고 혼내 주고, 당신의 생일잔치 해 본 적이 없고, 종로통 그 비싼 땅에 있던 한글문화원의 사무실들을 한글 문화단체에게 공짜로 쓰라고 내주고, 시간 아낀다고 양말 고무줄 잘라버리고, 깍두기나 김치를 물에 헹구어 먹고, 딸의 데이트 도와주다 우연한 인연으로 청평 호숫가에 별장 짓고, 타자기 이야기라면 입에 게거품 물고 두서너 시간 혼자 떠들고, 날마다 아스피린 먹고, 방바닥에 호치키스 놓고 발바닥 운동하고, 방안에 양변기 만들어 넣는 등 별별 기행을 하였으니, 얼마나 많이 부딪쳤을 것이며 그러면서 얼마나 고집스러웠을지는 충분히 상상할 수 있다.

이렇게 고집스럽게 살아오는 동안 공병우 박사는 남들이 잘 몰라 그러지 참으로 고독했다. 그의 고독함이 가장 잘 드러난 것이 바로 그의 사진이다. 공 박사가 사진을 처음 공부하자 가장 많이 찍은 피사체가 바로 달이다. 나는 공 박사의 달 사진들 보고 공 박사의 가슴속에 쌓여 있는 고독을 금세 읽을 수 있었다. 내가 말했다.

"박사님 사진 중에 달 사진을 자세히 보면 공 박사님의 고독이 잘 드러나 있습니다."

그러자 공 박사님은 마치 보여 주면 안 될 것을 들킨 사람마냥 깜짝 놀라면서 말했다.

"아니, 송현 선생이 그걸 어찌 압니까?"

"문학 평론가나 예술 비평가들은 문학작품이나 예술 작품을 보고 작자의 내면 세계 심지어 무의식 속까지 꿰뚫어 보는 수가 있습니다."

내 말을 신기한 듯이 듣고는 공 박사가 말했다.

"송 선생이 바쁘시겠지만, 내 달 사진에 대해서 지금 말한 요지의 글을 하나 써 주세요. 내 사진집에 해설하는 데 쓰겠어요."

"예, 박사님!"

공 박사가 미국에서 한글 컴퓨터 사진 식자기 등을 연구할 때 사람들이 이렇게 말했다.

"박사님, 80 고령으로 몇 해째 미국에서 자취 생활을 하시니 고생이 많으시겠어요."

이 점에 대해서 공 박사는 다음과 같이 말했다.

나는 남들이 생각하는 것처럼 처량하지도 않고, 짜증스럽지도 않다. 그야말로 나는 내 고독한 시간을 즐기고 있다. 일하고 싶을 때 일하고 편리한 취사 시설을 이용하며 언제든지 먹고 싶을 때 원하는 대로 먹을 수도 있다. 정말 내 고독은 즐거운 고독이다. 나는 진정으로 고독을 즐기면서 사는 사람인지도 모른다. 고요 속에 잠길 수 있어 좋고, 연구를 하는 데도 고독한 분위기가 안성맞춤이다. 80이 지난 뒤부터는 내 나름대로 쉬고 싶을 때 쉬고, 눕고 싶을 때 누워야 편하다. 이렇게 할 수 있는 상황이 실은 고독을 즐기는 것이 아닌가 싶다. 내 몸을 내 자신이 이끌 수 있는 건강이 있으니 자취를 하는 것 또한 즐거움이 아닐 수 없다 (……)

6) 내 식대로 살았다 – 콘돔과 유서

6. 25전쟁이 한창일 때, 미국 언더우드 타자기 회사에서 한글 타자기 제작 건으로 공병우 박사에게 급히 미국에 와 달라는 초청장을 보내왔다. 공병우 박사는 부산에서 미 군용기 편으로 36시간 걸려서 미국에 갔다.

미국에서 공 박사는 타자기 건 말고도 안과계, 맹인계 시찰 등 일정이 바빴다. 그러던 어느 날 공원에서 바람이 불 때마다 낙엽처럼 흩날리는 이상한 것을 보았다. 아무리 살펴보아도 낙엽은 아니고, 낯선 물건이었다. 알고 보니 콘돔이란 것이었다. 공 박사 자신이 8형제였고, 3남 6녀를 둔 가장이었기 때문에 더더욱 산아제한의 측면에서 큰 충격을 받은 것도 무리가 아니었지 싶다.

"야, 그것 참 신통한 물건이군 그래. 이런 것을 우리나라 사람들도 잘 활용해야 애들을 많이 낳지 않겠구나. 애들을 너무 많이 낳아서 제대로 양육도 못하고 교육도 제대로 시키지 못하는 사람이 얼마나 많은가. 그것 참 편리한 물건이구나!"

이런 생각을 한 공 박사는 콘돔을 잔뜩 사서 한국의 공안과 사무장 조충희 씨 앞으로 보내면서 "이 편리한 물건을 여러 사람들에게 나누어 주어 잘 활용하게 하시오."라고 일렀다. 조 사무장은 콘돔을 찾으러 세관으로 갔다. 세관 담당자는 이렇게 말했다.

"공 박사님 같이 저명인사가 이런 풍기 문란용 기구를 사서 보내시다니, 정말 해도 해도 너무하십니다. 이런 풍기 문란용 기구를 통관시킨다면 이는 결과적으로 풍기 문란을 조장하는 것이나 다름없는 일이라 생각합니다. 그래서 절대로 통관시킬 수 없습니다!"

공 박사는 이 이야기를 호탕하게 하고는 이렇게 말했다.

"송 선생, 풍기 문란이라면서 통관을 안 시켜 주던 정부가 몇 해 안 가서 산아제한을 강조하며 전국적으로 무상으로 배포를 하더군요! 원 참!"

오늘날 콘돔은 전국 약방은 말할 것도 없고 다방의 화장실, 역 화장실, 고속버스 화장실, 심지어 도심지의 다방이나 사람이 많이 드나드는 음식점이나 유흥업소의 출입문 근처 어디서건 동전만 넣으면 손쉽게 구할 수 있는 필수품이 되었다.

미국 여행에서 돌아온 공 박사는 생활 환경 개선 작업을 착수하였다. 그 첫 번째 작업이 집 밖에 있던 변소를 집 안 목욕탕으로 옮긴 것이다. 이를 보고 많은 사람들이 빈정대었다.

"공 박사가 미국에서 돌아오자 미쳐 버린 모양이다."

이때 공 박사의 성급한 생활 개선은 장안의 화젯거리가 되었다. 한옥 내부를 양옥 스타일로 고쳤으니, 종전과는 완전히 생활 양식이 달라졌다. 물 한 그릇이라도 밖으로 나가서 떠 와야 하는 번거로움이 일순간에 사라졌다.

공 박사는 문지방을 톱으로 썰어 내고 말았다. 문지방은 사람이 넘어다닐 때 불편함은 말할 것도 없고, 청소할 때 안방에서 마루 끝까지 대번에 빗자루 질을 할 수 없으니 불편하다고 생각했기 때문이다. 공 박사의 생활 개선은 여기서 그치지 않았다. 그다음은 장독대 차례였다. 공 박사의 표적은 김치와 간장이었다. 김치를 담가 먹는 데 시간이 오래 걸리기 때문에 굳이 그렇게 시간을 낭비하지 말고 채소를 그대로 먹으면 될 테고, 간장을 먹지 말고 소금을 먹으면 그만큼 시간을 절약할 수 있을 것이라 생각한 것이다. 그러니 공 박사의 눈에 간장과 김치는 시간 낭비의 원

흉이었다. 마침내 공 박사는 간장독과 김칫독 들을 때려 부수고 말았다. 공 박사의 환경 개선은 아직 끝나지 않았다. 다음은 안방을 고칠 차례였다. 안방에 사과 궤짝을 들여다 놓았던 것이다. 가족들 가운데 어느 누구도 왜 공 박사가 사과 궤짝을 안방에 들고 들어가는지 몰랐다. 설마 그것이 공병우식 침대라고는 꿈에도 생각하지 못한 것이다. 침대 생활을 하는 것이 온돌방에 앉았다 일어났다 하는 쪽보다 시간을 절약한다는 생각에서 공병우식 침대를 만든 것이다.

1993년 10월 한글날에 정부는 건국 뒤 처음으로 한글 유공자 4명에게 훈장을 주었는데, 그 가운데 공 박사에게 은관문화훈장을 주었다. 훈장 받기 전날 저녁을 마치고 헤어질 때였다. 공 박사가 문화원으로 도로 들어가시기에 내가 물었다.

"박사님, 오늘 댁에 들어가시지 않으십니까?"

내일 공 박사가 훈장을 받는 날이니까 오늘은 댁에 들어가서 주무시고, 옷도 양복으로 갈아입어야 할 것이라 생각하였기 때문이다. 그런데 공 박사는 문화원에서 주무시겠다고 하는 것이었다.

이튿날, 세종문화회관 한글날 기념식에 앞서 문화훈장 수여식이 있었는데, 공 박사는 어제 저녁에 입었던 그 낡을 대로 낡은 푸른색 점퍼 차림에 평소 입던 그 푸른색 셔츠에 구두는 구겨 신은 채로 단상 위에 올라왔다. 예사로 본 사람은 이런 모습을 눈여겨보지 않았을 것이다. 공 박사는 평소에 입고 있던 낡은 옷차림새 그대로였고, 거기다가 평소대로 구두 뒤축은 구겨 신은 채였다.

7) 한글 사랑과 자판 통일

평소에 공 박사 머릿속에는 한글로 가득 차 있었다. 과학적인 한글을 실제 생활에서 합리적으로 사용하는 방법에 골몰하였으며, 겨레의 통일에 대한 생각도 한글과 한글 기계화가 바탕에 깔려 있었다.

우리의 숙원인 남북통일도 같은 말과 같은 글을 쓰고 있는 한 핏줄의 한글 민족의 통일이라는 맥락에서 논의해야 한다. 이 같은 동질적인 요소가 있기에 우리는 동족이라고 말하는 것이며, 같은 말과 글을 가진 것을 공통분모로 삼고 통일을 서둘러야 하는 것이다. 그런데 남과 북은 우리말과 우리 글을 각각 독자적으로 발전시켜 사용하므로 이질적인 말과 글로 변해 가고 있다. 한글맞춤법도 서로 달라졌고, 외래어표기법도 서로 다르다. 표준어 제정을 서로 다르게 하여 대화도 안 될 상태로 변해 가고 있다. 북한에서는 표준어라 하지 않고 문화어라 해야 알아듣는다. 반면에 남한 사람들은 문화어가 무슨 말인지 알 도리가 없다 (……) 우리나라가 참다운 민주주의 나라로 통일을 하려면 먼저 민주주의적 글자인 한글만 쓰는 사회가되어야 한다. 시간을 가장 많이 절약할 수 있는 길은 문명의 이기를 활용하는 길밖에 없다. 그동안 한글은 종교와 문화와 과학의 어머니 구실을 해가며 뿌리를 내렸다. 고도의 기계 발달로 모든 문물이 발전한 미국을 볼때, 우리나라는 영문자보다 더욱 과학적인 기계화를 할 수 있는 한글 때문에, 고도 성장의 문명국으로 발전할 수 있을 것이라는 생각이 든다. 스피드 시대를 이겨 내려면 한글 전용을 꼭 해야 한다. 세종대왕께서는 컴퓨터 시대에서도 선두로 달릴 수 있는 기가 막히게 과학적인 글자를 만들었다. 그런데 중국 글자의 종살이를 자청하는 사람들이 아직도 있으니 세종대왕께는 면목이 없다. 한글 전용을 해야만 최고 기능을 발휘할 수 있는 한글의 전산화도 가능한 것이다.

그래서 공 박사는 평소에 입버릇처럼 이렇게 말했다.

내가 만든 공안과는 망해도 상관없습니다. 다른 안과 병원이 얼마든지 있지 않습니까. 그러나 세벌식 한글 기계는 절대로 망해서는 안 됩니다. 그런데 이 중요한 사실을 정부에서 모르고 도리어 천대하고 있으니 한글의 앞날과 이 나라의 앞날이 걱정됩니다.

김구 선생의 소원은 첫째도 통일이고 둘째도 통일이고 셋째도 통일이 었는데, 공 박사의 소원은 첫째도 자판 통일이었고, 둘째도 자판 통일이 었고, 셋째도 자판 통일이었다.

8) 생활 속의 발명 – 한국의 에디슨

공병우 박사는 한국판 에디슨이다. 공병우 박사의 발명은 한두 가지가 아니다. 내게 공병우 타자지 회사를 다 맡기면서 공병우 박사의 발명품 족보를 내게 넘겨 주었다. 나는 그것을 보는 순간 눈을 의심하지 않을 수 없었다. 여러 분야에 걸처 수많은 발명 특허 건수가 적혀 있었기 때문이 었다. 그리고 공 박사한테서 발명가를 천대하는 나라는 망한다는 이승만 박사 이야기를 나는 골백번도 더 들었다. 실용적인 한글 타자기를 비롯 하여 한글과 영문을 함께 찍을 수 있는 한영 타자기, 한글과 영문 대소문 자를 같이 찍을 수 있는 한영 3단 타자기, 공병우 텔레타이프, 공병우 볼 (BALL) 타자기, 공병우 사진식자기, 중국 주음부호 타자기, 맹인 점자 타 자기, 한손용 한글 워드프로세서 등에서 콘택트렌즈에 이르기까지 공 박 사의 발명 특허 목록은 끝이 없을 정도로 많고 다양하다. 1999년 특허청 에서 우리나라 위대한 발명가 7인 가운데 공병우 박사를 선정하기도 하였 다. 또한 우리나라 여자들 가운데 쌍꺼풀 수술을 한 여자는 전적으로 공 박사에게 감사해야 한다. 우리나라에서 최초로 쌍꺼풀 수술을 개발한 분 이 바로 공 박사이기 때문이다. 공 박사는 쌍꺼풀 수술을 우리나라 뿐 아니라 멀리 하와이까지 전파시키기까지 하였다.

9) 겸손 - 지면서 이겨라

공병우 박사는 아주 겸손한 분이다. 연구소에 일하는 타자수나 병원에서 청소하는 아주머니에게도 늘 겸손했다. 말씨도 겸손했고 몸가짐도 겸손했다. 아무리 어린 타자수나 여직원 심지어 손자뻘 되는 운전기사에게도 반말하는 것을 본 적이 한 번도 없다. 셋째 아들뻘밖에 안 되는 내게도 처음 만나서 돌아가시기까지 단 한 번도 반말한 적이 없고, 농담으로도 반말한 적이 없다. 내가 박정희 유신 독재의 서슬이 시퍼럴 때 온갖 위협을 받으면서 자판 통일을 위한 투쟁을 할 때 공병우 박사는 내게 자주 이런 충고를 했다. "송현 선생, 지면서 이겨야 해요." 나는 좀처럼 남과 싸우지 않지만 일단 싸움을 했다 하면 성격에 극단적인 면이 있어서 과격하게 싸우고 끝장을 보려고 한다. 공병우 한글기계화연구소 부소장으로 취임한 서너달 뒤쯤엔가 내가 박정희 대통령에게 표준자판 폐지 건의서를 제출했다. 청와대는 내 건의서를 과학기술처로 넘겼다. 과학기술처 장관한테서 나를 호출(?)하는 공문이 왔다. 그래서 만반의 준비와 싸울 각오를 단단히 하고 과학기술처로 갈 때 공 박사는 이렇게 말하였다. "송현 선생, 오늘 과학기술처에 가서 절대로 흥분하지 말고, 과격하게 싸우지 마시오. 이기려고 하면 지기 쉬운 법이니, 지면서 이기는 것이 더 현명한 것입니다. 젊은 혈기에 뭘 집어던진다거나 책상을 뒤엎는 일은 절대로 하지 마시오. 지면서 이겨야 한다는 말을 명심하시오." 공 박사는 자서전에서 이렇게 말했다.

"승산도 없는데 왜 싸우느냐?" "그렇게나 오래 동안 싸웠지만 아무 소용이 없지 않느냐?" 등의 이야기를 특히 많이 들었다. 그런데 사실 그 싸움을 하면서 내가 꼭 이기려고 싸운 것은 결코 아니다. 이기고 지고의 문제가 아니다. 정부가 한글 기계화 정책을 잘못해서 나라를 망치는 것을 보고 그냥 둘 수가 없어서 싸운 것이다. 경우에 따라서 역사에 한 줄 올바른 기록이라도 남겨야겠다는 생각에서 싸운 것이다. 세계적으로 위대한 한글을 아직도 천대하고 있는 남한 동포들에게 한글 기계화에 관한 올바른 과학을 어찌 기대할 수가 있겠는가. 이러한 내 생각을 조금이라도 밝히려는 것이요

공 박사는 여느 사람처럼 과격하게 싸우지 않고, 순리대로 조용조용 싸우는 스타일이었다.

남과 어울린다 해도 논쟁은 별로 안 하는 편이다. 정식으로 나의 신념을 말하고, 나의 주의 주장을 보호해야 할 때와 장소가 주어지면 나의 소신을 밝힌다. 과학적인 나의 신념 대문에 싸울 일이 있으면, 대체로 글을 통해 의견을 말하는 경우는 있어도 말 싸움질은 삼가는 편이다. 말도 안 되는 이야기를 가지고 우겨대기만 하는 사람을 상대로 논쟁을 하게 된다는 것은 막대한 시간 낭비일 뿐 아니라 내 건강 관리를 위해서도 피해야 할 일이다. 내 성미가 차근차근 설득력 있게 말할 재간도 없을 뿐 아니라, 성급해져서 혈압부터 올라가기가 십상이니 말이다 (……)

10) 박애 정신 – 맹인 타자기의 아버지

예나 지금이나 우리나라에는 장애자에 대한 인식이 무척 나쁜 편이다. 공 박사는 1953년 처음으로 미국에 가서 많은 것을 배웠고, 여러 가지를 깨달았다. 그 가운데 가장 큰 것이 눈먼 이에게 희망을 주는 맹인 재활의학 분야였다. 공 박사의 말마따나 그전까지는 "눈 치료만 할 줄 아는 안과 의사"에 지나지 않았다. 일단 치료할 수 없는 환자에게는 손을 툭툭 털고 실명 선언만 하면 그만이었다. 그러다가 공 박사는 미국에서 실명자에게

베푸는 각종 재활 프로그램을 접하고 큰 충격을 받았다.

　　그동안 나는 눈먼 환자에 대해 너무 무지했으며, 마치 무슨 큰 죄를 저지른 사람 같은 느낌마저 들었다. 내게 온 환자 중에는 다른 병원에서 이미 실명 선고를 받고 온 사람도 많았다. (……) 그런데 나는 하늘에 무너지는 듯한 절망으로 울부짖는 이 실명자들 앞에 두고 의사로서 어떻게 해야 좋을지 몰랐다. 그래서 그저 냉정하게 진찰 결과만 말해주고 자리를 피하는 것이 고작이었다. 그만큼 나는 재활의학에 백지 상태였던 것이다. 미국에서 재활의학에 눈뜨게 된 나는 그제사 속죄하는 마음으로 내 재산을 다 처분해서라도 장님들에게 희망을 안겨 주는 일을 하겠다고 결심하고 곧 귀국했다.

　　공 박사는 곧바로 서울 광나루 건너에 있는 천호동에 2천여 평 대지를 마련하고 '맹인 부흥원'을 설립했다. 여기서는 점자 타자기와 한글 타자기 등을 가르치면서, 장님들이 일반인들처럼 직업을 가질 수 있도록 훈련장을 계획하였다. 눈먼 사람은 으레 밤에 피리를 불며 골목길을 누비고 다니는 안마사 노릇밖에는 못 하는 것으로 알고 있는 사회 통념을 깨기 위한 것이었다. 이분들이 사회에 나가서 당당한 일꾼으로 활동할 수 있도록 만들어 보겠다는 것이 공 박사의 꿈이었다.

　　공 박사는 신체 장애자들을 위한 것을 개발하기도 하였다. 70년대 초반에 점자 타자기를 개발하였다. IBM 회사에서 만든 전동 점자 타자기는 2천 달러가 넘는 고가였다. 그래서 맹인들이 150달러 정도의 싼값으로 구입해서 간편하게 들고 다니며 마음대로 쓸 수 있는 수동식 타자기를 한글과 영문으로 발명하였다. 맹인들을 위해 중국의 주음 부호 타자기를 개발하기도 해서 중화민국 장경국 총통 비서실장으로부터 감사장과 선물을 받기도 하였다.

결국 나보다 못 사는 사람을 돕고, 나보다 건강하지 못한 사람을 밀어주고, 불구인 사람을 격려해 주고, 신체 장애자들에게 힘이 되어 주는 그런 사회가 곧 우리가 바라고 있는 민주 시민 사회라고 생각한다. 그것을 결국 나나 내 가족이 그와 같은 지경에 빠졌을 때에 나를 돕고 나를 밀어 주고 나를 격려해 주는 사회가 된다는 것을 의미하게 된다. 남을 도울 줄 아는 사회가 되어야 우리나라도 진정한 민주주의 나라가 될 수 있다고 믿는다.

1995년 3월 7일 공 박사가 돌아갔다. 그러자 어느 일간신문은 〈공 박사의 삶과 죽음〉이라는 사설에서 이렇게 썼다.

고집불통의 치열했던 외길 인생과 빈손으로 온 인생 빈손으로 허허롭게 돌아가는 도인 같은 공병우박사 죽음이 우리의 심금을 울린다. 그는 정치인도 아니었고 인기를 좇는 유명인도 아니었다. 독학으로 공부해 안과 전문의가 되어 90평생을 의료사업에 종사했고 한글 사랑을 통해 나라 사랑에 기여하는 치열한 삶을 알았던 그가 또한번 온몸을 바쳐 마지막 헌신을 했다. 그의 고귀했던 삶과 죽음을 나의 일상속에서 새롭게 하자.

공병우 박사는 삶뿐 아니라 죽음도 공병우식이었다. "내 죽음을 세상에 알리지도 말고 장례식도 치르지 말라. 쓸만한 장기와 시신은 모두 기증하라." 이 바람에 죽은 지 이틀이 지나서야 텔레비전 뉴스로 공 박사의 부음이 세상에 알려졌다. 국무회의는 3월 14일 공병우 박사에게 금관문화훈장을 추서키로 의결했다. 그러나 이런 것은 공병우식으로 보면 다 부질없는 짓이다. 공 박사가 가장 염원하던 것은 글자판 통일이었다. 현행 엉터리 표준자판을 폐지하고 과학적인 세벌식으로 글자판을 통일하는 일이다. 당신 살아생전에 글자판 통일은 커녕 글자판 통일이 될 기미도 보이지 않았으니, 어찌 눈을 감을 수 있었을까? '빨리빨리주의'로 한 세기를 파란만장하게 살다 간 공 박사는 과학과 애국이 한데 어우러진 삶을 산 우리 시대 마지막 큰 별이었다.

공병우 박사의 한글기계화 분야의 대표적 업적

1) 실용적 한글 타자기를 발명하다

쌍초점 원리를 발명하여 고성능 한글 타자기를 만들었고, 이것이 한글 정보화의 초석이 되었다. 세계에서 우리나라가 인터넷 최강국이 되는 바탕에는 초성, 중성, 종성의 세벌식으로 구성된 과학적인 한글과 자음, 모음, 받침으로 구성된 공병우식 세벌식 타자기가 있기 때문이다.

2) 각종 한글 기계 글자판 통일을 이룩하다

한글 타자기에서 컴퓨터에 이르기까지 각종 글자 생산 기계들 사이의 수직적 글자판 통일을 이룩하였다.

(송현, 《한글기계화개론》, 청산출판사, 1985)

3) 과학적인 한글 글자꼴의 기본을 정립하다

공병우식은 한글 글자꼴의 구조대로 닿자(초성글자)와 홀자(중성글자) 받자(종성글자)를 각각 한 벌로 하는 세벌식이기 때문에 가독성과 판독성이 높고 합리적인 글자꼴의 터전을 마련하였다.

(송현, 《한글자형학》, 디자인출판사, 1985)

4) 공병우 한영 타자기를 개발하다

수동·전동·전자식 한글 기계에서 한글과 영문 대소문자를 완벽하게 두 나라 글자를 찍을 수 있는 공병우 한영 타자기는 세계적인 발명품으로 한글의 과학성과 한글 기계화의 우수함을 입증하였다.

5) 실용적인 한글 텔레타이프망을 구축하다

체신부, 내무부, 외무부 등 여러 정부기관 통신망의 주축인 실용적인 초고속 한글 텔레타이프 상용화에 성공했다.

6) 한글 타자기 활자 국산화에 성공하다

한글 타자기 활자를 국내 기술진의 노력으로 자체적으로 디자인하고 실용적인 타자기 활자를 생산하는 데 성공했다.

남은 일

한글 기계화의 아버지 공병우 박사가 우리 곁을 떠난 지 벌써 스무 해가 되었다. 이제 남은 일은 산 자들의 몫이다. 내가 그동안 앉은뱅이 용쓰듯 구상했던 것들은 대강 다음과 같다.

1) 공병우 기념사업회 구성
2) 공병우 박물관 건립
3) 공병우 전집 간행
4) 공병우 한글기계화상 제정
5) 세벌식으로 남북한 글자판 통일
6) 한글문화원 법인화 추진
7) 공병우 사이버공과대학 설립
8) 공병우 정신을 기리는 각종 사업

위에서 열거한 일들 가운데 어떤 것은 공 박사의 제자들이, 어떤 것은 공 박사의 가족들이, 어떤 것은 한글과 한글 기계화 관련 인사들이, 어떤 것은 중앙정부나 지방자치단체에서 할 일이다. 공병우 박사 서거 20주년을 기념하는 오늘 공 박사의 사랑을 제일 많이 받은 제자의 한 사람으로 닭 울기 전에 스승을 세 번 배반한 베드로처럼 부끄럽고, 부끄럽고, 부끄럽다.

자료2

한글학회에서 공병우 박사 사후 20주년에

정리한 공병우 박사 해적이

1906. 12. 30.   평안북도 벽동군 성남면 남성동 388번지에서 남.

1926.   평양의학강습소를 수료하고, 조선 의사 검정 시험에 합격함.

1934.   경성대학 병리학 교실에서 안과 병리를 연구함.

1936.   해주도립병원 안과 과장으로 근무함.

일본 나고야제국대학 의학박사 학위 받음.

1938. 9.   공안과의원을 개원함(서울시 종로구 서린동).

1943. 1.   《소안과학》을 펴냄.

1949. 10.   국회의장상 받음(전국과학전람회에 한글 타자기 출품).

1949. 11.   고성능 한글 타자기를 처음으로 발명함.

1950. 3.   세벌식 '공 속도 한영 타자기'를 최초 개발하고 세벌식 글씨꼴을 개발함.

1954. 6.   쌍초점 타자기를 발명함.

1956. 10.   안과전문의 자격을 취득함.

1958. 10.   대통령 표창 받음(한글 타자기 발명 공로).

1959-1977.	재단법인 한글학회 이사를 지냄.
1960. 3.	서울맹인부흥원(강동구 성내동)을 설립, 맹인 점자 교육과 한글 타자 교육 실시.
1962.	한글학회 부설 한글기계화연구소 발족(한글 기계화지 첫 발간). 대통령 표창 받음.
1965.	한국콘택트렌즈연구소를 설립함. 한국 최초로 약시 검안을 위한 약시부를 신설함.
1967. 9.	한글 텔레타이프를 개발하여, 한국 치안국과 통신사에 설치 활용하게 함.
1968.	한영 겸용 타자기를 발명함. 공병우타자기연구소를 설립함.
1968. 10.	문화공보부 장관상 받음(한글 전용 공로자상).
1971.	점자 한글 타자기를 개발함. 중국 주음부호 타자기를 발명함.
1972. 3.	한국 맹인재활센터를 설립하여, 중도 실명자 재활 교육을 함.
1972-1977.	한글학회 정기 간행물《한글 새소식》편집위원으로 위촉(공 세벌식으로 만듦).
1974. 3.	외솔 문화상 받음(한글 문화 발전 공로).
1975. 10.	은장 박애장 받음(대한적십자사).
1978. 5. 6.	《공병우 사진집》을 발간(꽃, 6월의 모습, 나의 사진집, 물, 단풍, 하늘, 습작).
1979.	'한일 국제맹인타자경기대회'를 엶. 서울적십자사 총재 표창 받음(모범 납세자).
1979. 10.	대한적십자사 총재 표창 받음(특별회원으로 적십자 사업 발전에 기여)
1979. 11.	일본 '가나'와 로마자 겸용 3단 타자기 발명, 특허 등록함(일본국).
1980. 1. 5.	공병우 사진 전시회를 개최함(서울, 제주, 광주, 부산, 대구 등).
1981-1988.	미국에서 한글을 컴퓨터화하기 위한 연구를 하고, 조국 민주화 운동을 함.
1981. 4.	국민훈장 석류장 받음(맹인 재활사업 공로).《공병우 사진집》발간.
1982.	세벌식 한글 전동 타자기를 개발함.
1985.	매킨토시 컴퓨터로 직결식 한글 폰트를 한국 최초로 개발함.
1987. 1.	제1회 서재필상 받음(한글 전용, 한글 과학화 연구 및 운동 공로).
1988.	한글문화원을 열고 한글 전용 운동과 한글 과학화 및 한글 문화 발전 사업에 힘씀.
1989.	세벌식 한글 전자 타자기를 개발함.
1989.	공병우 자서전《나는 내 식대로 살아왔다》(대원사)를 펴냄.
1990. 10. 9.	은관 문화훈장 받음.
1994. 10. 9.	세종대학교에서 명예 문학박사 학위를 받음.
1994. 12.	매킨토시용 무른모 한손자판을 개발함.
1995. 1.	《월간 중앙》1월호에 한국을 움직인 100인 가운데 한 명으로 뽑힘.
1995. 3. 7.	신촌 세브란스병원에서 세상을 떠남. 금관 문화훈장 받음(3월 25일 추서).